T0243798

Rival implacable

RIVAL IMPLACABLE

L. J. **Shen**

CRUEL CASTAWAYS 1

TRADUCCIÓN DE
Gemma Benavent

Primera edición: septiembre de 2023
Título original: *Ruthless Rival*

© L. J. Shen, 2022
© de la traducción, Gemma Benavent, 2023
© de esta edición, Futurbox Project S. L., 2023
Todos los derechos reservados.
Los derechos morales de la autora han sido reconocidos.

Diseño de cubierta: Giessel Design
Corrección: Isabel Mestre

Publicado por Chic Editorial
C/ Roger de Flor, n.º 49, escalera B, entresuelo, despacho 10
08013, Barcelona
chic@chiceditorial.com
www.chiceditorial.com

ISBN: 978-84-19702-07-4
THEMA: FRD
Depósito Legal: B 16462-2023
Preimpresión: Taller de los Libros
Impresión y encuadernación: Liberdúplex
Impreso en España – *Printed in Spain*

Cualquier forma de reproducción, distribución, comunicación pública o transformación de esta obra solo puede ser efectuada con la autorización de los titulares, con excepción prevista por la ley. Diríjase a CEDRO (Centro Español de Derechos Reprográficos) si necesita fotocopiar o escanear algún fragmento de esta obra (www.conlicencia.com; 91 702 19 70 / 93 272 04 47).

Para Ivy Wild, mi amiga abogada, que me enseñó que permanecer en el lado correcto de la ley no es solo la forma más ética de actuar, sino también la más barata.

Prólogo

Christian

«No. Toques. Nada».

Esa era la única regla que mi madre jamás me impuso, pero de niño sabía que no debía incumplirla, a menos que estuviera de humor para recibir unos azotes con el cinturón y comer sémola con gorgojos durante el resto del mes.

Lo que encendió la mecha que luego arrasaría con todo fueron las vacaciones de verano después de haber cumplido los catorce años. La chispa naranja prendió y se extendió para devorar mi vida y dejar tan solo un rastro de fosfato y cenizas a su paso.

Mamá me arrastró a su trabajo. Me dio varios argumentos sólidos para defender por qué no podía quedarme en casa perdiendo el tiempo; el principal fue que no quería que acabara como los otros niños de mi edad: fumando marihuana, rompiendo candados y entregando paquetes de aspecto sospechoso para traficantes de droga.

Hunts Point era donde los sueños iban a morir y, aunque no podía acusar a mi madre de haber sido una soñadora, me veía como una responsabilidad. Deshacerse de mí no entraba en sus planes.

Además, tampoco tenía ganas de quedarme en casa y recordarme constantemente mi realidad.

La acompañaba a diario en su viaje a Park Avenue con una condición: en el ático de la familia Roth, no podía poner mis manos sucias sobre nada. Ni en el mobiliario de Henredon excesivamente caro, ni en las ventanas mirador, ni en las plantas holandesas importadas y, por descontado, *tampoco* en la niña.

—Esta es especial. No se puede mancillar. El señor Roth la quiere más que a nada —me recordó mamá, una inmigrante bielorrusa, con su inglés de acento marcado, durante nuestro viaje en autobús hasta allí, apretujados como sardinas junto a otros limpiadores, jardineros y porteros.

Arya Roth había sido mi cruz incluso antes de conocerla. La fina joya intocable, preciosa comparada con mi existencia sin valor. En los años previos a conocerla había sido una idea desagradable. Un avatar con coletas relucientes, consentida y quejumbrosa. No tenía deseo alguno de conocerla. De hecho, a menudo yacía en mi catre mientras imaginaba qué tipo de aventuras emocionantes, caras y adecuadas para su edad estaría viviendo, y le deseaba una amplia variedad de cosas malas: accidentes de coche raros, que se cayera por un acantilado, accidentes de avión, que pillara el escorbuto. Cualquier cosa me servía y, en mi mente, la privilegiada Arya Roth sufría un despliegue de horrores mientras yo me repanchingaba en el asiento con unas palomitas y me reía.

Me desagradaba todo lo que sabía de Arya por las fascinantes historias de mi madre. Para colmo de males, tenía mi edad, lo que hacía que comparar nuestras vidas fuera inevitable y exasperante.

Ella era la princesa de la torre de marfil del Upper East Side, que vivía en un ático de casi quinientos metros cuadrados, el tipo de espacio que yo ni siquiera podía imaginar, menos todavía visualizar. Por otro lado, yo estaba atrapado en un estudio de antes de la guerra en Hunts Point, donde la banda sonora de mi adolescencia eran las fuertes discusiones entre las trabajadoras sexuales y sus clientes bajo mi ventana y las regañinas de la señora Van a su marido, en el piso de abajo.

La vida de Arya olía a flores, *boutiques* y velas afrutadas; la ropa de mi madre olía a la delicada esencia cuando volvía a casa, mientras que el hedor de la pescadería cercana a mi apartamento era tan constante que permeaba en nuestras paredes.

Arya era preciosa, mi madre no dejaba de parlotear sobre sus ojos esmeralda, mientras que yo era enjuto y raro. Las rodillas y las orejas sobresalían de una forma extraña de una figura con forma de palo. Mamá decía que me volvería más atractivo con el tiempo, pero, con la desnutrición que sufría, lo dudaba. Al parecer, mi padre también había sido así. Desgarbado mientras crecía, pero atractivo ya maduro. Como nunca conocí al cabrón, no tenía forma de confirmar esa afirmación. El padre del bebé de Ruslana Ivanova estaba casado con otra mujer, con quien vivía en Minsk junto a sus tres hijos y dos perros horrendos. El billete de ida a Nueva York, junto con una petición de que no contactara jamás con él, fueron su regalo de despedida para mi madre cuando esta le contó que estaba embarazada de mí.

Puesto que mi madre no tenía más familia, ya que su madre soltera había fallecido unos años antes, esa parecía la solución más coherente para todos los involucrados, a excepción de mí, por supuesto.

Eso nos dejó solos en la Gran Manzana, donde tratábamos a la vida como si fuera constantemente a por nuestras gargantas. O tal vez ya nos había agarrado por el pescuezo y nos había arrebatado el suministro de aire. Siempre parecía que buscábamos algo, ya fuera aire, comida, electricidad o el derecho a existir.

Y esto me lleva al último pecado, y el peor, de todos los cometidos por Arya Roth, y el motivo principal por el que jamás había querido conocerla: Arya tenía una familia. Una madre. Un padre. Montones de tíos y tías. Tenía una abuela en Carolina del Norte, a quien visitaba en Pascua, y unos primos en Colorado con los que iba a hacer *snowboard* cada Navidad. Su vida tenía un contexto, una dirección, una narrativa. Estaba perfectamente enmarcada y completa, todas las piezas individuales coloreadas con cuidado, mientras que la mía parecía desnuda e inconexa.

Estaba mamá, pero nuestra relación era más como si nos hubieran juntado por accidente. Luego estaban los vecinos a los que mamá jamás se molestó en conocer, las trabajadoras sexuales, que se me insinuaban a cambio de mi almuerzo, y la policía, que se dejaba caer por mi edificio dos veces por semana para colocar cinta adhesiva amarilla en las ventanas rotas. La felicidad era algo que pertenecía a otras personas. Gente a la que ni siquiera conocíamos, que vivía en calles distintas y llevaba otra vida.

Siempre me sentí como un invitado en el mundo, como un *voyeur.* Y, si iba a observar la vida de alguien, prefería que fuera la de los Roth, que vivían unas vidas perfectas y pintorescas.

Por lo que, para escapar del infierno en el que había nacido, solo debía seguir las instrucciones.

«No. Toques. Nada».

Al final, no solo toqué algo.

Le puse la mano encima a lo más preciado en la casa de los Roth.

La hija.

Capítulo uno

Arya

Presente

Iba a venir.

Lo sabía, incluso aunque llegara tarde. Algo que nunca había ocurrido, hasta hoy.

Teníamos una cita el primer sábado de cada mes.

Él aparecía armado con una sonrisa pícara, dos cuencos de *biriani* y los últimos rumores escandalosos de la oficina, que eran mucho mejores que cualquier *reality* de la televisión.

Me estiré bajo un claustro con vistas a un jardín gótico y moví los dedos de los pies dentro de mis zapatos de Prada al tiempo que las suelas besaban una columna medieval.

No importaba lo mayor que fuera ni lo bien que dominara el arte de ser una mujer de negocios implacable, durante nuestra visita mensual a The Cloisters siempre me sentía como una quinceañera, llena de granos, impresionable y agradecida por los pedazos de intimidad y afecto que nos dedicábamos.

—Muévete, cariño. La comida para llevar está goteando.

«¿Ves? Ha venido».

Doblé las piernas bajo el trasero y le hice sitio a papá para que se sentara. Sacó dos cajas aceitosas de una bolsa de plástico y me tendió una.

—Tienes un aspecto horrible —apunté, y abrí mi caja. El aroma de la nuez moscada y el azafrán se me colaron por la nariz y se me hizo la boca agua. Mi padre estaba enrojecido y tenía sombras bajo los ojos. Una sonrisa se dibujaba en su rostro.

—Pues tú tienes un aspecto fantástico, como siempre. —Me besó en una mejilla y se sentó apoyado contra la columna frente a mí para que quedáramos cara a cara.

Removí la comida con el tenedor de plástico. Pedazos tiernos de pollo se deshacían sobre una cama de arroz. Me introduje un montoncito en la boca y cerré los ojos.

—Podría alimentarme de esto tres veces al día, todos los días de la semana.

—Me lo creo, considerando que durante tu cuarto año te alimentaste básicamente de bolas de macarrones con queso. —Se rio—. ¿Cómo va el dominio del mundo?

—Lento pero seguro. —Abrí los ojos. Él jugueteaba con su comida. Primero había llegado tarde y ahora me daba cuenta de que estaba irreconocible. No fueron ni su físico ni su aspecto, con unas visibles arrugas, ni la falta de un corte de pelo lo que lo hicieron evidente, sino esa expresión que no había visto en los casi treinta y dos años que hacía que nos conocíamos.

—Bueno, ¿cómo estás? —Mordisqueé las púas del tenedor.

Le vibró el móvil en el bolsillo delantero de los pantalones. El destello verde brilló a través de la tela, pero lo ignoró.

—Bien. Ocupado. Nos van a auditar, así que la oficina está patas arriba. Todos corretean como pollo sin cabeza.

—Otra vez no. —Metí el tenedor en la caja, pinché una patata dorada oculta tras una montaña de arroz y la deslicé entre mis labios—. Pero eso explica ciertas cosas.

—¿Qué explica? —Parecía alerta.

—Me ha dado la sensación de que estabas un poco apagado.

—Es como un grano en el culo, pero ya he bailado este baile antes. ¿Cómo va el negocio?

—En realidad, me gustaría que me dieras tu opinión sobre un cliente. —Me había adentrado en el tema cuando su teléfono volvió a vibrarle en el bolsillo. Miré la fuente en el centro del jardín para indicarle que no había problema en que contestara la llamada.

En su lugar, papá sacó una servilleta de la bolsa de la comida para llevar y se limpió la frente. Nubes de papel se le pegaban al sudor. La temperatura estaba por debajo de los cero grados. ¿Qué tenía este hombre entre manos que lo hacía sudar a chorros?

—¿Y cómo está Jillian? —Su voz aumentó una octava. Una sensación de desastre, como una ligera grieta, apenas visible en una pared, me recorrió la piel—. Creo recordar que me dijiste que a su abuela la operaron de la cadera la semana pasada. Le pedí a mi secretaria que le enviara flores.

Por supuesto que lo había hecho. Papá era una constante en la que podía confiar. Mientras que mamá era una progenitora del tipo «un día tarde y corta de dinero», siempre la última en descubrir lo que me ocurría, ajena a mis sentimientos y desaparecida en los momentos cruciales de mi vida, papá recordaba los cumpleaños, las fechas de las graduaciones, los dramas de chicas y la creación de mi empresa, y, de hecho, me había acompañado a lo largo de todo el proceso. Él era una madre, un padre, un hermano y un amigo. Un ancla en el turbulento mar que era mi vida.

—La abuela Joy está bien. —Le tendí mis servilletas y lo observé con curiosidad—. No deja de darle órdenes a la madre de Jillian. Oye, estás…

Su móvil vibró por tercera vez en un minuto.

—Deberías responder.

—No, no. —Miró a nuestro alrededor, pálido como una sábana.

—La persona que intenta contactar contigo no lo dejará estar.

—De verdad, Ari, prefiero escuchar cómo te ha ido la semana.

—Ha ido bien, sin nada que resaltar, y ya ha pasado. Ahora respóndeme. —Señalé a lo que supuse que estaba causando que se comportara de una forma tan extraña.

Con un suspiro pesado y una gran dosis de resignación, papá por fin sacó el móvil y se lo llevó al oído con tanta fuerza que el lóbulo se le volvió blanco como el marfil.

—Conrad Roth al habla. Sí. Sí. —Se detuvo y sus ojos se movieron de forma frenética. El cuenco de arroz *biriani* se le resbaló de entre los dedos y se estrelló contra la piedra antigua. Traté de atraparlo en vano—. Sí. Lo sé. Gracias. Tengo un representante. No, no haré ningún comentario.

¿Representante? ¿Un comentario? ¿Para una auditoría?

La gente se deslizaba entre los arcos. Los turistas se agachaban para tomar fotos del jardín. Un grupo de niños daba vueltas alrededor de las columnas; sus risas eran como las campanas de una iglesia. Me levanté y recogí el desastre que papá había dejado en el suelo.

«Está bien —me dije—. Ninguna empresa desea que la auditen. Menos todavía un fondo de cobertura».

Pero, incluso mientras me alimentaba con esta excusa, fui incapaz de tragármela. Eso no era sobre el negocio. El trabajo no le quitaba el sueño ni su encanto.

Colgó, y nuestros ojos se encontraron.

Antes de que hablara, lo supe. Supe que, en cuestión de minutos, comenzaría a caer, y caer, y caer. Que nada me pararía. Que eso era más grande que yo. Más que él, incluso.

—Ari, hay algo que debes saber…

Cerré los ojos y tomé una bocanada de aire, como si estuviera a punto de lanzarme al agua.

Sabía que nada volvería a ser lo mismo.

Capítulo dos

Christian

Presente

Principios. Tengo muy pocos.

Solo un puñado, en realidad, y tampoco los llamaría principios. Son más como preferencias. ¿Fuertes inclinaciones? Sí, eso lo definiría.

Por ejemplo, como litigante, era mi *elección* decidir no lidiar con disputas de propiedades y contratos. No porque tuviera un problema moral o ético con representar a cualquiera de los dos bandos en el estrado, sino porque encontraba el tema realmente tedioso y poco merecedor de mi precioso tiempo. Yo me alimentaba del agravio y de las demandas equitativas. Me gustaba lo caótico, emocional y destructivo. Añade un poco de morbo a la mezcla y estaba en el cielo de los abogados.

Era mi *elección* emborracharme hasta caer en un minicoma con mis mejores amigos, Arsène y Riggs, en el Brewtherhood, calle abajo, en lugar de escuchar, sonreír y asentir a otra historia aburridísima sobre la partida de *tee-ball* del hijo de mi cliente.

También era mi preferencia, *no* principio, no salir a cenar aquí con el señor Tratos Sucios, también conocido como Myles Emerson. Pero Myles Emerson estaba a punto de firmar un considerable anticipo con mi bufete, Cromwell & Traurig. Así que ahí estaba, un viernes por la noche, con una sonrisa de mierda en el rostro mientras sacaba la tarjeta de crédito de la empresa y la colocaba en la carpeta de cuero negro de la cuenta para invitar al señor Emerson a cenar tartaletas de *foie gras*, *tagliolini* con trufa negra rallada y una botella de vino con una etiqueta que pagaría cuatro años de estudios de primera categoría a su hijo.

—Debo decir que tengo un buen presentimiento con esto, amigos. —El señor Emerson dejó escapar un eructo y se dio unas palmaditas en la barriga de tercer trimestre de embarazo. Tenía un curioso parecido con un Jeff Daniels hinchado. Agradecía que se sintiera feliz, porque yo estaba más que de humor para empezar a cobrarle una cuota mensual a partir del mes siguiente. Emerson era el dueño de una empresa de limpieza que básicamente ofrecía sus servicios a empresas grandes, y hacía poco que había recibido cuatro demandas contra él, todas por incumplimiento de contrato y daños. No solo necesitaba ayuda legal, también cinta americana para tapar el agujero. Había perdido tanto dinero en los últimos meses que le había ofrecido un anticipo. La ironía no acababa ahí. Ese hombre, que ofrecía servicios de limpieza, me había contratado a mí para que limpiara el desastre que *él* había causado. Aunque, a diferencia de lo que pagaba a sus empleados, le cobré una cuota astronómica por hora, y no estaba dispuesto a que me jodieran el sueldo.

No se me ocurrió negarme a defenderlo en sus múltiples y deplorables casos. El paralelismo evidente con los pobres limpiadores que iban a por él, alguno de los cuales percibía menos del salario mínimo y trabajaba con documentación falsificada, me sobrepasaba.

—Estamos aquí para facilitarle las cosas. —Me levanté y me incliné para compartir un apretón de manos con Myles Emerson mientras me abrochaba la americana. Él asintió a Ryan y Deacon, mis socios en el bufete, y se encaminó hacia la salida del hotel mientras miraba el trasero a dos de las camareras.

Este personaje iba a darme mucho trabajo. Por suerte, tenía un apetito sano en lo que a ascender por la escalera corporativa se refería.

Volví a sentarme y me recosté en el asiento.

—Y ahora vamos al verdadero motivo por el que nos hemos reunido aquí. —Los miré a ambos—: Mi asociación inminente en la empresa.

—¿Disculpa? —Deacon Cromwell, un exalumno de Oxford que había fundado la empresa hacía cuarenta años y era más viejo que la biblia, frunció sus cejas peludas.

—Christian cree que se ha ganado un despacho que haga esquina y su apellido en la puerta tras haberle dedicado tanto tiempo y esfuerzo a la empresa —le explicó al anciano Ryan Traurig, jefe del departamento de abogados y el socio que en realidad se dejaba ver entre las paredes de la oficina de vez en cuando.

—¿No crees que es algo que deberíamos haber discutido? —Cromwell se volvió hacia Traurig.

—Lo estamos hablando ahora. —Traurig le mostró una sonrisa bienintencionada.

—*En privado* —espetó Cromwell.

—La privacidad está sobrevalorada. —Tomé un trago de mi copa de vino y deseé que fuera un *whisky* escocés—. Abre los ojos, Deacon. He sido un asociado sénior durante tres años. Cobro precios de socio. Mis evaluaciones anuales son perfectas y me codeo con los peces gordos. Me has mangoneado durante mucho tiempo. Me gustaría saber cuál es mi lugar. La sinceridad es la mejor política.

—Eso es un poco excesivo viniendo de un abogado. —Cromwell me miró de reojo—. Además, ya que queréis mantener una conversación, permíteme recordarte que te graduaste hace siete años, con unas prácticas en la oficina del fiscal antes de graduarte. No es que te estemos negando una oportunidad. Nuestro bufete tiene una política de socios de nueve años. Según la línea temporal, todavía no has cumplido con tu tarea.

—Cronológicamente hablando, habéis ganado un trescientos por ciento más desde que me uní a vosotros —contraataqué—. A la mierda el recorrido. Tratadme como a un igual y *llamadme* socio.

—Golpe directo al hueso. —Trató de aparentar indiferencia, pero le tembló el ceño—. ¿Cómo duermes por las noches?

Le di vueltas al vino en mi copa como un *sommelier* galardonado me había enseñado hacía una década. También jugaba al golf, aprovechaba la membresía de la empresa en Miami y sufría con las conversaciones sobre política en clubes para caballeros.

—Por lo general, con una rubia de piernas largas a mi lado. —Era mentira, pero sabía que un cerdo como él lo apreciaría.

Dejó escapar una risita como el simplón predecible que era.

—Capullo inteligente. Eres demasiado ambicioso para tu propio bien.

La visión de la ambición de Cromwell variaba según la persona que la poseía. Con respecto a asociados júnior que trabajaban sesenta horas a la semana, era maravilloso. Con respecto a mí, era absurdo.

—Para nada, señor. Me gustaría recibir una respuesta ahora.

—*Christian*. —Traurig me lanzó una sonrisa con la que me rogaba que me callara—. Danos cinco minutos. Te veo fuera.

No me gustaba que me echaran a la calle mientras hablaban sobre mí. En el fondo, aún era Nicky de Hunts Point, pero el chico debía amoldarse a la sociedad educada. Los hombres bien educados no gritan ni lanzan mesas. Debía hablar su idioma. Palabras suaves y cuchillos afilados.

Tras echar la silla hacia atrás, me deslicé en mi abrigo de Givenchy.

—Bien. Me permitirá degustar ese nuevo puro Davidoff.

A Traurig se le iluminaron los ojos.

—¿El de Winston Churchill?

—Edición limitada. —Le guiñé un ojo. El cabrón me lamía el culo por todo lo relacionado con puros y alcohol, como si no ganara seis veces mi salario.

—Madre mía. ¿Tienes uno de sobra?

—Ya sabes que sí.

—Te veo en un momento.

—No si yo te veo antes.

En la acera, expulsé el humo del puro y vi las luces amarillas de los semáforos volverse rojas y verdes en vano, mientras los peatones imprudentes fluían en grandes oleadas, como bancos de peces. Los árboles de la calle estaban desnudos salvo por la pálida hilera de luces que aún quedaban de Navidad.

Me sonó el móvil en el bolsillo y lo saqué.

Arsène: ¿Vienes? Riggs se marcha mañana por la mañana y se está manoseando con alguien que necesita que le cambien los pañales.

Eso significaba o que la chica era demasiado joven o que se había puesto implantes de glúteos. Lo más probable era que fuera ambas opciones. Me coloqué el puro en un lateral de la boca y mis dedos volaron por la pantalla táctil.

Yo: Dile que no se la saque. Estoy de camino.
Arsène: ¿Papá y papá te están mareando?
Yo: No todos nacimos con un fondo fiduciario de doscientos millones, cariño.

Me guardé el teléfono en el bolsillo.

Una mano amistosa aterrizó en mi hombro. Cuando me volví, Traurig y Cromwell estaban ahí. Cromwell, que se aferraba a su bastón con un gesto de dolor en el rostro, parecía el dueño no muy orgulloso de todas las hemorroides de la ciudad de Nueva York. La fina sonrisa de Traurig revelaba muy poco.

—Sheila me ha insistido en que haga más deporte. Creo que caminaré hasta casa. Caballeros. —Cromwell asintió con cortesía—. Christian, enhorabuena por haber traído a Emerson. Te veré en nuestra reunión semanal el próximo viernes. —Entonces se marchó y desapareció entre el mogollón de personas apelotonadas y el humo blanco que manaba de las alcantarillas.

Le pasé el puro a Traurig. Le dio unas caladas mientras se palpaba los bolsillos como si buscara algo. Tal vez su dignidad, ya perdida hacía mucho tiempo.

—Deacon cree que aún no estás preparado.

—Eso son tonterías. —Presioné los dientes contra el puro—. Mi historial es impecable. Trabajo ochenta horas a la semana. Controlo cada litigio importante, aunque en teoría es tu trabajo, y se me ha asignado un asociado júnior en todos los casos, como a un socio. Si me marcho ahora, me llevaré mi lista de clientes, y ambos sabemos que no podéis permitiros perderla.

Convertirme en socio y poner mi nombre en la puerta de entrada sería la cúspide de mi existencia. Sabía que era un gran salto, pero me lo había ganado. Me lo merecía. Otros asociados no trabajaban las mismas horas, ni traían la misma clientela, ni daban los mismos resultados. Además, como millonario recién llegado, buscaba nuevas emociones. Había algo terriblemente paralizante en ver el sueldo considerable que recibía cada mes y saber que todo lo que deseara estaba a mi alcance. Asociarme no solo era un reto, también era mi forma de hacerle la peineta a la ciudad que se había deshecho de mí cuando tenía catorce años.

—Bueno, bueno, no hace falta ser tan contestón. —Traurig se rio—. Mira, chaval, Cromwell está abierto a la idea.

«Chaval». A Traurig le gustaba fingir que yo todavía era un adolescente que esperaba que se le bajaran los huevos.

—¿Abierto? —repetí con un resoplido—. Debería rogarme que me quedara y ofrecerme la mitad de su imperio.

—Y aquí está el quid de la cuestión. —Traurig hizo un gesto con una mano, como si yo fuera la exposición a la que se refería—. Cromwell cree que te has acomodado demasiado rápido. Solo tienes treinta y dos años, Christian, y hace dos años que no ves el interior de un juzgado. Trabajas bien con los clientes, tu nombre te precede, pero ya no te supone un gran esfuerzo. El noventa y seis por ciento de tus casos se resuelven con un acuerdo fuera del juzgado porque nadie quiere enfrentarse a ti. Cromwell quiere verte hambriento. Quiere verte pelear. Echa de menos el mismo fuego en tus ojos que hizo que te sacara de la fiscalía cuando estabas con el agua hasta el cuello con el gobernador.

En mi segundo año en la oficina del fiscal del distrito, me llegó un caso enorme. Fue el mismo año en que Theodore Montgomery, el entonces fiscal del distrito de Manhattan recibió críticas por dejar que prescribieran algunos casos debido a la sobrecarga de trabajo. Montgomery puso el caso sobre mi mesa y me dijo que lo intentara. No quería tener otro escándalo entre manos, pero tampoco tenía personal para trabajar en él.

Resultó que era el caso del que todo Manhattan hablaba aquel año. Mientras mis superiores perseguían a delincuentes fiscales y defraudadores bancarios de guante blanco, yo fui a por un capo de la droga que había atropellado a un niño de tres años, el cual había muerto en el acto, para llegar a tiempo al deslumbrante decimosexto cumpleaños de su hija. Un clásico atropello con fuga. El narcotraficante en cuestión, Denny Romano, iba armado con un grupo de abogados de primera, mientras que yo llegué al tribunal con mi traje del Ejército de Salvación y una bolsa de cuero que se caía a pedazos. Todo el mundo apoyaba al chico de la oficina del fiscal para que atrapara al gran machote malvado. Al final, conseguí que Romano fuera condenado a cuatro años de cárcel por homicidio involuntario. Fue una pequeña victoria para la familia del pobre niño y una gran victoria para mí.

Deacon Cromwell me acorraló en una barbería cuando acababa de salir de la Facultad de Derecho de Harvard. Yo tenía un plan, que incluía hacerme un nombre en la fiscalía, pero él me había dicho que lo buscara si quería ver cómo vivía la otra mitad. Después del caso Romano, no había tenido que hacer nada: él vino a buscarme.

—¿Quiere verme de nuevo en el tribunal? —Casi escupí las palabras. Tenía un apetito sano por ganar casos, pero tenía fama de ser muy duro en la mesa de negociación y salir con más de lo que les prometía a mis clientes. Cuando comparecía ante el tribunal, convertía a la otra parte en un espectáculo. Nadie quería tratar conmigo. Ni los mejores abogados litigantes, que cobraban dos de los grandes por hora solo para perder un caso contra mí, ni mis antiguos colegas de la fiscalía, que no tenían recursos para competir.

—Quiere verte sudar la gota gorda. —Traurig hizo rodar el puro encendido entre sus dedos, pensativo—. Gana un caso importante, uno que no puedas concluir con un trato de favor en un despacho con aire acondicionado. Preséntate en el juzgado y el viejo pondrá tu nombre en la puerta sin hacer preguntas.

—Estoy haciendo el trabajo de dos personas —le recordé. Era cierto. Trabajaba un horario impío.

Traurig se encogió de hombros.

—Lo tomas o lo dejas, chaval. Te tenemos donde queremos.

Dejar el bufete a esas alturas, cuando estaba a un suspiro de convertirme en socio, haría que mi carrera retrocediera años, y el cabrón lo sabía. Tendría que aguantarme o hacerme socio de un bufete mucho más pequeño y menos prestigioso.

No era lo que quería, pero era mejor que nada. Además, conocía mis capacidades. Según los horarios de los tribunales y el caso que eligiera, podría convertirme en socio en pocas semanas.

—Considéralo hecho.

Traurig soltó una carcajada.

—Compadezco al desafortunado abogado contra el que vayas a ir para demostrar tu opinión.

Me di la vuelta y me dirigí al bar de enfrente para reunirme con Arsène (pronunciado «aar-sn», como el personaje de *Lupin)* y Riggs.

Yo no tenía principios.

Y tampoco tenía límites en cuanto a lo que quería de la vida.

El Brewtherhood era nuestro sitio predilecto en el SoHo. El bar estaba muy cerca del ático de Arsène, donde podíamos encontrar a Riggs siempre que estaba en la ciudad y no se quedaba en mi casa. Nos gustaba el Brewtherhood por la variedad de cervezas extranjeras, la falta de cócteles extravagantes y la capacidad para repeler a los turistas con su encanto directo. Pero, sobre todo, el Brewtherhood tenía un atractivo poco común: era pequeño, agobiante y estaba escondido en un sótano. Nos recordaba a nuestra adolescencia al estilo de *Flores en el ático*.

Vi a Arsène enseguida. Destacaba como una sombra oscura en una feria. Estaba encaramado a un taburete mientras bebía una botella de Asahi. A Arsène le gustaba que su cerveza combinara con su personalidad: extraseca, con un aire extranjero, y siempre iba vestido con las mejores sedas de Savile Row, aunque en teoría no tenía un trabajo de oficina. Ahora que lo pienso, técnicamente, no tenía trabajo. Era un empresario al que le gustaba meter los dedos en muchos pasteles lucrativos. En la actualidad, compartía cama con algunas empresas de fondos de cobertura que renunciaban a sus comisiones de rendimiento de dos con veinte solo por el placer de trabajar con Arsène Corbin. El arbitraje de fusiones y el de convertibles eran sus terrenos de juego.

Pasé por delante de un grupo de mujeres borrachas que bailaban y cantaban «Cotton-Eyed Joe», aunque no se sabían la letra, y me apoyé en la barra.

—Llegas tarde —apuntó Arsène, que no se molestó en mirarme, mientras leía un libro de bolsillo.

—Eres un coñazo.

—Gracias por la evaluación psicológica, pero eres un impuntual, además de un maleducado. —Arrastró una pinta de Peroni hacia mí. Brindé con su botella de cerveza y bebí un sorbo.

—¿Dónde está Riggs? —le grité al oído por encima de la música. Arsène movió la barbilla hacia la izquierda. Seguí su indicación con la mirada. Allí estaba Riggs, con una mano apoyada en la pared de madera decorada con taxidermia y los nudillos de la otra entre los muslos de la rubia, bajo la falda, al tiempo que le pasaba los labios por el cuello.

«Sí. Arsène se refería sin duda a sus implantes de culo». Parecía que podía flotar sobre esas cosas hasta Irlanda.

A diferencia de Arsène y de mí, que nos enorgullecíamos de formar parte del club del uno por ciento, a Riggs le encantaba presumir de chicas con culos que valían millones. Era un estafador, un ladrón y un delincuente. Un hombre tan poco honesto que me sorprendió que no ejerciera la abogacía. Tenía el atractivo cliché del chico malo de extrarradio. Llevaba el pelo suelto y lo tenía dorado como el lino, lucía un bronceado intenso, la perilla sin afeitar y suciedad bajo las uñas. Sonreía de lado, con unos ojos profundos y sin fondo al mismo tiempo, y tenía la molesta habilidad de hablar, con su voz de dormitorio, de todo, incluso de sus movimientos intestinales.

Riggs era el más rico de los tres. Por fuera, sin embargo, parecía estar de paso por la vida, pues era incapaz de comprometerse con nada, ni siquiera con una compañía de telefonía móvil.

—¿Ha ido bien la reunión? —Arsène, a mi lado, cerró el libro de bolsillo. Eché un vistazo a la portada: *El fantasma en el átomo: un debate sobre los misterios de la física cuántica.*

¿Alguien ha dicho *fiestero?*

El problema de Arsène: que era un genio. Y a los genios, como todos sabemos, les cuesta mucho tratar con idiotas. Y los idiotas, como también sabemos, constituyen el noventa y nueve por ciento de la sociedad civilizada.

Como Riggs, había conocido a Arsène en la Academia Andrew Dexter para chicos. Habíamos conectado al instante. Pero, mientras que Riggs y yo nos habíamos reinventado para sobrevivir, Arsène parecía siempre él mismo: hastiado, cruel y desapasionado.

—Ha ido bien —mentí.

—¿Estoy viendo al nuevo socio de Cromwell & Traurig?

Arsène me miró con escepticismo.

—Pronto. —Me dejé caer en un taburete a su lado y le hice señas a Elise, la camarera. Cuando se acercó a nosotros, le pasé un billete nuevo de cien dólares por la barra de madera.

Enarcó una ceja.

—Menuda propina, Miller.

Elise tenía un ligero acento francés, como todo lo relacionado con ella.

—Bueno, estás a punto de embarcarte en una ardua tarea. Quiero que te acerques a Riggs y le eches una copa en la cara al estilo de las películas cursis de los ochenta que hayas visto, como si fueras su cita y te acabara de dejar por Blondie. Hay otro Benjamin esperándote si consigues llorar un poco, y que parezca de verdad. ¿Crees que podrás hacerlo?

Elise enrolló el billete y se lo metió en el bolsillo trasero de los pantalones ajustados.

—Ser camarera en Nueva York es sinónimo de ser actriz. Tengo tres espectáculos fuera de Broadway y dos anuncios de tampones en mi haber. *Claro* que puedo hacerlo.

Un minuto después, la cara de Riggs olía a vodka y sandía, y Elise era doscientos dólares más rica. Le habían llamado la atención por haber dejado colgada a su cita. Blondie se marchó enfadada mientras soltaba un resoplido y regresó con sus amigas. Riggs, en cambio, se dirigió a la barra, divertido y molesto a la vez.

—Idiota. —Riggs agarró el dobladillo de mi americana y lo usó para limpiarse la cara.

—Dime algo que no sepa.

—La penicilina se llamó primero zumo de moho. Apuesto a que no lo sabías. Yo tampoco, hasta el mes pasado, cuando me senté en un vuelo a Zimbabue junto a una bacterióloga muy simpática llamada Mary. —Riggs tomó mi cerveza, se la bebió entera y luego chasqueó la lengua—. Alerta de *spoiler:* Mary no era virgen entre las sábanas.

—Querrás decir en el lavabo. —Arsène puso cara de asco.

Riggs soltó una carcajada estruendosa.

—¿Necesitas un collar de perlas para agarrarte a ellas, Corbin?

Esa era la otra cosa sobre Riggs. Era un nómada. Se bebía las copas de los demás, se quedaba en sus sofás y volaba en clase económica como un pagano. No tenía raíces, ni hogar, ni responsabilidades fuera del trabajo. A los veintidós años había sido tolerable. A los treinta y dos, rozaba el límite de lo lamentable.

—Lo que me recuerda: ¿adónde vas mañana? —Le arrebaté la cerveza vacía antes de que empezara a lamerla.

—A Karakórum, en Pakistán.

—¿Se te han acabado los lugares que visitar en América?

—Hace unos siete años. —Sonrió con cordialidad.

Riggs trabajaba como fotógrafo para *National Geographic* y otras revistas de política y naturaleza. Había ganado muchos premios y visitado la mayoría de los países del mundo. Cualquier cosa con tal de huir de lo que le esperaba —o *no*— en casa.

—¿Cuánto tiempo nos honrarás con tu ausencia? —preguntó Arsène.

Riggs echó el taburete hacia atrás e hizo equilibrios sobre dos patas.

—¿Un mes? ¿Quizá dos? Espero conseguir otra misión y volar directamente desde allí. Nepal. Quizá Islandia. ¿Quién sabe?

«Tú no, eso seguro, bebé del tamaño de un refrigerador industrial».

—Hoy Christian les ha pedido a papi y papi un ascenso y se lo han denegado. —Arsène puso a Riggs al corriente con un tono monótono. Tomé su cerveza japonesa y me la bebí.

—¿Sí? —Riggs me dio una palmada en el hombro—. Quizá sea una señal.

—¿De que soy pésimo en mi trabajo? —le pregunté en tono agradable.

—De que es hora de bajar el ritmo y ver que hay algo más en la vida que el trabajo. Lo has conseguido. No corres peligro de volver a ser pobre. Déjalo estar.

Eso era más fácil de decir que de hacer. El pobre Nicky siempre viviría en mi interior, donde comía *kasha* de hacía dos días, para recordarme que Hunts Point estaba a un puñado de paradas de autobús y a unos pocos errores de distancia.

Le di un codazo a Riggs en las costillas. Su taburete volvió al sitio de golpe. Se rio.

—Y no es que no lo entienda —respondí para dejar las cosas claras—. Quieren que me luzca con un caso. Que les dé una gran victoria.

Arsène me lanzó una sonrisilla cruel.

—Y yo que pensaba que estas cosas solo pasaban en las películas de Jennifer Lopez.

—Cromwell se lo ha sacado del culo para ganar tiempo. Pasar por el aro no marcará la diferencia. La asociación es mía.

Sin mí, Cromwell & Traurig no era más que un montón de ladrillos y papeles legales en la avenida Madison. Pero no dejaba de ser el mejor bufete de abogados de Manhattan, y dejarlo por una asociación, aunque fuera en el segundo bufete más grande de la ciudad, suscitaría preguntas, además de sospechas.

—Me alegro de que el síndrome del extrarradio no sea contagioso. —Riggs volvió a llamar a Elise y pidió otra ronda—. Debe de ser agotador ser tú. Estás decidido a conquistar el mundo, aunque tengas que quemarlo en el proceso.

—Nadie se quemará si consigo lo que quiero —contesté.

Ambos sacudieron la cabeza al unísono. Riggs me lanzó una mirada compasiva.

—Esto es para lo que estás hecho, Christian. Deja que tus demonios corran libres a ver adónde te llevan. Por eso somos amigos. —Riggs me dio una palmada en la espalda—. Pero recuerda que, para convertirte en rey, primero debes destronar a alguien.

Volví a sentarme en el taburete.

Rodarían cabezas, de acuerdo. Pero ninguna sería la mía.

Capítulo tres

Christian

Presente

La oportunidad de demostrar que era un socio digno se me presentó el lunes siguiente, envuelta en un lazo de satén rojo a la espera de que la desenvolviera.

Era un regalo de Dios. Si fuera creyente, cosa que no tenía por qué ser, habría renunciado a algo durante la Cuaresma para mostrar mi agradecimiento al gran hombre de arriba. Nada esencial, como el sexo o la carne, pero tal vez mi suscripción al club de vinos. De todos modos, yo era un hombre más de *whisky*.

—Hay alguien que quiere verte —anunció Claire, una asociada júnior. Por el rabillo del ojo vi que golpeaba la puerta de mi despacho con una gruesa carpeta de papel manila pegada al pecho.

—¿Tengo pinta de aceptar visitas sin cita previa? —pregunté sin apartar la mirada de los papeles que estaba examinando.

—No, por eso la he mandado a paseo, pero luego me ha contado el motivo por el que la ha traído aquí y, bueno, ahora creo que deberías tragarte tu orgullo y escucharla.

Seguí garabateando en los márgenes del documento en el que estaba trabajando, sin levantar la vista.

—Véndemelo —le espeté.

Claire me dio el discurso del ascensor. Lo esencial del caso.

—¿Demanda por acoso sexual contra un antiguo empleador? —pregunté, y tiré a la papelera un rotulador rojo que se había quedado sin tinta antes de destapar uno nuevo con los dientes—. Parece normal.

—No cualquier empleador.

—¿Es el presidente?

—No.

—¿El juez de la Corte Suprema?

—Um…, no.

—¿El papa?

—Un *cristiano.* —Movió la muñeca de forma coqueta y soltó una risita ronca.

—Entonces no es un caso lo bastante importante para mí.

—Es una persona poderosa. Conocido en todos los círculos de Nueva York. Se presentó a la alcaldía hace unos años. Amigo de todos los museos de Manhattan. Estamos hablando de un pez gordo. —Levanté la vista. Claire se pasó el tacón de aguja por la pantorrilla para rascarse. Le había temblado la voz al hablar. Intentaba contener la emoción. No podía culparla. Nada me ponía más nervioso que saber que estaba a punto de conseguir un jugoso caso con cientos de horas facturables, y que lo ganaría. Para un asesino nato, solo había una cosa más estimulante que el olor de la sangre: el aroma de la sangre *azul.*

Aparté la mirada de mis notas, dejé caer el rotulador y me recosté en la silla.

—¿Has dicho que se presentó a la alcaldía?

Claire asintió.

—¿Hasta dónde llegó?

—Algo lejos. Recibió el apoyo del exsecretario de prensa de la Casa Blanca, de algunos senadores y de funcionarios locales. Abandonó la carrera de forma misteriosa por problemas familiares cuatro meses antes de las elecciones. Tuvo una jefa de campaña muy guapa, muy joven y que no era su mujer, pero que ahora vive en otro estado.

«Cada vez más caliente…».

—¿Nos creemos la excusa de los problemas familiares? —Me acaricié la barbilla.

—¿Creemos que Papá Noel se desliza por las chimeneas y aun así se las ingenia para estar alegre toda la noche? —Claire ladeó la cabeza e hizo un mohín.

Recogí el rotulador y le di golpecitos contra el escritorio, pensativo. Mi instinto me decía que era quien yo pensaba, y mi instinto nunca se equivocaba. Y eso técnicamente significaba que no debía tocar ese caso ni con un palo de tres metros. Conocía a los principales implicados y le guardaba rencor al acusado.

Pero *deber* y *poder* eran dos criaturas distintas, y no siempre se llevaban bien.

Claire me dio todas las razones por las que debía aceptar a la persona sin cita como si fuera un cazador de ambulancias de baja categoría, hasta que levanté una mano para detenerla.

—Háblame de la demandante.

Resulta curioso lo admirable que era mi control de los impulsos en todas las demás áreas de la vida —mujeres, dieta, ejercicio, ego—, pero todo cambiaba cuando se trataba de una familia. Riggs se equivocaba. No en lo de los demonios. Tenía muchos. Pero sabía exactamente adónde me llevarían: a la puerta de ese hombre.

Claire se sonrojó más; disfrutaba de cómo la miraba. Tomé nota mental de tirármela esa noche hasta dejarla sin sentido por esa mirada sensual.

—Fiable, digna de confianza y comunicativa. Tengo la sensación de que busca un abogado. Va a ser un gran caso.

—Dame cinco minutos.

Claire se dirigió a la puerta y se detuvo.

—Oye, esta noche abren un nuevo restaurante birmano en el SoHo…

Dejó la frase en el aire. Sacudí la cabeza.

—Recuerda, Claire. Nada de relaciones de puertas hacia fuera. —Ese era nuestro acuerdo.

Se revolvió el pelo con un resoplido.

—¿Qué puedo decir? Lo he intentado.

Diez minutos después, estaba sentado frente a Amanda Gispen, administrativa.

Claire tenía razón. La señora Gispen era la víctima perfecta. Si el caso llegaba a juicio, era probable que el jurado se quedara prendado de ella. Era educada sin parecer condescendiente, de mediana edad, con una voz suave, atractiva sin ser *sexy,* y vestía de pies a cabeza con ropa de St. John. Llevaba el pelo peinado con cuidado hacia atrás y sus ojos castaños eran inteligentes pero no astutos.

Cuando entré en la sala de conferencias donde Claire la había hecho esperar, se levantó de su asiento como si yo fuera un juez y me hizo una respetuosa reverencia.

—Señor Miller, gracias por hacerme un hueco. Siento presentarme sin avisar.

No, no lo sentía. Podría haber reservado una cita, pero el hecho de que no hubiera sido así, de que de verdad creyera que la recibiría, me provocó curiosidad.

Me senté frente a ella, despatarrado sobre una silla giratoria Wegner, mi último derroche navideño. Los lujos obscenos eran una constante en mi vida. No tenía familia a la que comprarle nada. La silla de oficina debía quedarse en mi despacho, pero Claire, que disfrutaba mucho tomándose libertades y cruzando líneas rojas invisibles, a veces la llevaba a las salas de conferencias y la utilizaba como signo de nuestra amistad e intimidad. Todos los demás sabían que nunca se saldrían con la suya.

—¿Por qué yo, señora Gispen? —Fui directo al grano.

—Por favor, llámeme Amanda, y puede tutearme. Dicen que usted es el mejor en este mundillo.

—*¿Quiénes?*

—Todos los abogados laboralistas que he visitado en las últimas semanas.

—Un consejo, Amanda: no creas a los abogados, ni siquiera a mí. ¿A quién contrataste?

Cuando me enfrentaba a una demanda por acoso sexual, siempre aconsejaba a mis clientes que buscaran un abogado laboralista antes de dar un paso. Me importaba saber con quién iba a trabajar. En Nueva York había abogados para todos los gustos, y la mayoría eran tan fiables como la línea E del metro cuando nevaba.

—A Tiffany D'Oralio. —Se alisó las arrugas invisibles del vestido.

No estaba mal. Tampoco era barata. Amanda Gispen hablaba en serio.

—Sé que el hombre que me hizo daño estará armado con un convoy de los mejores abogados de la ciudad, y usted es conocido por ser el litigante más despiadado en su campo. Usted fue mi primera elección.

—Técnicamente, he sido su primera visita. Ahora que nos conocemos de manera oficial, supongo que cree que no podré representar a su antiguo jefe.

Sonrió dubitativa.

—Si lo sabía, ¿por qué ha aceptado reunirse conmigo?

«Porque prefiero soportar una muerte larga y meticulosa mientras me azota con un millón de cucharas de plástico que representar al pedazo de mierda a por el que vas».

Recorrí su rostro con la mirada y decidí que respetaba a Amanda Gispen. La prepotencia era mi lenguaje amoroso; la *asertividad,* mi palabra favorita. Además, si mi corazonada era cierta, teníamos un enemigo común al que derrotar, lo que nos convertía en aliados y amigos inmediatos.

—Deduzco que tu antiguo jefe sabe que quieres emprender acciones legales. —Saqué una pelota antiestrés que guardaba en la sala de conferencias y la hice rodar en mi puño.

—Correcto.

«Qué pena». El elemento sorpresa era la mitad de la diversión.

—Explíquese.

—El incidente que me ha traído aquí ocurrió hace dos semanas, pero ya existían indicios reveladores previos.

—¿Qué pasó?

—Le tiré la bebida a la cara después de que me invitara a jugar al *strip poker* en su *jet* privado cuando volvíamos de una reunión en Fairbanks. Me agarró por los brazos y me besó contra mi voluntad. Tropecé y me golpeé la espalda. Cuando vi que avanzaba de nuevo hacia mí, levanté una mano para abofetearlo, pero entonces irrumpió la azafata con unas bebidas. Había preguntado si necesitábamos algo en voz muy alta. Creo que lo sabía. En cuanto aterrizamos, me despidió. Dijo que yo no era una jugadora de equipo. Me acusó de haberle dado señales contradictorias. Eso después de veinticinco años de empleo. Le dije que lo demandaría. Me temo que eso me delató.

—Siento que haya tenido que pasar por eso. —Lo decía de verdad—. Ahora hábleme de los delatores a los que se refería.

Respiró de forma entrecortada.

—Alguien me contó que él le había enviado una foto de su... su... *miembro.* —Se estremeció—. Y no creo que fuera la única. Entiendo que así funcionaba la empresa para la que trabajaba. Los hombres se salían con la suya en casi todo y las mujeres tenían que sentarse y aceptarlo.

Se me desencajó la mandíbula. Era probable que su atacante ya tuviera un abogado. De hecho, no me habría sorprendido que estuviera trabajando en una moción para que se desestimara el caso por motivos técnicos o procesales. Sin embargo, según mi experiencia, a los príncipes de los fondos de cobertura les gustaba llegar a acuerdos extrajudiciales. A sus víctimas tampoco les gustaba lamentarse de sus momentos más delicados y vergonzosos en una sala llena de desconocidos para que los abogados las destrozaran después. El problema era que yo no *quería* llegar a un acuerdo extrajudicial. Si era quien yo creía, quería llevarlo a la guillotina y convertirlo en carne picada para que todo el mundo lo viera.

Y quería hacer de él mi medio para un fin. Mi preciada victoria: conseguir al fin que me convirtieran en socio.

—¿Lo has pensado bien? —Jugueteé con la pelota de estrés a lo largo de la palma de mi mano.

Ella asintió.

—Lo he visto salirse con la suya en demasiadas cosas. Ha acosado a muchas mujeres por el camino. Mujeres que, a diferencia de mí, no estaban en posición de quejarse. Pasaron por situaciones más duras que las que yo tuve que afrontar. Estoy dispuesta a poner fin a esto.

—¿Qué quieres conseguir con esto? ¿Dinero o justicia? —pregunté. Por lo general, yo engatusaba a mi cliente para ir a por lo primero. No solo porque la justicia era un objetivo esquivo y subjetivo, sino también porque, a diferencia del dinero, no estaba garantizada.

Se removió en el asiento.

—¿Ambos, quizá?

—Ambas cosas no siempre son mutuamente excluyentes. Si llegamos a un acuerdo, saldrá ileso y seguirá abusando de las mujeres.

Que conste que no solo hablaba el monstruo sanguinario que habitaba en la boca de mi estómago, ni el Nicky de catorce años, sino también un hombre que había conocido a suficientes víctimas de acoso sexual para reconocer el patrón de un depredador cuando lo tenía delante.

—¿Y si voy a juicio? —Parpadeó rápidamente mientras lo asimilaba todo.

—Puede que te paguen, pero también es posible que no. Pero, incluso si perdemos, lo cual no creo que ocurra (aunque no prometo nada), es de esperar que él se vuelva más cauteloso y que le cueste más salirse con la suya con este tipo de comportamientos.

—¿Y si decido llegar a un acuerdo? —Se mordió el labio inferior.

—Entonces, debo decir que no puedo aceptar el caso.

Ahora hablaba Nicky. No me veía sentado con ese hombre en una habitación con aire acondicionado, mientras hacíamos números y redactábamos cláusulas sin sentido, conscientes de que se saldría con la suya en otra atrocidad contra la humanidad. Me incliné hacia delante.

—Permítame que se lo pregunte de nuevo, señora Gispen: ¿dinero o justicia?

Cerró los ojos. Cuando volvió a abrirlos, había un trueno en ellos.

—Justicia.

Apreté la pelota con más fuerza. La adrenalina me corría por las venas.

—Será duro. La obligará a salir de su zona de confort. Y me refiero a salir por completo de su zona postal. Suponiendo que superemos su inevitable petición de desestimación, pasaremos a la fase de descubrimiento de pruebas, durante la cual sus abogados realizarán interrogatorios y solicitudes con el único objetivo de sacar a relucir sus trapos sucios y manchar su nombre de mil maneras diferentes. Habrá declaraciones y audiencias probatorias, e, incluso después de todo eso, lo más seguro es que su antiguo jefe presente una petición de fallo sumarial para intentar que se desestime el caso sin un juicio. Será doloroso, puede que largo, y, sin duda, agotador mentalmente. Por otro lado, cuando salga de esta, su forma de ver a la raza humana en su conjunto habrá cambiado.

Me sentí como un ambicioso chico de fraternidad que se aseguraba de cubrir todas las bases antes de llevarse a alguien a la cama: ¿estaba lo bastante sobria? ¿Y dispuesta? ¿Su estado de salud era bueno? Era importante alinear nuestras expectativas antes de empezar.

—Soy consciente de ello —respondió Amanda, que se sentó un poco más recta y alzó la barbilla—. Créame, no se trata de una reacción precipitada ni de un alarde de poder para vengarme de un antiguo empleador. Quiero seguir adelante con esto, señor Miller, y tengo pruebas de sobra.

Tres horas y media facturables y dos reuniones canceladas después, ya sabía lo suficiente sobre el caso de acoso sexual de Amanda Gispen para entender que era una buena oportunidad. Tenía registros de fechas y de llamadas en abundancia; testigos, como la azafata y una recepcionista a quienes habían despedido a principios de ese año, y mensajes de texto condenatorios que harían sonrojar a una estrella del porno.

—¿Adónde vamos a partir de aquí? —preguntó Amanda.

«Directos al infierno, después de todas las normas éticas que estoy a punto de romper».

—Te enviaré una carta de compromiso. Claire te ayudará a recopilar toda la información y a prepararte para presentar una denuncia ante la Comisión para la Igualdad de Oportunidades de Empleo.

Amanda apretó el dobladillo de su vestido.

—Estoy nerviosa.

Le entregué la pelota antiestrés como si fuera una manzana reluciente.

—Es natural, pero del todo innecesario.

Amanda aceptó la pelota y la estrujó con timidez.

—Es que… No sé qué esperar una vez que presentemos el caso.

—Para eso me tienes a mí. Recuerda que en un caso de acoso sexual puede llegar a un acuerdo en cualquier momento. Antes y durante el litigio, o incluso a lo largo del juicio.

—Llegar a un acuerdo no es algo que me plantee ahora mismo. No me importa el dinero. Quiero verlo sufrir.

«Tú y yo».

Se mordió el labio superior.

—Me cree, ¿verdad?

«Qué peculiar es la condición humana, pensé». Mis clientes me hacían esa pregunta a menudo y, aunque mi respuesta real era que no importaba —yo estaba de su lado, lloviera o hiciera sol—, esa vez podía apaciguarla y seguir con mi verdad.

—Por supuesto.

No me extrañaría nada de Conrad Roth. El acoso sexual parecía estar al alcance de su mano.

Me devolvió la pelota y tomó aire. Negué con la cabeza.

—Quédatela.

—Gracias, señor Miller. No sé qué habría hecho sin usted.

Me levanté y me abroché la americana.

—Hablaremos de tus expectativas y te transmitiré mis recomendaciones basadas en las pruebas.

Amanda Gispen se levantó, con una mano sobre las perlas que llevaba al cuello, y me tendió la otra para que se la estrechara.

—Quiero que este hombre se pudra en el infierno por lo que me hizo. Podría haberme violado. Estoy segura de que lo habría hecho de no haber sido por la azafata. Quiero que sepa que nunca podrá hacerle eso a nadie más.

—Confíe en mí, señora Gispen. Haré todo lo que esté en mi mano para arruinar a Conrad Roth.

Capítulo cuatro

Christian

Pasado

Como todas las cosas que nacen para morir, nuestra relación comenzó en el cementerio.

Esa fue la primera vez que coincidí con Arya Roth. La quinta o quizá sexta vez que mamá me llevó a Park Avenue durante las vacaciones de verano. El invierno anterior, después de que Keith Olsen, un chico de mi calle, muriera de hipotermia, la Administración de Servicios de Menores había realizado actuaciones en los apartamentos de Hunts Point para sacar de sus hogares a niños abandonados. Todo el mundo sabía que el padre de Keith cambiaba los cupones de comida de la familia por cigarrillos y mujeres, pero nadie sabía lo mal que lo estaban pasando los Olsen.

Mamá decía que los Servicios de Menores eran una mierda. Quería quedarse conmigo, pero no lo suficiente para pedir a Conrad y Beatrice Roth que me dejaran quedarme en su casa mientras ella trabajaba. Esto llevó a que mamá me dejara fuera de su edificio seis días a la semana para que me las arreglara solo de ocho a cinco mientras ella limpiaba, cocinaba, lavaba la ropa y paseaba al perro.

Mamá y yo establecimos una rutina. Tomábamos el autobús juntos cada mañana. Yo observaba la ciudad a través de la ventanilla, medio dormido, mientras ella tejía jerséis que después vendería por unos centavos en la tienda de segunda mano Rescued Treasure. Entonces, la acompañaba a la entrada del edificio con forma de arco de ladrillos blancos, tan alta que tenía que estirar el cuello para contemplarla por completo. Mamá, vestida con su uniforme, un polo amarillo de manga corta con el logotipo de la empresa para la que trabajaba, delantal azul y pantalones caqui, se inclinaba momentos antes de que las fauces de la gran entrada se la tragaran para apretarme el hombro y entregarme un billete arrugado de cinco dólares. Sujetaba el billete con fuerza mientras me advertía: «Esto es para el desayuno, la comida y la merienda. El dinero no crece en los árboles, Nicholai. Gástalo con prudencia».

La verdad era que nunca lo gastaba *todo.* En vez de eso, robaba cosas de la bodega local. Después de unas cuantas veces, el cajero me pilló y me dijo que podía quedarme con el alijo caducado de su almacén siempre que no se lo dijera a nadie.

La carne y los productos lácteos no me gustaban, pero las patatas rancias sí.

El resto de mi horario estaba completamente abierto. Al principio, merodeaba por los parques y pasaba el tiempo observando a la gente. Luego me di cuenta de que me enfurecía ver cómo otros niños pasaban tiempo con sus hermanos, niñeras y, a veces, incluso sus *padres,* en el frondoso césped del parque, donde se columpiaban en las barras, tomaban bocadillos en forma de estrella envasados para almorzar, sonreían sin dientes a las cámaras y coleccionaban recuerdos felices que se guardaban en los bolsillos. Mi ya profunda sensación de injusticia se expandió en mi pecho como un globo. Mi pobreza era tangible y palpable en mi forma de andar, hablar y vestir. Sabía que parecía un niño muy pobre, y no necesitaba que la gente me lo recordara cuando me miraban con una preocupación distante que solían reservar para los perros abandonados. Era un engendro en medio de su existencia prístina. Una mancha de kétchup en su conjunto de diseño. Un recordatorio de que a unos bloques de distancia había otro mundo lleno de niños que no sabían lo que era la terapia del habla, las vacaciones conjuntas en casa ni los *brunch* sin gluten. Un mundo donde la nevera estaba prácticamente vacía y donde los azotes ocasionales te llenaban de orgullo, pues significaba que les importabas medio pimiento a tus padres.

Los primeros días fueron descorazonadores. Contaba los segundos hasta que mamá salía de trabajar mientras ojeaba mi reloj de pulsera barato, que parecía avanzar lento a propósito para verme sudar. Ni siquiera el perrito caliente gomoso que mamá me compró de un vendedor ambulante cuando volvíamos a nuestro vecindario a causa de la culpa y el cansancio que sentía por haberse pasado el día adulando a otra familia suavizó el golpe.

El tercer día de las vacaciones de verano, encontré un pequeño cementerio privado, situado entre el límite de Central Park y una caseta de autobuses turísticos. Estaba oculto a la vista, vacío la mayor parte del día, y ofrecía una vista privilegiada de la entrada del edificio de los Roth. Irónicamente, era el paraíso terrenal. Apenas salí del cementerio en los días siguientes. Solo en algunas ocasiones, cuando necesitaba encontrar un árbol detrás del que hacer pis, buscaba colillas para fumar o asaltaba el alijo caducado de la bodega, donde me llenaba los bolsillos con más de lo que podía comer para vender las sobras a mitad de precio en Hunts Point. Tomaba la comida y me apresuraba a volver al cementerio, donde me apoyaba en la lápida de un hombre llamado Harry Frasier y me atiborraba.

El cementerio Mount Hebron no era un lugar tenebroso. Para mí, se parecía a todo lo demás del barrio. Pulcro e impecable, con rosas que siempre florecían, arbustos recortados con cuidado y caminos pavimentados. Incluso las lápidas brillaban como el cuero de unas Jordan nuevas. Los pocos coches que había aparcados junto a la caseta de la oficina eran de las marcas Lexus y Porsche.

El cementerio era como una capa de invisibilidad. A veces fingía que estaba muerto y que nadie podía verme. Nadie me veía. Esa idea me reconfortaba. Solo los estúpidos querían que los vieran y escucharan. Para sobrevivir en mi mundo, tenías que escabullirte.

Todo fue sobre ruedas hasta el cuarto día. Que conste que yo estaba ocupado echándome una siesta apoyado en la lápida de Harry Frasier. Hacía calor y había humedad, la temperatura me envolvía por todas partes. El calor ascendía desde el suelo y el sol se colaba entre los árboles. Me desperté de golpe. Una gruesa capa de sudor me cubría la frente y estaba mareado por la sed. Necesitaba encontrar una manguera. Cuando abrí los ojos, vi a una chica de mi edad unas seis tumbas más allá, bajo un sauce llorón gigante. Llevaba unos vaqueros cortos y una camiseta de tirantes. Estaba sentada en una de las tumbas y me miraba fijamente con unos ojos del color de un pantano mugriento. Llevaba el pelo castaño y rizado revuelto, como las serpientes de Medusa.

«¿Una sintecho?». Tal vez. Le daría un puñetazo si intentaba robarme.

—¿Qué narices miras? —espeté, y me llevé una mano al bolsillo delantero para sacar una colilla y ponérmela en la comisura de los labios. Mis pantalones vaqueros eran unos cinco centímetros demasiado cortos y dejaban al descubierto las espinillas, pero me quedaban holgados por la cintura. Sabía que no aparentaba doce años. Diez, en un buen día.

—Estoy mirando a un niño que duerme en un cementerio.

—Qué graciosa, Sherlock. ¿Dónde está el señor Watson?

—No sé quién es el señor Watson. —No dejaba de mirarme con fijación—. ¿Por qué estás durmiendo aquí?

Me encogí de hombros.

—Estoy cansado. ¿Por qué lo haría, si no?

—Eres raro.

—Y tú te estás metiendo donde no te llaman. —Enfaticé las palabras para asustarla. Mamá siempre decía que la mejor defensa era un buen ataque—. ¿Qué haces *tú* aquí, de todos modos?

—Vengo a escondidas para ver si mi madre se da cuenta de que no estoy en casa.

—¿Y funciona? —le pregunté.

Ella negó con la cabeza.

—Nunca.

—¿Por qué vienes aquí? —Fruncí el ceño—. ¿Por qué no vas a otro sitio?

—Así visito a mi hermano gemelo. —Señaló la tumba frente a la que se encontraba.

Su hermano gemelo había fallecido. A los doce años ya tenía una idea clara de lo que era la muerte. Los padres de mamá habían muerto, y también Keith Olsen, y Sergey, el de la charcutería de la manzana de abajo, y Tammy, la trabajadora sexual que había vivido en una tienda de campaña en Riverside Park. También había estado en un funeral. Pero que esa niña hubiera perdido a su hermano me extrañó. Los niños de nuestra edad no *morían* así como así. Incluso la historia de Keith Olsen había resonado en Hunts Point, y éramos un grupo bastante duro.

—¿Cómo sucedió? —Me acomodé sobre la lápida de Harry Frasier y entrecerré los ojos para que supiera que no se libraría de la pregunta por estar triste o lo que fuera. Se golpeó la rodilla desnuda, donde tenía una herida fea. Supuse que habría saltado por encima de la verja para entrar, como yo. Era un cementerio privado y no se podía forzar la cerradura; había que llamar a la oficina para entrar. La mala impresión que tenía de ella se convirtió en un respeto reacio. Ni siquiera las chicas de mi barrio, que no eran nada femeninas, saltarían aquella verja. Tenía pinchos de hierro forjado y unos dos metros de altura.

—Murió mientras dormía cuando éramos bebés.

—Menuda mierda.

—Sí. —Golpeó el suelo con sus zapatillas y frunció el ceño—. ¿Alguna vez te has preguntado por qué hacemos eso?

—¿Morir? No sé si es intencionado.

—No. ¿Enterrar a los muertos?

—La verdad es que no pienso en esas cosas. —Mi voz se endureció.

—Al principio pensé que era como plantar semillas, para que tal vez floreciera la esperanza.

—¿Y ahora? —Me enjugué el sudor de la frente. Parecía lista. La mayoría de los niños de mi edad tenían la inteligencia de una planta de interior.

—Ahora creo que los enterramos porque no queremos compartir el mundo con ellos. Duele demasiado.

Con el ceño aún fruncido, pensé en qué decir.

Me estaba entrando mucha sed, pero no quería moverme. Parecía una prueba. O una competición, tal vez. Ese era mi territorio. Mi cementerio para el verano. No quería que ella pensara que podía entrar ahí y robarme mi lugar, tuviera un hermano muerto o no, pero también había algo más. No sabía el qué. Tal vez no estar solo no era tan desagradable, después de todo.

—¿Y bien? ¿Te quedarás ahí mirándome? Haz lo que hayas venido a hacer. —Chupé la colilla e intenté encenderla sin éxito con un mechero que se le había caído al señor Van en el pasillo comunitario hacía unos días.

—Sí. Está bien. Pero no interrumpas…, *rarito.* —Levantó un brazo, impaciente, hacia mí.

Puse los ojos en blanco. Era rara. Su hermano era un bebé cuando lo perdió, ¿no? No es que estuvieran muy unidos. En fin. ¿Qué sabía yo de hermanos? Una cosa, en realidad: que no iba a tener ninguno. Porque, como señalaba mi madre cada vez que un niño pequeño tenía una rabieta en el Dollar Tree o en Kmart: «Los niños son desagradecidos y caros. Una carga muy cara».

«Vaya. Gracias, mamá».

La niña me dio la espalda cuando se volvió hacia la tumba. Acarició la lápida, y en ese momento me di cuenta de que era más pequeña que las demás. En realidad, todas las tumbas de aquella hilera eran pequeñas. Un escalofrío me recorrió la espalda.

—Hola, Ar. Soy yo, la otra Ar. Solo quería saber cómo estabas. Te echamos de menos todos los días. Mamá ha vuelto a tener unos días bastante malos. Nos ignora mucho a papá y a mí. El otro día hablé con ella y me ignoró, como si fuera un fantasma. Lo hace a propósito, para castigarme. Pensé que tal vez podrías visitarla un poco menos en las próximas semanas. Sé que te ve todo el tiempo. En tu habitación, en el sofá donde dormíamos la siesta, en la ventana...

Habló durante unos cinco minutos. Intenté no escuchar, pero era como intentar clavar gelatina en una pared. Estaba como loca. Pensé que se echaría a llorar, pero se contuvo. Al final, tomó una piedrecita del suelo y la dejó sobre la tumba de mármol antes de levantarse.

Se alejó hacia la puerta.

—¿Por qué has hecho eso? —solté.

Se volvió y me miró sorprendida, como si se hubiera olvidado de que estaba allí.

—¿Hacer qué?

—Eso con la piedra.

—En la tradición judía, se coloca una piedrecita sobre la lápida para mostrarle a la persona que alguien la ha visitado. Que no la han olvidado.

—¿Eres judía?

—Mi *au pair* lo era.

—Así que eres una niña rica, entonces.

—¿Porque tuve una *au pair*? —Me miró como si fuera idiota.

—Porque sabes lo que significa la palabra en primer lugar.

—Tú también. —Se cruzó de brazos para demostrarme que se negaba a dejarme ganar una discusión, por pequeña e insignificante que fuera—. Sin embargo, no pareces rico.

—No soy ejemplo de nada. —Tomé un puñado de tierra y disfruté de la textura de los granos contra las yemas de los dedos. Consumía el mundo en mayores cantidades que el niño medio. Leía, escuchaba y veía cosas cada segundo del día. Trataba la vida con la misma practicidad con la que trataba mi reloj de pulsera. Quería darle la vuelta, desenroscar las clavijas y ver cómo funcionaba. Ya me había prometido a mí mismo que no sería como mamá. Los ricos no me engullirían. Me los comería, si era necesario.

—Entonces, supongo que soy rica. —Tomó otra piedra pequeña y pasó el pulgar sobre la superficie lisa—. ¿Tú no?

—¿Dormiría en el cementerio si lo fuera?

—No lo sé. —Se pasó una mano por el pelo despeinado. Estaba lleno de hojas muertas, escombros y nudos—. Supongo que no creo que todo tenga que ver con el dinero.

—Eso es porque lo tienes. Pero no lo pareces. Rica, quiero decir.

—¿Por qué? —preguntó ella.

—No eres guapa —respondí sin perder el tiempo.

Esa fue su señal para irse. La había insultado con éxito. Le había hecho una peineta. Sin embargo, se giró en mi dirección.

—Oye, ¿quieres limonada y repollo relleno?

—¿No me has oído? Te he llamado fea.

—¿Y qué? —Se encogió de hombros—. La gente miente todo el tiempo. Sé que soy guapa.

Madre mía. Y ahí seguía, esperando.

—No, no quiero limonada ni repollo relleno.

—¿Seguro? Está muy bueno. Mi criada lo prepara con arroz y carne picada. Es algo ruso.

Las alarmas resonaron en mi cabeza; todas las luces rojas de las señales de salida empezaron a parpadear. El repollo relleno era la especialidad de mamá cuando podíamos permitirnos comprar carne picada, que no era muy a menudo. Y, si esta chica se ofrecía a traer comida, eso significaba que vivía cerca.

—¿Cómo te llamas? —pregunté, con la voz del todo calmada.

—Arya. —Hubo una pausa—. Pero mis amigos me llaman Ari.

Ella sabía quién era yo.

Lo sabía, y quería asegurarse de que recordara cuál era mi lugar en la cadena alimenticia. «Mi criada», había dicho. Yo solo era una extensión de mi madre.

—¿Sabes quién soy? —Mi voz sonaba oxidada, ronca.

Ella se revolvió su interminable melena.

—Tengo una corazonada.

—¿Y no te importa?

—No.

—¿Me estabas buscando? —¿Solo quería burlarse del chico que esperaba abajo a que su madre terminara de atenderla?

Puso los ojos en blanco.

—Más quisieras. Bueno, ¿limonada y repollo relleno?

Haber dicho que no habría sido una tontería. Ante todo, yo era un estafador. Las emociones no formaban parte del juego. Y ella me estaba ofreciendo comida y bebida. Lo que yo pensara de ella no importaba. No era como si fuéramos a convertirnos en mejores amigos. Una comida no apagaría una llama de odio que hacía seis años que quemaba.

—Claro, Ari.

«Famosas últimas palabras».

Ese fue el comienzo de todo.

Capítulo cinco

Christian

Presente

—Tienes que estar de broma —comentó Arsène más tarde esa noche, mientras apuñalaba un trozo de atún de aleta amarilla con sus palillos en el bar poke. Yo había estado muy ansioso por hablar con alguien sobre mi día, por lo que Claire había tenido que conformarse con un polvo rápido en un hotel cercano durante el almuerzo, y ni siquiera había sido bueno—. No puedes representar a esta mujer. *Conoces* a Conrad Roth. *Odias* a Conrad Roth. Es el hombre que se comió tu almuerzo.

Deslicé las algas de mi cuenco de una esquina a la otra y dejé que sus razones —todas válidas y lógicas— se deslizaran por mi espalda. La venganza no tenía rima ni ritmo. Era la hermana más *sexy* e implacable del karma.

Puede que los días fueran largos, pero los años eran cortos. Conrad Roth me había formado y moldeado para ser el hombre que era hoy, y ahora no era alguien con quien quisiera cruzarse. De ninguna manera rechazaría la oportunidad de volver a verlo. Le mostraría que estaba de vuelta en su campo natal del Upper East Side, vestido con sus marcas, cenando en sus restaurantes, follando con las mismas mujeres, criadas con delicadeza, con las que su preciosa hija había ido al colegio y a las que llamaba «amigas». La escoria de la Tierra había surgido de la inmundicia y ensuciado su prístino mundo, y él estaba a punto de ver de cerca al monstruo que había creado.

Ya no era Nicholai Ivanov, el hijo bastardo de Ruslana Ivanova. Era nuevo, reluciente y renacido. Vestía con trajes de Tom Ford, tenía una sonrisa astuta y unos modales bien ensayados de niño con un fondo fiduciario. La gente como Ruslana Ivanova nunca habría encajado en el mundo de Christian Miller. Eran invisibles. Accesorios. Ni siquiera en un pequeño párrafo en mi historia. Ni tan solo en una frase. Sería algo entre paréntesis, que aparecería solo si rompían por accidente uno de los jarrones caros de mi salón.

—No me reconocerá —contesté cuando comprendí que las dos jóvenes que nos habían atendido cuchicheaban entre ellas animadamente mientras anotaban sus números de teléfono en trozos de papel.

Arsène puso cara de asco.

—Eres tan discreto como las pirámides, Christian. Un gigante de dos metros con unos ojos turquesa inconfundibles y la nariz torcida.

Provocado por el gancho a mano abierta de Conrad casi dos décadas atrás, nada menos.

—Exacto. Lo que él recuerda es a un chaval escuálido al que vio un par de veces durante las vacaciones de verano, antes de que necesitara un maldito afeitado. —Lo señalé con los palillos.

Mentía. No creía que Conrad Roth me recordara *en absoluto.* Lo que hacía que aceptar el caso fuera aún más fácil.

—Estás jugando con fuego —me advirtió Arsène.

—No importa a qué juego, mientras sea siempre para ganar.

—Bien. Te seguiré la corriente un segundo. Supongamos que no reconoce tu triste rostro y no tiene ni idea de quién eres: ¿para qué tomarse la molestia? ¿Dónde está la satisfacción en eso?

—Ah. —Chasqueé la lengua—. Porque cualquier otra persona en mi posición aceptaría un acuerdo y lo daría por zanjado. Quiero arrastrarlo por el barro. Hacerlo sufrir. Y, como extra, me ayudaría a convertirme en socio. A sellar el trato.

Arsène me miró como si estuviera loco. Lo cual, admitámoslo, no era una exageración. No sonaba sensato.

—Cincuenta de los grandes a que te reconoce.

Solté una carcajada.

—Cien a que no. Recogeré mi cheque el lunes.

No había forma de que Conrad Roth supiera quién era. Había desaparecido de su radar poco después de graduarme en la Academia Andrew Dexter y de haberme cambiado el nombre, la dirección y el número de teléfono. Nicholai Ivanov había desaparecido semanas después de la graduación y el puñado de personas a las que les importaba un carajo lo daban por muerto. No me pasa por alto la ironía de la situación. Roth pagó mi educación hasta la universidad, aunque nunca fue por caridad, y yo utilizaría los conocimientos que había adquirido como armas contra él.

Después de todo, no había tenido reparos en acosarme incluso cuando yo vivía en otro estado.

—Mira, Conrad Roth te reconocerá. No hay peros que valgan. —Arsène mostró sus dientes blancos de lobo. Odiaba las cosas ilógicas. La venganza era una de las cosas menos racionales del mundo. El noventa y nueve por ciento de las veces, solo empeoraba las cosas.

—¿Y? —Enarqué una ceja—. ¿A quién le importa?

—A tu carrera —respondió Arsène—. A tu carrera le importa. Veo que tu razonamiento deductivo se ha ido por la ventana. Podrían inhabilitarte si él presenta una denuncia. ¿Vale la pena arriesgar tu carrera por esta pelea?

—En primer lugar, no es tan fácil inhabilitar a alguien. No me licencié en Costco. —Me metí un trozo de edamame en la boca—. En segundo lugar, aunque me reconociera, que no lo hará, no se atrevería. Tengo demasiada influencia sobre él. Nadie sabe lo que me hizo.

—Incluso aunque todo eso sea cierto —Arsène dibujó un círculo con los palillos en el aire—, no podrás llevar este caso con claridad, concentración o una pizca de la cordura que es obvio que estás perdiendo a borbotones a cada minuto que pasa. Te faltan las tres cosas en lo que respecta a los Roth.

—Es hora de que paguen por lo que hicieron —espeté entre dientes.

Una de las mujeres que nos había atendido se acercó pavoneándose y zarandeando las caderas como un péndulo y deslizó los dos números de teléfono por la barra, junto con unas cervezas de cortesía.

—Elegid, chicos. —Nos guiñó un ojo.

—*¿Que paguen?* —Arsène levantó una ceja oscura y gruesa—. ¿Ahora hablamos en plural?

Se metió uno de los números de teléfono en el bolsillo, aunque yo sabía que no llamaría. De los tres, Riggs era el más propenso a meterse en la cama con alguien que no fuera de su nivel económico, seguido de mí, y Arsène iba a la zaga. Era un gran conocedor de las mujeres de la alta sociedad y el éxito, y se fijaba mucho en todo: cómo sabían, cómo olían y cómo vestían. Si tuviera que apostar quién de los tres era un psicópata, me decantaría por él.

—Eres codicioso. —Me acerqué a la papelera y tiré mi poke a medio comer.

—Y tú estás en fase de negación. —Arsène me siguió—. Le guardas rencor a una niña de catorce años, Christian. No es tu mejor cualidad.

—Ya no tiene catorce años. —Golpeé la puerta de cristal con las palmas de las manos y me adentré en la noche invernal; del cielo caían elegantes gotas de lluvia. El rugido de la ciudad me recordó que estaba bajo el mismo pedazo de cielo que ella y probablemente a solo unas calles de distancia.

Tan cerca y tan lejos.

Puede que me hubiera olvidado, pero estaba a punto de conocer una nueva versión del chico con el que había jugado.

Arya Roth había crecido y estaba a punto de pagar por lo que había hecho.

Capítulo seis

Christian

Pasado

Volvió una vez y otra y otra puta vez.

Pasamos la mayor parte de aquellas vacaciones de verano en el cementerio Mount Hebron, donde saltábamos entre las lápidas como si fueran charcos.

Al día siguiente de nuestro primer encuentro, bajó con un libro titulado *El jardín secreto,* y lo leímos, con las sienes sudorosas pegadas, mientras cada uno sostenía un lado del libro. Cada uno leía una página cuando le llegaba el turno, y me di cuenta de que intentábamos impresionarnos mutuamente.

Al día siguiente, llevé un ejemplar de Sherlock Holmes de la biblioteca local, y lo leímos a intervalos, cuando no le estaba gritando que dejara de doblar las esquinas de las páginas porque temía tener que pagar una multa de la biblioteca.

Nos sentábamos en la tumba de Harry Frasier y leíamos. A veces hablábamos con su hermano, Aaron, como si estuviera allí con nosotros. Incluso le dimos una personalidad y todo. Era el aguafiestas que se quedaba atrás y nunca quería hacer nada. El cementerio se convirtió en nuestro propio jardín secreto, con tesoros y misterios por desentrañar. Exploramos todos sus rincones y nos sabíamos de memoria los nombres de sus habitantes.

Una vez, el jardinero nos encontró jugando al escondite. Los dos corrimos como si nos ardiera el culo. Nos persiguió mientras profería blasfemias y agitaba un puño en el aire. Cuando llegamos a la verja de hierro forjado, levanté a Arya para que escapara antes de saltar yo también. El jardinero estuvo a punto de atraparme, pero Arya me agarró de una mano y huimos antes de que él me arrancara la camisa a través de las barandillas de la verja. Esa fue la última vez que fuimos allí.

Pasamos el resto de las vacaciones de verano explorando rincones ocultos de Central Park y escondiéndonos entre los arbustos, desde donde asustábamos a los corredores. Arya traía comida y bebida y a veces incluso juegos de mesa. Cuando empezó a bajar con el doble de todo —batidos de chocolate, barritas de cereales, agua embotellada—, supe que mamá nos había descubierto y miré hacia otro lado.

Una noche, cuando mamá y yo ya estábamos de vuelta en Hunts Point, me agarró por la oreja y apretó hasta que el ruido blanco la llenó.

—Recuerda que el señor Roth te matará si la tocas.

¿Tocarla? Apenas quería *mirarla.* Pero ¿qué otras opciones tenía? Arya hacía que el tiempo pasara más rápido y me traía aperitivos y refrescos.

Para cuando terminó el verano, Arya y yo éramos inseparables. Sin embargo, al empezar el curso, se acabó la amistad. Hablar por teléfono era aburrido —y también algo rebuscado; lo intentamos—, y ninguna de nuestras familias aceptaría una cita para jugar, un concepto que Arya intentó explicarme varias veces.

A veces le escribía, pero nunca le enviaba las cartas.

Lo último que necesitaba era que Arya pensara que me gustaba.

Además, ni siquiera era verdad.

* * *

Llegaron otras vacaciones de verano. Yo era diez centímetros más alto. Una vez más, mi madre me llevó con ella al trabajo.

Esa vez se me permitió entrar en el ático. No porque le importara a mamá, sino porque le preocupaba haberme llevado. A principios de ese año, había empezado a trabajar en la escuela, donde vendía zapatillas Jordan falsificadas con un margen de beneficio del quinientos por ciento después de la comisión que me cobraba Little Ritchie, mi proveedor. El director advirtió a mamá de que iría directo al reformatorio si no dejaba de hacerlo.

La primera vez que pisé el ático de los Roth, me quedé aturdido. Todo se podía robar. Habría derribado las paredes y me las habría metido en los bolsillos si hubiera sido capaz.

El mármol ónice brillaba como el pelaje de una pantera. Los muebles parecían flotar, colgados de cables invisibles, y había cuadros grandes e imponentes por todas partes. Solo la nevera del vino era más grande que nuestro cuarto de baño. Había candelabros chorreantes, estatuas de mármol y alfombras de felpa dondequiera que mirara. Si la gente rica vivía así, era de extrañar que alguna vez salieran de casa.

Pero la verdadera joya era la vista de Central Park. La silueta de los rascacielos parecía una corona de espinas. Y la persona que llevaba esa corona era Arya, que estaba sentada ante un piano de cola blanco, con la espalda erguida y la vista como telón de fondo, vestida de domingo y con expresión solemne.

Se me cortó la respiración. En ese momento, me di cuenta de que era guapa. Sabía que no era fea. Tenía ojos, después de todo. Pero nunca me había planteado que fuera lo *contrario* de fea. El verano anterior, Arya solo había sido Arya. Mi compinche. La chica que no tenía miedo de saltar verjas y emboscar a la gente entre los arbustos. La chica que me había ayudado a encontrar colillas de cigarrillos que fumar.

Arya levantó la cabeza y casi se le salieron los ojos de las cuencas al verme. Por primera vez en mi vida, me sentí cohibido. Hasta entonces, no me habían importado mi narizota y mis orejas de Dumbo, ni que tuviera que engordar unos dos o tres kilos para rellenar mi figura.

Sus padres estaban de pie detrás de ella, la observaban tocar la pieza. Su padre tenía una mano apoyada en su hombro, como si pudiera evaporarse en el aire en cualquier momento. Sabía que no podía hablar conmigo, así que la ignoré y manché el suelo con el chicle que había pisado. Mamá y yo nos quedamos como bolsas de la compra desatendidas en la entrada; ella, nerviosa, amasó el delantal azul mientras esperaba a que Arya terminara la pieza.

Cuando Arya acabó, mamá dio un paso adelante. Su sonrisa parecía dolorosa. Quería quitársela de la cara con uno de sus paños de limpiar embadurnados de lejía.

—Señor Roth, señora Roth, este es mi hijo, Nicholai.

Beatrice y Conrad Roth avanzaron hacia mí como unos gemelos malvados en una película de terror. Conrad tenía los ojos muertos y brillantes de un tiburón, el pelo plateado recortado y un traje que apestaba a dinero. Beatrice era la viva imagen de una mujer florero, con una melena rubia engominada, maquillaje suficiente para esculpir una tarta nupcial de tres pisos y la mirada vacía de una mujer que se ha casado consigo misma. Veía la misma mirada en las esposas de los mafiosos en Hunts Point, que se daban cuenta de que el dinero tenía un precio.

—Qué encantador eres —dijo Beatrice con brusquedad, pero, cuando le tendí una mano, me dio una palmada en la muñeca—. Tienes un hijo encantador, Ruslana. Alto y de ojos azules. Jamás lo habría imaginado.

Conrad me miró durante una fracción de segundo antes de volverse hacia mamá. Parecía a punto de estallar de ira. Como si mi existencia fuera un problema.

—Recuerda lo que hablamos, Ruslana. Mantenlo alejado de Ari.

Una roca del tamaño de Nueva Jersey se asentó en mi estómago. Estaba alucinando.

—Por supuesto. —Mamá asintió con obediencia, y en ese momento la odié. Creo que hasta más de lo que odiaba a Conrad—. No lo perderé de vista, señor.

Detrás de ellos, Arya puso los ojos en blanco e hizo la pantomima de apuntarse a la sien con una pistola. Cuando se disparó a sí misma, sacudió la cabeza con violencia. Todos mis temores de que se olvidara de nuestra alianza se evaporaron de inmediato.

Me tragué una sonrisa.

Me di cuenta de que la esperanza era una droga.

Y Arya acababa de darme mi primera muestra gratuita.

* * *

Mamá no aplicaba la regla de que no me acercara a Arya. Tenía demasiadas cosas que hacer para que le importara. En cambio, me advirtió que, si alguna vez tocaba a Arya, estaría muerto para ella.

—Si crees que dejaré que me estropees esto, te equivocas. Un error y estás fuera, Nicholai.

A pesar de eso, el verano en que Arya y yo teníamos trece años fue de lejos el mejor de mi vida.

Conrad era un lobo de Wall Street que dirigía una empresa de fondos de cobertura, algo que Arya intentó explicarme qué era. Sonaba peligrosamente parecido al juego, así que, por supuesto, tomé nota mental de comprobarlo cuando fuera mayor. Conrad trabajaba una cantidad inhumana de horas. Rara vez lo veíamos. Y, entre las salidas de fin de semana de compras por Europa y sus almuerzos en clubes de campo, Beatrice parecía más una hermana mayor caprichosa que su madre. Arya y yo no tardamos en establecer una rutina. Todas las mañanas íbamos a la piscina cubierta del edificio a echar una carrera (yo ganaba) y luego nos tumbábamos, de cara al cielo, en el balcón de Arya para secarnos mientras el cloro y el sol nos blanqueaban las puntas del pelo y competíamos por ver quién tenía más pecas (ella ganaba).

También leíamos. *Mucho.*

Pasábamos horas metidos bajo el gran escritorio de roble de la biblioteca de su familia, donde sorbíamos granizados con bolitas y nos peleábamos con los dedos de los pies con las piernas estiradas sobre la alfombra persa.

Aquel verano leímos *El maravilloso mago de Oz, La isla del tesoro, Rebeldes* y todos los libros de *Pesadillas.* Devoramos gruesas novelas de espionaje, nos adentramos en volúmenes de historia e incluso nos sonrojamos con un par de libros de besos que nos hicieron declarar al unísono que tocar a otra persona de esa manera era superasqueroso.

Aunque, para ser sincero, cuanto más tiempo pasaba, menos asquerosa me parecía la idea de tocar a Arya de aquella manera. Tal vez incluso lo contrario de asqueroso. Pero, por supuesto, no era tan tonto como para permitirme pensar en ello.

Nuestra amistad no pasó del todo desapercibida. Conrad nos vio algunas veces mientras leíamos o veíamos una película. Pero creo que lo que había sido obvio para mí desde el principio también se había filtrado en su conciencia. Que Arya estaba fuera de mi alcance. Que su belleza, fuerza y sofisticación me aterrorizaban, y que apenas podía mirarla de frente. Ella no corría peligro de que la corrompieran.

—No sabría qué hacer con una oportunidad ni aunque tu hija se la presentara —dijo una vez a la madre de Arya, que soltó un resoplido de impaciencia, cuando pensó que mamá y yo ya nos habíamos ido. Era una de las pocas veces que estaba en casa. Me pareció interesante que Beatrice supiera lo que Arya me ofrecería y lo que no, ya que no había intercambiado ni una palabra con su hija en todo el verano.

Estaba escondido en las sombras de su vestidor. Mi madre me pedía que robara algo pequeño de allí cada semana para venderlo. Esa vez, los padres de Arya habían entrado antes de que completara mi misión. Apreté el cinturón de Gucci en el puño mientras sudaba a mares y me ocultaba tras las capas de batas colgadas a un lado de la pared.

—La gente supera la inocencia. No es uno de los nuestros, Bea.

Una risa metálica llenó el aire del cuarto de baño.

—Oh, Conrad. Es un poco tarde para que te conviertas en un puritano, ¿no crees? Qué hipocresía. ¿Es de extrañar que apenas pueda mirarte a la cara?

—Querida, tú eres la puritana entre nosotros, y también eres demasiado ingenua. Lo único que te importa es Aaron, ir de compras y tus amigas de plástico, a la mitad de las cuales me follo a tus espaldas.

—¿A quién? —preguntó ella, que se giró con brusquedad hacia él. Le había cambiado el rostro. Parecía… rara. Mayor. En cuestión de segundos.

Era el turno de Conrad para echarse a reír.

—Oh, no te gustaría saberlo.

—Deja de jugar conmigo, Conrad.

—Los juegos son lo único que nos queda, Bea.

Clavé los dedos en el cinturón hasta que la hebilla me atravesó la piel y la rajó, y el puño se me llenó de sangre.

El señor Roth no tenía ni idea de que la tigresa de papel de su mujer tenía razón. Que la única vez que Arya y yo nos habíamos tocado de un modo que no fuera inocente en todo aquel verano había sido cuando la propia Arya lo había iniciado.

Hacía dos semanas, habíamos entrado en el estudio del señor Roth, donde guardaba los puros cubanos. Yo quería robar uno y compartirlo con mis amigos de Hunts Point, y Arya siempre estaba dispuesta a hacer travesuras. Era una tarde perezosa y el ático estaba vacío. Encontramos la caja de cuero grabado justo cuando mi madre volvía del supermercado. El chasquido de la puerta nos sorprendió, y Arya dejó caer la caja de puros con un fuerte golpe. Los pasos reverberaron por el pasillo y el sonido rebotó en mi estómago como una bala cuando mi madre se acercó a investigar.

Arya me agarró de una muñeca y nos arrastró a los dos hasta el espacio entre los archivadores y el suelo, donde quedamos aplastados bajo el compartimento, con las extremidades enredadas, ocultos a la vista. Estábamos codo con codo, nuestras respiraciones cálidas se entremezclaban, y el aire estaba impregnado del aroma de los chicles afrutados y los granizados y de un beso que nunca se produciría. De repente, todas las veces que me habían dicho que no tocara a Arya cobraron sentido.

Porque la necesidad de tocarla se disparó desde mi columna vertebral hasta la punta de mis dedos, e hizo que sintiera la boca del estómago vacía y dolorida.

Mamá entró en la habitación. Vimos sus zapatillas desgastadas desde nuestro escondite en el suelo mientras daba una vuelta completa para inspeccionar la zona.

—¿Señorita Arya? ¿Nicholai? —Su voz era chillona.

No hubo respuesta. Maldijo suavemente en ruso y dio pisotones en el suelo de mármol. La adrenalina hizo que me hormiguearan las venas.

—Tu padre se enfadará mucho si se entera de que has estado aquí. —Mamá intentó, sin éxito, otorgarle un tono de autoridad a su voz. Le sostuve la mirada a Arya. Todo su cuerpo se estremeció con una risita. Le apreté la boca con la palma de una mano para que dejara de reírse. Sacó la lengua y lamió entre mis dedos. La descarga de placer que me recorrió la espina dorsal hizo que me mareara. La solté de inmediato y no pude evitar jadear un poco.

Al cabo de unos minutos, mamá se dio por vencida y se marchó. Nos quedamos inmóviles. Arya me tomó la mano y aplastó mi palma sobre su pecho con una sonrisa tan grande que amenazaba con partirle la cara en dos.

—¡Vaya! ¿Notas lo rápido que me late el corazón?

En realidad, lo único que sentía era la necesidad de poner mis labios sobre los suyos, la forma en que mi propio corazón se agitaba y retorcía en el pecho, como si tratara de liberarse de la red de arterias y venas, y la forma en que ya no me sentía tan valiente a su lado.

—Sí. —Tragué con fuerza—. ¿Estás bien?

—Sí. ¿Tú?

Asentí con la cabeza.

—Gracias por salvarme el culo.

—Sí, bueno, todavía te debo una desde aquella vez en que nos persiguieron. —Su sonrisa era grande y genuina y me indicó que estaba definitivamente al borde de la catástrofe.

—¿Arya?

—¿Hummm? —Su mano seguía en la mía.

«Suéltame».

Pero no podía decirlo.

No podía negarle nada. Incluso lo que podría haber sido mi maldita destrucción.

En vez de eso, mantuve mi mano en su pecho hasta que no hubo moros en la costa y se fue sola.

Ese fue mi primer error de muchos.

* * *

El día de la caja de puros lo cambió todo.

Estábamos al borde del desastre, siempre peligrosamente cerca del borde. No porque tuviera muchas ganas de besarla (tal vez podría pasarme la eternidad sin tocarla, aunque no me gustara nada esa idea), sino porque mi capacidad para rechazarla era inexistente, lo que significaba que tarde o temprano me metería en problemas.

Era curioso que a sus padres les preocupara tanto que la corrompiera cuando ella habría sido capaz de convencerme de matar a un hombre con solo sacudir su melena revuelta de Medusa.

Unos días antes de que terminaran las vacaciones de verano, volví a espiar a los Roth. Esa vez no fue un accidente. Me preocupaba que no me dejaran pasar el siguiente verano con Arya. Quería saber de dónde soplaba el viento. En ese momento, Arya era lo más parecido a la felicidad que había conseguido nunca, y estaba dispuesto a hacer algunas cosas malas para mantener nuestro acuerdo.

Me escondí en el armario de la señora Roth mientras se vestía para un evento. A través de la rendija que quedaba junto a la puerta corredera, observé cómo el señor Roth se anudaba la corbata frente al espejo.

—¿Sabes que lo pillé empaquetando las sobras que Ruslana suele tirar para llevárselas a casa sin preguntar? —Le dio la vuelta a la cola de la corbata y tiró del nudo hacia arriba. Seguí todos sus movimientos y tomé nota. A principios de aquel verano, había decidido que tendría un trabajo que exigiría llevar algo más que un chándal—. Claro está, no dije nada. ¿Te imaginas el titular si alguna vez se supiera? ¿Un magnate de los fondos de cobertura le niega las sobras al pobre chico? Pfff.

—Dios mío. —La señora Roth estaba al otro lado del pasillo, así que no la veía. No parecía interesada. Nunca le interesaba su marido. Conrad continuó de todos modos.

—¿Sabes lo que me dijo Ruslana? Que los fines de semana lustra zapatos en la esquina de Nordstrom. Lleva a la quiebra a los otros porque cobra la mitad del precio. Y el año pasado, bueno, se hizo con unas cuantas imitaciones de Nike y las vendió en el colegio. Eso no me lo contó por voluntad propia. Lo descubrí yo solo.

—¿Lo has investigado? —preguntó la señora Roth, que resopló. Le gustaba demostrar que odiaba a su marido.

—Querida, tienes demasiado tiempo libre. Quizá deberías encontrar otro amante para mantenerte ocupada. Ah, y tu obsesión con tu hija es bastante desagradable. Yo también estoy aquí, ¿sabes?

Eso no era bueno. Nada bueno. Mi siguiente verano con Arya estaba en peligro. Tendría que ignorarla en los próximos días, incluso si eso le hacía daño. Aunque me hiciera daño a *mí.*

—Ese chico tiene el tipo de ambición que lo llevará o a la lista de los más ricos de la revista *Forbes* o a la cárcel. —El ceño fruncido de Conrad Roth indicaba con exactitud dónde prefería tenerme en el futuro, y no era codeándome con Bill Gates y Michael Dell.

La señora Roth apareció por la rendija del vestidor. Le agarró la punta de la corbata y tiró con fuerza, con lo que lo ahogó un poco. Sus labios se acercaron a los de ella, pero ella los esquivó en el último momento y se rio de forma cruel. Él gimió de frustración.

—Acabe donde acabe, no será con tu hija.

—*Nuestra* hija —corrigió él.

—¿Lo es? Nuestra, quiero decir —se preguntó Beatrice en voz alta—. Parece que crees que es toda tuya.

Ella lo besó con fuerza en los labios con la boca cerrada y le acarició las nalgas. Aparté la mirada.

Arya me gustaba mucho, pero odiaba a sus padres.

Capítulo siete

Arya

Presente

Los satisfactorios chasquidos de mis Louboutin contra el precioso suelo de mármol resonaban en las paredes del edificio Van Der Hout, en la avenida Madison. Una fría sonrisa se dibujó en mis labios cuando llegué hasta la recepcionista.

—¿Cromwell & Traurig? —Di unos golpecitos impacientes sobre su escritorio con una uña, del mismo tono escarlata que la suela de los tacones, después de entregarle mi identificación. No me creía que estuviera perdiendo el tiempo en eso.

La recepcionista me devolvió la tarjeta de visitante y el carné, y los metí en el bolso.

—En la planta treinta y tres, señorita, que requiere control de acceso. Por favor, espere mientras llamo a alguien para que la acompañe.

—No hace falta que llames a nadie, Sand. Voy hacia arriba. —Un tono de barítono grave y profundo, que se deslizó por mis venas, retumbó a mis espaldas.

—Hola, jefe —chilló la recepcionista, cuya profesionalidad se derretía como el helado sobre el asfalto caliente—. ¿Nuevo traje? El gris es, sin duda, tu color.

Curiosa y un poco desanimada por el festival de flirteo, me di la vuelta y me encontré cara a cara con uno de los hombres más atractivos del planeta, pasado, presente y futuro. Un dios griego en un traje de Armani. Tenía hoyuelos en la barbilla y los ojos del color de un martín pescador. Era una botella andante y parlante de ADN de primera calidad y, por si fuera poco, rezumaba suficiente testosterona para ahogar un campo de béisbol. Ni siquiera sabía si tenía una belleza clásica. Parecía que le habían recolocado la nariz en su sitio de forma poco profesional después de habérsela roto, y su mandíbula era demasiado cuadrada. No obstante, apestaba a confianza y dinero, dos tipos de kriptonita en la sobresaturada bolsa de citas de Manhattan. A pesar de mí misma, sentí que se me sonrojaban las mejillas. ¿Cuándo fue la última vez que me ruboricé? Probablemente cuando era una preadolescente.

—¿Lista para ver el Van Der Hout por dentro? —Su tono era ligero, aunque su rostro seguía impasible.

—Podría vivir sin ver el interior de este edificio, pero el destino me ha traído hasta aquí.

—¿La ha traído a una planta en concreto? —Su buen humor era inquebrantable.

—Cromwell & Traurig —respondí.

—Con mucho gusto. —Me mostró una hilera de dientes blancos y perlados. Era el clásico niño rico. Los reconocía a kilómetros de distancia. Los puros. El golf. La sonrisa de «papá me sacará de todos los apuros».

Mientras esperábamos a que llegara el ascensor, me pasé una mano por el vestido y me reprendí por comprobar si aquel desconocido llevaba alianza (no la llevaba). Tenía cosas más importantes que hacer. Sobre todo, asistir a la primera —y esperaba que última— reunión de mediación de papá en relación con su caso de acoso sexual.

«¡Acoso sexual!». Menudo chiste. Papá tenía mal genio, pero nunca le haría daño a una mujer. Era despiadado en su trabajo, sin duda, pero no era ruin como Harvey Weinstein, el tipo de hombre que mete la mano bajo la falda de una mujer o le mira el escote. Yo había estado en el mundo de la empresa y sabía reconocer a los depredadores antes de que abrieran la boca para morder. Papá no encajaba con ninguno de los estereotipos de jefe corrupto. No era demasiado simpático, nunca intentaba ganarse a la gente con su encanto dentro o fuera de los círculos sociales y siempre respetaba los límites personales de los demás. Sus empleadas lo adoraban abiertamente y a menudo lo elogiaban por su devoción hacia mí. Era el padrino del hijo de su secretaria, por el amor del cielo.

El desconocido *sexy* y yo mirábamos los números rojos de la pantalla que había sobre el ascensor, que estaba bajando. Di unos golpecitos con el pie.

«Veintidós…, veintiuno…, veinte…».

¿Ese hombre era realmente el jefe de la recepcionista? Eso lo convertiría no solo en el administrador del edificio, sino en el propietario. Parecía joven. Estaría en la treintena, pero parecía experimentado. Con el aire despreocupado y tranquilo de alguien que sabía lo que hacía. El dinero viejo abría las puertas a nuevas oportunidades; era la primera persona en admitirlo. Para asegurarme, decidí preguntarle si tenía algo que ver con Cromwell & Traurig.

—¿Eres socio del bufete? —Era imposible que Amanda hubiera contratado a un asociado.

Su sonrisa ligeramente torcida se ensanchó medio centímetro.

—No.

Dejé escapar un suspiro de alivio.

—Bien.

—¿Por qué?

—Odio a los abogados.

—Yo también. —Sus ojos se desviaron hacia su reloj Patek Philippe.

Se hizo el silencio. No me parecía un extraño. No del todo. De pie a su lado, habría jurado que mi cuerpo reconocía el suyo.

—Hace un tiempo horrible —comenté. No había dejado de llover en tres días.

—Creo que fue Steinbeck quien dijo que el clima en Nueva York es un escándalo. ¿Eres nueva en la ciudad? —Su tono era liviano, pero indistinguible. Mi instinto me advirtió que tuviera cuidado. Mis ovarios le respondieron que se callara.

—No exactamente. —Me acaricié el moño bajo en busca de pelos sueltos—. Después de tantos años, uno podría pensar que ya me habría acostumbrado, pero no es así.

—¿Has pensado en mudarte?

Sacudí la cabeza.

—Mis padres y mis negocios están aquí. —Y Aaron también. Seguía visitándolo más a menudo de lo que me gustaba admitir—. ¿Y tú?

—He vivido aquí a temporadas a lo largo de toda mi vida.

—¿Veredicto final?

—Nueva York es como una amante inconstante. Sabes que mereces algo mejor, pero eso no impide que te quedes.

—Siempre puedes irte —señalé.

—Podría. —Se ajustó la corbata granate—. Pero no soy partidario de abandonarla.

—Yo tampoco.

El ascensor se abrió. Él se hizo a un lado y me hizo un gesto para que pasara primero. Lo hice. Pasó una llave electrónica por un teclado y pulsó el botón treinta y tres. Miramos las puertas cromadas y estas nos devolvieron un reflejo reluciente.

—¿Vienes a una consulta? —me preguntó. Tenía la sensación de que tenía toda su atención, pero también sabía que no estaba flirteando conmigo.

—No exactamente. —Me examiné las uñas rojas—. Estoy aquí en calidad de asesora de relaciones públicas.

—¿Qué incendio vas a apagar hoy?

—Un edificio en llamas. Un acuerdo por acoso sexual.

Se guardó el teléfono en el bolsillo y se desabrochó el abrigo.

—Ya sabes lo que dicen de los grandes incendios.

—¿Hacen falta grandes mangueras para controlarlos? —Arqueé una ceja.

Su sonrisa se amplió. Mis muslos me informaron de que ese hombre los había convencido y que no dudarían en huir con él a París. En general, elegía a mis amantes con el mismo pragmatismo con el que escogía la ropa por las mañanas, y siempre me decantaba por prendas y hombres estándar pero elegantes. Los menos dramáticos. Pero ¿este tipo? Parecía una piñata repleta de exnovias locas, fetiches de niño rico y problemas con su madre.

—Tienes una lengua afilada. —Me echó un vistazo.

—Deberías ver mis garras. —Moví las pestañas—. Será rápido e indoloro.

El hombre se dio la vuelta y me miró. Sus ojos verde azulado se volvieron glaciales, como un lago helado. Había algo en ellos. Algo que también reconocía en mí. Una obstinación nacida de una amarga decepción con el mundo.

—Ah, ¿sí?

Me erguí un poco más.

—No permitiré que se convierta en un circo mediático. Hay demasiado en juego.

No había manera de que Amanda Gispen realmente pensara que tenía un caso. Era evidente que iba tras el dinero de papá. La enviaríamos lejos con un gran cheque y un acuerdo de confidencialidad y fingiríamos que nunca había sucedido. Papá no tenía la culpa de haber contratado a alguien que había elegido ese camino cuando la despidió. Ahora se trataba de minimizar la publicidad que tendría el caso. Por suerte, el abogado de Gispen, ese tal Christian Miller, no había llamado la atención sobre la demanda. *Todavía.* Un movimiento calculado por su parte, sin duda.

—Lo siento. —Su sonrisa pasó de agradable a francamente escalofriante. Entonces me di cuenta de que sus dientes eran puntiagudos. Que los dos de abajo se superponían. Una pequeña imperfección que resaltaba sus rasgos, por lo demás encantadores—. Creo que no sé cómo te llamas.

—Arya Roth. —Me volví hacia él. La presión en mi esternón era cada vez más intensa. Sentí un hormigueo de alarma—. ¿Y tú?

—Christian Miller. —Me tomó una mano y me la apretó con confianza—. Encantado de conocerte, señorita Roth.

Me quedé sin aliento. Reconocía un desastre en cuanto lo veía y, al observar su astuta sonrisa, estuve segura de que me había engañado. Solo uno de nosotros se sorprendió por la revelación de nuestras identidades, y ese alguien era yo. Él ya me llevaba ventaja cuando había entrado en la recepción hacía diez minutos. Y yo me había lanzado a sus brazos como una tonta. Le había mostrado mis cartas.

—La recepcionista te ha llamado «jefe». —Por suerte, mi voz se mantuvo plana. Imperturbable.

—A Sandy le gustan los apodos. Adorable, ¿verdad?

—Has dicho que no eres socio —insistí.

Se encogió de hombros, como si quisiera decir: «¿Qué se le va a hacer?».

—¿Me has mentido? —insistí.

—Eso no sería muy deportivo. Soy asociado sénior.

—Así que eres…

—El abogado de la señora Gispen, correcto —terminó Christian por mí. Se quitó el abrigo y mostró un traje gris de cinco piezas.

Las puertas se abrieron de golpe. Christian me hizo un gesto para que saliera primero, con unos modales impecables y una sonrisa insufrible. Era extraño como, en menos de sesenta segundos, había pasado de ser el potencial padre de mis hipotéticos hijos al lobo feroz.

—Tercera puerta a la derecha, señorita Roth. Estaré allí en un minuto.

—No puedo esperar. —Sonreí con dulzura.

Dejé que mis piernas me llevaran a mi destino y, mientras recuperaba la cordura, no me atreví a mirar atrás. Sentí la mirada ahumada de Christian sobre mí todo el tiempo, como si me punzara la nuca. Evaluaba, calculaba, maquinaba.

Sabía que ese hombre aprovecharía cualquier debilidad que le mostrara para sacar provecho de ella.

«Uno a cero para el equipo local».

* * *

—Muchas gracias por tomarte el tiempo de venir, cariño. Sé lo ajetreado que es tu día y estoy, bueno, avergonzado. —Papá me apretó una mano cuando me senté a su lado. Nos colocamos frente al escritorio ovalado de la sala de conferencias de Cromwell & Traurig. Los techos abiertos, las escaleras ceremoniales, el mármol italiano con vetas de oro rosa y los portalápices de latón me decían que Amanda Gispen no jugaba. Era probable que hubiera vendido algunos órganos por el placer de que el señor Miller la representara.

—No digas tonterías, papá. —Le froté la palma de la mano con el pulgar—. Dentro de un par de horas, todo esto será historia y volveremos a nuestra rutina. Odio que tengas que lidiar con esto.

—Es parte del trabajo —suspiró.

Terrance y Louie, los abogados de papá, estaban sentados a su derecha y tomaban notas en sus cuadernos. Hablaban animadamente entre ellos, sin prestarnos atención. Cuando todo eso había empezado, nos habían explicado que se había presentado una denuncia contra mi padre ante la Comisión para la Igualdad de Oportunidades en el Empleo. Al parecer, esa mediación formaba parte del proceso de conciliación de la Comisión.

La mediadora, una mujer seria de pelo plateado con un vestido negro con un cuello babero blanco, tecleaba en su portátil mientras esperaba a la demandante y a su equipo.

Una mujer menuda y atractiva, con un vestido *beige* de punto, entró en la sala con un iPad y un portapapeles, acompañada de un asistente que llevaba una bandeja llena de bebidas. La rubia moderna se presentó como Claire Lesavoy, asociada júnior. Por la forma en que ignoró mi presencia, deduje que Christian aún no la había puesto al corriente de mi desliz. Me pregunté si la habría puesto al corriente de algo más, y me odié a mí misma por ello. Era un imbécil. Podía quedárselo.

—¿A qué se debe el retraso? —Terrance, que tenía la cara arrugada de un armadillo, miró a Claire como si ella fuera la responsable del retraso—. Su cliente lleva treinta y cinco minutos de retraso.

—Creo que el señor Miller está acabando de resolver unos problemillas con la señora Gispen antes de la reunión. No deberían tardar mucho. —Claire le lanzó una sonrisa reluciente y disfrutó de la evidente impaciencia de Terrance. Tomó asiento frente a nosotros. Tras una inspección más detenida, decidí que Christian sin duda confraternizaba con subordinadas como *esa*. Era guapísima, de revista.

Christian y Amanda Gispen entraron quince minutos después. Para entonces, la reunión llevaba casi una hora de retraso. Miré la hora en el móvil. Jillian y yo teníamos una cita con un posible cliente en Brooklyn en menos de dos horas. Entre la lluvia y el tráfico, me resultaría imposible llegar a tiempo.

—Disculpen el retraso. La señora Gispen y yo hemos tenido que repasar una vez más las declaraciones previas a la mediación. —La sonrisa de Christian era tan deslumbrante que no había ninguna posibilidad de que aquel hombre no necesitara un largo y profundo tratamiento psicológico. ¿Quién disfrutaba tanto con un caso de acoso sexual? ¿Incluso con uno falso? Un abogado. Ese era. Mi padre me había advertido sobre ellos. Abogados, no psicópatas, aunque ambos deberían evitarse si era posible. Como alguien que había tenido que tratar con muchos abogados a lo largo de su vida, no tenía más que cosas negativas que decir sobre ellos. Conrad Roth pertenecía a la escuela que creía que la delgada línea que separaba a los abogados de los criminales era la oportunidad y una beca. Detestaba a los abogados con fervor. Y yo estaba a punto de comprender por qué.

—No hay ningún problema, Christian, querido. —La mediadora le dio una palmadita cariñosa en un brazo. Vaya mierda. Tenía la ventaja de ser muy querido y respetado. Amanda Gispen y Claire Lesavoy también lo miraban con adoración.

Christian se sentó justo delante de mí. Mantuve la mirada fija en Amanda, a quien conocía de toda la vida. Parpadeé con incredulidad e intenté conciliar a la persona con la que había crecido y a la mujer que tenía delante. Era difícil digerir que era la misma mujer que me daba galletas cuando me escondía detrás de su mesa los días en que papá me llevaba al trabajo. Era la que me había regalado un libro sobre los pájaros y las abejas cuando tenía doce años porque mi madre había tratado mi sexualidad como un unicornio que nunca llegaría. La misma persona que estaba ahí sentada para exigirle a papá que pagara por algo que no había hecho.

La mediadora empezó con una breve presentación de lo que cabía esperar durante el proceso. Eché un vistazo a papá, que estaba pálido y un poco aturdido. Mi padre siempre había sido un ser extraordinario. Verlo así era estremecedor. Cuando recibimos la primera llamada sobre las acciones legales de Amanda, la respuesta de mi madre había sido, como mínimo, extraña. Esperaba portazos, gritos y un numerito. En cambio, había recibido la noticia con resignación. Se había negado a volver a hablar del tema y, por supuesto, había reservado un viaje de dos semanas a las Bahamas para alejarse de todo. Nunca había sido una compañera para él ni una madre para mí.

Papá me necesitaba. Ahora más que nunca.

Deslicé una mano entre las suyas bajo el escritorio y las apreté.

—Te tengo —susurré.

Cuando miré hacia atrás, vi que Christian observaba nuestro intercambio con la mandíbula crispada.

«¿Qué demonios le pasa ahora?».

La mediadora terminó de explicar el procedimiento.

—Que conste en acta que no nos impresiona en absoluto su método de juegos mentales, sobre todo que se hayan presentado una hora tarde. —Louie garabateó algo en el margen del documento que tenía delante, que hacía referencia a Christian.

—Que conste en acta que me importa una mierda lo que piensen de mí —respondió Christian, y todas las miradas se clavaron en él.

Papá relajó la mandíbula. Amanda, con su rostro marcado por el horror, se volvió para mirar a Christian. Incluso Claire estaba un poco pálida. Christian, que parecía que ignoraba las señales sociales, se acomodó en su asiento.

—Ahora, continuemos.

Cada uno de los abogados realizó su declaración. La mediadora explicó que en ese momento ofreceríamos un acuerdo y lo discutiríamos en privado en distintas salas. Papá me había dicho que, por consejo de sus abogados, no rebatiría la denuncia de Amanda. Louie y Terrance pensaban que, si lo hacía, Amanda atacaría con más fuerza. A mí no me hacía gracia, pero tampoco tenía ni idea de casos de acoso sexual y solo quería acabar de una vez. Desde el punto de vista de las relaciones públicas, sabía que lo adecuado y lo correcto no siempre eran lo mismo. Lo *correcto* sería hacer que eso desapareciera con discreción, aunque tuviera que tragarse su orgullo y pagarle a una sinvergüenza como Amanda.

Una hora más tarde, comprendí que no llegaría a la reunión con Jillian. Christian Miller rechazaba en el acto cualquier cifra aproximada que se les ocurría a Louie y Terrance y que entregaban a la mediadora antes incluso de llevar a su clienta a una sala privada para discutirlo. La espalda de papá se curvó hacia adelante como una gamba. Sacudió la cabeza y cerró los ojos con incredulidad. No íbamos a ninguna parte.

—No entiendo nada —me confesó papá, pálido como un fantasma—. ¿Qué pretende conseguir? Si lo llevamos a los tribunales, todo el mundo saldrá perjudicado. Tiene que saberlo.

—No te preocupes, papá. Ella sabe la verdad. No irá a juicio. —Le di unas palmaditas en un brazo, pero no parecía convencido.

Con discreción, deslicé el teléfono bajo el escritorio y le envié un mensaje de texto a Jillian para decirle que no llegaría a nuestra reunión en Brooklyn. La respuesta de mi mejor amiga no se hizo esperar.

Jillian: No te preocupes. Mucha suerte a Conrad. Mantenme informada. Besos

—¿La aburrimos, señorita Roth? —exclamó Christian.

Casi di un respingo y me golpeé la rodilla contra el escritorio. Por dentro, grité de dolor. Por fuera, sonreí.

—Es curioso que lo pregunte, señor Miller. La respuesta es que sí, de hecho. Usted, en concreto, me aburre.

Me había tenido en el punto de mira desde que había entrado en el edificio Van Der Hout. Comprendía que se trataba de negocios y que le cobraba a Amanda Gispen una fortuna que debía justificar de algún modo, pero no a mi costa.

Christian chasqueó los nudillos sin apartar los ojos de los míos.

—Mis disculpas. Señorita Lesavoy, ¿sería tan amable de traerle a la señorita Roth un ejemplar del *Us Weekly?* Quizá le apetezca algo de buena literatura.

Crucé los brazos sobre el pecho y lo miré fijamente.

—Que sea el *Enquirer,* señorita Lesavoy. ¿Y podría conseguir la versión en audio? No soy *muy* buena con las palabras. —Adopté el tono más tonto y ligero que pude.

—¿Sería posible que se enzarzaran en unos juegos preliminares verbales *cuando* terminemos las negociaciones? —me regañó Louie.

—Abogado, yo…

—Ponga el teléfono en la mesa, señorita Roth —me espetó Christian por encima de Louie; sus ojos, que dejaban ver un odio sincero, estaban clavados en los míos.

«¿Qué narices le pasa a este hombre?».

Ahora le tocaba a papá el turno de girar la cabeza para mirarme. Una sonrisa altiva se dibujó en mis labios.

—Lo siento, señor Miller, ¿me he perdido el memorándum en el que indica que es mi jefe?

—*Arya* —dijo papá entre dientes, sorprendido—. Por favor.

Christian entrecerró los ojos.

—Le sugiero que escuche a su padre y deje el teléfono. Mi tiempo cuesta dinero.

—Hacerle enfadar hace que valga la pena —repliqué—. Incluso añadiré divisas y algún bitcoin si eso significa verle sufrir.

Christian soltó una risita metálica.

—No has cambiado.

—¿Cómo dice? —espeté. Su sonrisa desapareció en un segundo.

—He dicho que tiene que cambiar.

—Eso *no* es lo que ha dicho. Tengo orejas.

—También tiene boca. Y es el órgano que parece que necesita controlar más.

—¿Quién le ha criado? —Puse los ojos como platos.

Tiró a un lado los documentos que tenía delante.

—Nadie, señora Roth. ¿Le interesa oír la historia de mi vida?

—Solo si tiene un final trágico y abrupto.

«Vaya, vaya. Esto se nos ha ido de las manos muy rápido».

Papá me puso una mano en la muñeca con ojos suplicantes.

—¿Qué te pasa, cariño?

Al final dejé el teléfono sobre el escritorio, y me sentí un poco enferma. No podía apartar los ojos de Christian. Sus iris verde azulado me devolvían el brillo. Había algo aterrador en ellos.

La negociación continuó durante veinte minutos más, en los que permanecí amargamente en silencio. Cada vez que creíamos que llegábamos a alguna parte, nos topábamos con un obstáculo. Por fin, Terrance se frotó la frente sudorosa.

—Señor, no lo entiendo. Tiene fama de ser un abogado que llega a acuerdos fuera de los tribunales y, sin embargo, ha rechazado todas y cada una de las propuestas que le hemos hecho.

—Eso es porque creo que esto *debería* ir a juicio. —Christian se echó hacia atrás y se reajustó la corbata granate, que, por desgracia, quedaba preciosa con su traje gris pálido. Así que era cierto: el diablo vestía de Prada.

—Entonces, ¿para qué nos ha citado? —El labio inferior de Louie temblaba de rabia.

—Quería calaros a todos. —Christian se miró las uñas cuadradas y perfectas, como un príncipe malhumorado y malcriado aburrido como una ostra.

—¿Calarnos a todos? —balbuceó Terrance mientras mi padre intervenía por primera vez desde que había empezado la reunión.

—¡No puede hablar en serio! Esto se convertirá en un circo…

—Me gustan los circos. —Christian se levantó y se abrochó el traje (sí, sin duda de Prada). Claire y Amanda siguieron su señal y se pusieron de pie, una a cada lado, como un harén leal—. Colorido. Lleno de diversión. Con palomitas dulces y algodón de azúcar. ¿Qué puede no gustarme de un circo?

—Ninguno de nosotros necesita la atención de los medios. —Papá se levantó. Tenía las puntas de las orejas rojas y una capa de sudor le cubría toda la cara. Me contuve para no arremeter contra él, pues sabía que en ese momento tenía que ser frío y calculador.

—Hable por usted, señor Roth. Me gusta que me vean.

—Esto podría ser muy complicado y arriesgado para nuestras carreras —advirtió Terrance.

—Al contrario, señor Ripp. La mía, sin duda, florecerá. De hecho, creo que me ganaré un puesto de director en este mismo bufete.

Y, sin más, Christian y Amanda se fueron. Claire y la mediadora se quedaron para hablar con papá y sus abogados. No pude contenerme. Me levanté y corrí hacia el pasillo detrás de Christian. Acompañaba a Amanda hacia su despacho. Cuando se dio cuenta de que me acercaba, le indicó con la cabeza que lo esperara dentro y se quedó atrás. Se metió los puños en los bolsillos de los pantalones de vestir y se apoyó en una pared.

—¿Me echabas de menos?

—¿Por qué haces esto? —Me detuve frente a él. Estaba exaltada y hecha un lío. Se activaron todas las alarmas en mi cabeza. Odio, fastidio, deseo y exasperación. El hombre me desequilibraba, algo que ni siquiera mis tacones de aguja de diez centímetros lograban.

Christian se dio un golpecito en los labios y fingió que reflexionaba.

—Veamos. ¿Porque estoy a punto de hacerme mucho más rico y famoso en mi campo a costa de tu padre? —preguntó—. Sí. Debe de ser por eso.

Apreté los puños; todo mi cuerpo zumbaba de rabia.

—Te odio —susurré.

—Me *aburres.*

—Eres un hombre vil.

—Ah, pero al menos *soy* un hombre. Tu padre es un cobarde que se metió con su personal y ahora tiene que sufrir las consecuencias. Apesta cuando tu dinero no puede sacarte de los apuros, ¿eh?

Solté algo entre un ladrido y una risita.

—Señor Miller, al menos tenga la decencia de no fingir que no nació con una buena fortuna y unos escrúpulos dudosos.

Algo le atravesó el rostro. Fue breve, pero ahí estaba. Me pareció que había tocado un tema sensible, pero dudaba que ese hombre pudiera sentir algo así.

—¿Tiene piernas, señorita Roth?

—Usted sabe que sí. Lo ha dejado claro al mirarlas en el ascensor.

—Le sugiero que haga buen uso de ellas ahora y se vaya a dar un paseo antes de que los vigilantes de seguridad la escolten a la salida. Así, el único fuego que tendrá que apagar será el que acabe con su carrera.

—Esto no ha terminado —advertí, sobre todo porque en las películas sonaba muy bien.

—Estoy de acuerdo por completo, y le aconsejo que se aleje antes de que le estalle en la cara.

Entonces el cabrón me cerró la puerta de su despacho en las narices.

Atónita, volví a la sala de conferencias. Cuando llegué, papá y sus abogados ya se habían ido.

—Mis disculpas, señorita Roth. Hay otra reunión programada para dentro de veinte minutos en esta sala. —Claire me ofreció una sonrisa venenosa mientras recogía sus documentos—. Les he dicho que podían esperarla en el vestíbulo de abajo. Espero que no le importe.

Sonreí con la misma fuerza.

—En absoluto.

Me dirigí directa hacia los ascensores con la cabeza alta y la sonrisa intacta.

Christian Miller iba a caer. Lo arrastraría a los infiernos, aunque fuera lo último que hiciera.

* * *

—Están dentro, y nos quieren más que los Óscar a Sally Field. —Esa noche, Jillian dejó el contrato firmado en la mesilla de noche junto a mi cama y se puso a bailar. Estaba enterrada bajo el edredón, aún oculta del mundo tras la desastrosa tarde en Cromwell & Traurig. Se me revolvió el estómago al imaginar a mi padre de pie en un juzgado, convertido en pedazos.

Mi vida familiar siempre había sido compleja. Había perdido a mi hermano gemelo antes incluso de conocerlo. Los recuerdos con mi madre durante toda mi infancia eran una puerta giratoria de visitas a rehabilitación y cumpleaños, ceremonias de graduación y otros acontecimientos importantes perdidos, así como un montón de crisis públicas. Papá había sido la única constante en mi vida. La única persona con la que había podido contar y que no se embolsaba un buen sueldo por estar a mi lado. Pensar que él tendría que pasar por algo tan agotador mentalmente como un juicio público me daba ganas de gritar.

—Yuju, ¿Arya? ¿Ari? —Mi amiga me frotó la espalda y se cernió sobre mi figura—. ¿Te ha dado algo?

Gemí, bajé el edredón hasta la cintura y me giré para mirarla. Jillian jadeó y se cubrió la boca con una mano.

—¿Has estado llorando?

Apoyé la espalda en el cabecero. Tenía los ojos del tamaño de unas pelotas de tenis, pero creo que hacía un par de horas que se me habían acabado las lágrimas, la energía y las maldiciones.

—Alergias —murmuré.

Las delicadas cejas de Jillian se crisparon. Tenía la enloquecedora tez de una Kardashian *después* del tratamiento de Photoshop, el pelo negro y rizado y unos ojos del color del caramelo. Había tomado prestado el vestido de *tweed* lila de mi armario.

—¿Qué han dicho los clientes? —resoplé.

Jillian y yo habíamos fundado Brand Brigade, nuestra consultora de relaciones públicas, cuando ambas nos encontrábamos en una encrucijada. Jillian trabajaba para una organización sin ánimo de lucro como relaciones públicas y se le insinuaban todos los imbéciles privilegiados, dentro y fuera de la oficina, lo que le había amargado la vida y puesto celoso a su novio de entonces, mientras que yo había sido becaria en dos campañas políticas que habían acabado en escándalo y aniquilación respectivamente, trabajaba cuarenta y cinco horas a la semana y me pagaban sobre todo en cumplidos.

Al final, las dos decidimos que ya estábamos hartas y que podíamos hacerlo mejor por nuestra cuenta. De eso hacía ya cuatro años, y nunca habíamos mirado atrás. El negocio iba viento en popa y yo estaba orgullosa de mi capacidad para mantenerme, aunque mi madre lo considerara un acto de rebeldía.

Ahora me dedicaba a lo que mejor sabía hacer: sacar a la gente del atolladero en el que se había metido. Porque, como había dicho Jillian, había dos cosas con las que siempre podíamos contar en este mundo: que Hacienda cobrara nuestros cheques cada 15 de abril y el talento único de la gente para cometer errores.

—Dicen que estamos contratadas y que les ha encantado la presentación de Real Bodies que hiciste para Swan Soaps. —Jillian se sentó a mi lado, agarró una de mis almohadas y la abrazó contra su pecho—. Han solicitado tres meses de prueba, pero han firmado el contrato y pagado el anticipo. Mañana revisarán la letra pequeña. Es una gran oportunidad, Ari. Stuffed es la mayor empresa de pañales reutilizables del mundo.

Me alegré de que Jillian hubiera conseguido ese cliente, pero mi corazón no estaba ahí. Aún sangraba por el suelo de piedra caliza de la oficina de Christian Miller.

Jillian chocó su hombro contra el mío.

—¿Me contarás qué ha pasado? Porque las dos sabemos que las alergias eran solo una excusa para que pudiera hablar del trato.

No tenía sentido ocultarle secretos a Jillian. Tenía el instinto de un agente del FBI y la capacidad de oler la mierda a continentes de distancia.

—Llevarán el caso de papá a los tribunales.

—Me estás tomando el pelo. —Echó la cabeza hacia atrás, con la boca abierta.

—Ojalá fuera así.

—Oh, cariño. —Jillian salió de mi cama y volvió unos minutos después con dos copas de vino tinto. Se quitó los tacones y los tiró en el pasillo—. Prométeme una cosa: *no* pienses demasiado en esto. No tienen nada contra tu padre. Tú misma lo has dicho. Le daremos la vuelta a la situación y haremos que parezca el ángel que es papá Conrad. —Me pasó una de las copas, que me di cuenta de que podía hacer las veces de cubo, llena hasta el borde.

Tomé un sorbo y parpadeé ante una mancha invisible en mi pared.

—¿Debería investigar más a fondo? —refunfuñé, sobre todo para mis adentros—. Quiero decir, si quitas el hecho de que es mi padre, las acusaciones contra él son bastante asquerosas.

Jillian sacudió la cabeza con vehemencia.

—Hola, crecí contigo, ¿recuerdas? He ido a tu casa todos los días desde el instituto. Conozco a Conrad. Es el tipo que te lleva a los Cloisters todos los meses y que concedió a su secretaria un año de vacaciones pagadas cuando dio a luz. ¿Hola? ¿A quién le importa lo que diga Amanda Gispen?

Quería tomar cada palabra que Jillian había dicho y tatuármela en la piel.

—Si Amanda miente, ¿por qué iría hasta el tribunal? —Hice de abogado del diablo.

—¿Porque él la rechazó? ¿Porque tuvieron algo y él la dejó? —propuso Jillian—. Podría haber cientos de razones diferentes. La gente se regodea en el drama todo el tiempo. Amanda puede decir lo que quiera.

—¿Bajo juramento? —Tomé otro sorbo de vino—. Podría enfrentarse a una pena de cárcel si la pillaran.

—Podría, pero es poco probable. No creo que esto salga adelante, Ari. —Jillian me ofreció una sonrisa reconfortante—. Tu padre estará bien.

Me mordisqueé el labio mientras mis pensamientos iban de los ojos llenos de odio de Christian a la expresión de dolor, vergüenza e incredulidad de papá.

—Nota al margen: no soporto al abogado que representa a Amanda Gispen.

—Los abogados no son precisamente conocidos como los labradores del mundo profesional. —Jillian me lanzó una mirada de lástima.

—Sí, pero este se lleva el pastel de la mierda de siete pisos, Jilly.

—¿Quién es? —Jillian chocó los dedos de los pies contra los míos por encima del edredón, como hacía Nicky cuando éramos niños y leíamos libros bajo el escritorio de mi biblioteca. Una sonrisa melancólica me rozó los labios. «Oh, Nicky».

Recordé el día en que llamé al investigador privado de papá y le pedí que buscara a Nicky para saber si estaba bien. Fue la primera llamada que hice tras haber cumplido dieciocho años. Pagué al investigador privado con el dinero que había ahorrado durante el verano vendiendo *souvenirs* a los turistas.

«Nicholai está muerto, Arya».

La revelación fue seguida de negación, ira, lágrimas y una breve crisis nerviosa. Ya sabes, para envolverlo todo en un bonito lazo. El investigador privado me explicó que esa era la naturaleza de la bestia. Que los niños como Nicky a menudo caían entre las grietas del sistema. Que lo más probable era que hubiera muerto de una sobredosis o en una pelea de navajas o por conducir bajo los efectos del alcohol. Pero yo conocía bien a Nicholai, y no había sido un gamberro de los que nunca tramaban nada bueno. Me costaba creer que ya no compartiera el mismo trozo de cielo azul celeste bajo el que vivía.

—El hombre más exasperante del planeta Tierra —gemí dentro del vaso.

—¿El hombre más exasperante del planeta Tierra tiene nombre? —sondeó Jillian.

—Uno genérico —resoplé—. Christian Miller. O, como yo prefiero llamarlo: Lucifer encarnado.

Jillian roció mi vestido de *tweed* y el edredón con el vino tinto cuando casi se ahogó con una carcajada.

—¿Puedes repetirlo?

—Prefiero llamarlo Luc…

—Sí, ya he entendido esa parte. ¿Cómo se llama?

—Christian Miller —repetí, molesta—. Gracias por manchar mis sábanas de algodón egipcio, por cierto. Eres una gran amiga.

Jillian se levantó, corrió al salón y regresó con una revista de papel satinado que no reconocí, porque, al contrario de lo que creía Christian, yo no leía *ninguna* revista de cotilleos ni de moda (lo cual no tenía nada de malo).

Hojeó las páginas hasta que encontró lo que buscaba y luego procedió a agitarla de manera triunfal en mi cara. Reconocí a Christian con los ojos hinchados, mirando a la cámara con un elegante esmoquin, el pelo despeinado de una forma muy *sexy* y una sonrisa burlona que prometía un buen rato y una mala ruptura.

—¿Qué tengo que mirar? —pregunté, como si mi capacidad para ver se hubiera evaporado en algún momento de los últimos cinco segundos.

—Lee el titular.

—«Treinta y cinco de treinta y cinco: los solteros más codiciados de Nueva York al descubierto».

Estupendo. No solo era rico, guapo y estaba decidido a arruinar a mi familia, sino que, además, era muy famoso en la ciudad que compartíamos. Eché un vistazo a los detalles.

> **Nombre:** Christian George Miller
> **Edad:** 32 años
> **Profesión:** Abogado en Cromwell & Traurig
> **Patrimonio:** 4 millones de dólares
> **Altura:** 1,90 m
> **La mujer de sus sueños:** ¿Sería políticamente incorrecto decir que prefiero a las rubias? Ojos marrones profundos. Alta y de piernas largas. Si tuviera un título relacionado con la ciencia, sería un bonus. Alguien serio, imprescindible. Le gustan las fiestas, el buen vino y tomar los caminos menos transitados de la vida.

Apreté la copa de cabernet contra el pecho al sentirme atacada. La mujer de sus sueños era el polo opuesto a mí. Casi como si la hubiera diseñado al imaginar todo lo que yo no era.

«Tranquilízate, Ari. No te está criticando. Hasta hace seis horas, ni siquiera sabía que existías».

—Sé que se supone que tenemos que odiarlo, pero, ya que perderá este caso y se llevará una cura de humildad, ¿puedes decirme si es tan guapo en la vida real como en la foto? —Jillian se volvió a colocar en mi cama.

Por desgracia, de cerca era aún mejor. Por supuesto, no fui capaz de admitirlo.

—Es horrible. Digno de vomitar. —Tiré la estúpida revista a un cubo de basura cercano, y no me sorprendí al ver que la cara de Christian me sonreía desde el borde. Aquel hombre iba a perseguirme durante esta vida y, muy probablemente, durante las cuatro siguientes, si es que la reencarnación existía—. Es todo Photoshop. Parece un cruce entre un ogro y Richard Ramirez.

—Richard Ramirez lleva años muerto.

—Exacto.

Jillian frunció los labios, pues no me había creído una sola palabra. Al final, dijo:

—Bueno, que le den, aunque parezca un semidiós. Si va a por tu familia, yo también lo considero un enemigo.

—Gracias. —Volví a respirar hondo, y me sentí algo mejor tras la declaración de alianza. Por lo menos, le había quitado a Christian Miller la posibilidad de salir con una de las mejores mujeres de Manhattan. Jilly era un buen partido.

—Para asegurarme, ¿eso significa que puedo buscar su número en LinkedIn? —bromeó Jillian.

Le pegué en el hombro.

—*Traidora.*

Capítulo ocho

Arya

Pasado

Estaba ahí.

Por fin.

Lo supe por las pisadas. La forma en que rozaban la piedra caliza. Firmes, medidas, precisas. Sus zapatillas de imitación besaban el suelo. Cerré los ojos y, con la respiración agitada en el pecho, me balanceé contra una estantería de la biblioteca, como si de una mariposa se tratara.

«Diez meses. Han pasado diez largos meses. Ven a buscarme».

Una descarga de emoción me recorrió el vientre. Nunca había hecho eso. No estar disponible para Nicholai. Por mucho que quisiera esperarlo junto a la puerta como un cachorro ansioso, lista con todos los libros e historias que quería compartir con él, no lo hice. Quería reinventarme en esas vacaciones de verano. Ser misteriosa, seductora y todas esas cosas que leía en los libros que hacían que mereciera la pena luchar por una heroína.

Estaba en la biblioteca, con un ejemplar en blanco y negro de *Expiación,* de Ian McEwan, en las manos y vestida con un camisón de satén verde menta. Había leído el libro en febrero, después de haberlo robado de la biblioteca del colegio solo para sentir lo que era llevarme algo que no fuera mío, y desde entonces había esperado todos esos meses para contárselo a Nicky. Aunque vivíamos en la misma ciudad, podríamos haber vivido en universos paralelos. Nuestros mundos no se tocaban, nuestras vidas orbitaban en torno a escuelas, personas y acontecimientos diferentes. Solo nos cruzábamos durante las vacaciones de verano, cuando el universo estallaba en colores.

Varias veces a lo largo del año me había encontrado con ganas de enviarle una carta o un correo electrónico, o incluso de descolgar el teléfono y llamarlo. Cada vez tenía que disuadirme. Él nunca me buscaba entre veranos, ¿por qué iba a hacerlo yo? Quizá para él no éramos más que una versión cutre del campamento de verano. Quizá ni siquiera éramos amigos. Solo dos niños que pasaban el verano en un espacio reducido, olvidados por los adultos que nos habían creado.

Quizá ahora tenía novia.

«Tal vez, tal vez, tal vez».

Así que esperé. Reflexioné sobre el libro, marinado en los sentimientos que me provocaba. Siempre me traían de vuelta a él. Nicholai. Mi Nicky.

Los pasos se hicieron más fuertes, más cercanos.

Me coloqué un mechón detrás de una oreja y deseé que el corazón me latiera más despacio. Estaba enamorada de Nicholai Ivanov desde el primer día en el cementerio, pero nunca le había puesto nombre a lo que sentía por él. No hasta ese año, cuando todo el mundo en el instituto parecía tener una pareja. De la noche a la mañana, tener novio había pasado de ser algo vergonzoso que solo hacían las chicas malas a ser el colmo de la existencia, y yo me había quedado atrás en la tendencia. En realidad, ninguna de esas parejas hablaba entre sí durante las horas de clase, y tampoco salía, pero tenían el título, y, siempre que había una salida o un cumpleaños, las parejas se susurraban y se besaban.

Besarse también se había convertido en un rito de iniciación, algo que había que tachar de una lista. Y no había ningún chico en la escuela al que quisiera besar.

Los únicos labios que quería sentir contra los míos eran los de Nicholai.

Hojeé las páginas de *Expiación,* pero las palabras se me escapaban, como si se cayeran del libro. Me sorprendió que no hubiera un montón de cartas a mis pies. Era inútil intentar concentrarme en algo que no fuera él.

Y entonces… alegría. Por el rabillo del ojo vi cómo el cuerpo de Nicholai llenaba el marco de la puerta. Llevaba unos zapatos desgastados, unos vaqueros rotos en todos los lugares equivocados y una camisa descolorida, deshilachada en los bordes. Cada año se convertía en algo más hermoso.

Fingí que no lo veía.

—Hola. —Llevaba una colilla apagada en la comisura de los labios. Me pregunté qué pensaría la gran Beatrice Roth del hecho de que yo quisiera besar a un chico que se metía cigarrillos recogidos de la calle en la boca. Tal vez no mucho, la verdad. Con tal de que no trajera ninguna enfermedad a casa, no le habría importado que me cortara las extremidades como una llamada de atención.

Levanté la vista.

—Hola, Nicky.

Su belleza me golpeó como un rayo. Nunca había estado tan guapo en los dos años que hacía que lo conocía. Cada verano, sus rasgos se afilaban en algo más masculino. Su mandíbula se había vuelto más afilada, el corte entre sus cejas, más profundo, y los labios, más rojos. Aun así, sus ojos eran su rasgo más significativo. El mismo color asombroso del topacio azul. Era alto, delgado y ágil y, sobre todo, tenía esa cualidad que no se podía nombrar. La bravura de un niño que sabía cómo valerse por sí mismo. Cómo luchar por su supervivencia. Me provocaba náuseas pensar que algunos chicos disfrutaban de él dos semestres al año. Lo observaban, admiraban y se divertían con él.

—¿Estás bien? —Se apartó del marco de la puerta y se acercó a mí. Me di cuenta de que sus escuálidos brazos se habían rellenado en el último año. Las venas le recorrían los músculos. No se detuvo hasta que nuestros dedos se tocaron, me arrancó el libro de entre las manos y lo hojeó con despreocupación.

Se colocó el cigarrillo detrás de una oreja y frunció el ceño.

—Hola —repetí.

—Hola. —Levantó la vista, me dedicó una sonrisa y volvió a centrarse en el libro. Me moría de ganas de verlo en bañador ese verano.

—¿Lo has leído? —exclamé con la cara acalorada.

Negó con la cabeza.

—He oído que algunas partes son bastante subidas de tono.

—Sí, pero ese no es el objetivo del libro.

—Besarse es siempre el objetivo de todo. —Levantó la mirada para encontrarse con la mía y dejó escapar una sonrisa pícara. Me devolvió el libro—. Quizá lo intente algún día, si el señor Van deja de regalarme ejemplares de la *Penthouse*.

Esa fue mi oportunidad para decirle lo que llevaba pensando durante todo el año. Lo que soñaba por las noches.

—Felicidades, oficialmente te has vuelto asqueroso.

Se rio.

—Te he echado de menos.

—Sí. Y yo a ti. —Retorcí un mechón de pelo con mi dedo índice. Me sentía extraña en mi cuerpo, como si no me perteneciera—. Estoy pensando en asistir a clases de teatro, ahora que voy al instituto.

En absoluto, pero necesitaba una historia de fondo sólida.

—Genial. —Ya había comenzado a recorrer la habitación y a abrir los cajones en busca de cosas nuevas y brillantes que explorar. Mi casa era como un parque temático para Nicholai. Le gustaba usar los mecheros de mi padre, cruzar los tobillos sobre los escritorios de caoba, fingir que respondía llamadas importantes en el teléfono Toscano de estilo *vintage* de la oficina.

—He pensado que quizá podríamos representar parte del libro. Ya sabes, como una práctica para mi audición de septiembre.

—¿Representar qué?

—Una de las escenas obscenas. Del libro. Necesito hacer algo atrevido para la audición.

—¿Atrevido? —murmuró mientras abría los cajones y metía las manos dentro.

—Sí. No me dejarán entrar si les doy algo suave.

¿De qué demonios hablaba? Ni siquiera yo lo sabía.

—¿Cómo de obscena es la escena? —Estaba demasiado distraído, a la caza de algo que robar.

Tomé el libro y lo hojeé antes de detenerme en la página 126 y entregárselo. Dejó de rebuscar y sus ojos se posaron en el texto. Contuve la respiración mientras lo leía. Cuando terminó, me lo devolvió y lo guardé en la librería detrás de mí.

—Estás de broma, ¿verdad?

Negué con la cabeza; tenía el corazón a punto de estallar.

Nicholai se quedó helado. Su mirada voló de uno de los cajones del escritorio a la mía; sus ojos topacio reflejaban incredulidad. Había sabiduría en ellos. También irreverencia y enfado. Quería recrear aquella escena en la biblioteca en la que Robbie aprisiona a Cecilia contra las estanterías y la besa como si se acabara el mundo. Porque, para él, así es.

Se me erizaron todos los pelos de los brazos. No quería vomitar en mis propios zapatos, pero, al mismo tiempo, me daba la sensación de que estaba a punto de ocurrir.

—Solo nos besaremos —aclaré, y fingí un bostezo—. Nada de esas otras cosas raras, obviamente.

—¿*Solo* besarnos?

—Oye, tú eres el que acaba de decir que todo empieza y acaba con un beso. —Levanté las manos en señal de rendición.

Sus labios se curvaron en una leve sonrisa. Se me cayó el alma a los pies.

—¿Has saqueado el armario de licor de tu viejo, Ari? —Nicky acabó con el poco espacio que había entre nosotros. Me pasó un dedo por una oreja. Un escalofrío me recorrió—. No podemos besarnos. A menos, claro, que quieras que nuestros padres me maten.

—Te refieres a que nos maten.

—No. —Se sacó el cigarrillo de detrás de la oreja y masticó la colilla, de forma que mantuvo las manos y la boca ocupadas—. Podrás salirte con la tuya en casi cualquier asunto bajo la mirada de papá Conrad. La culpa siempre es del pobre que tiene un nombre gracioso. ¿No has notado un patrón común en todos los clásicos que leímos el verano pasado?

—No se lo diré a nadie. —Sentía un nudo en la garganta, como si la tuviera llena de guijarros. De repente, el rechazo tenía sabor, olor y cuerpo. Era algo vivo, que respiraba, y su puño me quemaba las mejillas. Ni siquiera podía enfadarme con Nicky. Me limitaba a observar cada vez que mi padre, mi madre y Ruslana lanzaban amenazas hacia Nicky, como flechas en el aire.

«No te atrevas a tocarla».

«Da un paso atrás, hijo».

«Nicholai, ¿no tienes que ayudar a tu madre con los platos?».

—Lo sé; no es que no confíe en ti —aceptó Nicky—. Es que no confío en mi suerte. Si por lo que sea se enteran, si este lugar está cableado o lo que sea... Ari, sabes que no puedo.

Fue delicado, pero definitivo. Asunto cerrado. Y, aunque lo comprendía, también me enfadaba, porque él era sensato respecto a nosotros, mientras que yo era tan lógica como una rueda de camión. La bilis en mi garganta rodó un centímetro hacia mi boca, pero yo no era ese tipo de chica. Me enorgullecía de ser exactamente lo que Nicky quería que fuera. Veía películas de acción, jugaba a la pelota y decía «tío» al menos quince veces al día.

—Oye, ¿vamos a nadar o qué? —Nicky rodeó con los dedos una pequeña bola de cristal que había en la estantería detrás de mí y se la guardó en el bolsillo. Hacía eso a menudo, y nunca me había molestado. Quizá porque sabía que jamás se llevaría algo que yo apreciara—. He entrenado en la piscina del hotel YMCA todo el año. Prepárate para que te machaque, niña de cuna plateada.

El escozor detrás de los ojos me indicó que tenía tres segundos, tal vez cinco, antes de que las lágrimas comenzaran a caer.

—Tío. —Resoplé—. ¿Quién está borracho ahora? Voy a acabar contigo. Deja que me ponga el bañador.

—Nos vemos en la puerta en cinco minutos.

Me di la vuelta y me alejé. Cerré la puerta de la habitación, me puse a buscar mi traje de baño en el cajón y me corté el pulgar en el proceso. Sangraba, pero no sentí nada.

Me chupé la sangre, me miré en el espejo y puse mi mejor sonrisa.

Esa fue mi primera lección de adolescencia.

Los corazones rotos se trataban con discreción en los callejones de tu alma. Por fuera, yo era fuerte. Pero, por dentro, me resquebrajaba.

* * *

Tras la carrera, en la que Nicky me aniquiló, lo evité durante toda la primera semana de las vacaciones de verano.

Lo hice como si fuera casualidad. Hice planes para ir a Saks con unas amigas un día, fui a la biblioteca otro. Incluso fui a almorzar con mi madre y sus aburridas amigas.

Pero Nicky venía todos los días y tenía la expresión decidida y estoica de alguien que quería que nuestra amistad funcionara. Y cada día se me ocurría algo que hacer, algo que no lo incluía en mis planes.

Sabía que lo estaba castigando por no haberme besado, aunque fuera de forma indirecta. Ruslana lo obligaba a ayudarla en la casa para mantenerlo ocupado. Le permitía tomarse algunos descansos al día y él aprovechaba para salir al balcón del salón, que lindaba con la terraza de mi dormitorio. Era posible saltar entre los balcones, pero también era arriesgado. La barrera de cristal era demasiado alta, así que había que pasar por encima de las barandillas y colgarse del borde del rascacielos a lo largo de un metro hasta llegar al otro lado.

Una vez, durante aquella primera semana, cuando Ruslana había sacado la basura y yo acababa de volver de otra salida inútil para evitarlo, Nicky se apresuró a acercarse a la ventana de cristal que había entre nosotros y puso las manos sobre ella. Yo hice lo mismo al instante, atraída hacia él como si fuera un imán.

—¿Me estás castigando? —preguntó sin ningún atisbo de ira en la voz.

Me reí con incredulidad.

—¿Por qué iba a hacer eso?

—Sabes exactamente por qué.

—Vaya, Nicky. ¿Tanto te he inflado el ego?

Me estudió sin inmutarse. Me sentí como la mayor imbécil del mundo. Intentó otra táctica.

—¿Seguimos siendo amigos?

Le dirigí una mirada lastimera que odiaba. Era el tipo de mirada que las chicas populares me lanzaban en el colegio cuando decía algo raro o que no molaba.

—No pasa nada si no quiero pasar todo el verano contigo, ¿sabes?

—Supongo que no. —Me observaba tan de cerca que sentí que se estaba deshaciendo de mis mentiras, una a una—. Pero parece que no quieres pasar ni un minuto conmigo.

—Sí que quiero. Mañana nadaré contigo. Oh, espera. —Chasqueé los dedos—. Le prometí a papá que iría a su oficina y ayudaría a sus secretarias a archivar.

—¿Acabo de perder contra ir a *archivar documentos?* —Abrió los ojos como platos.

—Lo que tú digas, Nicky. Es experiencia laboral. De todos modos, los dos deberíamos estar pensando en conseguir trabajos de verano el próximo año. Nos estamos haciendo mayores para esto.

Entrecerró los ojos y miró la barandilla y a mí. Negué con la cabeza. No quería que se muriera. Quiero decir, vale, quizá solo un poco, porque me había rechazado y me dolía, pero sabía que yo no sobreviviría si le ocurría algo.

—No saltes por la barandilla —le advertí. Tenía la sensación de que estábamos hablando de mucho más que de las barandillas.

Sin embargo, hizo un movimiento. Estaba a punto de saltar. Jadeé.

Su madre lo llamó para que volviera. Él sonrió.

—Por ti, Arya, puede que lo haga.

* * *

Y lo hizo.

Después de nueve insoportables días, interrumpidos por un fin de semana lleno de gritos a la almohada. Me estaba atando las zapatillas mientras me preparaba para pasar una tarde deambulando sin rumbo por Manhattan para evitarlo. Ruslana había salido a hacer la compra y mis padres estaban en el trabajo y en una clase de tenis, respectivamente. La casa estaba en silencio, salvo por Fifi, una *shih tzu* que ladraba como una loca a una estatua nueva que Beatrice había ganado en una subasta el fin de semana. Aquel perro era infinitamente tierno y, a la vez, estúpido.

Por el rabillo del ojo percibí movimiento en mi terraza y, cuando giré la cabeza para mirar mejor, vi a Nicky colgando entre la vida y la muerte.

Me levanté de la cama y corrí al balcón.

—¡Idiota! —grité, con el corazón a cinco mil por minuto.

Pero Nicky era ágil y atlético, y saltó a un lugar seguro. Antes de que yo abriera la puerta del balcón, ya se estaba quitando el polvo de las manos.

—¡Podrías haberte matado! —Lo empujé a mi habitación mientras lo regañaba.

—No correrás esa suerte, princesa de cuna de plata.

Detestaba y disfrutaba del apodo a partes iguales. La pulla me molestaba, pero me llamaba *princesa.*

—Bueno, ¡podría haber estado desnuda!

—Podría haber tenido suerte —respondió con suavidad mientras cerraba la puerta detrás de nosotros y se apoyaba contra un aparador con los tobillos cruzados. Su rostro parecía suave pero intenso. Como un óleo. Me entraron ganas de llorar. No era justo que no fuera mío. Y no era justo que, aunque pudiera serlo, tuviéramos que mantenerlo en secreto—. Tenemos que hablar, *amiga.*

La forma en que pronunció la palabra «amiga» me indicó que ya no me consideraba una.

—Date prisa. He quedado con unos amigos en media hora.

—No, no irás.

Se cruzó de brazos, a la defensiva. Me sentía como una tonta. Hasta ese momento, Nicky y yo habíamos sido almas gemelas. Unidos por un lazo invisible. Dos niños olvidados en una gran ciudad. A pesar de que procedíamos de orígenes diferentes, teníamos mucho en común. Ahora, todo estaba mal. Él tenía la sartén por el mango. Sabía que me gustaba. El equilibrio había cambiado.

—Mira. —Se frotó la parte posterior del pelo, oscuro como la obsidiana—. Me asusté, ¿de acuerdo? No es que no quisiera besarte. Es que agradecería que mis pelotas estuvieran intactas para cuando vuelva al instituto, y, bueno…

—No puedes garantizar que eso ocurra si mi padre nos pilla juntos —terminé por él.

Me mostró una sonrisa que me dijo que le importaba un bledo lo que mi padre pensara de él, solo las consecuencias que podría tener si lo hacía enfadar.

—En pocas palabras, sí.

Di un paso adelante y dejé caer los brazos a los lados.

—Sé que mi padre me sobreprotege. Es cosa de Aaron…

—No —negó Nicky—. Se trata de que él es un hombre rico y yo, un niño pobre.

—Papá no es así —protesté.

—Es exactamente así, y más aún. ¿Para ser sincero? Si fueras mi hija, tampoco te querría cerca de mí.

Su convicción me dejó claro que no tenía mucho sentido intentar convencerlo de lo contrario.

—De todas formas, nunca te lo habría ofrecido si pensara que nos pillarían. Perdóname. Fui estúpida. E imprudente. Y…

—¿Arya?

—¿Sí?

—No he terminado de hablar.

—Oh. —Una cinta invisible se apretó alrededor de mi cuello—. Lo siento. Um, continúa.

—Como he dicho, si fueras mi hija, no te querría cerca de mí. —Hizo una pausa—. Pero, como *no* eres mi hija, he decidido que eso que quieres hacer para la clase de teatro vale la pena el riesgo. *No* porque quiera besarte —levantó un dedo en señal de advertencia—, sino porque no querría privar al mundo de la próxima Meryl Streep.

Todo mi cuerpo se estremeció.

—Oye, yo tampoco quiero besarte, pero quiero ser actriz.

Debería haberme sentido peor por la mentira de lo que realmente me sentía. Después de todo, mi deseo de convertirme en actriz era parecido a mi deseo de convertirme en payaso de circo. No del todo. O en absoluto. Pero, de alguna manera, me dije que el fin justificaba los medios.

—Espero dos entradas para cualquier película que protagonices cuando seas mayor. Y una limusina que me espere en la puerta de mi casa para llevarme. —Nicky seguía moviendo el dedo.

—Las limusinas están un poco pasadas de moda.

—Mis pelotas, mis reglas.

—¿Qué más?

—Más vale que no sea una mala película. Si haces como Demi Moore en *El gran lío,* te juro por Dios, Ari, que me olvidaré de ti para siempre.

Se me escapó una risa enlatada.

—Vale. —Me aparté el pelo de la cara—. Enviaré una limusina y te haré sentir orgulloso si prometes traer a una chica que no sea más guapa que yo como acompañante.

—En primer lugar, esto no es una negociación. Yo soy el que se la está jugando aquí. Segundo, tranquila. —Se balanceó sobre las puntas de los pies, un poco avergonzado—. No conozco a nadie tan guapa como tú.

El silencio entre nosotros se volvió pesado de repente. Lleno de cosas que teníamos demasiado miedo de decir. Se aclaró la garganta.

—Además, si no me haces compañía, mi madre me obligará a limpiarte el techo. Así que será mejor que saques el culo de esta habitación, o todo este trato se cancelará.

La histeria se apoderó de mi cuerpo. Estaba sucediendo. Nicholai Ivanov iba a besarme.

—Espérame en la biblioteca —le ordené.

—De acuerdo, tocapelotas. —Se dio la vuelta para irse.

—Oh, y ¿Nicky?

Se detuvo, pero no se volvió.

—Si vuelves a intentar saltar la barandilla, no te preocupes por caerte porque te mataré yo misma.

* * *

Me daba la espalda cuando entré en la biblioteca.

Algo me obligó a detenerme en el umbral y empaparme de la vista de aquel chico al que quería, y que observaba Nueva York extendida frente a él con las manos entrelazadas a la espalda, la postura erguida y un aspecto no menos poderoso que la ciudad que devoraba sueños y esperanzas a diario.

De repente, me quedó aterradoramente claro que Nicholai se iría a algún sitio y que, dondequiera que fuera, no me llevaría con él. No podía permitirse llevar equipaje. Su última parada no era Hunts Point.

—¿Ya ha llegado tu padre? —preguntó Nicky, todavía de espaldas a mí.

Entré y cerré la puerta con suavidad.

—Tiene un evento de recaudación de fondos esta noche. Ha dicho que no volvería hasta después de la cena. No hay moros en la costa.

Sentía que me flaqueaban las rodillas. Había mirado la hora antes de llegar. Eran las cuatro de la tarde. Mi madre estaba en otro retiro de yoga, a un océano de distancia. Ruslana volvería en cualquier momento de hacer la compra, pero siempre se hacía notar cuando sabía que estábamos juntos. Golpeaba las sartenes, pasaba la aspiradora por el pasillo o hablaba por teléfono en voz alta. No quería pillarnos haciendo algo malo. El conocimiento conlleva responsabilidad.

Nicky se volvió con el rostro a la vez serio y decidido, como si estuviera a punto de atravesar el corredor de la muerte. Sabía que lo hacía por mí. Una parte de él —la mayoría, supuse— temía besarme. Podría dar marcha atrás. Evitarle la incomodidad.

Pero yo no era lo bastante buena.

Lo bastante virtuosa.

Papá decía que los escrúpulos eran las joyas de un mendigo. Que no debía preocuparme por la moral.

—Pagamos demasiados impuestos para ser buenos —comentó una vez entre risas.

Me deslicé hacia una de las estanterías que iban del suelo al techo, apoyé la espalda contra ella y cerré los ojos. Me sentía como si estuviera actuando, así que al menos esa parte no era mentira. No en ese momento. El sonido de sus pasos resonó en mi caja torácica. El calor de su cuerpo me indicó que estaba cerca. Cuando se detuvo frente a mí, abrí los ojos. Estaba tan cerca que no podía abarcar toda su cara. Solo esos ojos turquesa que centelleaban como un pedazo de océano que emergiera a la superficie. Me pregunté si parecía tan perdida como él. Parecía muy asustado. Y *para nada sexy.*

—Es mi primer beso. —Mi voz sonó almibarada y pesarosa. Algo raro para mis oídos.

—El mío también. —Se mordió el labio inferior. El tono rosado de sus mejillas lo hacía todo más precioso. Quería devorar ese momento como si fuera un melocotón jugoso, y sentir su zumo dulce y pegajoso en la barbilla.

—Oh, bien. Estoy bastante segura de que se me dará fatal. —Solté una risita.

—Imposible —repuso serio y, por alguna razón, lo creí.

Se inclinó para besarme y falló. Nuestras frentes chocaron con torpeza. Nos apartamos y nos reímos. Volvió a intentarlo; esa vez me acarició el cuello y acercó su boca a la mía. Sus labios eran cálidos, suaves y sabían a tabaco, a cubitos de hielo y a chico. Ambos mantuvimos los ojos abiertos.

—¿Te parece bien? —murmuró en mi boca. Tenía una fina línea de pelo sobre el labio superior mojada por la saliva. Aún no se había afeitado por primera vez. El corazón me retumbaba en el pecho. Esperaba que siempre recordara ese momento. La chica que lo había besado antes que nadie.

Asentí y atrapé sus labios en los míos.

—Mmm, hummm.

—Bien —susurró—. Mierda, eres guapa.

—Hace años me dijiste que era fea. —Nos estábamos besando. Hablando. Abrazando.

—Mentira. —Sacudió la cabeza. Sus labios seguían explorando los míos—. Eres y siempre serás preciosa.

Se me aceleró el corazón. Volvió a besarme y entrelazó sus dedos con los míos. No dejaba de ser incómodo, pero dejé a un lado la timidez. La euforia de ser besada casi me provocó náuseas. No era la sensación lo que me gustaba, sino el hecho de experimentarla con *él.* Saber cuánto arriesgaba por mí me encendía el alma. Una sensación dolorosa en mi pecho se desplegó como una pequeña hoja de papel, y se expandió con cada segundo que pasaba.

—¡Quita tus sucias manos de mi hija!

Los siguientes sucesos ocurrieron muy rápido. En un segundo, el cuerpo de Nicky estaba apretado contra el mío, y, al siguiente, estaba en el suelo, acurrucado entre un nido de libros gruesos de tapa dura, y mi padre, que le agarraba el cuello de la camisa, agazapado sobre él.

Se oyó un golpe, el sonido de la piel al chocar contra la piel. Se me nubló la vista.

—Debería haberlo sabido…, pequeña mier…

No dejé que papá terminara la frase. Me lancé sobre él y lo aparté de Nicky por un brazo.

—¡Papá! Por favor.

—Te arruinará la vida. —Papá lo levantó del suelo por el cuello de la camisa y lo estrelló de espaldas contra las estanterías. Llovieron más libros sobre ambos, pero a ninguno de los dos pareció importarle. Papá tenía la cara roja, casi morada, mientras que Nicky parecía desafiante, aunque tenía la mirada impasible. No intentó negar ni explicar lo que había pasado. No se acobardó. Llevaría eso hasta el final, como había hecho con todo lo demás en su vida.

Otro golpe le giró el rostro a Nicky noventa grados. Esa vez, un crujido me dijo que mi padre le había roto la nariz.

Ruslana atravesó la puerta de la biblioteca con un palo de escoba en la mano. Intenté saltar entre papá y Nicky para apartar los dedos de papá de su garganta. Estaba confusa, disgustada y tenía el estómago revuelto. Nunca había visto a mi padre actuar con violencia. Siempre había sido amable y cariñoso conmigo, para compensar todas las cosas que mi madre no hacía.

—¿Qué está pasando aquí? —chilló Ruslana. Cuando vio cómo la cara morada de su hijo miraba a mi padre, saltó entre ellos y empujó a papá lejos con la escoba en sus manos—. ¡Quítate! ¡Suéltalo! —rugió—. Lo matarás, y entonces seré yo quien tenga que responder ante las autoridades.

¿Eso era lo que le importaba en ese momento? ¿De verdad?

—Tu asqueroso y estúpido hijo ha tocado a mi Arya. He vuelto a casa temprano para coger una corbata nueva antes de la recaudación de fondos y…

—¡Piedad! —gritó Ruslana, que se volvió hacia el montón de miembros revueltos, sangre y carne hinchada que en ese momento era su hijo—. ¿Es eso cierto? Te *dije* que no la tocaras.

Nicky levantó la barbilla con valentía.

—¡Di algo! —exigió.

Nicky se volvió hacia mi padre con una sonrisa. Le sangraban las encías.

—Sabía bien, señor.

Mi padre le dio una bofetada con el dorso de una mano, y usó su anillo de la fraternidad para que sangrara más. La cara de Nicky voló hacia el otro lado. Su mejilla golpeó contra un estante. Todo eso era culpa mía. Culpa mía. Quería hacer muchas cosas.

Decirle que lo sentía.

Decirle que no sabía que papá vendría.

Ayudarlo.

Explicárselo todo a papá, a Ruslana. Necesitaba salvar todo eso. Protegerlo.

Pero las palabras se atascaron en mi garganta, como una bola de vómito, y me bloquearon los conductos respiratorios. Mi boca se abrió, pero no salió nada de ella.

«No es su culpa».

—Vete a tu cuarto, Arya —gruñó mi padre, que se dirigió hacia la puerta abierta y ladeó la cabeza hacia el pasillo. Al principio no me moví—. ¡Vete, maldita sea!

Y entonces pensé en cómo cambiaría mi vida si papá decidía ser como mamá. Descuidarme, mirar hacia otro lado, tratarme como si fuera un mueble más.

Por desgracia, y para mi sorpresa, me moví, aunque sentía las piernas pesadas como el plomo.

Aún sentía los ojos de Nicholai en mi espalda. El calor de la traición. El ardor de saber que nunca me perdonaría.

Que las cosas nunca volverían a ser como antes.

Que había perdido a mi mejor amigo.

Capítulo nueve

Christian

Presente

La había reconocido al instante.

El cuello de cisne. La etérea mirada de Ava Gardner y sus felinos ojos verdes. Arya llevaba todos los años que habían pasado con gracia y elegancia. A los trece, era guapa. A los treinta y uno, una auténtica belleza. Incluso su halo de inocencia, la sensación de algo sano e inalcanzable, aunque resquebrajado, seguía intacto. Brillaba a kilómetros de distancia, y yo quería apagar su magnificencia. Atenuar su luz y arrastrarla conmigo a las sombras.

Cuando la vi en la recepción del edificio, no me creí mi suerte. Había decidido acompañarme y asistir en primera fila a la caída de su padre. No tenía ni idea de qué hacía allí. Mi respuesta inmediata había sido hablar con ella para ver si ella también me reconocía. Si alguna vez le había importado. O si solo había sido una ayuda, la persona que le había robado su primer beso y pagado por ello con intereses.

Ella no tenía ni idea de quién era yo. Sin sorpresas. Yo siempre había sido un punto en su mundo. Una anécdota sin importancia. Una necesidad de castigarla y de mostrarle esa nueva versión de mí, que no podía pasar por alto ni ocultar en algún lugar donde nadie la viera o la alcanzara, me golpeó. No había podido contenerme.

No por soltar palabrotas en medio de una reunión de mediación como un rapero de segunda.

No por haber rechazado cualquier oferta de compensación, incluida una suculenta propuesta de ocho cifras.

Ni por haber observado su rostro con avidez. Como si aún fuera el mismo chaval de catorce años con una erección, el mismo que competía por conseguir unas migajas de su atención para luego consumirla de cualquier forma que ella me ofreciera.

Bebí un trago de *whisky* mientras observaba las vistas de Manhattan desde mi apartamento de Park Avenue. Solo tenía una habitación, pero era todo mío, y estaba totalmente pagado. Siempre había preferido la calidad a la cantidad.

—¿Vienes a la cama? —preguntó Claire detrás de mí. Veía su reflejo en el cristal de la ventana; estaba apoyada en el marco de la puerta de mi dormitorio, sin más ropa que mi camisa blanca, con las piernas desnudas a la vista.

—Enseguida.

—Estoy aquí si necesitas hablar —sugirió. Pero no tenía sentido hablar con Claire. No me entendería. Nunca lo hacía.

«Te odio», me había dicho Arya esa tarde en mi despacho, y, por la forma en que le había temblado el labio inferior, como hacía tantos años cuando hablaba de Aaron, supe que lo decía en serio.

La buena noticia era que yo también la odiaba, y estaba encantado de demostrárselo.

«Eres un hombre vil».

Con eso estaba de acuerdo. Sobre todo después de haber aceptado ese caso.

Con un gruñido grave, arrojé el vaso de *whisky* a la ventana de doble cristal y observé cómo el líquido dorado se deslizaba por él y se arrastraba hasta el suelo, donde unos fragmentos de cristal relucientes esperaban que quienquiera que limpiara ese lugar los recogiera.

Esa era la persona en la que me había convertido.

Un hombre que ni siquiera *se sabía* los nombres de las personas que trabajaban en su apartamento.

Tan alejado de la realidad en la que había crecido que a veces me preguntaba si mi primera infancia había sido real después de todo.

Entonces recordé que lo único que me separaba de Nicholai era el dinero.

Arya Roth lo pagaría con la moneda que más apreciaba.

Su *padre.*

* * *

Días después, estaba en todas partes. La presentación de la demanda de Amanda Gispen ante el Tribunal de Distrito de los Estados Unidos para el Distrito Sur de Nueva York. En cuanto la Comisión para la Igualdad de Oportunidades de Empleo nos notificó nuestro derecho a demandar, hice que entregaran la demanda en mano en la oficina del secretario. Los periódicos nacionales se habían hecho eco de la noticia. Los canales de noticias también, y la habían convertido en el primer titular. Tuve que tomar un Uber a casa y escabullirme por el garaje para evitar a la prensa. A Claire y a mí nos habían emparejado para el caso. Sus padres habían enviado un enorme ramo de flores a la oficina para celebrarlo, como si se hubiera prometido.

—Tienen muchas ganas de conocerte cuando papá venga de visita desde Washington. —Claire me soltó la bomba cuando la felicité por las flores—. La semana que viene. Sé que tienes declaraciones el miércoles y el jueves.

—Lo siento, Claire. No va a pasar.

Amanda estaba bajo la estricta advertencia de no hablar con nadie sobre el caso. Se había alejado de todo y se había mudado a casa de su hermana. No quería que Conrad Roth o su hija tóxica movieran ningún hilo. Esa noche, por primera vez en casi veinte años, dormí como un bebé.

Capítulo diez

Christian

Pasado

Hubo mucha ira después.

Una rabia ardiente, impotente, con la que no sabía qué hacer.

Contra Arya, que probablemente me había tendido una trampa para que su padre nos pillara y que, como resultado, me había arruinado la vida.

Y contra Conrad Roth, el odioso, abusivo y pedazo de mierda multimillonario que pensaba (no, tacha eso, *sabía)* que se saldría con la suya con lo que me había hecho, igual que se había salido con la suya con todo lo demás.

Y, hasta cierto punto, incluso contra mamá, de quien había dejado de esperar demasiado, pero que, de alguna manera, se las arreglaba para sorprenderme con cada traición, por grande o pequeña que fuera.

Pero no había nada que hacer con esa ira. Era como una gran nube negra que se cernía sobre mi cabeza. Inalcanzable, pero real. No podía vengarme de Arya; tenía a Conrad. Y tampoco podía vengarme de Conrad, porque tenía Manhattan.

Después de que Conrad me diera su puñetazo final, logré escapar de los Roth a toda prisa y ensangrentado. Manché el suelo del autobús de sangre y atraje miradas incómodas, incluso de los auténticos neoyorquinos, que estaban acostumbrados a casi *todo.* Volví dando tumbos al edificio de mi apartamento, pero, al llegar, descubrí que no tenía llave. Se la había quedado mamá en casa de los Roth, a quien probablemente le quemaran en el bolso mientras limpiaba la sangre de su hijo de los brillantes suelos de mármol.

Así que encontré una solución temporal para mi rabia.

Le di un puñetazo a la puerta de madera.

Una, dos, tres veces, antes de que empezaran a sangrarme los nudillos.

Una y otra vez, hasta que hice un agujero en la madera y me fracturé los huesos.

Y luego un poco más, hasta que el boquete se hizo lo bastante grande como para deslizar la mano empapada en sangre y abrir la puerta desde dentro. Mis dedos doblaban su tamaño original y estaban torcidos. *Error.*

Eso era lo malo de las cosas rotas, pensé.

Estaban más expuestas, eran más fáciles de manipular.

Me prometí recomponerme enseguida y guardarme mis sentimientos por Conrad y Arya Roth en los bolsillos.

Volvería a por ellos más tarde.

* * *

No podía quedarme en Nueva York después de aquello. Eso es lo que dijo mamá.

Por supuesto, no me lo dijo a *mí.* Al fin y al cabo, yo era un niño inútil. En realidad, compartió esta información con su amiga Sveta durante una acalorada llamada telefónica a voz en grito. Su tono chirriante resonó en el pequeño edificio e hizo temblar las tejas del tejado.

Yo solo oía fragmentos de la conversación desde el piso de abajo, donde estaba tirado en el sofá de plástico de los Van con una bolsa de guisantes congelados sobre la mandíbula.

—... Lo matará... Ha dicho que le hice una promesa, y es cierto... Pensando en, ¿cómo se llama?, ¿un reformatorio?...

Le advertí que no tocara a la chica… Tal vez una escuela en otro lugar… Nunca tengas hijos, Sveta. Nunca.

Jacq, la hija de diecisiete años de los Van, me acarició el pelo. Tenía suerte de que el señor Van estuviera allí para darme su ejemplar de *Penthouse* cuando mamá me echó o no habría tenido donde dormir esa noche.

—Tienes la nariz rota. —Jacq me acarició el cráneo con las uñas largas y me provocó un escalofrío que me recorrió la espalda.

—Lo sé.

—Qué pena. Ahora ya no serás guapo.

Intenté sonreír, pero no pude. Tenía el rostro demasiado hinchado.

—Mierda, contaba con esta máquina de hacer dinero.

Se rio.

—¿Qué crees que me pasará ahora? —pregunté, no porque pensara que lo supiera, sino porque era la única persona en el mundo que me hablaba.

Jacq reflexionó:

—No lo sé. Pero, si te soy sincera, Ruslana parece una madre de mierda. Lo más probable es que se deshaga de ti.

—Sí. Es probable que tengas razón.

—Deberías haberte guardado los labios para ti, enamorado. Oye, ¿alguien te ha dicho alguna vez que tienes unas pestañas bonitas?

—¿Me estás tirando los tejos? —Habría arqueado una ceja, pero eso habría abierto de nuevo una de las heridas.

—Tal vez.

Gemí como respuesta. Había renunciado a las chicas de por vida después de ese día.

—¿Tu madre te ha cortado las pestañas alguna vez para que crezcan más gruesas?

Negué con la cabeza.

—Es probable que a mi madre ni siquiera le importara una mierda cambiarme el pañal.

Esa fue mi última noche en Nueva York durante varios años.

Al día siguiente, mamá llamó a la puerta de los Van y metió mis escasas pertenencias en la parte trasera de un taxi.

Ni siquiera se despidió. Solo me dijo que no me metiera en líos.

Me enviaron a la Academia Andrew Dexter para niños, en las afueras de New Haven, en Connecticut.

Todo por un estúpido beso.

Capítulo once

Christian

Pasado

Iba a venir. Tenía que venir.

Ya no me atrevía a soñar. Al menos, no a menudo. Pero ese día sí.

Tal vez porque era Navidad, y una parte de mí —por pequeña que fuera— aún creía en el rollo de los milagros navideños que nos contaban de pequeños. Yo no era un buen cristiano, ni mucho menos, pero se decía por ahí que Dios se apiadaba de todos sus hijos, incluso de los más desgraciados.

Bueno, yo era un niño y necesitaba un descanso. Ese era el momento de cumplir su promesa. De demostrar que existía.

Hacía seis meses que no veía a mamá. Los días se sucedían entre deberes y el equipo de natación. Para mi decimoquinto cumpleaños, me había comprado una magdalena envasada en una gasolinera y había pedido el deseo de llegar vivo a mi siguiente cumpleaños. Desde que me había alejado de Manhattan, no había recibido ni siquiera una llamada telefónica de «Por cierto, ¿estás vivo?». Solo una carta arrugada de hacía dos meses, manchada de lluvia, huellas dactilares y una salsa no identificada, en la que me había escrito con su letra cursiva característica:

Nicholai:
Pasaremos las Navidades en mi apartamento. Alquilaré un coche y te recogeré. Espérame en la entrada a las cuatro en punto el día 22 de diciembre. No llegues tarde o me marcharé sin ti.
Ruslana

Era una carta impersonal y fría. Uno habría encontrado más entusiasmo en un funeral, pero, aun así, me alegré de que recordara que existía.

Golpeé con el mocasín desgastado la escalera de hormigón de la entrada doble del Andrew Dexter y miré el reloj. Entre las piernas tenía la mochila, con todas mis posesiones dentro. Esperar a que el tiempo avanzara me recordó todas las veces que había esperado a mamá en el cementerio, frente al edificio de Arya. Solo que ahora no tenía una chica guapa con la que pasar el tiempo. *Esa* chica guapa en concreto no había resultado ser más que un saco de serpientes. Esperaba que, dondequiera que estuviera Arya Roth esos días, el karma se la follara largo y tendido, sin condón.

Una patada en la espalda me sacó de mi ensimismamiento. Richard Rodgers, Dickie para cualquiera que lo conociera, completó el gesto con un golpecito en la nuca mientras bajaba a toda velocidad las escaleras, hasta el Porsche negro que esperaba frente a la entrada del internado.

—¡Mamá!

—¡Cariño! —Su madre, una mujer de la alta sociedad, apareció por la puerta del copiloto con los brazos abiertos, vestida con pieles reales como para cubrir a tres osos polares. Mi compañero de clase se lanzó a abrazarla. Su padre esperaba al volante y sonreía cabizbajo, como un niño durante el servicio dominical. Resultaba difícil creer que Richard, cuya fama radicaba en recitar el abecedario con pedos de axila, fuera digno del amor de aquella mujer tan atractiva. La madre de Dickie se apartó para mirarlo mejor y le sujetó la cara con las manos cuidadas. Mi corazón se agitó y se sacudió como un gusano atrapado. Me dolía respirar.

«¿Dónde demonios estás, mamá?».

—Qué bien estás, mi amor. Te he preparado tu pastel favorito —arrulló la madre de Dickie.

Me rugió el estómago. Tenían que largarse de ahí y dejar de bloquear la entrada. Richard se subió al coche, que arrancó.

Ella vendría. Había dicho que vendría. Tenía que venir.

Pasó otra hora. El viento arreciaba y el cielo pasó de gris a negro. Mamá seguía sin aparecer y mi confianza, ya de por sí vacilante, se desmoronó como la tarta rancia que el conserje había metido en mi habitación el día después de Acción de Gracias porque sabía que yo era el único niño que se quedaba en el recinto escolar.

Cuatro horas, dieciséis palmadas en la espalda y un «hasta el año que viene» más tarde, todo estaba negro y helado, y la nieve caía del cielo espesa y esponjosa, como bolas de algodón.

El frío no me afectaba. Ni el hecho de que mis mocasines estuvieran empapados, ni que las dos lágrimas que se me habían escapado del ojo derecho se hubieran congelado a mitad del camino. Lo único en lo que podía pensar era que mamá me había dejado plantado en Navidad y que, como de costumbre, estaba solo.

Algo suave y peludo se posó en mi cabeza. Antes de que pudiera girarme para ver qué era, Riggs, un chico que conocía del equipo de natación, se dejó caer en el escalón junto a mí e imitó mi patética postura encorvada.

—¿Qué pasa, Ivanov?

—No es asunto tuyo —escupí entre dientes, y me arranqué el sombrero de terciopelo rojo de la cabeza y lo tiré al suelo.

—Menuda actitud de mierda para alguien que pesa veinte kilos. —El atractivo cabrón silbó y me miró de arriba abajo.

Me giré hacia él y le di un fuerte puñetazo en un brazo.

—Au. Imbécil. ¿Por qué has hecho eso?

—Para que te calles de una puta vez —gruñí—. ¿Por qué, si no?

¿Qué estaba haciendo ahí, de todos modos?

—Púdrete en el infierno —respondió Riggs Bates con alegría, pues encontraba la situación realmente divertida.

—Ya lo estoy —repliqué—. Estoy aquí, ¿no?

La academia Andrew Dexter, que había construido un financiero del ferrocarril en 1891, era una institución católica solo para chicos situada en el centro del Connecticut rural. Se suponía que se convertiría en el mejor hotel de lujo de la costa este, pero, debido a problemas económicos, el edificio estuvo tapiado durante unos años, antes de que un grupo de ricos recién llegados de la Europa de la posguerra invirtieran dinero en él y metieran en el lugar a unos cuantos sacerdotes, profesores y sus problemáticos vástagos. Uno de esos curas era Andrew Dexter, y así fue como se convirtió en el internado masculino número uno de los Estados Unidos.

No había forma de endulzarlo: la academia Andrew Dexter era una pocilga. Para llegar al supermercado más cercano teníamos que caminar unos quince kilómetros, ya fuera hacia una dirección o hacia la otra. Estábamos aislados del mundo, y por una buena razón. Ese lugar albergaba a algunos de los adolescentes más imbéciles del país. El lado positivo: en caso de apocalipsis zombi, tendríamos un margen antes de que los comecerebros vinieran a por nosotros.

Era obvio que mi madre no vendría. Más incluso que pasaría esa Navidad solo, como la anterior. La última vez, la única persona que me había hecho compañía había sido el jardinero, que casi siempre estaba pendiente de que no me suicidara. No lo había hecho. En su lugar, había leído e impreso buenos ejemplos de solicitudes para la universidad. El objetivo era hacerme millonario. Si todos los idiotas a mi alrededor y sus padres lo eran, ¿por qué yo no?

—¿Qué demonios haces aquí? —Me rodeé las rodillas con los brazos y miré a Riggs.

Él levantó un hombro.

—No tengo familia, ¿recuerdas?

—En realidad, no. —Arqueé una ceja—. Vigilar tu culo no es mi pasatiempo favorito.

Apenas hablaba con Riggs, ni, de hecho, con nadie en la escuela. Hablar con la gente me llevaba a encariñarme con ellos, y ninguna parte de mí quería encariñarse. Los humanos no me inspiraban confianza.

—Sí. Mi abuelo, que me crio, dejó el vicio del oxígeno la Navidad pasada.

—Mierda. —Moví los dedos de los pies dentro de los mocasines para intentar deshacerme del entumecimiento. Estaba empezando a sentir el frío—. Bueno, seguro que puedes comprarte un abuelo nuevo o algo —ofrecí. Se decía que Riggs estaba montado en el dólar.

—Nah. —Riggs no se inmutó con mi pulla, a pesar de que merecía una paliza por ello—. El original era irreemplazable.

—Eso es horrible.

Riggs resopló y trató de formar anillos de vaho con el aliento condensado que manaba de su boca.

—La Navidad es la peor fiesta del mundo. Deberíamos desfinanciarla. Si alguna vez abro una organización benéfica, se llamará Matar a Santa.

—No esperes grandes donaciones.

—Te sorprenderías, Ivanov. Puedo ser bastante persuasivo, y a la gente rica le gusta gastar el dinero en tonterías. El abuelo tenía un asiento de inodoro de oro macizo. Plantaba pinos reales —exclamó, con aire lejano. Nostálgico.

—¿Así que no irás a casa durante las vacaciones? —pregunté mientras me deshacía poco a poco de la esperanza de que mamá viniera y digería lo que Riggs había dicho—. Espera un momento. No pasaste aquí las vacaciones de Acción de Gracias.

Riggs soltó una carcajada.

—Sí que estuve aquí. Arsène y yo fuimos a acampar al bosque cuando nadie miraba. Hicimos una hoguera y tomamos nubecitas y, bueno, provocamos un pequeño incendio, casi accidental.

—¿Fuiste tú? —Casi se me salieron los ojos de las órbitas. Hubo un día entero de higiene y seguridad después de eso, y nos castigaron a todos durante un fin de semana.

Riggs sonrió con orgullo e hinchó el pecho.

—Un caballero no inicia un fuego y luego lo cuenta.

—Acabas de hacerlo.

—Sí. Nosotros provocamos el incendio. Pero las nubecitas valieron la pena, amigo. Esponjosas y dulces. —Se besó los dedos.

—¿Y dónde está Arsène ahora? —Miré a mi alrededor, como si fuera a materializarse detrás de los pinos. En realidad, no conocía a Arsène Corbin, pero había oído que era muy listo y que su familia era propietaria de un montón de barrios de lujo en Manhattan.

—Arriba, preparando macarrones con queso y trocitos de beicon y algo de ramen en la cocina. Me ha mandado a buscar esto. —Riggs metió una mano en el hueco entre su chaqueta con cremallera y el cuello y sacó un frasco—. Del despacho del director Plath. Luego he visto tu lamentable culo en la escalera y he pensado en hacerte saber que estamos aquí.

—¿Arsène tampoco tiene familia? —Un nudo de esperanza se instaló en mi garganta. Me sentí bien al saber que no era el único. Aunque también mal, porque, al parecer, los adultos eran solo basura.

—Oh, tiene familia, pero los odia. Tiene problemas con su hermanastra o algo así.

—Genial.

—No para él.

—Siempre puede ignorarla y relajarse en su habitación.

—Eh, creo que no es tan simple. —Riggs inclinó la petaca en mi dirección y me ofreció un sorbo. Mi mirada viajó del recipiente de plata a su cara.

—Plath nos matará —dije de forma irónica. Sabía que Conrad Roth había invertido mucho dinero en ese instituto para asegurarse de que nunca me echaran de la mansión embrujada de ladrillo rojo. Ahí era donde enviaban a todos los chicos que pegaban a sus profesores, se jugaban las propiedades de sus familias o se drogaban. Ahora todos éramos problema del director Plath, no de la gente que nos había enviado ahí.

—No si nos matamos primero. Que conste que creo que lo haremos, entre la comida de Arsène, la cantidad de alcohol que he conseguido y los incendios que provocamos. ¿Vienes o qué? —Riggs, con el pelo dorado suelto sobre los ojos, se levantó.

Era la primera vez que veía a Riggs Bates como el increíble ser humano que era y no como un capullo rico que se creía mejor que los demás.

Lancé otra mirada vacilante a la carretera vacía.

—*No* lo hagas, Ivanov. La gente está sobrevalorada. Sobre todo los padres.

—Me dijo que vendría.

—Y yo dije que no me había comido la lasaña casera de Dickie la semana pasado. Y, sin embargo, dos horas después estaba cagando láminas de pasta y berenjena en el baño comunitario.

Apoyé las manos en las rodillas y me impulsé del mismo modo que había hecho él.

—Vamos. —Me dio una palmada en la espalda—. Te sientes liberado cuando te das cuentas de que no los necesitas. Me refiero a las personas que te crearon.

Tal vez había nevado y se había quedado atrapada en algún lugar sin cobertura.

Quizá se había visto involucrada en un terrible accidente de tráfico.

Fuera lo que fuera, estaba seguro de una cosa.

No había venido.

* * *

Los macarrones con queso de Arsène eran atroces. Tenían grumos, estaban cocinados de forma desigual y había bolas de polvo naranja por todas partes. El ramen te hacía desear que estuvieras bebiendo lejía en su lugar, y eso que ni siquiera era consciente de que se pudiera fastidiar un plato de ramen de ese modo. Aun así, ahí estábamos, comiendo ramen instantáneo rancio que nadaba en lo que sospechosamente parecía pis de vasos de fiesta.

Riggs mezcló lo que fuera que hubiera en la petaca con Tropicana, lo que le otorgó el sabor diluido y fuerte del jabón de lavar los platos. Eso debía de ser el fondo del pozo que era mi vida. Si Dios existía, lo demandaría.

Estábamos sentados en la cama de Arsène, que era una litera. Nos colocamos en la parte de abajo y usamos el colchón de Simon, su compañero de habitación, para apoyar las piernas.

—Me encanta lo que le has hecho a este sitio. —Riggs señaló a su alrededor con los palillos de madera. Había una pared en la que Arsène había escrito cientos de veces en una caligrafía clara, negra y oscura:

«Odio a Gracelynn Langston. Odio a Gracelynn Langston. Odio a Gracelynn Langston. Odio a Gracelynn Langston. Odio a Gracelynn Langston. Odio a Gracelynn Langston».

—¿Quién es Gracelynn Langston? —Tragué un pegote de macarrones con queso sin saborearlo.

—La malvada hermanastra de Arsène —respondió Riggs mientras sorbía un fideo que se le escapaba de la boca. Yo aún intentaba aclararme con los palillos. Había miles de cosas que los niños ricos sabían hacer y yo no. Comer con palillos chinos era una de ellas.

Arsène me lanzó una mirada asesina y me escaneó de arriba abajo con sus ojos marrones. Supe que no me tragaba. Riggs era el tipo de tío que se deja llevar, pero Arsène no parecía estar dispuesto a ampliar su círculo de amistades, que en ese momento solo incluía a Riggs.

—¿Estás seguro con este chaval? —le preguntó Arsène a Riggs—. No sabemos nada de él.

—Eso no es cierto. Sabemos que es más pobre que las ratas y que es un buen nadador.

Riggs se rio, pero, de algún modo, no podía ofenderme con nada que ese tío dijera. No lo hacía con mala intención, algo que no podía decir de Arsène.

—¿Y si cuenta lo de la petaca? —Arsène le habló directamente a Riggs e ignoró mi existencia.

—Míralo. ¿Tiene aspecto de hacerle algo a alguien? Ni siquiera creo que fuera capaz de acabar con una cucaracha. No dirá nada sobre la petaca. —Riggs le quitó importancia con un gesto de una mano—. Así que, Arsène, ¿cómo te sientes con respecto a Gracelynn Langston? Y, por favor, no te reprimas. —Riggs se rio dentro de su vaso de fiesta lleno de MSG y agua de alcantarilla.

—La asesinaría si valiera la pena desperdiciar una bala en ella —espetó Arsène, que miró su comida muy serio—. Ella es el motivo por el que estoy pasando las Navidades con vosotros dos, par de capullos.

—Esto otra vez no. —Riggs bostezó—. O escupes sobre lo que ha pasado con ella o deja de quejarte de ella.

—*Tú* eres el que ha preguntado. —Arsène le dio una patada a Riggs en la espinilla.

—Eh, ¿este tío no habla o qué?

—Sí que hablo —respondí, y removí los fideos en el vaso. Pero no quería. En realidad, no tenía nada que decir.

—Me corregiré. ¿Puedes decir algo interesante? —Arsène me atravesó con la mirada.

—Déjalo tranquilo. Su madre lo ha plantado —explicó Riggs.

—Qué mierda —espetó Arsène entre dientes—. ¿Y cuál es tu historia, Campanilla?

—¿A qué te refieres? —Lo fulminé con la mirada.

—¿Cómo has acabado en esta cárcel para adolescentes? Nadie viene aquí por gusto.

Me forcé a alzar la mirada de la comida y me topé con sus ojos.

—Me pillaron metiéndole mano a la hija de un multimillonario. Este es mi castigo. No he visto a mi madre en más de un año. Ni siquiera sé si volveré a verla.

En cuanto dije esas palabras, me di cuenta de que de verdad no sabía si volvería a verla. Arsène se frotó la barbilla mientras pensaba en lo que le había dicho. Tenía aspecto de ser capaz de asesinar a alguien. En cambio, Riggs tenía el aspecto desaliñado y mono que les gustaba a las chicas.

—¿De quién fue la culpa? —preguntó Arsène—. Lo de que os pillaran. —Dejó el vaso en el suelo, tomó el mío e hizo lo mismo.

Abrió el cajón de la mesita de noche y sacó unas patatas con sabor a vinagre y un paquete de palomitas. Abrió ambas bolsas y dejó escapar un suspiro de alivio.

—¿Importa? —pregunté.

—¿La vida importa? —espetó Arsène—. Por supuesto que sí. La venganza hace que una persona siga funcionando. Si hay alguien a quien culpar, hay alguien de quien vengarse.

Lo pensé.

—Fue culpa de ella, entonces. —Me serví un puñado de palomitas—. Cuanto más lo pienso, más tengo la impresión de que fue un montaje. Su padre entró en cuanto mis labios estuvieron sobre los suyos.

—Definitivamente, fue un montaje. —Riggs asintió mientras masticaba las patatas con fuerza y se cruzaba de piernas—. Al menos, ¿estaba buena?

—Emm… —Me froté la barbilla y deseé que Arya se materializara en mi imaginación. No tenía más que pensar en su nombre para tener una visión clara de ella. Sus ojos pantanosos y esa boca—. Supongo que sí.

—Tu suposición no es suficiente. Enséñanosla —exigió Riggs.

—¿Cómo?

—Debe de tener redes sociales.

—Seguro que sí, pero no tengo ordenador —dije. Era una media verdad. Tenía un ordenador, pero era antiguo. Uno en el que apenas podía utilizar el Word. Pero, si lo tenía, era porque la academia Andrew Dexter nos pedía que tuviéramos ordenadores.

Arsène sacó un portátil nuevo de su mochila de cuero y me lo tendió.

—Toma. Usa mi MyFriends. Solo tienes que escribir su nombre.

—¿Tienes una cuenta de MyFriends? —Lo miré con escepticismo. Lo único que sabía de Arsène Corbin era que era un genio malvado que apenas iba a clase, pero que, de algún modo, acababa cada año con matrícula de honor. Mientras que Riggs se pasaba el tiempo intentando morir al escalar árboles, saltar entre tejados y meterse en peleas, Arsène era más de construir sus propias bombas y venderlas por internet. Si lo pensaba bien, eran una extraña pareja. Lo más probable era que fueran tan cercanos porque se habían visto obligados a pasar tiempo juntos en su soledad.

—Para investigar.

—Querrás decir acosar.

Arsène me dio un golpe en un costado con el pie cubierto por un calcetín.

—Te toleraba más cuando tenías el pico cerrado.

Escribí el nombre de Arya en la barra de búsqueda y sentí que las puntas de los dedos me sudaban. Ni siquiera sabía por qué. Había pensado a menudo en ella, para desearle cosas malas sobre todo, pero eso no significaba que ya no me gustara ni nada parecido.

Su rostro sonriente apareció en la pantalla y pulsé en la foto.

—No puedo creer que no tenga una cuenta privada. —Arsène casi me dio un cabezazo cuando se asomó para ver la pantalla—. Sus padres deben de ser más tontos que una piedra.

—Su madre está siempre desaparecida en combate. Siempre está en algún lugar de compras. Creo que odiaba a Arya por no haber muerto en lugar de su hermano gemelo. Y su padre no tiene ni idea de esta mierda. —Empecé a mirar sus fotos.

Como sospechaba, Arya lo pasaba en grande mientras yo no estaba. Solo en los últimos dos meses había asistido al baile de invierno de su instituto, había ido a patinar sobre hielo en la plaza Rockefeller, había celebrado una fiesta de pijamas con una amiga llamada Jillian y se había comido un helado en las Bahamas. Pero yo no podía dejar de fijarme en la última foto, publicada hacía cuatro horas. La ubicación indicaba que estaban en Aspen, en Colorado. Arya estaba de pie en una montaña de nieve vestida con un equipo de *snowboard* y sonreía a la cámara junto a su padre. La ira que comenzó a formarse en la boca de mi estómago, caliente como la lava, no se debía a la imagen de ambos cabrones disfrutando del viaje de sus vidas mientras yo estaba encerrado en ese manicomio para adolescentes problemáticos. A esas alturas, estaba acostumbrado a que me fastidiaran. Fue la persona tras ellos quien hizo que se me acelerara el pulso. La mujer que estaba de pie detrás de la pareja. Sostenía los palos de esquiar de ambos y parecía a punto de desplomarse, dispuesta a cumplir con todas sus necesidades, como siempre.

Mamá.

—¿Nicholai? —Riggs movió una mano delante de mi rostro—. ¿Cómo va la crisis emocional?

—Es ella. —Me refería a mamá, pero ambos parpadearon ante la imagen de Arya y se centraron por completo en la chica joven.

—No fastidies. Tenemos ojos. Está buena, pero no lo suficiente para acabar en el Andrew Dexter. —Riggs se frotó la barba incipiente con el dorso de la mano.

—Está más buena que Gracelynn —espetó Arsène, como si su hermanastra hubiera estado justo ahí con nosotros para ofenderse. Comprendía por qué estaba enfadado. Esos cabrones estaban disfrutando de la vida mientras a nosotros tres nos dejaban atrás, olvidados.

—No, me refería a mi madre. Ha acompañado a los Roth en sus vacaciones a Aspen y ni siquiera se ha molestado en decirme que había cambiado de planes. Ahí está. —Amplié la imagen sobre ella.

Con todo, era una estupidez enfadarme por ello, pero, aun así, ¿qué narices? ¿Ni siquiera había podido llamar? ¿Escribirme un mensaje? ¿U otra estúpida carta? No estaba atrapada en una nevada ni en un atasco ni había sufrido un horrible accidente. Estaba justo ahí, en persona; había escogido a esas personas por encima de mí, una vez tras otra.

Me volvía loco lo poco que le importaba a esa mujer.

Me pregunté si alguna vez había tenido una oportunidad con ella. Si quizá se había rendido conmigo porque siempre le había recordado a mi padre desaparecido. O si lo había estropeado todo yo solo.

Arsène me dio una palmada en la espalda. Era la primera vez que me tocaba. En realidad, era la primera vez que alguien me tocaba desde que Conrad me había dado aquella paliza.

—Parece que es una buena pieza. No la necesitas. No necesitas a nadie.

—Todos necesitamos a alguien —señaló Riggs—. O eso he leído en los libros de autoayuda que robo de la biblioteca.

—¿Por qué los robas? —pregunté.

Riggs echó la cabeza hacia atrás y se rio.

—¿Qué otra cosa voy a usar para hacerme los canutos?

—Yo necesito a la gente. —Me oí decir—. No puedo pasar por esto solo.

Ese centro. Esa vida. Esa amargura que me atravesaba la piel cada vez que pensaba en Conrad y Arya.

—*Bien.* Entonces seremos ese alguien de cada uno. —Arsène reaccionó y dejó caer la bolsa de palomitas que sostenía sobre el colchón—. Que les den. Que les den a nuestras familias. A nuestros padres. A la gente que nos ha decepcionado. Que les den a las cenas de Navidad, a los abetos decorados, a las velas aromáticas y a los regalos bien empaquetados. A partir de ahora, seremos la familia del otro. Nosotros tres. Cada Navidad. Cada Pascua. Cada Acción de Gracias. Estaremos juntos y ganaremos.

Riggs chocó su puño con el de Arsène, quien lo alzó y me lo tendió. Lo miré y sentí que estaba en medio de algo grande. Monumental. Tanto Arsène como Riggs me observaban expectantes. Pensé en lo que Arya había dicho hacía tantos años, en el cementerio Mount Hebron, sobre cómo el dinero no lo era todo en el mundo. Tal vez, al fin y al cabo, tenía razón. Esos chicos eran ricos y no parecían ser más felices que yo.

Alcé un brazo y choqué el puño con el de Arsène.

—¡Bien hecho! —Riggs se rio—. Te dije que Nicholai era uno de los nuestros.

Y a partir de ese momento lo fui.

Capítulo doce

Christian

Presente

—Arya Roth debe de ser buena en la cama porque de verdad que sabe joder una historia. —Claire me lanzó un periódico sobre el escritorio el lunes por la mañana.

Estaba inmerso en la lectura de los documentos que Amanda Gispen me había enviado durante el fin de semana. La fase de descubrimiento de las pruebas era de vital importancia en un caso irrefutable. Sabía que los abogados de Conrad presentarían una moción *in limine* para que la carta de la Comisión para la Igualdad de Oportunidades de Empleo quedara fuera del caso. Había estado muy ocupado con el papeleo durante el fin de semana, y Claire y yo habíamos tenido que revisar todas las pruebas en lugar de celebrar nuestra fiesta de sexo particular como habíamos planeado. Lo único que quería joder ahora mismo era a la familia Roth, y muy fuerte.

Miré el titular del periódico y fruncí el ceño mientras Claire apoyaba la cadera contra el escritorio y miraba por encima de mí. La foto frente a mí mostraba a Conrad Roth abrazando a unos niños en el hospital. Al parecer, les había regalado una consola nueva, de esas que pocos mortales podían permitirse, a cada uno.

«... Roth ha donado mil quinientas consolas GameDrop al hospital infantil Don Hawkins, junto con una generosa aportación de dos millones de dólares...».

—Esto es una mierda. —Enrollé el periódico y lo lancé a la papelera que tenía al lado. Claire sacó el móvil y pasó el dedo por la pantalla.

—Hay tres cosas positivas más sobre Conrad Roth en varias páginas hoy. El *hashtag* #NoRothDoing es tendencia en Twitter. Antiguos compañeros han hablado sobre lo amable y profesional que es. Mujeres poderosas. Arya Roth se está esforzando para que no arruinen la imagen de su papi.

El nombre de Arya me sacaba de quicio. Esa mujer no solo conseguía meterse bajo mi piel, sino que llegaba a las entrañas y prendía una hoguera dentro.

—#NoRothDoing es el *hashtag* más absurdo que jamás he oído y, por desgracia, he oído muchos.

—Estoy de acuerdo, pero está dando resultado. —Claire suspiró—. ¿Qué haremos?

—Nada. —Me encogí de hombros—. Hablaré en el juzgado, delante de un jurado que marca la diferencia. Los trols de internet no son mi objetivo.

—¿Deberíamos ser más estrategas con esto? ¿Tal vez asustarla un poco? —Claire apoyó el trasero en la mesa y se cruzó de brazos. Eché la silla de oficina hacia atrás y puse distancia entre ambos. Claire era una joven de veintisiete años atractiva y ambiciosa, pero comenzaba a convertirse en una carga, pues quería cosas como pasar fines de semana fuera juntos o que conociera a sus padres. Le había dejado claras las normas cuando comenzamos a acostarnos y le expliqué que estaba tan metido en eso de ser un *playboy* que no sabría hallar el camino hacia una relación sana ni con un mapa, una linterna y un GPS. Ella había respondido que lo entendía, y quizá lo había hecho al principio, pero las cosas se estaban complicando, lo que significaba que estaba a días de cortar con ella.

—¿Quieres que hable con periodistas de segunda? Porque perjudicar al acusado es una táctica de tercer grado.

—Solo digo que Arya está socavando el caso.

—No. Está sudando y apesta. No me preocupa.

Pero Claire no se equivocaba del todo. Mientras ojeaba uno de los artículos en su móvil, me di cuenta de que tendría que haber tenido en cuenta que Arya aún era astuta e ingeniosa, y, lo que más me enfurecía de todo, tenía talento para lo que hacía. Para cuando la noticia del caso de acoso sexual contra Conrad Roth salió a la luz, Arya había encontrado cientos de formas de darle la vuelta. También empleaba el juego sucio. Amanda Gispen se acababa de divorciar. Se dijo que su marido la había engañado. Arya había mostrado a Amanda como una mujer que odiaba a los hombres, resentida con el divorcio, con su marido y con el género opuesto en general. Amanda se había retrasado recientemente con el pago de la hipoteca, por supuesto debido al divorcio. En ese momento, los periódicos especulaban sobre si iba a por su antiguo jefe para conseguir dinero rápido. Lo que no podía alejarse más de la realidad, pues Conrad le había ofrecido más que suficiente para cubrir setecientas hipotecas con tal de que no fuera a juicio.

Arya era minuciosa y persistente, y trabajaba las veinticuatro horas del día los siete días de la semana.

Por desgracia para ella, yo también.

—Claire tiene razón. —El tono bajo de Traurig llegó desde la puerta. Claire se levantó enseguida y se alisó la falda de tubo. Traurig se impulsó del marco y fingió no ver cómo ella canalizaba su Sharon Stone en *Instinto básico*—. La señorita Roth podría suponernos un problema. Deberías vigilarla. La cobertura mediática lo es todo. Deberías saberlo, chaval. Ganaste ese juicio en la oficina del fiscal porque la prensa te adoraba.

Sentí un tic en la mandíbula. Al llamarme *chaval*, Traurig minaba mi reputación más de lo que Arya estaba acabando con mi caso. Jamás habría empleado un apodo similar con Claire. Eso sería sexista. Pero yo era otro macho alfa al que Traurig quería poner en su sitio.

—Está controlado.

—Lo único que digo es que no puedes permitirte perder este caso. Hay mucho en juego. —Traurig tomó el papel de capitán Evidente. Se refería a mi oportunidad para que me hicieran socio.

—El juego es mío. Acomódate y disfruta de tu bebida.

—Eso es lo que quería oír, chaval.

—Y deja esa mierda de «chaval».

Se rio y le dio un codazo a Claire al salir.

—Qué sensible. Cuida de este, ¿vale?

Traurig salió de mi despacho. Claire se movió por el despacho mientras jugueteaba con mechones de su pelo sedoso. Alcé una ceja de forma irónica.

—¿Algo más?

—Mira. —Claire se aclaró la garganta—. Puede que esto esté fuera de lugar.

Por mi experiencia, sabía que las frases que comenzaban así *siempre* precedían algo que estaba fuera de lugar. Mi paciencia se estaba agotando, a punto de estallar, como una *crème brûlée.*

—Pero no he podido evitar notar que hay una tensión extraña entre Arya Roth y tú. Por supuesto, conociéndote, soy consciente de que nunca pondrías un caso en peligro ni lo aceptarías si hubiera algún…

Se quedó en silencio, a la espera de que le diera algo de información. Le lancé una mirada asesina con la que la reté a que acabara la frase. Se retorció.

—*Asunto curioso.* Solo me preguntaba si quieres que acepte más responsabilidad en lo que a ella se refiere. Si te hace sentir incómodo de alguna forma, tal vez yo podría servirte de enlace con ella para que no tengas que lidiar personalmente con ella o…

—No será necesario.

—Oh. —Vaciló—. ¿Puedo preguntar por qué no?

«Porque estoy ávido de venganza y quiero estar en primera fila cuando Arya reciba lo que se merece».

—Porque puedo manejar a una adolescente graduada en la universidad con algunos contactos en algún periódico local.

La forma en que conseguí reducir la figura de Arya a nada más que una muñeca Bratz glorificada me sorprendió hasta a mí. Aunque dudaba que estuviera en lo cierto. Su problema nunca había sido la falta de inteligencia, sino la carencia de alma.

—Entendido. —Claire asintió con dignidad—. Tienes un aspecto distinto esta mañana. Más… *vivo.*

Tragué, pero no respondí. ¿Qué podía responder? ¿Que ver a Arya de nuevo me provocaba una erección infernal?

Claire se pavoneó hacia la puerta y se detuvo en el umbral antes de golpear el marco.

—Solo avísame si necesitas algo, Christian.

«¿Qué tal a Arya, despatarrada sobre mi escritorio mientras jadea mi nombre, tanto el antiguo como el nuevo, y me pide clemencia?».

Vale. De verdad que necesitaba cortar con Claire si comenzaba a contestarle de ese modo. Aunque solo fuera en mi cabeza.

—Por supuesto.

En cuanto Claire salió de la oficina, volví a sacar el periódico de la papelera y subrayé los potenciales agujeros en la historia tan bien construida de Arya.

Estaba a punto de descubrir que yo no hacía prisioneros de guerra.

***

—Esto es lo peor que me ha sucedido jamás, y acabo de volver de una zona de guerra. —Riggs tomó un trago de la cerveza y escaneó la habitación con los ojos entrecerrados como un halcón.

—Es la noche de Trivial, no la peste negra. —Arsène se bebió su cerveza de golpe. Estábamos en el Brewtherhood. Yo apoyé los codos en la barra y observé a los grupos de personas que se reunían alrededor de las mesas, listos para el evento principal. Había un taburete en el pequeño podio que solía reservarse para las universitarias que bailaban medio desnudas.

El presentador de la noche de Trivial era una estrella de *realities* de Nueva Jersey que se había hecho medio famoso por acostarse con una de sus anteriores concursantes en una piscina pública. Ese era el motivo por el que yo había renunciado a la televisión y a la gente que salía en ella. La línea entre la cultura y una bolsa de mierda humeante se confundía en lo que al entretenimiento del siglo XXI respectaba.

—Los bares se inventaron para emborracharse y follar, no para culturizarse. —Riggs inclinó la cerveza vacía hacia Elise y le hizo un gesto para que nos sirviera otra ronda—. Necesito unas vacaciones.

—Si *vives* de vacaciones —lo corregí—. Sienta la cabeza por un puto minuto.

—Nunca —juró Riggs. Lo creí. El nómada se giró hacia mí con el ceño fruncido—. Hablando de destinos de vacaciones, ¿cómo le va a Alice en su nuevo apartamento en Florida?

Alice era la mujer más importante de mi vida. De nuestras vidas, para ser sincero. Pero yo era el niño «bueno». El que se preocupaba por ella y le enviaba flores en su cumpleaños y tarjetas de Navidad siempre que no podía ir a verla.

—Está en el séptimo cielo. Entre las excursiones de jubilados y las clases de taichí, está más tranquila que nunca —confirmé—. Hablé con ella hace un par de días.

—Deberíamos ir a verla —propuso Riggs.

—Si alguien es capaz de arrastrarme fuera de la ciudad de Nueva York, es ella —afirmó Arsène.

—Hablaré con ella para ver cuándo le va bien. —Asentí con educación, aunque sabía que ni de broma iba a marcharme antes de ganar el caso de Conrad Roth.

—Oye, deberíamos participar en esta mierda del Trivial. —Arsène le dio la espalda a una mujer que se le acercó con cautela sobre unos tacones altos. Dios le prohibiera mantener una conversación con alguien que no estuviera en el Programa de Becas MacArthur—. Tengo la cabeza llena de información inútil, y me gusta ganar.

—¿Aunque lo que ganes sean unas vacaciones de dos noches en un hotel de tres estrellas en Tacoma? —Le di un trago a mi *whisky*—. Porque eso es lo único que ganarás aquí.

—*Precisamente.* —Arsène aceptó la cerveza fría que le ofreció Elise y le deslizó una propina sin mirarla. Ese hombre odiaba tanto a las mujeres que sospechaba que sería una de esas personas que mueren solas y dejan todos sus millones al perro del vecino o a cualquier persona al otro lado del mundo—. Me ayuda a ver cómo vive la otra mitad.

—Te importa una mierda cómo vive la otra mitad.

Arsène chocó su botellín de cerveza con el mío.

—Esa otra mitad no necesita saberlo.

—Retiro todo lo que he dicho sobre la noche de Trivial. Al parecer, tiene su mérito. —Riggs desvió los ojos hacia la entrada. Seguí su mirada y me mordí la lengua hasta que el sabor metálico de la sangre se extendió por mi boca.

«Tiene que ser una broma. ¿Cuáles son las malditas probabilidades?».

Habían pasado tres semanas desde que me había encontrado con Arya en mi despacho. Tres semanas enteras en las que me había reorganizado, me había recompuesto y había conseguido olvidarme de su molesta boca y de su delicioso cuerpo. Y ahora estaba ahí, en mi terreno, caminando de forma desenfadada enfundada en un pequeño vestido negro y luciendo una gargantilla de perlas y unos impresionantes tacones rojos de Balenciaga. Había tres mujeres más con ella, todas con bandas al estilo de los concursos de belleza que decían: «Las chicas de Sherlock Holmes». Por lo visto, no solo era fría y mala, sino también sosa.

—Recógete la mandíbula del suelo, colega, antes de que alguien te la pise. —Por el rabillo del ojo vi que Riggs, entre risas, me daba una palmadita en el hombro—. Muy bien, veo que estás mirando a la pequeña Audrey Hepburn. Por suerte para ti, no soy exigente. Me quedo con la rubia.

—¿Qué tal si te largas? —Aparté su mano—. Me voy de aquí.

—¿Un largo día en la oficina? —Riggs mostró una sonrisa llena de hoyuelos y una barba incipiente. No me extrañaba que derritiera bragas y corazones solo con existir—. Déjame adivinar, ¿avena y un libro de Dan Brown para cenar?

En cuanto a madurez, mi mejor amigo no lo era más que el cartón de leche de mi nevera, y ni la mitad de sofisticado.

—Esa chica es la hija de un acusado en un caso en el que estoy trabajando, pardillo.

—¿Y qué? —Arsène frunció el ceño—. Es noche de Trivial, no una orgía pública.

—No me sorprendería que Riggs lo convirtiera en una. —Me puse el chaquetón. Lo último que necesitaba era comerme con los ojos a Arya Roth. El control de los impulsos era mi arte favorito. Siempre controlaba mis necesidades. No la había buscado en Google desde los quince años. Había ignorado por completo su existencia desde el primer año de instituto. Para mí, estaba muerta. Verla guapa, feliz y *viva* no estaba en mi agenda. No si podía evitarlo.

—No te metas en líos, y asegúrate de que este tío utiliza condón. —Le di una palmada en la espalda a Arsène, a punto de salir.

—Gracias, papá. Ah, y, por cierto —Riggs me bloqueó el paso con su cuerpo. Miraba algo a mis espaldas—, Audrey Hepburn viene hacia aquí y, a diferencia de ti, parece muy contenta de verte.

—Por supuesto. —Arsène parpadeó detrás de mí con curiosidad y una sonrisa se dibujó en su rostro—. *Arya Roth.*

Me llené el bolsillo con la cartera y el teléfono, y se me tensó la mandíbula.

—Es una bomba. —Riggs silbó.

—Una que hizo estallar mi vida —grité—. Me largo de aquí.

Me di la vuelta y choqué con alguien pequeño. Ese alguien, por supuesto, era Arya. Casi la hice caer de culo. Se tambaleó unos pasos hacia atrás, pero una de sus amigas, al parecer a la que Riggs quería convertir en la última muesca de su cinturón, la agarró.

—Qué casualidad toparme contigo. *Literalmente.* —Arya se recuperó, con su sonrisa afilada intacta. ¿Me estaba siguiendo? Porque eso era ilegal, además de poco ético. La miré con desdén.

«Control de los impulsos. Eres Christian, no el pequeño Nicky. No puede hacerte daño».

—Señorita Roth.

—¿Ya se va?

—Veo que no se le escapa nada —dije rotundo.

—Al parecer, *usted* se me escapa. ¿El Trivial no es su fuerte, señor Miller?

Con una sonrisa, incliné la cabeza para susurrarle al oído.

—*Todo* es mi fuerte, señorita Roth. Haría bien en recordarlo.

Al enderezarme, noté un destello de algo en su rostro. ¿Reconocimiento? ¿Confusión? ¿Se acordaba de mí? Fuera lo que fuera, desapareció y lo sustituyó una sonrisa gélida.

—En realidad, a su gestión de los medios le vendrían bien unos retoques. Resulta que estoy aquí con mi socia, Jillian, y nuestro mejor equipo, Hailey y Whitley. Llámenos cuando acabe el caso. Le daremos algunos consejos. —Arya sacó una tarjeta de visita negra con letras cursivas en oro rosa y me la puso en una mano. Alcancé a leer las palabras «Brand Brigade». Vaya, vaya. Tenía su propia empresa. Pero también tenía un padre que le compraría una nave espacial si quería jugar a ser astronauta.

—Gracias, señorita Roth, pero preferiría que me aconsejara la persona de la calle de la esquina entre Broadway y Canal, la que grita por un megáfono que los extraterrestres la secuestraron y ahora es inmortal. —Tiré su tarjeta directamente a la papelera que había detrás de la barra.

—Buena idea, señor Miller. Entiende más que usted de gestión de los medios.

Su sonrisa no vaciló, pero, por el brillo de sus ojos, me di cuenta de que no estaba acostumbrada a que los hombres la miraran como si fuera menos que oro macizo.

—Sigue aquí —suspiré cuando ella no hizo ademán de desbloquearme el paso—. Por favor, acláreme el motivo.

—¿Ha visto que han asignado al juez Lopez a la demanda? —Las pestañas de Arya se agitaron.

—No voy a discutir el caso con usted.

La esquivé. En el último momento, deslizó una mano para tocarme el bíceps. El contacto me lanzó una flecha de calor directa a la ingle. Mi cuerpo siempre me traicionaba cuando se trataba de ella.

—Quédese —me exigió justo cuando el presentador de *realities* anunciaba por el micrófono que todos los grupos debían registrarse y tomar asiento antes de que empezara el juego—. Vamos a ver lo que vale.

Metí los puños en los bolsillos delanteros.

—Valga lo que valga, no puede permitírselo.

—Bien. Muéstreme qué me estoy perdiendo.

—Dudo que sea tan elegante cuando pierda.

—Soy una persona bastante honorable —argumentó.

Resoplé.

—Cariño, usted y la palabra *honor* ni siquiera deberían compartir código postal, y mucho menos la misma frase.

Arya se dio la vuelta y se alejó. Sus secuaces se tambalearon sobre sus tacones de aguja detrás de ella.

—Riggs, apúntanos, nos quedamos —espeté. Mis ojos seguían fijos en Arya. Riggs se dirigió hacia el escenario. Estaba seguro de que el nombre que eligiera para nuestro equipo sería ofensivo y al menos un poco sexualmente degradante para las mujeres.

El idiota de los *realities,* que se identificó como el doctor Macho Italiano (credenciales sin confirmar), anunció que había ocho equipos, incluido el Equipo ETS, como Riggs nos había apodado.

Solo Riggs podía asociarme con el herpes genital delante de alguien a quien se suponía que iba a ver en el tribunal la próxima semana.

—Te llamaría idiota, pero los idiotas del mundo se ofenderían. —Me volví hacia Riggs, y me resistí al impulso de estamparle la cabeza contra la mesa colonial. Intenté no mirar a Arya, pero era difícil. Estaba justo ahí. Preciosa, reluciente y destructiva. Como un botón rojo humano.

Cuando terminaron las primeras rondas, solo quedaban cuatro equipos. Estaba el equipo Quizzitch, un grupo de técnicos con gafas redondas y cortes de pelo a la última; el equipo de Las Chicas, un grupo de universitarias; Las Chicas de Sherlock Holmes, que era el equipo de Arya; y Arsène, Riggs y yo.

Las preguntas de calentamiento para la segunda ronda requerían el coeficiente intelectual de un estuche de cerveza. Desde nombrar la capital de los Estados Unidos hasta cuántas puntas tenía tradicionalmente un copo de nieve. A pesar de que las preguntas apenas requerían dos neuronas funcionales, el equipo de Las Chicas fue expulsado a continuación por no saber en qué país tenía lugar *Sonrisas y lágrimas* y confundir Austria con Australia.

—Me recuerda a aquella vez que le dijiste a una chica que eras licenciado en Astronomía y ella te respondió que era Tauro y te preguntó si era verdad que los tauro eran perfeccionistas —le soltó Riggs a Arsène mientras se reía a carcajadas.

A regañadientes, y solo para mí, tuve que admitir que Las Chicas de Sherlock Holmes eran buenas. Sobre todo, Arya y Jillian. Por desgracia para ellas, ante Arsène y yo no tenían ninguna posibilidad. Durante las vacaciones, mientras Arya se bronceaba en Maui o esquiaba en Saint Moritz, Arsène nos llevaba a Riggs y a mí a la biblioteca de la academia y leíamos enciclopedias enteras para pasar el rato.

Cuarenta minutos después de empezar la velada, el equipo Quizzitch se vino abajo al equivocarse en el mes en que los rusos celebraron la Revolución de Octubre (la respuesta era noviembre), lo que nos dejó a nosotros y a Las Chicas de Sherlock Holmes.

—Las cosas se están calentando por aquí. —El Doctor Macho Italiano, en el escenario, se frotó las manos por la emoción y habló demasiado cerca del micrófono. Llevaba cera para el pelo como para esculpir una estatua a tamaño real de LeBron James y tenía unos dientes tan grandes y blancos como unas teclas de piano. No ayudaba el hecho de que vistiera con unos vaqueros rotos y una camiseta de marca que se le pegaba a un torso que había tomado más esteroides que una unidad de cuidados intensivos. Aun así, me sorprendió que supiera leer las preguntas.

—Chicas de Holmes, ¿quién creéis que ganará? —Se volvió hacia Arya, que estaba sentada al otro lado de la sala.

Ella se apartó unos mechones de pelo castaño detrás de las orejas y, de nuevo, me quedé mirándola.

—Ganaremos, no hay duda.

—¿Y vosotros? —El Doctor Macho se obligó a apartar los ojos de Arya. Arsène le lanzó una mirada lastimera.

—Ni siquiera voy a responder a eso.

Por la expresión del Doctor Macho Italiano supe que su corazón estaba firmemente con Las Chicas de Holmes, y también otras partes de su cuerpo.

—Muy bien. Veo que hay alguien competitivo por aquí. Entramos en la ronda final. Recordad, un fallo y estáis eliminados. Es hora de llevarse el dinero. O, para ser exacto, ¡la hora del vale de Denny's! ¡Cien dólares!

—Apenas puedo contener la emoción —comentó Arsène con la voz seca, y dio un trago a su cerveza.

—¿Cuál es el segundo nombre de Joe Biden? Chicas de Holmes, esta va para vosotras, y pasará a los ETS si no respondéis a la pregunta.

Las mujeres juntaron las cabezas y susurraron antes de que Arya se estirara y respondiera:

—Robinette. Respuesta final.

—Correcto. Eh. No lo sabía. —El Doctor Macho Italiano se rascó el pelo tieso. Dudaba que supiera en qué continente estaba, así que no me sorprendió. Se volvió hacia nosotros. La sala seguía abarrotada de gente que quería ver qué grupo se llevaba el premio gordo.

—La siguiente pregunta va para los ETS: ¿a qué velocidad gira la Tierra?

—A mil kilómetros por hora. —Arsène bostezó.

—Chicas de Holmes. ¿Qué usaban los romanos como enjuague bucal?

—¡Orina! —exclamó Jillian, que casi saltó de su asiento y volcó los cócteles de su mesa—. Usaban orina. Lo cual es muy pervertido, pero ¿quiénes somos nosotros para juzgar?

—¡Correcto! ETS, ¿para qué se inventó el cucurucho de helado?

—Para sostener flores —respondí sin perder el ritmo.

El Doctor Macho silbó.

—¡Vaya, estoy descubriendo todo tipo de cosas interesantes esta noche! Casi me dan ganas de abrir un libro. —Se volvió hacia nuestro equipo rival—. Bien, Chicas de Holmes: ¿qué no puede hacer un guepardo que sí que pueden hacer un tigre y un puma?

Arya abrió la boca por instinto para contestar, pero las palabras no le salieron. Frunció el ceño, sorprendida por el hecho de no saber algo.

—¿Te ha comido la lengua el gato? —Arqueé una ceja y la miré divertido.

Se volvió hacia Jillian. Susurraron entre ellas. Me eché hacia atrás y crucé los brazos sobre el pecho. Ver a Arya Roth fuera de sí era mi visión favorita del mundo. Más que el amanecer, probablemente.

—Supongo que querrás responder esa cuando nos la pasen. —Arsène estaba vendiendo acciones en una aplicación de su teléfono mientras hablaba.

—¡Eh! —chilló el Doctor Macho Italiano—. ¡Se supone que no puedes usar el móvil! Estás haciendo trampas.

—Y tú no deberías ser el presentador de un juego basado en el conocimiento. Eres tonto del culo —replicó Arsène sin apartar los ojos de la pantalla—. Y, sin embargo, aquí estamos.

Pero Riggs le arrebató el teléfono a nuestro amigo y se lo mostró al Doctor Macho Italiano para que viera que Arsène estaba vendiendo acciones, no buscando nada en Google.

Arya se rascó una mejilla y mi pene se revolvió en mis pantalones. No volvería a tocarla ni con un palo de tres metros, había aprendido de mi primer y último error con ella, pero me tentaba hacer que gritara mi nuevo nombre y negarle un orgasmo o dos.

—¿Chicas de Holmes? —repitió el Doctor Macho Italiano, que consultó la hora en su teléfono—. El reloj sigue corriendo. Diez segundos más antes de que pase a ETS.

—Un momento —espetó Arya, que volvió la mirada hacia Jillian y las otras mujeres. Por un segundo, vi a la antigua Arya. La chica de rodillas raspadas que gruñía en señal de protesta cuando hacíamos largos en su piscina y yo empezaba un nanosegundo antes que ella. Me salpicaba y luego me convencía para participar en una docena de competiciones más, como quién aguantaba más la respiración bajo el agua o quién se metía más en la piscina, hasta que ganaba *algo.* Los dos éramos muy testarudos. Eso no había cambiado, pero sí mi voluntad de apaciguarla y de renunciar a algo solo por el placer de verla sonreír.

Las orejas de Arya adquirieron un bonito tono escarlata. Nuestros ojos se encontraron y algo ocurrió. Un leve reconocimiento.

—Cuatro..., tres..., dos... —El Doctor Macho Italiano contó los segundos.

—¡Nadar! —gritó Arya. La palabra me atravesó las tripas. *Justo* estaba pensando en el tiempo que pasamos en la piscina—. ¿Tal vez un guepardo no puede nadar? ¿Y un tigre y un puma sí?

—Vuestra respuesta es incorrecta. —El Doctor Macho puso una cara de tristeza exagerada y se giró hacia nosotros en su asiento—. Rebote a los ETS. Si acertáis esta respuesta, ganáis.

Me volví para mirar a Arya a los ojos. Su cuerpo irradiaba oleadas de humillación.

—Retraer las garras.

—¿Cómo dices? —Ella entrecerró los ojos.

—Lo único que no pueden hacer los guepardos que sí que pueden hacer los pumas y los tigres es retraer las garras. No todos los felinos nacieron iguales.

—¡Correcto! —gritó el Doctor Macho Italiano—. ¡Equipo ETS es el ganador!

—¡No! —Arya se levantó y dio un pisotón. Era absurdo, de niñata, y, en el fondo, adorable.

Porque demostraba que seguía siendo la misma princesita malcriada que me encantaba odiar.

Hubo una oleada de entusiasmo. El Doctor Macho incluso disparó una pistola de confeti y nos llamó al escenario para recibir nuestro premio y un innecesario abrazo de hermanos. Arsène le arrojó un fajo de billetes a Elise y se marchó hacia la noche sin despedirse. Ya se había cansado de la raza humana esa noche. Riggs se trasladó a un rincón del bar, donde el equipo de Las Chicas comenzaron a manosearlo y arrullarlo. Arya entró al baño, con las mejillas sonrojadas, probablemente para llorar a escondidas.

Un hombre más sabio no la habría seguido. Sin embargo, ahí estaba yo, de camino al baño unisex. Como entrar con ella era una locura, opté por merodear y responder correos electrónicos en el móvil hasta que ella saliera. También era espeluznante, pero no merecía una orden de alejamiento. Cuando salió, tenía la cara húmeda y los hombros caídos. Se detuvo en seco al verme.

—¿Me estás siguiendo? —me preguntó.

—Es curioso, estaba a punto de preguntarte lo mismo. Este es mi sitio. Hay más de veinticinco mil locales de ocio nocturno en toda la ciudad. ¿Cuáles son las probabilidades de que aparezcas aquí por primera vez en mi vida justo después de que se haya conocido la noticia del juicio?

—Son bastante altas, considerando que probablemente vivimos en el mismo barrio, fuimos a los mismos colegios y frecuentamos los mismos círculos sociales.

—Me tienes calado, ¿eh? —Me acaricié la mandíbula y recorrí su rostro con la mirada.

Ella alzó la barbilla.

—Más o menos. Aunque debo decir que eres un hombre difícil de rastrear, señor Miller. No hay mucha información disponible sobre ti en la red.

Fruncí los labios. Se había tragado mi farsa de millonario de altos vuelos. Era posible que creyera que formábamos parte del mismo club náutico.

—¿Hasta dónde has llegado en tu investigación? —Pasé un brazo por encima de su cabeza y la atrapé entre la pared del baño y yo. Olía a Arya. A champú de melocotón mezclado con la dulzura de su piel. A veranos largos y perezosos, a baños espontáneos en la piscina y a libros antiguos. Como mi inminente caída.

Sus ojos se encontraron con los míos.

—Terminaste la carrera de Derecho en Harvard. Fuiste directo a la oficina del fiscal. Traurig y Cromwell te reclutaron después de que resolvieras un caso enorme, aunque eras el más nuevo. Te atrajeron al lado oscuro de la clase alta. Ahora eres conocido como el tiburón que consigue grandes acuerdos para sus clientes.

—¿Dónde está el misterio, entonces? —Me incliné un centímetro hacia delante e inhalé más de ella—. Parece que soy un libro abierto. ¿Necesitas mi número de la Seguridad Social y mi historial médico completo para completar el cuadro?

—¿Naciste con dieciocho años? —Ladeó la cabeza.

—Por suerte para mi madre, no.

—No hay información sobre ti antes de tu ingreso en Harvard.

Se me escapó una risa amarga.

—Mis logros antes de los dieciocho incluyen ganar partidas de *beer pong* y tener suerte en la cama de mi camioneta.

Me miró con escepticismo y frunció sus delicadas cejas. Hablé antes de que hiciera más preguntas.

—Una cosa admitiré: haces que ese saco de basura que te engendró parezca un auténtico ángel en los medios de comunicación.

—Es una tarea sencilla. Es inocente. —Sus labios estaban a centímetros de los míos, pero yo tenía el control absoluto de la situación.

—Eso no lo decides tú. Si sigues manipulando el relato antes del juicio, me inclinaré por solicitar una orden de mordaza sobre el caso. Ya me siento muy tentado a callarte la boca.

—¿Las mujeres francas te molestan? —susurró, con los ojos brillantes. Se parecía mucho a nuestras bromas de hacía una década y media, tanto que casi me dio la risa.

—No, pero las niñas quejicas sí.

Eso hizo que se apartara. Frunció la boca, molesta.

—¿Has venido aquí para otra cosa que no sea restregarme en la cara tu pequeña e insignificante victoria?

«¿Preferirías que te restregara otra cosa?».

—Sí, la verdad. —Me aparté de la pared y nos dejé algo de espacio tanto a ella como a mí—. Lo primero es lo primero: el Brewtherhood es mi dominio. Mi territorio. Busca un bar de copas para chicas que organice noches de Trivial. Mejor aún: lee un libro o dos antes de intentarlo la próxima vez. Tu cultura general necesita algunos *retoques.* —Utilicé la palabra que ella había usado para referirse a mis habilidades de gestión de los medios.

Abrió la boca, sin duda para decirme que me metiera mi prepotencia por el trasero en cinco idiomas diferentes, pero proseguí antes de que me interrumpiera.

—Segundo: creo que merezco un dato a cambio de esto. —Le mostré el vale de Denny's que el Doctor Capullo me había dado esa noche. Sus ojos brillaron de alegría. Sabía que no le importaba el vale en sí. Solo lo que representaba. El hecho de volver a casa con el premio. Esto era clásico de Arya. Me agarraba el pie cuando hacíamos largos en la piscina e incluso había llegado a jugar sucio en ocasiones. Cualquier cosa para ganar.

—¿Quieres un poco de información? —preguntó—. Eres insufrible. ¿Qué te parece eso como dato divertido? Ahora dame eso. Mis empleadas merecen comidas gratis en el Denny's.

Alargó una mano para tomar el vale. Levanté más la mía y me reí entre dientes.

—Lo siento, debería haber sido más específico. *Yo* hago la pregunta.

Levantó los brazos, pues estaba poco acostumbrada a que la desafiaran.

—Dispara.

—¿Cómo debo dirigirme a usted: señorita o señora?

Me había propuesto no comprobar el estado civil de Arya, pero eso no significaba que no sintiera curiosidad. No llevaba anillo en el dedo. Por otra parte, no me parecía el tipo de mujer que presumiría de anillo.

Su boca se curvó en una sonrisa.

—Te interesa. —Le brillaron los ojos.

—Deliras. —Reprimí el impulso de apartarle un mechón suelto con el pulgar—. Me gusta saber cosas. El conocimiento es poder.

Se pasó la lengua por los labios y miró el vale que sostenía entre los dedos. El billete dorado de Willy Wonka. Vi cómo se derrumbaba su determinación. Quería mantener vivo el misterio, pero las ganas de ganar eran mayores.

—Estoy soltera.

—Me sorprende. —Le di el vale. Lo aceptó como si fuera a cambiar de opinión en cualquier momento y se lo metió en el bolso.

—Supongo que estás con la socia guapa.

—¿Por qué lo supones? —Me sorprendió. Ignoraba por completo a Claire durante las horas de trabajo a menos que estuviera involucrada en el mismo caso que yo.

Arya se encogió de hombros.

—Llámalo corazonada.

—También puedo llamarlo celos.

Sonrió.

—Ajusta la narrativa como quieras para ayudar a tu frágil ego, cariño. Es un país libre. —Se dio la vuelta, dispuesta a marcharse.

—Tienes un buen instinto, princesa de cuna plateada.

Giró tan rápido la cabeza que pensé que se dislocaría un hombro.

—¿*Cómo* acabas de llamarme?

Vaya, mierda. Se me había escapado. Como si no hubieran pasado casi dos décadas. Como si fuéramos aún los mismos niños.

—Princesa —contesté.

—No. Has dicho *princesa de cuna plateada.* —Entrecerró los ojos.

—No —mentí—. Pero no es un mal apodo.

—Tu juego de luz de gas no funciona. Sé lo que he oído.

—Bueno, como no tienes forma de demostrarlo y yo no cederé, te sugiero encarecidamente que lo dejes estar. Te he llamado princesa. Nada más.

Se lo pensó durante un minuto antes de asentir con sequedad.

—Nos vemos en la vista preliminar la semana que viene —se despidió, y no esperó a que confirmara o negara mi relación con Claire.

Por supuesto. La semana siguiente. Tenía que esperar siete días para volver a verla.

«Lo cual está muy bien. La odias, ¿recuerdas?».

—No puedo esperar.

Se alejó golpeando el suelo pegajoso de madera con los tacones de aguja. Típico. Siempre dejaba abolladuras adondequiera que fuera.

—Ah, y ¿señorita Roth?

Se detuvo y se dio la vuelta, con una ceja arqueada. Me pasé la lengua por los dientes.

—Bonitas *garras.*

* * *

Esa noche me permití un desliz.

Bueno, vale, dos.

Primero busqué a Arya en Google. Era la directora y fundadora de Brand Brigade, junto con Jillian Bazin. Se había graduado *cum laude* en la Universidad de Columbia, participado como asesora en varias campañas políticas y frecuentado actos benéficos con su querido papi. Supuse que eran dos guisantes en una vaina desordenada, que atropellaban a todo el que se cruzara en su camino hacia su próximo objetivo. También había algunas fotos de ella. De la despampanante mujer que me había hecho rechazar a las morenas de ojos verdes de por vida.

El segundo desliz ocurrió en la ducha. Apreté la frente contra los azulejos, cerré los ojos y dejé que las gotas calientes de agua se llevaran el estrés del día. Entonces miré hacia abajo y me encontré duro como una piedra. Mi pene estaba hinchado y suplicaba que lo liberara.

«Control de los impulsos. Recuerda que la odias».

Pero mi cuerpo se negaba a aceptar lo que mi cerebro sabía. Cada vez que pensaba en Arya, con ese vestido negro y esas perlas, el miembro me golpeaba los abdominales para llamar mi atención. «Disculpe, señor, pero me gustaría que me aliviara». Podría haber llamado a Claire y que ella se encargara del problema, pero no serviría.

Entonces empecé a buscar excusas para mi pene, aunque no fue una buena idea.

Como en todo, me presenté con argumentos astutos.

1. ¿Qué es una paja, en el gran esquema de la vida?
Todavía odiaba a Arya Roth. Iba a acabar con ella y con su padre, a arruinar su universo perfectamente construido. El plan no había cambiado.
2. Mejor sacarlo ahora que con ella.
No podía tenerla. Estaba fuera de mis límites. Ceder a la tentación en la ducha era mucho mejor que ceder a ella en el Mandarin y gastar una caja entera de condones mientras destrozaba la demanda en el proceso.
3. Ella nunca lo sabría.
De los tres, mi favorito.

Arya nunca adivinaría que el hombre que había visto hoy era el chico que la había besado con labios temblorosos. El que contaba los días cada septiembre hasta las siguientes vacaciones de verano. El que se colaba en la parafarmacia Duane Reade para oler el champú que usaba cuando la echaba tanto de menos que me resultaba insoportable.

Me agarré la polla y moví la mano arriba y abajo. Cerré los ojos y presioné con más fuerza. Imaginé mis dedos subiendo por sus muslos, levantándole el vestido, apretándola contra la mesa de mi despacho y tumbándola bocarriba sobre una pila de documentos y mi portátil…

Un gruñido salió de mi boca. Ni siquiera llegué a la parte en la que entraba dentro de ella, pues mi mano ya se había cubierto de un líquido caliente y pegajoso.

Me tambaleé hacia atrás, cerré el grifo y empujé la puerta de cristal para abrirla. Me envolví la cintura con una toalla, me acerqué al espejo y me apoyé en el tocador con el ceño fruncido.

«Tonto. —Sacudí la cabeza—. Ya se ha metido bajo tu piel».

Capítulo trece

Arya

Presente

Había un término médico para lo que era en ese preciso momento.

«Patética».

Vale, tal vez no era un término médico, pero sí que definía la situación con la que estaba lidiando.

Aunque no lo parecía, estaba sentada junto a papá en la vista preliminar. Estaba presentable, con un vestido de lana gris, tacones altos y el pelo recogido en un moño francés, pero me sentía como una tonta. El corazón me saltaba en el pecho porque sabía que *él* estaría ahí.

«Princesa de cuna plateada».

Ahora yo también empezaba a imaginarme cosas.

Ya era bastante malo que Christian estuviera en el Brewtherhood el otro día. ¿Qué posibilidades había de que el lugar al que Jilly y yo habíamos querido ir durante tanto tiempo fuera su escondite? Ahora tenía que ver cómo destruía la única familia de verdad que me quedaba.

Apreté la mano húmeda de papá. Había envejecido una década en un mes. Desde que se había hecho público lo de la demanda, apenas dormía ni comía. La semana pasada lo había llevado a una psiquiatra que le había recetado zolpidem y otra píldora que se suponía que aumentaría sus niveles de serotonina. Hasta ahora, ninguna de las dos lo había ayudado.

—Oye. No te preocupes. Terrance y Louie son los mejores en el negocio. —Le rocé el dorso de la mano. Se volvió para mirarme, con los ojos enrojecidos.

—Los *segundos* mejores del negocio. No tiene sentido que Amanda haya contratado a Miller. He oído que ni siquiera acepta nuevos clientes.

—Vio un caso enorme y lo aceptó. —Examiné la habitación. Nunca había estado en un juzgado, así que no tenía con qué compararlo, pero el juzgado Daniel Patrick Moynihan me pareció elegante. Incluso teatral. Con cortinas de terciopelo rojo con borlas doradas, interminables escaleras de mármol en espiral, atriles de caoba y bancos similares a los de una iglesia que se llenarían hasta los topes de periodistas, fotógrafos y personal del tribunal en cuanto empezara el juicio propiamente dicho. Por ahora, solo estaban el juez, el acusado, el demandante y sus equipos.

Sentí a Christian Miller antes de verlo. Noté un cosquilleo cálido en la nuca y todo mi cuerpo cobró vida; un hormigueo me recorrió entera. Me temblaba la mano dentro de la de papá, y me invadió la culpa.

—No he hecho nada malo. Quizá alguna broma, nada sexual. —Papá miró nuestras manos entrelazadas—. Con Amanda. Está mal que me usen de ejemplo. Quiero que esto termine, Arya.

—Lo hará pronto.

—Gracias a Dios que te tengo a ti, cariño. Tu madre es…

—¿Inútil? —Lo interrumpí—. Lo sé.

Por el rabillo del ojo, vi aparecer a Christian, Amanda y Claire. No me atreví a mirarlo, pero vi cómo se comportaba: como un tiburón, irónico e imperturbable. Llevaba el pelo recién cortado, el traje oscuro planchado y la corbata un tono más oscuro que sus ojos azules. Atraía la atención de todos los demás en la sala.

Los ojos del juez Lopez se iluminaron cuando vio a Christian. Era evidente que se conocían.

—Lo vi en el campo de golf este fin de semana, abogado. ¿Recibió clases particulares de Jack Nicklaus?

—Señoría, no es por ser humilde, pero jugué contra Traurig. Verá mejores golpes en el patio de un colegio.

Me percaté de que a papá, Louie y Terrance no les gustó que Christian fuera amigo del juez por la forma en que se removieron en sus asientos, garabatearon notas en sus cuadernos y comenzaron a sudar a mares. Papá me soltó la mano y se masajeó las sienes. Me giré para mirarlo.

—¿Va todo bien?

Asintió, pero no contestó.

Unos minutos después, cuando Louie y Christian pasaron a hablar del *voir dire* y la selección del jurado, se hizo evidente que Christian había venido más preparado y listo. Claire lo miraba con adoración, y sentí una punzada de celos. Era obvio que se acostaban y que ella estaba enamorada de él.

También era obvio que tenía que dejar de babear por el abogado que quería destrozar a mi padre.

El resto de la vista fue un borrón. Las dos partes discutieron las fechas y la duración prevista del juicio: entre cuatro y seis semanas. Me dediqué sobre todo a estudiar a Christian y no dejé de preguntarme por qué demonios me resultaba familiar.

—¿Ves algo que te guste? —La voz de papá me sacó de mi ensoñación.

Me enderecé en el asiento y me aclaré la garganta.

—Preferiría tirarme por un acantilado.

No se trataba de su aspecto. Nunca había conocido a un hombre tan guapo. Más bien, había algo en sus ojos. La forma en que crujía los nudillos al hablar y esa sonrisa infantil y tímida que dejaba escapar cuando creía que nadie lo miraba y tomaba notas para sí mismo.

Cuando todo hubo terminado, Christian, Amanda y Claire salieron primero. Papá, Louie y Terrance se quedaron atrás. Papá tenía la boca fruncida. Saqué una botella de agua y se la di.

—Esto no significa nada. Así que el juez Lopez conoce a Miller. Era de esperar. Es un abogado, después de todo.

—Cálmate, Arya. Esto no habría ocurrido de no ser por ti. —Papá me rozó un hombro mientras avanzaba hacia la puerta. Louie y Terrance le pisaban los talones. Lo seguí con el ceño fruncido. Mi cerebro había cortocircuitado.

«¿Qué narices?».

—¿Perdón?

Era la primera vez que mi padre no me adoraba, y sus palabras me sacaron de mis casillas.

—Toda esta farsa es una gran peineta en nuestra dirección. Una forma de demostrar algo. Para hacer caer a los Roth.

—Vale, está bien, pero ¿qué tiene eso que ver conmigo? —Nos deslizamos por los pasillos del juzgado hacia la salida. Se detuvo y se volvió hacia mí.

—Sacaste de quicio al señor Miller en todo momento durante la mediación. Estabas *suplicando* una reacción, y la obtuviste en forma de juicio contra mí.

—¿Me culpas *a mí?* —Me clavé un dedo en el pecho.

—Es evidente que estás fascinada por él.

—¿Porque le contesté? —Sentí que las cejas casi me llegaban a la línea del cuero cabelludo por la sorpresa.

—Porque siempre te han gustado los hombre problemáticos, y yo siempre he sido quien ha limpiado tus desastres.

Oh. *Oh.* Eso pesaba más que su cuenta bancaria. Eché la cabeza hacia atrás para evitar las gotas de saliva que salían de su boca. Ese día no había sido yo misma en la oficina de Christian, sin duda, pero él había llegado dispuesto a ir a juicio, y eso no tenía nada que ver con mi comportamiento.

—En primer lugar, me alegro de que hayas reescrito la historia durante los años en que me esforcé por perdonarte por lo ocurrido. Segundo, voy a seguir adelante y a achacar esta conversación al hecho de que no has dormido en tres semanas y vives tan solo a base de café y pastillas recetadas. —Saqué una servilleta del bolso y se la tendí. Él la aceptó y la usó para limpiarse la saliva que le bañaba el labio inferior.

Salimos del juzgado y nos metimos directamente en el Escalade que nos esperaba.

—¿Dónde te dejo, Ari? —preguntó José, el chófer de papá, desde el asiento del conductor, mientras Louie y Terrance le contaban en voz baja lo que había pasado en el juzgado.

Le di a José la dirección de mi oficina y volví a centrarme en papá.

—Christian Miller tiene algo contra ti. Nada podría hacerlo cambiar de opinión.

—¿Por qué? —Papá interrumpió tanto a Louie como a Terrance, con los ojos clavados en la ventana—. ¿Por qué soy su lugar donde ir a morir? Él trata con casos mucho peores que el mío a diario. Lo único que hice fue darle unas palmaditas a Amanda y husmear en busca de una aventura —escupió.

—¿Le diste unas palmaditas? —Me mareé de la rabia.

Entonces, con los ojos en blanco, añadió:

—*Supuestamente.* Por el amor del cielo, Arya. Supuestamente.

—Añadir la palabra «supuestamente» no te convierte en inocente —señalé—. ¿Eres inocente?

—¡Claro que sí! —Levantó los brazos—. Aunque hubiera algunas líneas difusas, una aventura consentida no tiene nada que ver con el acoso sexual. Tu madre ni siquiera se enfadó conmigo.

—Sigues contradiciéndote. —Sin embargo, incluso mientras lo decía, sabía que no iba a escarbar en el baúl de mierda de la familia por miedo a acabar enterrada—. ¿Tuviste o no una aventura con Amanda Gispen? ¿La tocaste o no de forma inapropiada?

—No he hecho nada malo —espetó papá.

—Estamos dando vueltas —murmuré, y cerré los ojos.

—Siéntete libre de bajarte en cualquier momento.

Intenté tomarme sus palabras al pie de la letra. Pero papá tenía razón.

Christian Miller quería destrozar a mi familia, y empezaba a preocuparme que tuviera una buena razón para hacerlo.

* * *

Después de que José me dejara en el trabajo, Jillian y yo nos reunimos con un posible nuevo cliente. Lo estropeé todo. Jillian estuvo a punto de echarme de allí por la ventana, y ni siquiera la culpaba por desearlo. El director general de Bi's Kneads, una cadena de panaderías que se estaba convirtiendo en una empresa que cotizaba en bolsa, salió de nuestra oficina decepcionado después de que yo tartamudeara durante la presentación. Era evidente que no conseguiríamos el contrato.

—Lo siento mucho —le dije a Jillian al salir de la sala de conferencias, de pie en nuestra oficina de planta abierta y ladrillo—. Debería haber venido más preparada. He repasado nuestra presentación esta mañana, pero mi cerebro se ha convertido en papilla después de la vista.

Jillian agitó una mano, cansada y molesta.

—No pasa nada. Has tenido un día muy largo. ¿Cómo estaba el señor capullo?

—Sigue siendo un capullo.

—¿Has intentado asesinarlo hoy?

—Solo por telepatía.

—Estoy orgullosa de ti. —Suspiró, y me lanzó una mirada compasiva—. ¿Y tu padre?

—Actúa como un adolescente y dice cosas con muy poco sentido.

—Está muy estresado —señaló.

Me dirigí a mi escritorio y encendí el portátil. Junté los dedos y me estiré antes de teclear el nombre de Christian en el buscador. Ya lo había hecho antes, cuando me había dado cuenta de que representaría a Amanda. Pero esa vez no entré en su página de LinkedIn ni en su perfil profesional de la web de su bufete. Fui directamente a sus redes sociales, pero no había mucho. Solo una página de Facebook olvidada que parecía no haberse actualizado desde la Edad de Piedra. Hice doble clic en una foto de una versión más joven de Christian que sonreía a la cámara con los dos hombres que habían estado con él durante la noche de Trivial.

Navegué por su perfil, pero no había nada más que gente que lo felicitaba por varios ascensos y lo etiquetaba en fotos de empresa. La única persona a la que parecían gustarle la mayoría de sus fotos era una mujer llamada Alice, pero no tenía foto de perfil. ¿Una ex? ¿Una admiradora? Estaba segura de que Claire no estaba contenta con la existencia de Alice.

Lo último en lo que lo habían etiquetado era una publicación de hacía siete meses de un tipo llamado Julius Longoria. No había foto, solo un registro de visita a un ostentoso gimnasio del centro. La publicación decía: «¡Aquí, a sudar!».

Tamborileé los dedos sobre mi escritorio y pensé en mi próximo movimiento. Ir a su gimnasio era una locura. Aunque nunca había admitido estar dentro de los límites de la cordura. Él ya me había tomado por una acosadora cuando nos habíamos encontrado por casualidad en el Brewtherhood. Eso confirmaría todas sus teorías a lo *Atracción fatal* sobre mí, y algunas más.

Por otro lado, había algo en Christian Miller que no me encajaba. No podía precisarlo, pero algo no me cuadraba. Merecía la pena investigarlo, ya que tenía el futuro de papá en sus manos. Además, ¿y si descubría a Christian ligando con una entrenadora guapa o haciendo algo sucio?

Luego estaba Claire. Sospechaba que también se acostaba con ella. ¿No había una política de no confraternización entre las personas que trabajaban en la misma cadena de mando? Valía la pena investigarlo.

Cualquier ventaja que consiguiera sobre él me favorecería en esta etapa, y todo valía en el amor y en la guerra.

—Conozco esa mirada en tu cara —dijo Jillian desde el otro lado de la habitación mientras tecleaba algo en su portátil—. Lo que sea que estés tramando, Ari, déjalo. Lleva el desastre escrito por todas partes.

Pero la semilla ya se había plantado.

Christian Miller recibiría otra visita sorpresa.

* * *

Solstices era un gimnasio de tres plantas en la Novena Avenida equipado con un *spa,* una piscina cubierta, una peluquería y un salón de depilación. Básicamente, podías entrar allí con el aspecto de la portada del *Enquirer* y salir con el aspecto de la cubierta del *Sports Illustrated.*

Me apunté a un mes de prueba y pagué una cantidad obscena de dinero.

Al contrario de la creencia popular, había contado muchos centavos a lo largo de los años. Había formado parte de mi independencia económica a los dieciocho años (sin contar la matrícula de la universidad, que habían pagado mis padres). Me gustaban las marcas de lujo y las compraba en tiendas de segunda y tercera mano, ya que no me gustaba derrochar el dinero de forma innecesaria.

Iba a Solstices tanto por la mañana como por la tarde para intentar pillar a Christian, y me quedaba en las cintas para no perderlo de vista. Al tercer día, pensé que podría hacer ejercicio de verdad mientras hacía mi trabajo de detective y me llevé el bikini y un gorro de natación.

Como la natación era el único ejercicio que toleraba, me metí en la piscina cubierta. Me traía recuerdos de cuando era más joven, con Nicky.

Las dos primeras vueltas fueron insoportables. Me ardían los pulmones y tragué agua. A la tercera vuelta, pillé el ritmo. En la décima vuelta, salí del agua al llegar al borde de la piscina, respiré con avidez y dejé que me resbalaran gotas de agua por la boca. Deliraba de cansancio.

—Mira lo que ha traído el viento.

Levanté la cabeza y me encontré con Christian Miller en carne y hueso. Llevaba un bañador, lo que dejaba a la vista sus abdominales de Adonis. Le brillaba el vello del pecho. Por eso supe que había estado nadando a mi lado todo ese tiempo, aunque yo no me había dado cuenta.

—¿Tampoco se me permite ir al gimnasio? —Apoyé un brazo sobre el borde de la piscina y me arranqué el gorro de natación de la cabeza con un sonido satisfactorio—. ¿Por qué no me mandas por correo electrónico una lista de los sitios a los que puedo y no puedo ir en la ciudad?

Christian se ajustó la cintura del bañador. Sus marcados abdominales le daban mil vueltas a Joe Manganiello.

—No es mala idea. Se lo diré a mi secretaria.

—A ver cómo te funciona eso. —Me apoyé en el borde, salí del agua y me dirigí al banco donde había dejado la toalla y las chanclas. Christian me siguió y me miró las piernas mientras me envolvía con la toalla.

—¿Estás diciendo que no has venido aquí por mí? —Se cruzó de brazos sobre el pecho.

Solté un bufido, como si la idea fuera absurda.

—Lo creas o no, señor Miller, el mundo no gira a tu alrededor.

Me miró mientras me secaba.

—¿Nadas a menudo?

Eh. No se produjo ninguna discusión. Tal vez se había puesto enfermo.

—Acabo de empezar otra vez. ¿Y tú?

—Todos los días desde que tenía doce años.

Se percibía. Tenía el cuerpo fibroso, largo y delgado de un nadador. Sus músculos estaban definidos, pero no hinchados.

—Es un deporte sano —añadí. Genial. Ahora sonaba como mi abuela. La próxima vez le daría una receta de galletas de granola.

—Sí —respondió con rotundidad, sin dejarme escapar.

—Echaba de menos nadar —solté más palabras sin sentido.

Christian empezó a rodearme como un tiburón, con una sonrisa en los labios.

—¿Por qué estás aquí, Roth? En serio. ¿A qué juegas?

—Algo en ti me resulta familiar. —Ajusté la toalla a mi alrededor y me volví para mirarlo—. Y tengo la intención de averiguar qué es. Aparte de eso, estoy disfrutando de mi nueva rutina diaria de ejercicio.

Sus ojos azules se clavaron en los míos. Por primera vez, vi en ellos algo que no era odio ni desdén. Había curiosidad, y una pizca de esperanza. Sentí que me estaba perdiendo algo. Como si estuviéramos teniendo dos conversaciones diferentes sobre dos cosas distintas. Sobre todo, pensaba que lo que estábamos haciendo estaba mal. Prohibido.

—¿Insinúas que nos conocemos, señorita Roth? —preguntó muy despacio, casi como si me estuviera dando una pista sobre algo.

—Digo que las piezas del rompecabezas no encajan, y no me rendiré hasta que tenga la imagen completa.

—Dime, señorita Roth. ¿Qué pasará si pierdes este caso?

—Yo no pierdo —respondí enseguida, demasiado rápido. Porque no querer perder era mejor incentivo que hacerme la pregunta del millón: si papá era culpable o no.

Pasó un momento. El silencio flotaba en el aire húmedo y cálido como una espada de Damocles.

—Nos vemos en la sauna húmeda dentro de veinte minutos. —Las palabras salieron de su boca como si estuviera luchando contra ellas. Se dio la vuelta y se alejó. Miré su espalda en forma de triángulo y sentí que lo había visto antes. Incluso creía haberlo tocado, pero no podía ser. Recordaría a un hombre así si me hubiera acostado con él. La única persona que me había hecho sentir tan desesperada por algo que nunca podría definir se había ido. Nicky había muerto, e, incluso sabiéndolo, de vez en cuando aún lo buscaba en vano.

Pero Christian estaba ahí, y él era diferente. Insensible y astuto. Estaba a kilómetros de distancia del chico dulce y hosco que me había robado el corazón.

Haría lo necesario para proteger al único hombre de mi vida que me importaba.

Incluso si eso significaba morir por mis principios.

Capítulo catorce

Christian

Presente

«Algo en ti me resulta familiar».

La frase me había deshecho, y ahí estaba, veinte minutos después, sentado en el banco de madera de la sauna húmeda, esperando a Arya.

No ayudaba el hecho de que estuviera para comérsela con su bikini rojo. O que hubiera ido al Brewtherhood casi todas las noches con la esperanza de que me desafiara con su presencia para retomar las cosas donde las habíamos dejado la última vez.

Apoyé la cabeza contra la pared. Las gotas de sudor se deslizaban por mi torso hasta la toalla blanca que me envolvía la cintura. Estaba empalmado. Siempre estaba empalmado cuando Arya Roth estaba cerca. Y, por alguna razón, siempre parecía estar cerca. Ahora que había vuelto a entrar en mi círculo, no podía deshacerme de ella.

Detestaba que hubiera venido a la audiencia previa al juicio. No solo porque me había obligado a lidiar con una semierección constante mientras intercambiaba consejos de golf con el juez Lopez, sino también porque verla desgraciada no me provocaba el efecto deseado. Por mucho que la odiara —y de verdad que lo hacía—, su padre era mi plato principal.

Por no hablar de que Claire se estaba poniendo nerviosa. No la había invitado a casa desde que había empezado la vista, y no ayudaba que se hubiera dado cuenta de que no dejaba de mirar a Arya cada vez que estábamos en la misma habitación. Tenía que recordarme a mí mismo que Claire sabía que nunca había sido nada serio. Que se lo había recalcado una y otra vez.

La puerta de la sauna rechinó al abrirse y cerrarse. Permanecí con los ojos cerrados y esperé a que dijera algo. Al fin y al cabo, era ella la que había hecho lo imposible para encontrarme.

—Christian. —Su voz era áspera, llena de calor.

—Siéntate —le ordené.

—No antes de que me mires.

—Que. Te. Sientes —repetí.

—Mírame primero.

—Haz que merezca la pena. —Una sonrisa se dibujó en mis labios. Entonces, lo oí. El suave sonido de su toalla al caer al suelo mojado. ¿Esta loca estaba completamente desnuda? Solo había una forma de averiguarlo.

Abrí los ojos de golpe. Arya estaba de pie frente a mí, como cada vez que la había imaginado en mis fantasías. Sus pechos eran espectaculares. Sus pezones eran pequeños y rosados, sus caderas, sedosas y redondas. Su cuerpo era un reloj de arena recubierto de sudor. Su piel suave y aterciopelada pedía que la tocara.

«No vale la pena asociarse con ella, por no hablar de pillar a su padre. Está haciendo esto para acabar contigo. Esta artista de un solo truco seduce para destruir».

Dio unos pasos hacia mí. Estábamos solos, pero alguien podía entrar en cualquier momento. La sauna húmeda era unisex. Me di cuenta de que se montaría a horcajadas sobre mí si no la frenaba. Por mucho que me doliera rechazarla —sobre todo a una parte en concreto de mi cuerpo—, no podía ceder a sus insinuaciones.

Se inclinó hacia mí, apoyó un brazo detrás de mi hombro y sus ojos verdes se cruzaron con los míos. Puso la otra mano en mis pectorales, que se tensaron de forma instintiva. Mi pene amenazó con jugar al escondite con la toalla. De repente, volvíamos a tener catorce años.

Entrelacé los dedos alrededor de su muñeca y le aparté la mano.

—Paso.

—¿Por qué?

—Nunca le muestres tu cuello a alguien que quiere cortarte la cabeza.

—Pero es un cuello bonito. —A Arya le brillaron los ojos. Me entraron ganas de reír. No se apartó—. ¿Es por Claire?

«Claire». Su nombre en los labios de Arya me pareció extraño. Equivocado. En mis treinta y dos años, nunca había habido otra mujer a la altura del atractivo, las habilidades y el poder de destrucción de Arya.

—¿Celosa? —Me pasé la lengua por el labio inferior.

—Tal vez. —Volvió a deslizar las manos sobre mis hombros.

Se me aceleró el corazón. No esperaba esa respuesta.

—No lo hagas.

—¿Estás diciendo que no te acuestas con tu asociada? —preguntó, y no podía mentir, aunque era tentador.

Negué con la cabeza.

—Digo que ella no importa.

Siempre cabía la posibilidad de que Arya buscara algún modo de aprovecharse de mí, y acostarse con una compañera no daba buena imagen.

—¿Cuál es el problema, entonces? Hay química. —Su tono era serio, casi seco.

—Sí. —Mostré los dientes, frío y sereno—. Pero la voluntad de fastidiarme el caso no. Si te toco, pierdo, y ambos lo sabemos. Ahora envuélvete con una toalla y aparca tu culo en el banco. Tenemos que hablar.

Ella se apartó, dio un paso atrás y agarró la toalla. Se enrolló con ella, caminó hacia el extremo más alejado del banco y se sentó frente a mí, tranquila y serena, como si no la hubiera rechazado unos segundos antes.

—Deberías lavarte las manos en todo el asunto de tu padre. —Me pasé una mano por el pelo, que estaba empapado de sudor.

—No —respondió ella simplemente.

—Es culpable.

—Eso es lo que tú dirás; eres el abogado de Amanda Gispen.

—Lo digo porque tengo ojos y oídos. He revisado vuestras respuestas de la fase de descubrimiento de pistas. Esto destrozará a tu padre. Solo porque todo esté a punto de irse a la mierda no significa que tengas que ensuciarte las manos.

—Christian —dijo Arya, casi como una reprimenda. Otro recuerdo de nuestras aventuras de treceañeros. Siempre había sido una mandona—. ¿Qué estás haciendo?

—Aconsejarte.

—¿Me cobrarás quinientos pavos al final de la hora?

—Querrás decir dos mil. Y la respuesta es que no. Este consejo te lo doy gratis, aunque deberías considerarlo impagable. Los abogados de tu padre, ¿forman parte de su equipo interno de litigios?

No tenía ni idea de lo que yo mismo estaba haciendo ni de por qué narices lo hacía. Solo sabía que tenía que echarle un cable. Quería ganar, pero no a cualquier precio. El caso de Conrad Roth parecía ahora mismo fácil. Un paseo por el parque.

—No. —Arya negó con la cabeza—. Son abogados externos. Pero ha trabajado con ellos antes. Vienen muy recomendados por su equipo.

—Su equipo no vale un duro, y debería despedir a su abogado principal. Cualquier novato te diría que, cuando se trata de una demanda relacionada con el género, los jurados responden con más simpatía a una mujer litigante. Sobre todo si es joven.

—Como Claire —señaló Arya.

—Como Claire, pero eso no viene al caso.

—¿Estás diciendo que tiene que contratar a una abogada? —Sus ojos verdes chispearon de curiosidad, y ahí estaba, la Arya que yo conocía y con la que estaba obsesionado. Al parecer, seguía ahí, bajo las capas de ropa de diseño y de su actitud de tocapelotas y toda esa mierda.

—Correcto.

—Eso es sexista.

Me encogí de hombros.

—No lo hace menos cierto.

—¿Por qué me cuentas esto? —Entrecerró los ojos—. No quieres por nada del mundo que mi padre gane este caso.

Le sonreí como si fuera una niña tonta y me dispuse a *machoexplicarme* a propósito.

—Aunque trajeras al mismísimo Jesucristo para representar a tu padre, cerraría este caso sin despeinarme. Estaría bien sudar un poco mientras lo hago. Te estoy dando una ventaja inicial.

Los ojos de Arya se deslizaron sobre mi pecho. Me alegré de, ahora que había vuelto a cubrirse, no poder hacer lo mismo con ella. Mi coeficiente intelectual bajaba sesenta y nueve puntos cuando ella estaba desnuda.

—A mí me parece que sudas bastante —comentó.

—En el *juzgado.*

Extendió sus piernas bronceadas y movió los dedos de los pies. No pude evitarlo. Miré con disimulo. Primero a sus pantorrillas torneadas, luego a esos dedos que entrelazaba con los míos cuando éramos niños y leíamos bajo el escritorio de su biblioteca.

—Dime, Christian, ¿de qué te conozco?

En la sauna, habíamos empezado a llamarnos por nuestros nombres. Eso no era bueno. Aun así, me resultaba raro referirme a Arya como la señorita Roth.

Flexioné los músculos.

—Pareces una chica lista. Averígualo.

«Estás jugando con fuego», oí que la voz de Arsène me advertía en mi cabeza.

«Puede ser —respondí—. ¿Cómo no hacerlo, si la llama es tan hermosa?».

* * *

Al día siguiente, llamé a Claire a mi despacho.

—Señorita Lesavoy, tome asiento.

Claire siempre estaba preciosa, pero parecía que los últimos días se había esforzado aún más. Tal vez para recordarme que tenía más que ofrecer que una mente ágil.

Se sentó frente a mí y sonrió de forma despreocupada.

—Hola, forastero. Intenté llamarte anoche. Tu buzón de voz ha trabajado horas extras.

Había estado ocupado masturbándome con imágenes mentales de Arya, pero supuse que era mejor prescindir de ese dato.

—Lo siento. —Me alisé la corbata sobre la camisa—. Estaba ocupado. Escucha, Claire, voy a ir directo al grano. Eres guapísima, inteligente, astuta y estás completamente fuera de mi alcance. Soy un cabrón hastiado que no sabe decir que no cuando algo bueno cae en sus manos y, al hacerlo, te estoy frenando. Así que te haré un favor y lo dejaré antes de que estés resentida conmigo y trabajar juntos se convierta en un problema.

Me pareció un bonito discurso. Sobre todo, considerando que ninguna de esas cosas era mentira. Ella *era* demasiado buena conmigo. *Estaba* cansado. Y las cosas se estaban complicando, en especial con el caso Roth.

Claire frunció el ceño, y no se molestó en aparentar indiferencia. Sabía que debía adorar eso de ella, pero no podía evitar echar de menos los juegos mentales de Arya. Su orgullo arrogante. Su obstinación.

—¿No crees que me corresponde a mí decidir si eres suficiente o no? —preguntó Claire.

—No —respondí en voz baja—. Finjo bastante bien.

—Creo que te subestimas. —Claire se inclinó sobre el escritorio y me tomó de una mano—. Me gustas mucho, Christian.

—No tienes motivos para ello.

—Más aún, porque no entiendes lo increíble que eres.

Le lancé una mirada de «esto no funcionará».

—¿Es por la señorita Roth? —Me soltó la mano.

—No, Claire.

—Entonces sí. —Se levantó, pero no se fue. Esperaba que se lo negara con rotundidad. Que cambiara de opinión.

Disimulé mi enfado con preocupación.

—Te mereces algo mejor.

—Es evidente que sí. —Sonrió sin humor, pero no hizo ningún movimiento hacia la puerta. Estaba esperando algo más. Algo que yo era incapaz de darle. Humanidad. Remordimiento. Compasión. En ese momento, quería matar a Arya y a Conrad. Por robarme todas las cosas que podría haberles dado a los demás.

—Confío en que este asunto esté resuelto y olvidado —zanjé.

Y entonces lo vi. La toma de conciencia. La forma en que sus ojos se apagaron me dijo todo lo que necesitaba saber. Lo había entendido.

—Sí. Todo ha quedado claro. ¿Eso es todo, señor Miller? —Claire alzó el mentón.

—Sí, señorita Lesavoy.

Ese día, Claire no volvió a hablarme.

Capítulo quince

Arya

Presente

—¿Estás segura de que te vas a comer esa magdalena? —Madre, o solo Beatrice, ya que no le gustaba que una mujer recién entrada en la treintena la llamara «mamá» en público, me miró por detrás del menú y frunció los labios con desaprobación.

Mi padre estaba sentado a su lado y en silencio untaba una tostada con mantequilla. Mantuve el contacto visual con Beatrice mientras le daba un gran mordisco a la magdalena de naranja y arándanos que tenía en la mano, y las migas cayeron sobre mi vestido verde menta de Gucci.

—Eso parece, Bea.

Estábamos sentados en el Columbus Circle Inn, un encantador restaurante de colores pastel con flores de cristal soplado, para tomar el *brunch* del domingo. Beatrice Roth no me veía demasiado a menudo. Tenía comités, obras benéficas y almuerzos que organizar, pero lo hacía una vez al año, cuando visitábamos la tumba de Aaron en el aniversario de su muerte. Era tradición ir a almorzar después. Aunque cada año la pérdida de mi hermano gemelo estaba marcada con un signo de exclamación, no recordaba la última vez que mi madre había tratado mi cumpleaños como algo más que una simple coma.

—Tienes que asegurarte de mantener la figura, Arya. Ya no tienes veinte años. —Mamá se reajustó sus nuevos pendientes de diamantes con el único propósito de llamar la atención sobre ellos.

Rara vez veía a mi madre, aunque vivía a una manzana de distancia. Y, cuando nos encontrábamos, siempre tenía algo desagradable que decir. Le disgustaba que no deseara convertirme en una mujer mantenida. En su opinión, trabajaba demasiado, hacía poco ejercicio y hablaba de política con demasiada frecuencia. En resumen, yo era un deslumbrante fracaso como miembro de la alta sociedad.

—Lo tendré en cuenta cuando busque a un marido misógino que necesite una esposa trofeo sin cerebro ni apetito.

—¿Siempre tienes que ser tan grosera? —Dio un sorbo a su ginebra con tónica *light*.

—¿Tengo que serlo? No. ¿Lo hago? Claro, cuando me apetece.

—Déjala en paz, Bea —advirtió mi padre, cansado.

—No me digas lo que tengo que hacer. —Le lanzó una mirada asesina antes de volver a centrar su atención en mí—. Esta actitud tuya no le está haciendo ningún favor a esta familia. Tu padre me ha dicho que llevaste al abogado de Amanda Gispen al límite. Que prácticamente lo incitaste a ir a juicio.

—¡Beatrice! —rugió mi padre. Se había disculpado por lo que me había dicho el día de la vista, y yo lo había aceptado, aunque desde entonces algo se había roto entre nosotros. Una frágil confianza que habíamos restaurado cuando yo tenía quince años.

Me atraganté con la magdalena mientras ella continuaba, con irritación.

—Para ser franca, me sorprende que no hayas dedicado más horas y recursos a intentar darle la vuelta a esto en los medios.

—En realidad, he trabajado sin parar para conseguir noticias positivas. No es tarea fácil, teniendo en cuenta las acusaciones a las que se enfrenta. No puedo hacer mucho antes de que empiece el juicio. Además —Me volví hacia mi padre—, he hablado con alguien cuya opinión valoro, y me ha sugerido que contrates a una abogada como parte de tu equipo. Al parecer, los jurados responderán favorablemente a una mujer.

Papá dio un sorbo a su sangría.

—Gracias, Arya. Tu trabajo es hacerme quedar bien, no darme consejos legales.

—Aseguraste que tenía que ayudarte más —lo desafié.

—Sí, en tu área.

—Bueno, ¿no crees…?

La camarera interrumpió nuestra conversación para colocar sobre la mesa nuestras quiches, los *bloody mary* y unos huevos Benedict. Hicimos una pausa hasta que se marchó. Cuando se fue, mi padre habló antes de que yo terminara la frase.

—Mira, no me interesa contratar a ningún otro abogado, sea mujer o no. Parecerá que estamos desesperados. —Empezó a cortar su quiche de espinacas con rabia.

—*Estamos* desesperados. —Casi se me salieron los ojos de las órbitas.

—Eso no es algo que me gustaría que Christian Miller supiera.

—Oh, *¿ahora* te importa lo que piense? —grité, consciente de que todo eso podría haberse evitado si papá hubiera sido un poco menos descarado al despedir a Amanda. Eso suponiendo que todo lo demás no fuera cierto, una hipótesis que cada día que pasaba me parecía más improbable. Además, para ser sincera, no quería que me importara lo que Christian pensara. Si me permitía darle vueltas, me arrastraría hasta un agujero y moriría de la humillación porque me había rechazado en la sauna del Solstices. Seguro que Claire y él se estarían riendo de ello. Eso estaba bien. La opinión de Miller no me quitaba el sueño—. No hay mayor pecado que la arrogancia, papá. El orgullo es un lujo que no puedes permitirte ahora mismo —dije con mesura, e intenté abordar otro punto de vista.

—Arya, no haré ningún cambio de última hora solo porque algún amigo tuyo sin nombre te haya dicho que debo hacerlo. —Mi padre tiró la servilleta sobre la mesa y se levantó—. En ese sentido, creo que es hora de que mejores tu estrategia. Me has seguido como un cachorro perdido y has hecho muy poco hasta ahora para ayudarme a salir de esta.

«¿Salir de esta?». ¿Creía que mi agencia existía para ayudarlo a salir de esa situación?

—Culpa mía. Déjame ir a buscar la varita mágica que hará que su excelencia sea inocente. —No estaba segura de cómo papá y yo habíamos llegado a ese punto. Mi madre nos miró como si fuéramos dos extraños que hubieran interrumpido su almuerzo.

Negó con la cabeza.

—Te veré en casa, Beatrice. Arya. —Inclinó la cabeza, se levantó y se marchó. Yo me quedé allí, sin decir palabra, mientras mi madre tomaba otro trago de su *gin-tonic*. Apenas la afectaba lo triste que estaba papá. Aunque jamás había visto a mis padres actuar como una pareja normal. Su relación se parecía más a la de dos hermanos que no se soportaban demasiado.

—¿Crees que lo hizo? —solté.

Mi madre no se inmutó. De hecho, siguió diseccionando sus huevos Benedict con el tenedor y el cuchillo y se llevó un pequeño pedazo a la boca.

—Arya, *por favor*. Tu padre ha tenido sus aventuras, pero todas han sido consentidas. Esas mujeres se lanzaban a sus brazos sin vergüenza alguna. Estoy segura de que Amanda y él disfrutaron de la compañía del otro en algún momento, y ella esperaba una mayor compensación cuando él se deshizo de ella por un modelo más nuevo.

—¿Te ha engañado? —Pero ya sabía la respuesta a esa pregunta.

Mi madre dejó escapar una risa gutural mientras cortaba un pedazo de pan de masa madre para llevárselo a los labios escarlata.

—Me engañó, me engaña y me engañará. Escoge el tiempo verbal que prefieras. Pero en realidad yo no emplearía ese término. *Engañar* implica que me importa, y hace tiempo que dejé de interesarme por cumplir con mis obligaciones matrimoniales. Desde un principio quedó claro que, si deseaba afecto femenino, debía buscarlo en otra parte.

—¿Por qué no te divorciaste? —espeté, y la ira vibró bajo mi piel. No vivía bajo la ilusión de que mis padres tenían un matrimonio feliz, pero creía que era relativamente funcional.

—*Porque* —respondió—… ¿por qué deberíamos pasar por ese mal trago cuando tenemos un acuerdo?

—¿Dónde está tu orgullo?

—¿Dónde está el *suyo?* —preguntó ella, casi con alegría—. Las virtudes no envejecen bien en la alta sociedad. ¿Crees que entrar y salir de las camas de mujeres desconocidas como un ladrón es más honorable que quedarme sentada en casa, aunque sea consciente de ello?

Mi realidad, tal como la conocía, se derrumbó. No es que tuviera a papá en un pedestal, pero era evidente que lo miraba a través de una lente de color de rosa. Ahora me preguntaba qué más me ocultaban mis padres.

—¿Cuántas aventuras ha tenido? —Me recoloqué en la silla y sentí que un impulso se apoderaba de mí.

Mamá hizo un gesto con una mano para restarle importancia.

—¿Seis? ¿Siete? Amantes serias, quiero decir. Oh, ¿quién sabe? No sabía nada sobre Amanda, pero ha habido otras. Sus infidelidades comenzaron pronto. Antes de que tú y tu hermano nacierais, de hecho. Pero tras la muerte de Aaron…

Se me rompió el corazón. No del todo, pero lo suficiente para hacerme ver que, en ese momento, esa no era solo la mujer que había ignorado mi existencia desde el día en que había perdido a mi hermano, sino que también era humana y merecedora de amor.

—Es horrible.

Mi madre sonrió con delicadeza.

—¿Lo es? Ha sido un padre maravilloso para ti durante todos estos años, cuando yo apenas podía mirarte. Me recuerdas demasiado a tu hermano.

¿Ese era el motivo por el que me odiaba? ¿Por el que había ignorado que yo existía?

—Jamás me ha pedido nada, incluso cuando se hizo evidente que ya no era la mujer de la que se había enamorado. ¿Tan malo es que haya buscado el amor en otro lugar, o es algo natural?

—Aquello de lo que se lo acusa no tiene nada que ver con el amor.

Mamá lo meditó.

—Tu padre es un hombre retorcido. Puede serlo.

—¿Crees que sería capaz de hacer todo eso de lo que se lo acusa?

Traté de aguantarle la mirada, pero estaba vacía. En blanco. No había nada más allá de los ojos verde esmeralda de Beatrice Roth.

—¿De acosar sexualmente a alguien?

Mi madre hizo un gesto para que nos trajeran la cuenta.

—Vaya, empieza a refrescar. Seguiremos con esta conversación en otro momento, ¿te parece?

* * *

—¿Ari? —Whitley, nuestra jefa de oficina, asomó la cabeza por detrás de la pantalla de su Mac al día siguiente en el trabajo—. Hay alguien abajo que ha venido a verte.

Hice doble clic en mi organizador digital y fruncí el ceño.

—No tengo ninguna reunión hasta las tres. —Y, de todos modos, era en el SoHo, a unas pocas manzanas de la oficina.

Jillian me lanzó una mirada inquisitiva desde el otro lado de la sala, igual que Hailey, nuestra diseñadora gráfica. Whitley se mordió una cutícula y presionó el intercomunicador que llevaba entre el hombro y el oído.

—Está abajo.

—¿Tiene nombre? —Arqueé una ceja.

—Estoy segura de que sí.

—Pues pregúntaselo.

Whitley bajó la cabeza y le preguntó a la persona que se moría por subir cuál era su nombre. Inclinó la cabeza para mirarme por detrás de la pantalla.

—Christian Miller. Dice que te alegrarás de verlo.

El estómago me dio un vuelco y un bote de mariposas se abrió y me llenó de alas aterciopeladas que no dejaban de aletear.

—Miente.

Le transmitió mi respuesta, escuchó lo que dijo y se echó a reír.

—Dice que sabía que dirías eso, pero que tiene información que te gustaría saber.

—Dile que bajo enseguida.

Me revolví el pelo con desgana, tomé el móvil y las gafas de sol y me dirigí a la escalera. Como no tenía ninguna posibilidad de disfrutar de la conversación, decidí resolverlo rápido. Sin duda, Christian había venido para darme más malas noticias. La pregunta era: ¿cómo sabía dónde trabajaba si había tirado mi tarjeta de visita el día en que nos encontramos en el Brewtherhood?

Bajé las escaleras de dos en dos. Christian esperaba en la barandilla mientras jugueteaba con una caja de cerillas y hablaba por teléfono. Cuando me vio, levantó un dedo, y no mostró ninguna prisa en terminar la conversación. Solo *después* de explicarle de forma detallada a uno de sus socios cómo quería que presentaran una moción ante el tribunal, apagó el móvil y se lo metió en el bolsillo del pecho. Entonces, se giró para mirarme, y lo hizo como si yo fuera un mohoso plato de comida para llevar que acabara de encontrarse tras tres días en el fregadero de la cocina.

—Señorita Roth. ¿Cómo está?

—Bien, hasta hace unos cinco minutos. —Me subí las gafas de sol por la nariz—. Ahora me pregunto qué nuevo infierno has preparado especialmente para mí.

—Me has hecho daño. —Sacó un puro y habló en un tono que no parecía herido—. Nunca prepararía un nuevo infierno *especialmente* para ti. Aunque estás a punto de recibir un generoso regalo.

—Acaba de una vez, Miller.

—Quería decírtelo en persona antes de que te enteraras por los rumores. Esos abogados que ha contratado tu padre parecen tan competentes como una piedra, y ni siquiera son capaces de frenar la velocidad a la que avanza la fecha del juicio. —Encendió el puro. Por desgracia, incluso mientras soplaba el hedor directo hacia mi cara, parecía más un modelo de portada del *Esquire* que el antihéroe de una película de mafiosos—. Cuatro mujeres más han dado un paso al frente y han decidido unirse a la demanda de Amanda Gispen. Una tiene unas fotos muy tórridas e íntimas que tu padre le envió. No es algo que te gustaría ver, pero sí que es algo que me veo obligado a compartir con los demás para representar a mis clientes, lo que significa incluirlas en las pruebas, por lo que las fotos se presentarán, ampliadas, en la sala durante el juicio.

Apreté una mano contra el edificio de ladrillo rojo de mi despacho, solté un suspiro entrecortado e intenté no parecer tan desolada como me sentía. Ese asunto se me estaba escapando de las manos. ¿Ahora había *cinco* mujeres que testificarían contra él? ¿Y había fotos?

«¿Lo hizo? ¿Ha sido *él* capaz?».

Ahora entendía por qué mi madre había dicho que no quería saberlo. La respuesta era aterradora. Una queja era algo que podía reorganizar en mi cabeza. En ausencia del contexto y de otras víctimas, podía inventarme excusas. Pero cinco ya eran un problema. Sobre todo porque, al ser mujer, comprendía lo abrumadora que era la idea de sentarse en un estrado frente a unos abogados experimentados para ser interrogada y cuestionada sobre algo tan profundamente traumático. Sentí que me flaqueaban las rodillas.

Christian me estudió con atención, como si esperara a que lo asimilara.

—Esto no va a desaparecer, Ari.

—¿Ari? —Di un respingo y abrí los ojos de par en par.

—*Arya* —corrigió, y se sonrojó ligeramente—. Tu vida está a punto de implosionar si no te alejas de esto.

—Eso parece, y tú estás muy emocionado con los fuegos artificiales. ¿Esperas que abandone a mi padre como cliente de relaciones públicas? —Me aparté el pelo detrás de un hombro.

—No, espero que *él* despida a *tu* empresa y evite esa conversación incómoda contigo. Dile a Jillian que lo eche si no te sientes cómoda con ello. —¿Cómo sabía de la existencia de Jillian? ¿De verdad pensaba que yo creía que se preocupaba por mí y los míos?—. Deberías hacer lo correcto y dar un paso atrás. Aunque, pensándolo bien, no tengo ni idea de por qué no lo has hecho ya.

—No finjas que me conoces —solté—. Y no me eches el humo en la cara. —Le quité el puro de entre los dedos, lo partí en dos y lo tiré a una papelera cercana.

—Estás loca —dijo, pero su cara mostraba diversión, no enfado. *Disfrutaba* con sacarme de quicio. Se divertía con mi ira—. Lo cual, por cierto, encuentro extrañamente encantador.

—No coquetees conmigo.

—¿Por qué no? —preguntó. Uf. Buena pregunta. La atracción era enloquecedora.

—¿Claire? —contraataqué, cansada.

Sacudió la cabeza.

—Desde la semana pasada forma parte del pasado.

—Lamento oírlo —repuse en un tono monótono.

Sonrió.

—No, no lo sientes.

—Tienes razón. Ahora mismo estoy bastante centrada en el espectáculo de mierda que es mi vida familiar.

—Comprensible. —No podía dejar de mirarme, y tampoco yo a él.

—Le agradezco los ánimos, señor Miller.

—El juicio será rápido. El juez Lopez no quiere un espectáculo. Las pruebas son abrumadoras. Debería haber una conclusión rápida.

—Ahora sería un buen momento para dejar de hablar. —Me giré hacia la puerta de entrada, lista para marcharme.

—¿Arya?

«¿Está sordo?».

Me volví hacia él con una sonrisa falsa en la cara.

—¿Sí, Christian?

—No vayas al juzgado la semana que viene. Habrá cosas que no querrás ver. Por no hablar de que es un suicidio profesional para ti. —Su voz era suave y sus ojos no eran tan fríos como unos días atrás, en la sauna.

—Hay cosas por las que merece la pena morir. Es mi padre.

—Sí. Tu padre. No *tú.* En cuanto se acepte la moción, los medios de comunicación se harán eco de todo esto, y ninguna foto conmovedora de tu padre en un hospital besando a bebés hará que esto desaparezca. Los inversores retirarán su dinero de su fondo de cobertura. Es posible que la junta lo obligue a dimitir. Los cargos han cambiado, y también lo han hecho la condena y la estructura del caso. Conrad Roth no volverá a Wall Street. Si todavía quieres tener una carrera profesional, ahora es el momento de que te distancies de él.

—¿Le darías la espalda a tu padre de esa forma? —Entrecerré los ojos y busqué su mirada.

Christian sonrió con tristeza y bajó la mirada. Jugueteaba con el pulgar con la caja de cerillas.

—Atropellaría a mis padres con un semirremolque por una taza de té templado. Y ni siquiera me gusta el té. Así que no estoy seguro de ser la persona adecuada para responder a esta pregunta.

Algo en sus palabras hizo que me sintiera desnuda y en carne viva. *Culpable.*

—¿Quieres hablar de ello? —le pregunté.

Sacudió la cabeza y se cruzó con mi mirada.

—No. Tienes tu propia familia de la que preocuparte.

—Sí. Y elijo darle a mi padre el beneficio de la duda.

—No hay *ninguna* duda. Sus crímenes son una realidad objetiva, están plenamente registrados y atestiguados. No soy el asesino de la buena reputación de tu padre. Tan solo soy el forense. El cuerpo ya estaba frío cuando llegué. Además, también hay otro asunto que considerar.

—¿Y cuál es?

—No puedo invitarte a salir mientras estés vinculada con el caso.

Me quedé boquiabierta. ¿Estaba más enfadada o sorprendida? No lo tenía claro, pero estaba convencida de que le habría dado un puñetazo si mi familia no nadara en esos momentos en la mala prensa. Aquello estaba fuera de lugar. Su arrogancia era escandalosa.

—¿Quieres *salir* conmigo? —escupí.

—Yo no diría tanto. Me gustaría acostarme contigo, y estoy dispuesto a marcar todas las casillas civilizadas para llegar del punto A al B.

—¿Usaste esa frase con C…?

—No. No me hizo falta.

Me bajé las gafas con una media sonrisa.

—Es curioso, no parecías tan ansioso por estar conmigo en aquella sauna.

—Lo de la sauna fue un plan mal urdido. Por no mencionar que no quería estar en la zona gris de la infidelidad. Ahora que eso ya no es así…

—Ni siquiera te gusto. —Levanté los brazos, exasperada. Empecé a pasear por la acera e ignoré las miradas curiosas de la gente que nos rodeaba. Christian parecía más que cómodo, como si estuviera acostumbrado a arrinconar a la gente.

—No tienes que gustarme para que quiera acostarme contigo. Pensaba que ya estarías familiarizada con el concepto «polvo por despecho» a tu avanzada edad.

—¿Y cómo sabes que tengo una *avanzada edad?* —Me detuve y me volví para mirarlo. Entonces, antes de que su cara volviera a la normalidad, lo vi: el destello de sorpresa de alguien que ha dicho algo que no debía.

—Lo sé todo sobre las personas relacionadas con mis casos.

—Si crees que me acostaré con alguien que trata de acabar con mi padre, necesitas una nueva perspectiva de la realidad y unas sesiones de terapia.

—Entonces es un sí.

—No vuelvas por aquí, Christian.

Tras eso, me di la vuelta y empujé la puerta de entrada al edificio.

Volví a la oficina y me tropecé al menos tres veces con las escaleras. Tenía la cabeza hecha un lío. Con Christian, con papá y con el cóctel molotov que era el matrimonio de mis padres. Cuando abrí la puerta, me encontré con el rostro pétreo de Jillian. Llevaba el maletín en una mano y acababa de aplicarse el pintalabios, lo que me indicó que ya se iba.

—Te has olvidado de nuestra reunión con ShapeOn. Acaban de llamarnos para decir que llegas media hora tarde. —Jillian intentó bajar la voz, pero no lo consiguió, como le ocurría siempre que estaba enfadada. Supuse que había olvidado anotarlo en la agenda. *Mierda.* Era el segundo cliente con el que metía la pata ese mes.

—Yo… —Me callé mientras pensaba en algo que decir. Jillian negó con la cabeza y me empujó al salir por la puerta. Me quedé clavada en el umbral y me pregunté qué demonios había pasado.

* * *

Pasé el resto del día intentando contactar con mi padre por teléfono. No respondió. La verdad se cernía sobre mí como un sobre que se sellara poco a poco.

Cuando salí del trabajo ese día, decidí que momentos desesperados requerían medidas desesperadas, así que llamé a mi madre. Respondió al tercer tono con un tono más frío del habitual.

—Arya. Me llamas de la nada, así que me aventuraré a asumir que quieres preguntar por tu padre.

«Hola a ti también, madre».

—Yo tampoco recuerdo que me hayas llamado para saber cómo estaba —respondí, porque, para ser franca, estaba harta de su actitud—. Y sí. De hecho, llamo para preguntar por papá. No contesta.

La oí moverse por el gran salón y deslizar las zapatillas de diseño sobre el mármol. Su perrito ladraba al fondo.

—Tu padre lleva todo el día encerrado en su estudio con sus abogados, están en una reunión con la que no quiero tener absolutamente nada que ver. Las nuevas pruebas y las demandantes nos complicarán las cosas. ¿Te imaginas a lo que tendré que enfrentarme cuando vaya al almuerzo del club de campo la semana que viene? Estoy pensando en cancelarlo todo. ¡Fotos de su pene, Arya! Qué hortera.

«Fotos de su pene». Ese era un término que nunca había pensado que oiría decir a mi madre.

De nuevo, para ella todo iba sobre ella y no sobre él. Llegué a la puerta de mi edificio, marqué el código y la abrí de un empujón.

—¿Crees que lo hizo? —repetí la pregunta del almuerzo, pero esa vez ya no me respondió con diversión, sino con un silencio sombrío. Nunca había conseguido entender a mamá. No lo suficiente para saber lo que pensaba. Desconocía si eso era una respuesta obvia a mi pregunta.

—No importa, ¿verdad? Somos su familia. Debemos estar a su lado.

«¿Debemos? —pensé—. ¿Incluso aunque perjudique a otros? ¿Con malas intenciones?».

Empujé la puerta de mi apartamento, me quité los tacones y miré las estanterías *vintage* de las paredes. Estaban llenas de fotos mías y de papá de vacaciones, en bailes benéficos y en fiestas. Ninguna con mi madre. Nunca me acompañaba a nada. Papá me había criado solo.

—Las implicaciones financieras son otra cosa que tener en cuenta. —La voz de mamá sonó al otro lado del teléfono—. La empresa acabará en la quiebra si Conrad no dimite, e, incluso si lo hace, pueda que sea demasiado tarde. Por no hablar de que lo demandarán por la mayor parte de su patrimonio. No me creo que nos haya hecho esto.

—Déjame consultarlo con la almohada, mamá.

—De acuerdo. Oh…, y ¿Arya? —Mi madre resopló al otro lado. Me quedé quieta, a la espera de sus siguientes palabras—. No seas una extraña. Tú también puedes llamarme, ¿sabes? Sigo siendo tu madre.

«Apenas —pensé—. Nunca fuiste mi nada».

Capítulo dieciséis

Arya

Presente

Decidí tomarme un día libre para relajarme. Aunque por *relajarme* me refería a agobiarme por completo. Quería obtener algunas respuestas e indagar en las acusaciones contra mi padre. Hacía un par de días, había asumido con cautela que papá decía la verdad cuando me lo había negado todo. En este momento ya no estaba segura. La noche anterior le había enviado un mensaje a Louie, quien me había confirmado que habían recibido más solicitudes de presentación de pruebas. Otras mujeres se estaban sumando a la demanda, y la última cifra que figuraba en la declaración de daños y perjuicios era astronómica; si lo declaraban culpable, mi padre perdería la mayor parte de su patrimonio.

Pensé en Christian durante todo el trayecto en metro desde mi apartamento hasta el ático de mis padres en Park Avenue. Detestaba con toda mi alma que tuviera razón en lo de dar un paso atrás.

Cuando llegué al apartamento de mis padres, mi madre me esperaba en la puerta.

—Gracias por venir. Pensaba que podríamos pedir *sushi* para comer o algo así. —Una sonrisa de esperanza se dibujó en sus labios.

—Hummm, ¿qué? —Quería asegurarme de que no era una broma. Nunca se había ofrecido a hacer nada conmigo. Y, tras haberme rechazado varias veces durante mi preadolescencia, había dejado de intentarlo.

—*Sushi.* Tú. Yo. Puedo ayudarte a buscar entre las cosas de papá.

Ponerme en plan *La tribu de los Brady* con mi madre no entraba en mis planes, pero valoré el esfuerzo. Le di una palmadita en un brazo y pasé junto a ella hacia el dormitorio principal.

—Lo siento. Trabajo mejor cuando estoy sola.

Llegué a la puerta del dormitorio principal y usé la llamada secreta que teníamos papá y yo. Un golpe, silencio, cinco golpes, silencio, dos golpes.

—¿Papá?

No hubo respuesta. Mamá apareció a mi lado, se retorcía el dobladillo del vestido.

—Lleva todo el día de mal humor. Ni siquiera ha contestado las llamadas de sus abogados.

—¡Papá! —volví a llamarlo y dejé de dar golpes—. Abre la puerta. No puedo ayudarte si no hablas conmigo. Necesito entender lo que ha pasado.

No había pegado ojo en toda la noche. Pensar que mi padre era capaz de cosas así me hacía querer arrojarme al río Hudson.

Mamá se acurrucó cerca, como un público curioso.

—Vete —gritó papá a través de la puerta.

—Papá, quiero ayudarte.

—¿Quieres? Porque hasta ahora no has sido de mucha ayuda.

—Tengo preguntas —añadí. Mis crecientes sospechas y su actitud eran una mala combinación.

—Si no me crees, tal vez no deberías venir al juzgado.

—Nadie ha dicho que no te crea. —Aunque admitía que mi confianza en su inocencia vacilaba *bastante*—. Solo quiero…

—No responderé a ninguna de tus preguntas. Vete —rugió.

Retrocedí por instinto y sentí que se me sonrojaban las mejillas, como si me hubiera abofeteado. Mi padre no me había gritado ni una sola vez, lo cual no significaba que no lo hubiera visto enfadado con los demás. Si era sincera conmigo misma, algo que no sucedía la mayoría de las veces cuando se trataba de él, había tenido problemas para controlar la ira desde que tenía memoria. Pero, por supuesto, la ira era un cáncer. Afectaba a todo en tu vida. La forma en que te comportabas dentro de la oficina siempre influía en tus relaciones familiares y amorosas y en tu vida en general.

Me volví hacia mi madre.

—¿Tienes la llave de sus archivadores? Me gustaría revisar sus contratos.

Papá era un hombre de negocios de la vieja escuela. Creía que había que imprimirlo y guardarlo todo a buen recaudo. Toda la correspondencia que había mantenido con un empleado se archivaba en su estudio. Era demasiado precavido para guardar esas cosas en el trabajo.

Mi madre se retorció las manos.

—¿Crees que puede ayudar?

—Vale la pena intentarlo. —Incluso aunque no ayudara en su caso, me ayudaría a entender si alguna de las acusaciones era cierta.

Diez minutos después, estaba sentada en la alfombra del estudio de mi padre con treinta años de documentación ante mí. Todo estaba ahí. Desde contratos de servicio hasta correos electrónicos personales y cartas de despido. Me preguntaba cuánta de esa documentación había entregado a Louie y Terrance. Me preguntaba si, de hecho, les había dado algo. Parecía acorralado en lo que a ese juicio se refería. Una parte de mí quería llamar a Christian e intentar averiguar qué tenían exactamente sobre él. Pero, como él había mencionado, su principal objetivo era acostarse conmigo, no ayudarme.

—¿Arya? —Mi madre llamó a la puerta del estudio de papá a las tres horas de mi investigación; llevaba una bandeja con limonada y galletas. ¿Qué había sido del zar de las magdalenas? Supongo que le parecía bien que comiera carbohidratos ahora que era una posibilidad real que yo fuera la única familia con la que pudiera contar. Dudaba que siguiera junto a mi padre si este se quedaba sin blanca.

—Te dejo esto aquí —añadió con cautela mientras entraba de puntillas en la habitación y colocaba la bebida y el tentempié a mi lado—. Avísame si necesitas algo.

«Habría necesitado que fueras exactamente así cuando era joven. Que reconocieras mi presencia en lugar de ignorarla».

Puede que no hubiera conocido a Aaron, pero siempre había sentido su pérdida. Estaba en el aire de esa casa, en cada mueble, en cada cuadro; todo estaba empapado de él. El inmenso vacío que había quedado donde debería haber habido otro miembro de la familia.

—Gracias. —No levanté la vista de las montañas de expedientes que me rodeaban. Ella se quedó junto a la puerta.

Tomé otro correo electrónico cordial entre Amanda y papá y lo añadí a la pila de Amanda. Intentaba averiguar qué había pasado entre ellos.

—¿Mamá? Intento trabajar.

—Oh. Claro. Vale.

Cerró la puerta con un suave chasquido.

—Vamos. Admiradoras con el corazón roto. Oportunistas avariciosas. Mostradme vuestras verdaderas caras. Decidme que todo es mentira —susurré para mis adentros al tiempo que hojeaba los documentos.

El universo debió de oírme, porque dos minutos después un sobre negro cayó de una de las carpetas manila. Estaba acolchado con papel y sellado.

«¿Qué narices?».

Levanté la vista, escudriñé la habitación vacía y escuché ruidos en el pasillo. No había moros en la costa. Lo rasgué con un abridor de cartas. Una lluvia de papeles amarillentos cayó sobre la alfombra. Recogí una carta y el corazón me dio un vuelco en el pecho. La letra me resultaba familiar y extraña a la vez. Cursiva, apretada, como si la persona intentara ahorrar papel.

Querido Conrad:
He hecho lo que me pediste. No he respondido a ninguna de las cartas ni a las llamadas de Nicholai. Me siento mal por ello. Después de todo, es mi hijo. Pero sabes que mi lealtad está contigo. Lo echo de menos y me gustaría verlo pronto. ¿Crees que podría pasar la Navidad con él? Por supuesto, también me gustaría estar contigo, pero solo si ella no viene. No soporto verla. No os merece ni a ti ni a Arya.
Te quiero,
Ruslana

La carta se me cayó de entre los dedos. «Nicholai».

Ruslana hablaba de Nicholai. Pero ¿qué quería decir con hacer lo que papá le había pedido? ¿Por qué le habría dicho que no contestara a Nicky después de que se hubiera mudado? Esta no era la versión que papá me había contado hacía tantos años sobre lo ocurrido después de aquel vergonzoso día en la biblioteca.

No hacía falta ser Sherlock Holmes para deducir que eso daba a entender que tenían un romance. Supuse que «ella» era mi madre, que había renunciado a nuestras celebraciones navideñas anuales para ponerse morena en Sídney. No era raro que papá y Ruslana me llevaran a algún sitio durante las fiestas para distraerme de la falta de la presencia materna. Pero Ruslana siempre se quedaba en una habitación separada y apenas le dirigía la palabra a mi padre. Recogí otra carta.

Querido Conrad:
Sospecho que eres un mentiroso. Si no es así, ¿por qué sigues con Beatrice?
Aseguraste que la dejarías por mí. Sin embargo, han pasado tres años, y míranos. Nicholai ya es un hombre. Ni siquiera me habla. Perdí la conexión con mi

única familia al pensar que formaría parte de la tuya. Se suponía que Nicholai cuidaría de mí cuando envejeciera. Ahora ni siquiera contesta a mis llamadas. Hay un dicho que sé seguro que conocerás, pues a vosotros, los yanquis, os encanta: no compres la vaca si puedes conseguir la leche gratis.
Ahora me siento como ganado, Conrad, y no me gusta nada esta sensación.
Todavía tuya,
Ruslana

Se me revolvió el estómago. ¿Ruslana y Nicholai no habían mantenido el contacto en todos esos años? ¿Qué relación tenía mi padre con ese asunto? Aquel día, cuando nos encontró a Nicky y a mí en la biblioteca mientras representábamos *esa* escena de *Expiación*, papá se puso hecho una furia. Pero no podía…, no quería…

Pobre Nicky. ¿Mi padre era realmente capaz de tales atrocidades?

«Si huele a cerdo y parece un cerdo…».

Tomé otra carta. Y luego otra. Las palabras se desdibujaron y difuminaron tras un manto de lágrimas no derramadas.

Querido Conrad:
No puedo comer… No puedo dormir… Mi amor por ti arde como una lámpara de aceite a medianoche.

Querido Conrad:
Estoy pensando en tomar el toro por los cuernos y hablar con Beatrice. Si tú no se lo cuentas, lo haré yo. Dijiste que la dejarías. ¿Me mentiste?

Querido Conrad:
Estoy desesperada. ¿Cuándo me llamarás?

Querido Conrad:
Por favor, no me despidas. Me portaré bien. Te lo prometo. No sobrepasaré tus límites. Siento haberlo hecho. Estaba confundida. No puedo permitirme perder este trabajo. Ya he perdido demasiado.

La última carta fue la que hizo añicos el resto de mis esperanzas.

Querido Conrad:
No me dejas otra opción. Se lo diré a Beatrice yo misma.
Compra mi silencio o paga por lo que hiciste.
Ruslana

Ruslana no había renunciado; la habían despedido.

Despedida. Oculta donde mi madre no pudiera verla. Desterrada del reino de papá, igual que Nicholai.

Aún recordaba lo que había dicho papá el día que Ruslana dejó de venir sin siquiera una llamada o una nota. Yo, que en aquel entonces estudiaba en la universidad, me había pasado a saludarla.

—Supongo que quería mudarse a un lugar donde hubiera muchos rusos. Fox River encajaba —había comentado.

En aquel entonces me pareció muy raro que nuestra ama de llaves de confianza, que en septiembre ya se quejaba del invierno, hubiera decidido mudarse a Alaska. También me extrañaba que no pudiera conseguir su dirección. Enviarle flores o una cesta de regalo por todos los años en los que nos había ayudado. Había desaparecido de la faz de la Tierra.

Ahora, las piezas del rompecabezas empezaban a encajar.

«Nicholai».

«Ruslana».

«Las aventuras».

«Amanda».

Y, por encima de todo, la forma en que mi padre me trataba ahora que creía que lo estaba investigando. Cómo también a mí me había dejado fuera de su reino.

Me levanté y dejé los papeles esparcidos por el suelo del estudio. Mi madre intentó detenerme en la puerta, pero la empujé, salí corriendo del edificio, me apoyé en un arbusto y vomité.

Capítulo diecisiete

Arya

Pasado

—¿Dónde está? —plantada frente al escritorio de mi padre, exigí saber el día siguiente a que hubieran enviado a Nicholai a casa. Me había llevado todo el día mirarlo sin temer atacarlo físicamente.

Ruslana había cumplido con sus obligaciones como si nada hubiera pasado, pero, cada vez que intentaba preguntarle por Nicky, fingía no oírme o hacía ademán de lavar los platos o doblar la ropa, como si no pudiera hablar y realizar sus tareas al mismo tiempo.

Papá levantó la vista de los papeles, dejó caer el bolígrafo y se reclinó en su asiento.

—Cariño. ¿Dónde está tu madre?

—Adivínalo. —Apoyé un hombro en el marco de la puerta; mi voz apenas era un silbido—. Es la semana de la moda en algún lugar del mundo. Probablemente esté quemando tu dinero mientras se queja de ti. —En realidad, estaba en un retiro de yoga, pero quería criticarla. Era la primera vez que decía algo malo de ella para sentirme mejor. Por extraño que pareciera, no funcionó. La amargura que me obstruía la garganta se agudizaba día tras día. Como un nudo cada vez más apretado—. Ahora responde a mi pregunta: ¿dónde está Nicky?

Papá arrastró la silla hacia atrás y me hizo un gesto para que tomara asiento frente a él. Me dirigí hacia la silla con una expresión seria.

—Escucha, Arya, no hay una forma fácil de decir esto. Pero supongo que la verdad es algo de lo que ni siquiera yo puedo protegerte. —Se rascó una mejilla—. Empezaré diciendo que lamento la forma en que reaccioné cuando os descubrí. No me canso de repetirlo. Eres mi hija, y protegerte es mi principal preocupación. Cuando vi cómo te arrinconaba contra las estanterías, pensé, bueno, en realidad *no* pensé. Ese fue el problema. Actué por puro instinto paternal. Te aseguro que fui a ver a Nicholai más tarde y le pedí disculpas por mi comportamiento. No soy un hombre primitivo. La violencia está por debajo de mí. Así que, primero, dejemos esto claro. Se lo veía bien y sano. Algunos rasguños, pero nada más.

Miré al cielo, al techo de estilo catedral, para aguantar las lágrimas. Sabía que no podía dejar que se saliera con la suya. Más que eso, no podía dejarlo estar, aunque quisiera. Había visto a un hombre violento y mezquino; a uno que no quería como padre.

—Mientes —espeté con frialdad.

—¿Crees que te mentiría? —Me miró impotente. Era un hombre diferente del que había visto el día anterior golpeando a Nicky hasta dejarlo hecho papilla.

—Sí —respondí de forma rotunda—. Le has hecho cosas mucho peores a Nicholai.

—Más o menos. —Papá consideró sus siguientes palabras—. Cariño, yo solo... No estaba seguro de lo que veía. Sé que tú y Nicholai erais cercanos. Pero, tras disculparme en persona con Nicholai, me hizo una petición a la que no pude negarme. Tienes que entender que solo hice lo que él quería porque me sentía muy culpable. Y, bueno, tampoco podía rechazarlo, por si decidía usar lo que yo había hecho en mi contra. Tenía que pensar en nuestra familia. No puedes quedarte aquí sola con tu madre.

—¿Qué has hecho? —Mi voz era tan fría que me provocó escalofríos.

—Arya...

—Escúpelo, papá.

Cerró los ojos y dejó caer la cabeza entre las manos. Esa fue la primera vez que me pregunté si papá no era en realidad tan bueno como creía. La idea era muy difícil de digerir. Después de todo, él era mi única familia.

—Me preguntó si podía comprarle un billete de ida con su padre, que vive en Bielorrusia. Acepté.

Todo empezó a darme vueltas, aunque mis pies seguían pegados al suelo.

Nicholai. Se había ido.

—Quería empezar de cero en otro lugar. Vivir en un sitio donde no tuviera que estar encerrado todo el verano junto a la tentación. Lo estaba matando, cariño.

Estaba a punto de vomitar. La bilis me llegó al fondo de la garganta y el sabor agrio me explotó en la boca. Me lo tragué todo. La rabia, la vergüenza, la decepción. Sobre todo, la humillación.

Entonces entendí qué se siente al tener el corazón roto. Al recibir mil puñaladas en el alma. Nunca tendría una cita. Jamás.

—¿Ha dicho que ya no quiere pasar los veranos aquí? —Parpadeé varias veces y conseguí por los pelos no romper a llorar. Papá se cubrió la cara con las manos y apoyó los codos en el escritorio. No podía verme así.

—Lo siento, Arya. Estoy seguro de que le importas mucho. No quiere complicar las cosas. Eso lo respeto. Aunque intenté persuadirlo para que se quedara. Sobre todo por Ruslana. Es su único hijo.

Mientras lo digería todo, sentí que las manos me temblaban en el regazo. La sensación de que me había traicionado me robó el aliento. Aunque Nicky y yo solo compartíamos los veranos, esos meses me mantenían a flote. Me llenaban de todo lo bueno. Me ayudaban a enfrentarme al mundo.

—Te olvidarás de él. Ahora mismo te parece el fin del mundo, pero la verdad es que todo hola acaba en adiós. Eres tan joven que en unos años ni siquiera te acordarás de él.

—Le pediré su número a Ruslana —me oí decir tras ignorar sus palabras. Me había herido el orgullo, pero no volver a hablar con Nicky nunca más era peor que un ego dañado.

Papá se pasó una mano por la melena negra y canosa y resopló.

—No te lo dará —dijo en tono seco. Luego, para suavizar el golpe, explicó—: Ruslana está intentando arreglar su relación con Nicholai, y ahora mismo no quiere saber nada de la familia Roth. Con motivos.

—¿Por lo que hiciste aquel día? —Me castañetearon los dientes de rabia.

—No. Porque cree que lo hiciste a propósito. No quiere hablar contigo.

Sentí otro golpe, esa vez en el lugar donde estaba mi alma. Entre el esternón y el estómago.

—¿Tienes la dirección de su padre? ¿Para que al menos pueda escribirle? —pregunté con la voz firme, y me erguí. No me rendiría. Nicky tenía que saber la verdad.

—Claro. Te apuntaré la dirección. Tómatelo con calma cuando le escribas, ¿vale? No te enfades. Me siento fatal por cómo se desarrolló todo. Esperemos que encuentre su lugar allí.

«No. Con suerte, se arrastrará de vuelta a casa. Por mí».

Quería que Nicky fracasara.

Que admitiera su derrota y volviera.

Descubrí entonces por primera vez que el amor tenía otro lado. Oscuro y rodeado de un alambre de espino. Oxidado y lleno de pus. Venenoso, como yo.

—¿Papá?

—¿Sí, cariño?

—No te molestes en hablarme. Por lo que a mí respecta, estás muerto.

* * *

Esa noche, le escribí mi primera carta a Nicky. Ocupaba cuatro páginas y consistía en una disculpa y una explicación sobre lo que había ocurrido aquel día. También añadí algunas fotos de los dos. Tomadas en la piscina y en el parque. Por algún motivo, me aterraba que se olvidara de mi cara. Le di la carta sellada a Ruslana y observé con atención su reacción. La expresión de mi ama de llaves permaneció impasible mientras me aseguraba que se la haría llegar.

Dos semanas más tarde, le envié otra carta. Esa vez, lo acusé de muchas cosas. De ignorarme y de darle la espalda a nuestra amistad.

Durante todo ese tiempo, papá intentó ganarse mi simpatía. Me colmó de regalos: una cámara nueva, entradas para *Wicked,* un bolso que la mayoría de las mujeres adultas considerarían demasiado lujoso, pero no cedí.

A la semana siguiente, le envié a Nicky una tercera carta en la que me disculpaba por la segunda.

Cuanto más tiempo pasaba sin respuesta, más aumentaba mi desesperación. Sentía nostalgia, pánico, culpa e indignación. Si había decidido abandonarme con tanta facilidad, tal vez se merecía que le diera la lata. Mi orgullo, que ya era tan frágil como una corona de espinas, se hizo pedazos. Lo único que quería era hablar con Nicky. Oír su voz. Ver su sonrisa de lado una vez más mientras bromeaba conmigo y me soltaba otro de sus comentarios sarcásticos.

Le escribí durante los primeros cuatro meses de mi primer año de instituto. Su respuesta llegó en forma de regalo inoportuno el día antes de Navidad: todas mis cartas, selladas con mi remitente, aún cerradas y sin abrir.

Y así, al fin, me rompí.

No quería hablar conmigo. No quería saber de mí. No quería recordar mi existencia.

Mientras tanto, papá seguía al acecho, en las sombras, a la espera, para abalanzarse sobre una oportunidad de reconciliación.

—Lo siento mucho —repetía—. Haría lo que fuera por arreglar las cosas entre nosotros.

Los meses pasaron, pero mi enfado no. Apenas vi a mi padre aquel año. Cada noche y cada fin de semana hacía planes que no lo incluían.

Un día en que extrañaba especialmente a Nicky y en que sentía un vacío muy profundo en el pecho, papá pasó por delante de mi habitación de camino al dormitorio principal. Yo estaba tumbada sobre la cama, mirando fijamente a la nada.

—¿Qué tiene de interesante? —preguntó—. El techo.

—No hay mejores vistas en esta casa podrida. —Sonaba como una mocosa, y lo sabía.

—Levántate. Te mostraré unas buenas vistas.

—Ya me has mostrado muchas. —Ambos sabíamos que me refería a Nicky. El tío aún era el dueño de cada uno de mis pensamientos.

—Haré que valga la pena. —Papá trató de persuadirme con voz suplicante.

—Lo dudo —resoplé. Aunque mi ira hacia él no había disminuido, me había dado cuenta de que no tenía a nadie más que a Jillian en quien apoyarme. Mis amigos del instituto eran pasajeros y mis familiares vivían lejos.

—Dame una oportunidad. —Apoyó un hombro en el marco de la puerta—. Me la darás hoy o el mes que viene o el año que viene. Pero haré que me perdones. No lo dudes.

—De acuerdo. —Me sorprendió oírme decir—. Pero no creas que después estaremos bien el uno con el otro ni nada parecido.

Me llevó a los Cloisters del MET, a ver arte y arquitectura medieval. Paseamos hombro con hombro, en silencio todo el tiempo.

—¿Sabes? —dijo papá cuando llegamos a las efigies de las tumbas—. Hay más de esas en la abadía de Westminster. Mi favorita es la de la reina Isabel I. Podría llevarte a verla, si quieres.

—¿Cuándo? —pregunté con altanería. En algún momento de aquel año, ser horrible con él se había convertido en algo parecido a comer. Una cosa más en mi agenda.

—¿Mañana? —Levantó las cejas y me ofreció esa sonrisa astuta de Conrad Roth—. Mañana estoy libre.

—Mañana tengo clase —le contesté, con la voz considerablemente serena.

—Aprenderás mucho en Londres. Mucha historia.

Y así, al cabo de un año, cedí y volví a aceptar a papá en mi vida.

Convertimos las visitas a los Cloisters en una rutina mensual.

* * *

Londres no me cambió.

Tampoco los viajes a París, Atenas y Tokio.

Seguía obsesionada con todo lo relacionado con Nicky, hambrienta de migajas de información sobre él.

Cambié de táctica y pasé de preocuparme a todas horas por él a las ráfagas de preguntas y agobios. Podía estar semanas sin hablar de él y luego pasarme unos días preguntando sin parar.

Ruslana me explicó que Nicky era feliz en Minsk. Que si no contestaba era a causa de su apretada agenda. Papá me apoyaba, pero, cada vez que intentaba pedirle que su detective privado investigara a Nicky, se negaba y alegaba que lo hacía por *mí.* Que *yo* necesitaba seguir adelante. Que odiaba verme tan empecinada en mi fijación.

Tal vez había algo mal en mí. ¿Uno puede enfermar por amor? Suponía que sí. Había visto a mi madre llorarle a mi hermano toda mi vida y no quería suspirar por alguien que nunca volvería.

Aun así, cuando cumplí dieciséis años y recibí mi segundo primer beso de Andrew Brawn, solo podía pensar en que no era Nicky.

Pero sabía que era imposible obligar a papá a hacer algo. Además, tenía que elegir mis batallas. Mamá ya casi no estaba con nosotros. Mi única familia estable era mi padre, y no quería estropearlo todo por una discusión sobre un chico que ni siquiera se molestaba en contestarme.

Los años fluyeron como un río y me ahogaron en todo tipo de primeras veces con chicos que no eran Nicholai Ivanov. Los primeros siete minutos en el cielo (Rob Smith). La primera sesión de besos bajo las gradas (Bruce Le). Primer novio (Piers Rockwysz) y primer desengaño (Carrie y Aidan de *Sexo en Nueva York,* porque, admitámoslo, Piers era genial, pero no tanto como Aidan). Nicky siempre estaba ahí, en los márgenes de mi conciencia, listo para hacer que cada chico con el que salía palideciera en comparación. Me preguntaba a cuántas chicas habría besado a lo largo de los años. Si aún pensaba en mí cuando tocaba a otras, cuando deslizaba las manos bajo sus camisas. Me parecía una locura no poder preguntárselo. Pero quizá también era una suerte, porque una gran parte de mí no quería saberlo.

Y así, cuando cumplí dieciocho años, lo primero que hice fue llamar al detective privado de papá. David Kessler era el mejor de Manhattan.

David volvió a mí cuatro semanas después de que le pidiera que buscara a Nicky para informarme de su muerte.

No salí de la cama en tres días, después de los cuales el miedo a convertirme en mi madre pudo más que la desdicha de saber que no estaba vivo.

A partir de ese momento, juré olvidar que Nicholai Ivanov había existido.

Si hubiera sido tan fácil…

Capítulo dieciocho

Christian

Presente

Arya llegó al juzgado el primer día de juicio.

Estaba claro que había decidido despreciar mi consejo amistoso.

Al menos, había optado por sentarse en la zona de los asientos públicos y no en el banco familiar, donde habría quedado más expuesta. Conrad Roth no había contratado a una abogada como yo le había sugerido a su hija. Jamás sabría si había sido por orgullo o porque sabía que no se saldría con la suya.

Cinco víctimas acusaban a Roth de seis cargos de acoso cada una y buscaban doscientos millones de dólares entre todas en compensación, cuarenta millones de dólares para cada una.

A diferencia de otros depredadores sexuales de su posición y riqueza, había hecho un pésimo trabajo para cubrir sus huellas. Calculé que pasarían cuatro semanas antes de que el juez Lopez nos pidiera las declaraciones finales.

Me planté ante él para realizar mi declaración inicial con mi traje de Brunello Cucinelli y una expresión seria. Tuve que esforzarme para apartar la mirada de la mujer de la última fila de la sala. Arya estaba sentada con la espalda recta y el mentón hacia arriba. Era la viva imagen de la elegancia. Había dejado de ir a la piscina, así que había tenido una semana para reflexionar sobre nuestro último encuentro, en el que me había mandado a la mierda cuando le había propuesto salir. Como era natural, eso había hecho que la deseara aún más.

No estaba seguro de en qué momento había empezado a difuminarse la línea entre querer destrozarla y querer acostarme con ella. Pero sabía que estaba a horcajadas sobre ella como una estríper, ansiosa por propinas, en una despedida de soltero.

No importaba lo irracional, ilógico y *peligroso* que fuera —y no se podía negar que tocarla complicaría mi caso, mi oportunidad de convertirme en socio y mi vida en general—, yo quería a Arya.

También la merecía. Después de todo lo que me había hecho pasar, tenerla en mi cama era el premio de consolación perfecto.

Podría seguir su alegre camino después de que terminara con ella, lo más probable que para casarse con alguien por debajo de su pedigrí, ahora que papá querido sería desterrado de la empresa de fondos de cobertura que dirigía y exiliado de la sociedad educada.

Por desgracia para Arya, y quizá para mí mismo, mi alegato inicial incluía una presentación en la que se mostraba una foto del miembro de su padre que él le había enviado a una becaria de veintitrés años, y que apareció ampliada en una pantalla en medio de la sala, con el pubis y la erección a media asta bien visibles.

Me esforcé por no mirar a Arya mientras explicaba a los miembros del jurado que su padre había enviado una imagen de su pene a alguien más joven que su propia hija. Me puso enfermo. Y también la ignoré después, cuando mi clienta explicó llorosa en el estrado lo afectada que estaba por la revelación (bastante literal) de que su jefe era un capullo.

El primer día del juicio transcurrió sin contratiempos. Las demandantes eran convincentes. Los miembros del jurado se encariñaron con ellas. Mi actuación fue digna de un Óscar: hice ademán de escuchar y arquear las cejas en señal de preocupación en los momentos adecuados.

Cuando el juez Lopez dio un golpe de martillo y dijo que el tribunal iba a un receso, me volví hacia el asiento de Arya y lo encontré vacío.

Atravesé las puertas dobles con las demandantes y Claire y salí al vestíbulo mientras desglosaba la jornada en puntos clave comprensibles para mis clientas. Bajé las escaleras del juzgado y me deslicé entre las grandes columnas. La lluvia se pegaba a mi traje. Al otro lado de la calle, un destello de pelo castaño alborotado que reconocería en cualquier parte desapareció tras la puerta de una cafetería.

Arya.

—Nos vemos en la oficina. —Le toqué un brazo a Claire justo cuando se giraba hacia mí para preguntarme si me apetecía tomar un café de camino y que así habláramos.

Se detuvo, tragó saliva y asintió.

—Sí, claro. Por supuesto.

Con los ojos todavía pegados a la puerta de la cafetería, crucé la calle y entré. Arya ya estaba sentada y acunaba una taza de café en una mesa alta que daba a una ventana, con la mirada clavada en ella. Me coloqué en el taburete frente a ella, a pesar de que sabía que era como jugar con unas cerillas junto a un barril de treinta litros de explosivos.

—¿Cómo te encuentras hoy? —Reconocí al instante que era una pregunta errónea. ¿Cómo narices creía que estaba? Me había pasado las últimas siete horas asegurando con clavos el ataúd de su padre antes de, metafóricamente, lanzarlo al mar.

Arya levantó la vista de la taza de café, un poco desorientada. La lluvia golpeaba la ventana de enfrente.

—¿No se supone que los abogados son buenos con las señales sociales? Pilla la indirecta —protestó, y se frotó los ojos.

—Yo soy más de los que prefieren ser directos. —Coloqué mi maletín entre nosotros.

Se llevó el borde de la taza a los labios y lo mordisqueó.

—Ah, ¿sí? Pues aquí tienes una bomba de verdad: no quiero hablar contigo, Christian. *Nunca más.*

—¿Por qué has venido? —pregunté tras ignorar sus palabras. No acostumbraba a acosar a las mujeres, ni siquiera les daba la hora a menos que me la pidieran, pero sabía que el mecanismo de defensa de Arya era alejar a la gente, y no estaba del todo seguro de que en verdad quisiera estar sola en ese momento. Al fin y al cabo, estábamos cortados por el mismo patrón—. Ni siquiera se ha percatado de tu presencia.

—Había una foto de su pene del tamaño de una pantalla de cine en medio de la sala. No creo que sea fácil mirar a tu hija a la cara después de eso.

—Exacto. No puedes pensar que es inocente después de eso.

—No estoy segura de que sea inocente. —Volvió a dejar la taza sobre la mesa y la hizo girar con los dedos de forma distraída—. Estoy en esa zona de duda razonable, pero tienes razón. Me ha estado ignorando. Ni siquiera ha contestado a mis llamadas.

—Esa es una forma de admitir la culpa. —Tomé la taza de entre sus dedos y bebí un sorbo. Tomaba el café sin azúcar y sin leche. Como yo—. Lo que me lleva a mi pregunta original: ¿por qué estás aquí?

—Es difícil dejar ir a tu única familia. Incluso aunque sea horrible. Es peor que si hubiera muerto. Porque, si hubiera muerto, al menos lo seguiría queriendo.

Al ser hijo de dos padres de mierda, me sentí identificado con su afirmación.

—¿Y tu madre? —le pregunté.

—No es muy buena madre, la verdad. Por eso creo que pasé por alto las señales evidentes de papá. Dijiste que no estabas muy unido a tus padres, ¿verdad?

Sonreí de forma seca.

—No especialmente.

—¿Hijo único?

Asentí.

—¿Alguna vez has deseado tener hermanos? —Apoyó la barbilla en el puño.

—No. Cuanta menos gente haya en mi vida, mejor. ¿Y tú?

—Tuve un hermano —musitó, y observó la lluvia, que caía con más fuerza—. Pero murió hace mucho tiempo.

—Lo siento.

—A veces pienso que siempre seré la mitad de algo. Nunca una persona completa.

—No digas eso.

«Nunca había conocido a nadie tan completa como tú, con imperfecciones y todo».

De repente, Arya frunció el ceño y ladeó la cabeza mientras me estudiaba.

—Espera, ¿puedes hablar conmigo?

—Ya no formas parte del caso. Ya no prestas servicios profesionales a tu padre y tu nombre no figura en la lista de testigos.

Aunque, éticamente, hablar con la hija del acusado era, en el mejor de los casos, poco ortodoxo y, en el peor, una chapuza.

Ella arqueó una ceja.

—¿No?

Negué con la cabeza.

—Quitó todas las menciones a tu empresa de sus páginas web un par de días después de que yo fuera a tu oficina. Supuse que a petición tuya.

Arya abrió mucho los ojos, rodeados de gruesas pestañas. Obviamente, mi suposición había sido errónea. Se levantó de un salto y volcó el café. El líquido marrón salpicó la mesa y el suelo. Enderezó la taza con manos temblorosas.

—Que pase una buena noche, señor Miller.

Abrió la puerta de un manotazo y salió corriendo hacia la calle. Tomé mi maletín y la seguí en cuanto me di cuenta de lo desconsiderado que había sido. En ese momento estaba rogando meterme en un lío. El juez Lopez tendría todo el derecho a echarme del caso si se enteraba de lo que estaba haciendo.

«La historia se repite».

—Arya, para. —Me abrí paso entre la multitud de Manhattan. La lluvia caía a cántaros sobre los dos y le empapó el pelo alborotado. Ella aceleró el paso. Estaba huyendo. De *mí.* Y yo la perseguía.

Mis piernas se movieron más rápido.

—¡Arya! —grité. Ni siquiera sabía lo que quería decirle. Solo sabía que quería decir la última palabra. La lluvia me golpeaba la cara. Se detuvo en un cruce, ante un semáforo en rojo. Atrapada, se volvió, como si estuviera lista para saltar. Sus ojos verdes bailaban en sus cuencas.

—*¿Qué?* ¿Qué quieres de mí, Christian?

«Todo, y nada en absoluto».

«Tus lágrimas, tus disculpas, tu arrepentimiento y tu cuerpo».

«Sobre todo, quiero que recuerdes lo que éramos. Y lo que nunca podremos ser».

Me pasé una mano por el pelo empapado.

—¿Por qué has dejado de venir a la piscina?

Echó la cabeza hacia atrás y se rio. Era tan preciosa que quise estrangularme por haber aceptado el caso. Por no haber dejado que a Conrad Roth lo destrozara otro mientras yo mantenía una sórdida aventura con su hija, con fines de semana de pasión y cuerpos desnudos en lugares exóticos, con champán y disfrutando de sexo pervertido.

Ella refunfuñó.

—Quería descubrir tus trapos sucios. Entonces, yo… —Se detuvo en el último momento; no quería terminar la frase—. Entonces me di cuenta de que no eres el verdadero villano de la historia —terminó en voz baja.

—No lo soy. —Pero las palabras me dejaron un sabor amargo, porque en cierto modo sí que lo era. A ninguno de los dos nos importaba la lluvia que nos golpeaba la cara en plena calle. Su aroma, a melocotón, azúcar y Arya, se amplificaba a través de las gotas. El semáforo se puso en verde a sus espaldas. Me acerqué más, con los dedos temblando de ganas de acariciarle una mejilla—. Corta por lo sano. Dale la espalda a tu padre como él te la dio a ti. Cena conmigo.

Ella negó con la cabeza y cerró los ojos. Le caían gotas del pelo. De repente, volvíamos a tener catorce años. Pegué mi frente a la suya y respiré su aroma. Para mi sorpresa, no me apartó. Nuestro pelo estaba pegado y nuestras narices se tocaban. Su corazón latía con fuerza contra el mío. Quería hacer cosas en las cuales ni siquiera debería pensar.

—Dios. —Apoyó los puños sobre mi pecho—. Quiero que esto termine.

—Lo siento. Lo siento muchísimo.

Lo sentía de verdad, al menos en ese momento. Fue un instante en el que apareció el Nicky más puro y simple, con su absurda debilidad por esa chica.

—Me siento muy perdida. —Exhaló.

—Pronto te encontrarás a ti misma. Cuando el juicio termine. Cuando todo se asiente.

—¿Es que el sueño de tu vida es joder a un Roth? —Sus labios se movieron tan cerca de los míos que casi los saboreé.

—No, en realidad no. Pero hay uno en particular que está en mi lista de tareas pendientes.

—¿Y siempre cumples lo que está en esa lista? —Labios contra labios. Piel con piel.

—La mayoría de las veces —admití.

—Bueno, a mí no me tendrás.

—Ya estás a medio camino de ser mía.

Nuestros cuerpos estaban pegados el uno contra el otro, y nuestra ropa, empapada, pero ella no se acobardó. No dio un paso atrás. Recordé a la niña de doce años que no me dejaba ganar una sola discusión durante nuestras tardes en el cementerio. Esa niña seguía ahí.

—¿Quieres apostar? —Unas gotas de agua colgaban de sus pestañas, y jamás la había visto tan guapa, tan destructiva y auténtica.

—Claro —hablé en su boca—. Hagámoslo interesante. Si nos acostamos, me pagarás todas las cenas a las que te llevaré con carácter retroactivo.

Alguien nos empujó al pasar y casi tiró a Arya al suelo al buscar un lugar seco. La tiré de la cintura hacia mí, de vuelta a la zona segura. No dejamos de mirarnos en ningún momento.

—Qué caballeroso por tu parte. Y, si yo gano y no nos acostamos, responderás a todas mis preguntas sobre el caso de mi padre.

—No puedo hacer eso.

—*Cuando* haya terminado —aclaró—. Y eso marca la fecha de finalización de la apuesta.

Le aparté unos mechones de pelo detrás de las orejas.

—Dentro de lo razonable, y considerando mi acuerdo de confidencialidad abogado-cliente, acepto el trato.

—¿Cuánto durará el juicio? —preguntó.

Yo estaba fascinado por sus labios. Por lo húmedos que estaban. Por el modo en que formaban las distintas vocales a medida que ella hablaba.

—Cuatro semanas. Cinco si el equipo legal de tu padre se saca la cabeza del culo y se digna a aparecer, algo que parece improbable.

—Será mejor que empiece el juego. —Me ofreció un guiño astuto.

Me quedé mirando cómo se marchaba y sentí que, de algún modo, me habían robado.

Ari y Nicky.

Nicky y Ari.

Entonces, no había sido suficiente.

Ahora iba a demostrarle que me había convertido en algo que escapaba a su control.

* * *

Más tarde esa noche, Arsène y yo, que habíamos ido a un bar de moda en el SoHo, nos encontramos con Jason Hatter, un tío bastante majo que había estudiado Derecho en Harvard conmigo. Nos vio desde el otro lado del bar, besó a su cita en la mejilla y se dirigió hacia nosotros. Nos contó que acababa de convertirse en socio de su propio bufete, pero parecía tan feliz como un hombre que se dedicara a lamer axilas para vivir.

—¿Aún no eres socio? —me preguntó, más sorprendido que con tono burlón. Era un buen tipo, pero tenía tan poco tacto como una servilleta usada.

—Christian todavía trata de ganarse a papi y papi con su encanto. —Arsène me dio una palmadita en la parte baja de la espalda, como si yo fuera su cita o algo así. Le ordené que apartara la mano con una mirada.

—Este año me harán socio —le dije a Jason.

—Bueno, no lo dudo. Te has hecho un nombre. Mi novia me pregunta si sales con alguien.

Pensé en Arya, no en Claire, antes de negar con la cabeza.

—Pero no te ofendas, amigo, no me van los tríos.

Jason se rio.

—Lo decía porque quiere emparejarte con una amiga.

—Oh. —Fruncí el ceño—. Eso tampoco me va.

Cuando Jason se marchó, Arsène, con una sonrisa triunfante en los labios, se volvió para mirarme.

—Volviendo a tu historia. Para estar seguros de que entendemos lo mismo, ¿quieres decir que la has *perseguido* por la calle?

Acuné mi *brandy* y me froté la mandíbula con los nudillos.

—Correcto.

—Y entonces —continuó Arsène, que hablaba muy despacio mientras me miraba como si tuviera que llevar casco, porque era un peligro para mí y para todos los que me rodeaban—, ¿has apostado con ella que conseguirás que se acueste contigo, a pesar de que ni siquiera tienes su número de teléfono?

—Sí que tengo su número de teléfono —señalé—. Pero, técnicamente, no me lo ha dado por voluntad propia.

—Define *técnicamente.*

—Le pedí a mi secretaria que lo buscara.

Arsène asintió en silencio, lo que me permitió asimilar lo absurdo que sonaba visto desde fuera.

—Y has estado a punto de besarla.

—Pero no lo he hecho.

—¿Porque…?

—Eso complicaría las cosas.

Eso era mentira. La verdad era que sabía que ella me apartaría, y estaba esperando el momento adecuado.

—Siento decírtelo, colega, pero todo el asunto ya se te ha escapado de las manos. Estás en un buen lío. En resumen, estás perdido —añadió con naturalidad—. Nunca cruzas la línea de la profesionalidad. Con Arya…, la has cagado pero bien, y luego lo has rematado con un desastre espectacular.

—No me conviertas en el santo que no soy. —Hice girar mi bebida en el vaso. Y, entonces, porque al parecer ahora quería demostrar mi falta de profesionalidad, añadí—: Me acosté con Claire.

—Pues no debíais follar demasiado. Esa mujer es más convencional que un helado de chocolate y vainilla. La has mantenido cerca por pura conveniencia y has hecho todo lo posible para mantener vuestra aventura en secreto. Además, no ha durado ni tres meses.

—Claire tenía mala prensa, incluso después de que yo hablara con Recursos Humanos sobre lo nuestro. —Le hice un gesto con una mano—. Trabaja bajo mi mando.

—No como a ella le gustaría. —Arsène inclinó el vaso hacia arriba y lo golpeó contra la barra de madera—. Además, nunca se trató de la prensa. Arya Roth es tu kriptonita. Nunca debiste aceptar el caso, y ahora no puedes echarte atrás. A menos, claro, que quieras ver cómo tu carrera arde en llamas.

En ese momento, una pelirroja pechugona se deslizó entre nosotros. Iba envuelta en una falda de cuero negro y lo que parecía un sujetador rojo al que le faltaban algunas partes. Me dedicó una sonrisa felina y movió la cabeza hacia un lado.

—He apostado cincuenta pavos con mis amigas a que podía invitarte a una copa. ¿Qué te parece?

—*Creo* —Sonreí con educación, me incliné hacia ella y le susurré al oído— que ahora eres cincuenta pavos más pobre.

La sonrisa de la mujer se esfumó y la reemplazó un ceño fruncido, y entonces retrocedió en dirección a sus clones. Era exactamente mi tipo, pero necesitaba algo más que un calco de mi última aventura de una noche. Quería a alguien que me desafiara, que discutiera conmigo, que me volviera loco. Y ese alguien me estaba hinchando las pelotas por haber ido a por su padre.

Me volví hacia Arsène y me di cuenta de que, a pesar de que negaba con la cabeza, se divertía.

—Un brindis.

—¿Y ahora qué? —dije entre dientes.

—El antiguo Christian no diría que no a una noche de sexo sin ataduras con Jessica Rabbit.

—El antiguo Christian no tiene que levantarse mañana a las seis para preparar el juicio.

—Claro. —Arsène me dio una palmada en el hombro y se rio—. El nuevo Christian puede tratar de creerse esta sarta de tonterías si eso le hace sentir mejor.

* * *

Esa noche, cuando tomé un Uber para volver a casa, le pedí al conductor que hiciera una parada en el edificio donde trabajaba Arya. No me importaba lo que pensara Arsène. Lo único que necesitaba era saborearla una vez antes de mandarlos a ella y a su padre de vuelta al pasado.

Sabía que Arya y yo no teníamos futuro. No solo porque ella había fingido ser una persona en quien confiar para apuñalarme por la espalda, sino también porque literalmente pensaba que yo era otra persona. Sobre la mesa no había la posibilidad de una relación. Arya saldría corriendo en cuanto descubriera quién era yo en realidad.

Además, a los catorce años, me destrozó nada más que por diversión. ¿Qué haría la Arya de treinta y un años cuando descubriera a lo que yo estaba jugando?

Las húmedas calles de Manhattan se difuminaron a través de la ventanilla antes de que el conductor se detuviera junto al edificio de ladrillo rojo donde se encontraba Brand Brigade. Eran las diez y media de la noche, y a través de la ventana vi luz en la oficina de Arya.

Observé cómo se deslizaba por el despacho mientras sacaba papel de la impresora y hablaba por teléfono.

Se había convertido en una adicta al trabajo. Como yo.

—¿Señor?

—¿Humm? —respondí de forma distraída, sin dejar de mirarla por la ventana.

—Han pasado quince minutos.

«¿De verdad?».

—Sí —dijo, y se aclaró la garganta. Ni siquiera me había dado cuenta de que lo había dicho en voz alta—. ¿Estamos listos?

—Sí. —Jugué con mi caja de cerillas—. A casa.

Capítulo diecinueve

Christian

Pasado

—Más rápido. —El director Plath me golpeó la nuca. Se deslizó por las baldosas de la cocina con los dedos enlazados a la espalda. La mitad de mi cuerpo estaba dentro de una olla industrial que estaba fregando. Tenía los nudillos tan resecos que me sangraban cada vez que me lavaba las manos. Lo cual era bastante frecuente, ya que me tocaba fregar los platos al menos cuatro veces a la semana.

Inspiré y froté el estropajo contra la costra de grasa que se había formado en los bordes, pues me negaba a ceder.

—El señor Roth tenía razón. Eres tan feo que podrías atraer un rayo —cacareó el director Plath, que se detuvo junto a una ventana que daba al césped verde. Había alumnos esparcidos por una colina junto a la fuente, donde tomaban el sol, sorbían granizados y se contaban los planes para el verano. Los míos incluían intentar conseguir algún trabajo en el pueblo más cercano y caminar quince kilómetros cada día para ir y volver del internado, porque no podía permitirme los billetes del autobús. Imaginé que Ruslana —no tenía sentido llamarla mamá a esas alturas— sería la segunda violinista de los Roth. Le estaría preparando a Arya sus elegantes cuencos de *açaí,* trenzándole el pelo y llevándole la bolsa de la playa a través de las dunas doradas en lugares exóticos cerca del océano.

—Te está haciendo un gran favor —continuó el director Plath, que miraba distraído a sus alumnos a través de la ventana. Sus ojos se volvieron grandes y codiciosos. Siempre creí que disfrutaba demasiado con lo que veía cuando admiraba a algunos de los chicos—. No habrías llegado a nada de haberte quedado en Nueva York.

—Me habría gustado tener la oportunidad de elegir —murmuré, y cambié el ángulo del brazo mientras fregaba la olla. Los músculos me ardían de cansancio. No era inaudito que tuviera los brazos entumecidos toda la noche después de horas de trabajo en la cocina.

—¿Qué has dicho? —Giró tan rápido la cabeza que, por un segundo, pensé que se le rompería el cuello.

—Nada —respondí entre dientes. Se suponía que los estudiantes no debían hacer las tareas de la cocina o la lavandería a menos que se hubieran portado mal. Debía de ser una especie de castigo, pero yo ya formaba parte del personal. Arsène y Riggs siempre me decían que eran tonterías, y yo estaba de acuerdo, pero poco podía hacer al respecto.

—No. —Plath se abalanzó sobre mí, ansioso por iniciar una discusión—. Repítelo.

Me volví hacia él. Tenía la cara roja y caliente. Estaba furioso con él por hacer este tipo de estupideces, y conmigo mismo por aguantarlo. Y con Conrad, que seguía burlándose de mí años después, aunque desde una distancia segura, solo porque me había atrevido a tocar a su preciosa, estúpida y malcriada hija.

—¡He dicho que me habría gustado tener la oportunidad de elegir! —Me di la vuelta y alcé la barbilla.

Se acercó un paso y su nariz casi rozó la mía.

—¿Tienes idea de cuánto paga por mantenerte aquí cada año?

—Apuesto a que yo pago la mayor parte, ya que trabajo aquí todo el año.

Plath apretó su nariz contra la mía y su cabeza quedó por encima de mí. Empujó mi rostro hacia atrás y clavó su mirada en la mía.

—Trabajas aquí todo el año porque eres una basura que solo sabe meterse en líos —se mofó—. Porque eres un capullo inútil cuya única contribución a la sociedad es limpiar y planchar la ropa de los chicos buenos.

Algo dentro de mí se rompió en ese momento. Estaba cansado. Harto de levantarme a las cinco de la mañana para hacer la colada de los demás. Cansado de hacer los deberes a las dos de la madrugada porque tenía que limpiar y fregar cacharros. Harto de cortar el césped en los calurosos días de verano sin tener descansos para beber agua. Agotado de que me castigaran por algo que ni siquiera había *querido* hacer. Al mismo tiempo, sabía que Plath me estaba desafiando. Esperaba que le contestara. Que tomara represalias. Quería una excusa para pegarme. No me habría extrañado que me pusiera las manos encima. Había sido cuidadoso hasta entonces, pero su vena mezquina superaba sus demás rasgos.

Así que, aunque sabía que me arrepentiría, me obligué a sonreír. Estirar la boca entre las mejillas hizo que me doliera la cara, pero aun así lo hice, y entonces pronuncié las palabras que debería haberle dicho a Conrad aquella vez que me pegó:

—Que. Te. Follen.

Le escupí en la cara, no sin antes recoger una respetable cantidad de flema. Sabía que pagaría por ello, pero me sentí bien. El escupitajo aterrizó en la mejilla derecha de Plath y se deslizó hasta su cuello. No hizo ademán de limpiársela. Se limitó a mirarme fijamente con una expresión que yo estaba demasiado ansioso por descifrar.

Los siguientes segundos fueron borrosos. El director Plath chasqueó los nudillos con fuerza en el mismo momento en que la puerta de la cocina se abrió de golpe y entraron tres fornidos alumnos de último curso que formaban parte del equipo de remo.

—Caballeros. —Plath dio un paso atrás, con mi saliva aún en la mejilla. Menuda mierda. Habían esperado durante todo ese tiempo. Todo era un plan para sacarme de quicio—. Tengo que irme a limpiar este desastre. Por favor, hacedle compañía al señor Ivanov mientras estoy fuera. ¿Os importa?

—No hay problema, señor.

Uno de los chicos, el más grande y tonto, naturalmente, agitó una mano como si fuera un gato de la fortuna hacia el director mientras se encaminaba hacia mí. La puerta de la cocina se cerró con un chasquido. Alterné la mirada entre los tres. Sabía lo que estaba a punto de ocurrir. Aun así, no me arrepentí.

El cabrón número uno se crujió los nudillos mientras el cabrón número dos me estampaba contra la pared. El cabrón número tres, por su parte, se quedó junto a la puerta para asegurarse de que no venía nadie. Sabía que era mi fin. Que probablemente moriría.

—Vaya, hola, Oliver Twist. Encontraste tu camino hacia la alta sociedad y pensaste que te dejaríamos entrar como si fueras el dueño del lugar, ¿eh? —soltó el cabrón número uno. No contesté. Me dio un puñetazo en la mandíbula que me hizo girar la cabeza hacia el otro lado mientras el cabrón número dos me sujetaba con fuerza.

El primero se rio. La boca me comenzó a sangrar. Tenía la mandíbula entumecida, pero notaba que algo caliente me resbalaba por la barbilla.

—Y contestarle así a tu director…, ¿dónde te criaste? ¿En la jungla?

Me dio una patada en el abdomen y, cuando me doblé hacia delante, me pateó la cara de forma repetida mientras me sujetaba por los hombros para evitar que me cayera. Después de eso, me golpearon por todas partes, pero estaba medio inconsciente. Me pesaban demasiado los párpados para mantenerlos abiertos, y los ruidos a mi alrededor se amortiguaron. Como si estuviera en el fondo del océano. No sabía cuánto tiempo había pasado. Quizá unos minutos. Tal vez una hora. Pero, en algún momento, se oyeron unos gritos y puñetazos a mi alrededor, de gente golpeándose entre sí, no solo a mí, y luego dos pares de manos me arrastraron fuera de la cocina mientras los chicos se chillaban los unos a los otros. Primero reconocí la voz de Arsène, que mantenía la calma de una forma que me provocó escalofríos. Riggs, en cambio, quería volver ahí y darles una paliza.

—Ya le has roto la nariz a ese tío —dijo Arsène, que gimió por el esfuerzo mientras me arrastraban escaleras arriba, hasta mi habitación. Mantuve los ojos cerrados, pues estaba demasiado avergonzado para abrirlos. No quería responder a ninguna pregunta.

—Para empezar, ese cabrón parecía una zarigüeya pisoteada. Quiero provocarle daños permanentes —protestó Riggs, que tiró de mí mientras llegaban a mi piso y recorrían el pasillo cubierto por una alfombra hasta mi dormitorio.

—El daño más permanente que sufrirá ese chico es tener la inteligencia de un maldito yogur helado, y eso no tiene nada que ver contigo. Déjalo estar. Son amigos de Plath.

—También deberíamos zurrar a Plath —espetó Riggs, que le dio una patada a mi puerta. Me dejaron en la cama. Abrí un ojo y vi cómo Riggs se quitaba la camisa por el cuello, la tiraba al fregadero y la dejaba en remojo en agua fría.

Arsène se dejó caer a mi lado y me puso un poco de agua entre los labios agrietados.

—No. Ese tal Conrad lo tiene en el bolsillo. Tendremos que vigilar mejor a Nicky.

Riggs escurrió la camisa, me desabrochó el uniforme y utilizó su prenda húmeda como una compresa contra mi piel caliente y magullada. Gemí de dolor, pero me reconfortó.

—Ay, mira. La princesa se ha despertado —comentó Riggs—. ¿Estás bien, cariño?

—Que te den, Riggs.

Riggs se rio.

—Está bien. Oye, ¿qué tal si traigo unas hamburguesas? Puedo conducir hasta el centro.

Sacudí la cabeza.

—Podrían pillarte.

Riggs había pasado de hacer estallar cosas porque sí y de provocar pequeños incendios a robar los coches del personal y escabullirse al pueblo. No tenía carné de conducir, pero eso no frenaba sus grandes planes.

—Bien. —Riggs me dio unas palmaditas en una rodilla mientras Arsène escribía una lista de todas las cosas que tenía que traer. Patatas fritas con extra de ajo entre ellas, sin duda—. Pues, bueno, me tocará ocuparme de la cocina en tu lugar. O mejor aún: lo haremos juntos. La gran y disfuncional familia feliz que somos.

—No podéis hacer eso —murmuré, demasiado cansado para discutir.

—Podemos y lo haremos. —Arsène me empujó de nuevo sobre la cama—. Y más te vale que nos correspondas cuando seamos nosotros los que metamos la pata.

Al día siguiente, pillaron a Arsène comprando hierba que no tenía intención de fumar a uno de los mayores, mientras que Riggs trajo un *puma* al que de algún modo había conseguido ponerle una correa y que declaró que era su nueva mascota. A mis dos mejores amigos los castigaron tres semanas a trabajar en la cocina y la lavandería.

Después de aquel día, Riggs y Arsène se aseguraron de que nunca volviera a hacer un turno de cocina yo solo.

Capítulo veinte

Arya

Presente

Decidí asistir al juicio por las mañanas y ponerme al día con el trabajo por las tardes. No era lo ideal, pero nada en mi situación lo era.

Christian Miller no se equivocaba. Las pruebas no dejaban lugar a muchas dudas. Cada línea de defensa que Louie y Terrance intentaban era respondida con más pruebas por parte de Christian y sus clientas. Louie y Terrance ni siquiera podían negar el acoso. Cuando llegó el momento de presentar su caso, se limitaron a sugerir que todos los actos habían sido totalmente consentidos. Una de las demandantes tenía veintitrés años, por el amor del cielo. Era más joven que yo, y una católica devota. La idea de que se hubiera lanzado sobre mi padre era delirante. Y a todas las había despedido él después de que hubieran rechazado sus insinuaciones sexuales.

Aun así, acudía al juzgado a diario. Tal vez para castigarme a mí misma, pero era más probable que fuera para castigar a papá. Sabía cuánto le jodía que yo presenciara aquel espectáculo.

No dormí demasiado esos días. La mayor parte del tiempo lloraba hasta quedar exhausta mientras repasaba todas las interacciones de papá con sus empleadas en mi cabeza, como un disco rayado.

Luego me levantaba y me arrastraba hacia el juzgado una y otra vez.

Al terminar cada día de juicio, Christian me entregaba una reserva impresa que había hecho para uno de los restaurantes más famosos de la ciudad: Benjamin Steakhouse, Luthun, Pylos o Barnea Bistro.

—Esperaré allí una hora esta noche. Tendremos una sala privada, o al menos un reservado, donde nadie nos verá.

—Oh, seguro que te encantaría que te pillaran —le contestaba.

—En absoluto. Si nos pillan, perdemos los dos.

Nunca me presionó ni suplicó, y al día siguiente nunca se mostraba decepcionado ni enfadado por mi ausencia, aunque yo sabía que se sentaba solo en los restaurantes todos los días.

Con cada día en que ignoraba su invitación, mi determinación se resquebrajaba un poco más. La grieta se hacía más profunda. Lo observaba en acción en el tribunal con un nudo en la boca del estómago cargado de rabia, anhelo y también de exasperación, porque, por primera vez en mi vida, no era capaz de distinguir quién era aliado o quién enemigo.

Sobre todo, observaba a Christian con miedo, pues sospechaba que se había dado cuenta de que ya no iba al juzgado por papá.

Iba por *él.*

* * *

Una noche estaba profundamente dormida en mi habitación, vestida con una sudadera que le había robado a Jillian hacía unos años en la universidad. Estaba agotada después de haber pasado la mañana en el juzgado y la tarde trabajando (más o menos había conseguido llevar el trabajo al día, pero me mataba estar presente a la vez en dos cosas que dominaban mi vida). Me había sumido en un dulce sueño cuando sentí que una sombra se cernía sobre mi cuerpo. Cuando miré, Christian estaba ahí de pie, junto a mi cama, aún vestido con su traje elegante.

Olía a lluvia y a virutas de lápiz, y yo estaba cansada de alejarlo de mí. De hecho, estaba tan exhausta que ni siquiera le pregunté cómo había entrado.

—¿Qué haces aquí? —pregunté en su lugar. Mi voz carecía del tono rabioso que empleaba cada vez que discutíamos.

Pero Christian no respondió. Se sentó a los pies de mi cama, me agarró por un tobillo y se llevó mi pie a su regazo para darme un masaje.

Gruñí, eché la cabeza hacia atrás y dejé que hiciera su magia. Me quedé atónita con mi incapacidad para alejarlo de mí.

Sus manos subieron hasta la corva de mis rodillas, sin dejar de masajearme, amasar y presionar los puntos suaves y tensos de mi cuerpo.

—Esto no significa nada —susurré, y cerré los ojos, porque sabía dónde llevaba eso, y él también.

Una risa baja manó de su garganta.

—Cancelaré las invitaciones de boda.

—Pero la tarta no. Envíala a mi despacho. Llevo toda la semana con antojo de dulce.

Sus manos ascendieron un poco más, hacia la parte interna de mis muslos, y tiró de mí hacia abajo para tener más que tocar, hasta que sus dedos quedaron justo ahí, entre mis muslos, en el triángulo sagrado que ningún hombre había tocado en mucho tiempo. Dejé salir un suspiro tembloroso cuando su mano pasó junto a mis bragas. Introdujo dos dedos y descubrió que estaba empapada.

—Esa es mi chica. Esta noche solo usaré los dedos para que mañana te despiertes con más ganas y me pidas que te lo haga de verdad. ¿Entendido?

Abrí los ojos y fruncí el ceño. Tenía agallas para sonar tan seguro y confiado. No tenía intención de buscarlo al día siguiente, pero soportaría sus grandiosas ideas con tal de llegar al orgasmo *esa noche.*

—Lo que tú digas, Napoleón. Solo hazlo bien. —Le agarré la mano y presioné más adentro bajo la ropa interior. Él dejó escapar una risa masculina y profunda que bailó en la boca de mi estómago.

Y, entonces, comenzó a masturbarme. Sus dedos entraban y salían de mí y se curvaban en mi interior, donde rozaban un punto profundo y sensible. Me masajeó el clítoris mientras me penetraba con los dedos y, a regañadientes, tuve que admitir que no se equivocaba: *era* bueno en todo lo que hacía. Sobre todo, con las manos.

Mis caderas se movieron hacia delante en busca del roce de sus dedos. Mis jadeos se volvieron rápidos y superficiales al mismo tiempo mientras perseguía ese sentimiento escurridizo de que otra persona me diera placer.

—Christian, me… me… me…

—¿No puedes formar una frase coherente? —me susurró al oído con una ligera risita.

—Que te den.

—Ya me he adelantado a ti, cariño.

Jugó conmigo más rápido y profundo. Sentía sus manos en todas partes: en los pechos, en la nuca, subiendo y bajando por mis piernas. Pero no me besó, y no me penetró, justo como había prometido.

El clímax me invadió en oleadas. Todo se tambaleaba, y cerré los ojos con fuerza, incapaz de mirarlo mientras me proporcionaba un placer y una alegría tan intensos.

Cuando abrí los ojos, Christian ya no estaba.

Lo único que había dejado era la humedad entre mis muslos, la ropa interior manchada y mis dedos aún entrelazados en la goma de las bragas.

Había sido una ilusión.

Un sueño.

Christian nunca había estado ahí.

* * *

—Tu padre pregunta por ti.

Mi madre me dio la noticia con una profunda tristeza. Supuse que estaba justificado, ya que llevaba unos días evitándola. No la culpaba por no haber acudido al juzgado. Era una masoquista de primer grado por hacerme eso a mí misma. Sin embargo, *sí* que la culpaba por casi todo lo demás, incluido (aunque no fuera lo único) el hecho de haber descuidado mi existencia hasta las últimas semanas, cuando la situación de papá había estallado. Ahora quería mi compañía. Para resarcirse. Era el clásico caso de «demasiado poco, demasiado tarde».

—¿No puede pedírmelo él mismo? —respondí, con el móvil entre la oreja y el hombro, mientras esperaba en la cola frente al juzgado para que me sirvieran mi taza de café. Repiqué la pierna con impaciencia y miré el reloj de pulsera. Ese día el juicio ya había terminado, y aún no había comido nada.

—Con todo lo que está pasando, no sabía si querrías verlo —me explicó mi madre. Sabía que ella no tenía la culpa de nada y, sin embargo, no podía evitar dirigir parte de mi rabia hacia ella. Al fin y al cabo, había participado en la ruptura del matrimonio.

—¿Así que te ha enviado como su portavoz?

—Arya, nadie lo ha acusado nunca por ser demasiado elegante. ¿Vienes o no? —preguntó.

La fila avanzaba a paso de tortuga. Necesitaba un café con desesperación.

—Llegaré en media hora. Veinte minutos, si hay poco tráfico. —Apagué el teléfono y lo metí en el bolso. Por fin llegó mi turno—. Un café grande americano, sin crema ni azúcar. Gracias.

Buscaba la cartera cuando noté que una mano me rozaba el hombro y le entregaba al camarero una American Express negra.

—También se llevará el *wrap* de verduras al estilo sureño y los granos de café expreso cubiertos de chocolate.

Giré la cabeza y fruncí el ceño.

—¿Qué crees que haces?

—Aumentar la cuenta abierta de todas las cenas que me pagarás. —Sentí su sonrisa como si fueran sus nudillos rozando mi columna vertebral—. Ahora mismo tienes un descubierto de unos once mil dólares. Todos esos restaurantes de los que he disfrutado solo esta semana no son baratos, y siempre insisto en que me traigan una buena botella de vino.

—Beber solo todas las noches tiene un nombre. —Sonreí con dulzura—. Alcoholismo.

El rabillo de sus ojos se arrugó cuando sonrió.

—No se preocupe, señorita Roth. Dono el vino a la gente que se sienta a mi lado. Es muy generoso por su parte, si me permite añadir.

Tenía que reconocer que nadie era inmune a sus encantos. Ni los miembros del jurado, hombres y mujeres por igual, ni el taquígrafo del tribunal ni su asociada júnior. Lo que, de nuevo, me hizo preguntarme por qué me seguía. Sabía que era guapa y tenía éxito en mi campo, pero Christian Miller podía elegir. ¿Por qué perder el tiempo con alguien que dedicaba toda su energía a odiarlo?

—No olvides que no te debo un centavo mientras no me acueste contigo. Lo que me recuerda —Me volví hacia el camarero que teníamos delante con una sonrisa—. También quiero boniatos fritos, *todas* las galletas de mantequilla y quinientos dólares en tarjetas regalo.

—Tu optimismo es encomiable. —Christian se pasó la punta de la lengua por el labio superior.

—Tu delirio es preocupante —repliqué, y le di las gracias con la cabeza al camarero que estaba delante de nosotros y que tomó el pedido de Christian: un café. Me quedé a su lado hasta que mi americano estuvo listo—. ¿Dónde *no* cenaremos juntos esta noche? —le pregunté con un tono ligero, para cambiar de tema.

—Me alegro de que lo preguntes. Esta noche te espero en Sant Ambroeus. Es un italiano que está en el West Village. Dicen que la pasta *cacio e pepe* está de muerte.

—Ah, ¿sí? Una chica podía ilusionarse.

Me sonrió y me hizo sentir como un niño al que un adulto le sigue la corriente.

—Deja de sonreír —le ordené—. Me pone de mal humor.

—No puedo evitarlo. Tu aversión a perder es adorable.

—No soy adorable —espeté. No lo era. Era una mujer impresionante y poderosa con una carrera en ascenso. Y eso no era todo.

—Lo eres —se reafirmó, casi con pesar—. Y eso no entraba en mis planes.

Otro camarero me llamó por mi nombre y me acerqué para recoger el pedido.

—Solo te pido una hora —me recordó Christian—. Y esta vez pediré un Château Lafite Rothschild de 1995. Son ochocientos dólares la botella. No te importa, ¿verdad?

Me di la vuelta y pisé con fuerza con mis Jimmy Choo mientras pedía un Uber con el móvil.

Menudo imbécil.

* * *

—Brand Brigade tendrá que aceptarme como cliente de nuevo. De forma individual, no como parte de una compañía.

Papá se sentó en su sillón de cuero marrón frente al fuego crepitante. Su estudio estaba desordenado. Había documentos por todas partes, incluidos los montones en los que yo había rebuscado hacía unos días, que debían de haber delatado que había descubierto su aventura con Ruslana. No importaba, de todos modos. Dudaba que a esas alturas estuviera por la labor de darle explicaciones a nadie.

—¿Por qué haríamos eso? —pregunté con frialdad.

Conrad, que había perdido al menos cinco kilos en las últimas semanas, me miró como si fuera idiota.

—Porque soy tu padre, Arya.

—Un padre que no ha contestado a ninguna de mis llamadas y que se ha negado a verme durante semanas —señalé.
Mamá entró corriendo en el estudio con una bandeja de galletas de azúcar y té. La había visto más en las últimas semanas que en años. Ignoró por completo a su marido y puso el té y las galletas delante de mí. Ni siquiera le había preguntado cómo *ella* estaba llevando todo eso. La culpa desplegó sus alas en mi interior.

—Lo siento, no quería interrumpir. Pensé que te apetecería un aperitivo. Las galletas de azúcar son tus favoritas, ¿verdad?

En realidad, yo prefería las galletas con pepitas de chocolate, pero eso no venía al caso y era muy trivial. Forcé una sonrisa.

—Gracias, madre.

Cuando cerró la puerta, volví a mirar a papá.

—¿Qué decías?

Conrad se frotó una mejilla e hizo ademán de soltar un suspiro.

—Mira, ¿qué se supone que tenía que hacer? Eres mi niña preciosa. Nadie quiere que lo pillen con los pantalones bajados delante de sus seres queridos.

—Así que mentiste —solté de forma rotunda.

—Sí y no. He tenido aventuras. Muchas. No estoy orgullosa de mis infidelidades, pero nunca he acosado a nadie.

—La foto de tu pene cuenta una historia diferente. —Aunque no la cuente con tantas palabras.

Se removió, incómodo.

—Eso fue recíproco, y ocurrió en un momento oscuro de mi vida. No soy un monstruo.

—Eso debe determinarlo el tribunal, no yo. —Crucé una pierna sobre la otra y coloqué las manos sobre una rodilla—. Y, hasta que no tenga la respuesta, no tendré la conciencia tranquila si vinculo mi empresa a tu nombre. Sobre todo porque nos abandonaste sin siquiera avisarme poco antes de que empezara el juicio.

—¡Lo hice para protegeros! —Conrad golpeó el escritorio con la mano que tenía entre nosotros y el golpe resonó por la habitación.

Negué con la cabeza.

—Lo hiciste porque querías contratar a alguien más grande, con más credibilidad. Pero nadie te ha aceptado como cliente, ¿verdad? Nadie quería ensuciarse las manos.

Se inclinó sobre el escritorio y se acercó a mí. Una vena le palpitaba en la sien.

—¿Crees que esto es un juego? Podría perder hasta el último centavo que tengo, Arya. Perderías tu herencia. Podrías ser *pobre.*

Pronunció la última palabra con puro desdén.

—Nunca seré pobre, porque me mantengo sola. Pero, si pierdo mi herencia, ¿de quién será la culpa?

—¡De ellas! —Mi padre se levantó de un salto de su asiento y movió los brazos en el aire con frustración—. Claro que es culpa suya. ¿Por qué crees que han tardado tanto en dar la cara? Se han aprovechado de la demanda de Amanda Gispen.

—Temían que les arruinaras la vida. —Yo también me levanté de la silla y enseñé los dientes—. Como hiciste con Ruslana y Nicky. ¿Qué les pasó? Cuéntamelo.

Mi padre me miró con desprecio. Nunca pensé que vería esa expresión en su rostro. De puro odio. Me preguntaba dónde se había ido el hombre que me besaba las heridas y me leía cuentos de buenas noches. Cómo podría traerlo de vuelta. Y lo más importante: si alguna vez había existido.

—¿Crees que todavía está sobre la mesa llegar a un acuerdo? —Cambió de tema.

—¿Cómo podría saberlo?

—El tipo ese, Christian, parece prendado de ti.

—¿En serio? —respondí para ganar tiempo. El corazón me dio un vuelco al oír su nombre.

—Me he fijado en cómo te persigue como un cachorro. Lo disimula muy mal. Hurga un poco por mí.

Tuve que esforzarme para no lanzar algo contra la pared.

—No se dejará convencer. Quiere tu culo en una bandeja de plata.

—Tiene más ganas de meterte en su cama.

Entonces me miró y me preguntó con la mirada algo que su boca no se atrevía a pronunciar en voz alta. En mi interior, me desplomé y vomité. Todo el amor que me quedaba por él. Los buenos recuerdos, y también los malos. Y la pizca de lealtad que aún había entre nosotros. Porque un hombre capaz de pedirle algo así a su hija era capaz de hacer cosas mucho peores. Acababa de delatarse a sí mismo.

—Guau. Vale. Esta es la señal para que me vaya.

—Si no me ayudas —dijo entre dientes, y alargó una mano para detenerme, pero la apartó antes de que yo le diera un manotazo—, estarás muerta para mí, Arya. Esta es tu oportunidad, tu *única* oportunidad, de devolverme el favor por haberme preocupado por ti cuando tu madre no lo hizo. Necesito saberlo: ¿estás conmigo o contra mí?

Ahora estábamos los dos de pie, aunque no sabía cuándo había ocurrido eso. Cerré los ojos. Respiré hondo. Abrí la boca.

—Primero sé sincero conmigo. ¿Les hiciste daño? —pregunté. Sabía a quién me refería—. ¿Lo hiciste?

Se produjo una pausa. La verdad flotaba en el aire entre nosotros y colgaba sobre nuestras cabezas. Tenía sabor, olor y pulso. Lo supe antes de que lo dijera. Por eso sabía que no tenía sentido que me mintiera.

—Sí.

La palabra resonó en mis oídos. Abrí la boca y me negué a que las lágrimas fluyeran. Me di la vuelta y hui. Salí corriendo del ático. Mi madre me siguió. Sospeché que se había quedado fuera, en el pasillo, escuchando a escondidas.

—¡Arya! ¡Arya, espera!

Pero no lo hice. Para asegurarme de que no me seguían, bajé dos tramos de escaleras antes de pulsar el botón del ascensor. En ese momento me di cuenta de que había dejado de referirme a él como papá, incluso en mi cabeza. Ahora era Conrad Roth, el hombre que había caído en desgracia y que había arrastrado a su familia con él.

Cuando el ascensor se abrió en la planta baja, mi instinto fue cruzar la calle e ir al cementerio. A visitar a Aaron. Necesitaba hablar con alguien. Desahogarme.

Pero no quería hablar con Aaron.

Por primera vez en mucho tiempo, quería hablar con alguien que me respondiera.

—Lo siento, colega. —A toda prisa, dejé atrás el cementerio y luego tomé un taxi amarillo.

Miré el reloj.

Después de todo, tal vez podría llegar.

* * *

Vi a Christian a través de la ventana del restaurante. Estaba sentado en uno de los reservados tapizados de rojo. Tenía una comida entera delante, sin tocar. Sentado muy erguido, con la mirada impasible, trabajaba en su portátil, ajeno a las miradas curiosas de la gente a su alrededor. Se me aceleró un poco el corazón. Me enjugué las lágrimas que había derramado de camino hasta ahí y le entregué a la taxista mi tarjeta de crédito.

—¿Qué tal estoy? —le pregunté a la mujer de mediana edad que iba al volante.

Me miró por el retrovisor.

—¿Quieres que sea sincera?

«Por lo general, sí, aunque ahora no estoy tan segura».

—Estás hecha un desastre. No te ofendas.

—No me ofendo.

—Pero tienes una buena figura y un buen escote, así que noquéalo, cariño.

Con esas poderosas palabras de ánimo, salí disparada por la puerta trasera del taxi.

Faltaban cinco minutos para las nueve, pero llegué a tiempo. Entré en el local y le expliqué al *maître* que mi acompañante me estaba esperando. Luego me apresuré a recorrer el laberinto de mesas, y sentí una inexplicable oleada de afecto cuando Christian levantó la vista de la pantalla y una sorpresa infantil le tiñó el rostro.

Cerró el portátil y se sentó a disfrutar de la vista. Me quedé de pie frente a él, sin tomar asiento de inmediato. Jadeaba, llevaba el pelo hecho un desastre y necesitaba una ducha con urgencia.

—¿Es correcto que nos veamos así, en público? —Quería quitarme lo importante de encima.

—Aquí nadie nos conoce. En cualquier caso, si nos vemos una o dos veces en público, pero sin tocarnos ni flirtear, pueden pensar que estás trabajando en el caso, que intentas convencerme de que persuada a mis clientas para que lleguen a un acuerdo. Siempre y cuando no nos *besuqueemos.*

—No nos *besuquearemos* —aseguré con convicción.

—¿Estás bien? —preguntó, y no había ni un ápice de sarcasmo en su voz.

—¿Por qué no tendría que estarlo? —espeté, todavía a la defensiva. No podía contarle todo lo que había hablado con mi padre, aunque, técnicamente, había ido ahí para eso.

—Porque estás aquí —respondió con un tono suave mientras se levantaba y me apartaba la silla. Tomé asiento. Me puso las manos en los hombros. Todo mi cuerpo cobró vida. Sentí la calidez de su piel a través de la ropa. Ya no me sentía como una traidora ni como una zorra por querer estar con él. Mi padre era un monstruo que merecía un castigo. Christian tenía razón. Él no tenía la culpa de la caída de Conrad Roth.

Se sentó frente a mí y sus ojos azules centellearon con lo que habría jurado que era pura felicidad. Parecía sorprendido, incluso un poco aturdido.

—¿Qué te ha hecho cambiar de opinión?

—¿Es importante? —Resoplé, y sentí que los ojos se me volvían a llenar de lágrimas.

—Sí. —Me llenó el vaso de vino. Parecía de los caros. «Será mejor que no me acueste con este hombre»—. Para mí, lo es.

—¿Por qué?

—Porque no te acostarás conmigo mientras creas que le estoy haciendo daño a tu padre. Así que quiero saber si ya te has dado cuenta.

Sus palabras me devolvieron a la realidad. Por supuesto que Christian solo estaba interesado en mí como una conquista. Un premio reluciente. Una bonificación por ganar esa prueba, algo más que podría arrebatarle a mi padre. Abrí la servilleta de un manotazo y la alisé sobre mi regazo. Luego tomé un tenedor y lo hice girar sobre la pasta. Era tan consciente de que me observaba fijamente y estaba tan embargada por las emociones que ni siquiera había tocado la comida.

—Estoy aquí porque necesitaba un respiro y una buena comida. Nada más. —Mi voz era firme, pero no podía mirarlo a los ojos.

—Y yo estoy aquí por la comida —contestó.

—Está muy buena —señalé, y fingí que hojeaba el menú. Sentí su mirada clavada en mí. Cerré el menú, lo dejé en la mesa y negué con la cabeza—. ¿Por qué decidiste ser abogado? —le pregunté.

—¿Cómo dices? —Enarcó las cejas.

—De todas las profesiones del mundo, ¿por qué elegiste esta? Eres brillante. Eres inteligente. Podrías haber estudiado cualquier cosa.

Esperaba una broma, un cambio de tema o quizá una respuesta genérica. Pero, en su lugar, Christian se lo pensó antes de contestar.

—Cuando era adolescente, me trataron injustamente. Supongo que una parte de mí siempre quiso asegurarse de que no volvería a ocurrir. Si conoces tus derechos, sabes cómo protegerte. No siempre conocí mis derechos.

Tragué saliva.

—Es justo.

—¿Y tú? —preguntó, antes de que pudiera indagar en su pasado—. ¿Por qué escogiste ser relaciones públicas?

—Me gusta ayudar a la gente, y la sangre me provoca náuseas. Era relaciones públicas o medicina.

Christian se rio.

—Gran elección. Aunque te imagino gritándoles a tus pacientes que dejen de ser unas reinas del drama.

Yo también me reí. Parecía que me entendía. Pero ¿cómo era posible?

El resto de la conversación fluyó bien. Aunque ambos queríamos saber muchas cosas el uno del otro, nos centramos en un tema que no suscitaba discusiones ni debates: la comida.

Me habló sobre cada uno de los platos que había pedido. Cuando terminó, fruncí los labios y lo estudié. Había visto a ese hombre antes. Quizá solo había sido un momento, en un bar, en una de las fiestas a las que había asistido en la universidad o en un acto benéfico, pero estaba segura de que nos conocíamos.

—¿Hipnotizada? —Me dedicó otra de sus sonrisas chulescas.

Me encogí de hombros y bebí un sorbo de vino.

—Creo que es adorable.

—¿Qué es adorable?

—Las ganas que tienes de ganar nuestra apuesta.

Christian chocó su copa contra la mía.

—Una cosa que deberías saber de mí, Arya, es que nunca pierdo una apuesta.

Capítulo veintiuno

Christian

Presente

Estaba ahí.

En mi dominio, en mi territorio, entre mis *garras.*

Ya fuera su padre quien la había empujado a mis brazos o el misterio que me rodeaba, Arya por fin había mordido el anzuelo. Parecía agotada. El contorno de sus costillas asomaba a través de la blusa. Había algo inquietante en su rostro, pero la tendría de cualquier manera, como fuera. Eso, al menos, no había cambiado.

La comida había sido agradable, aunque me di cuenta de que su mente estaba en otra parte. Apostaba a que papi querido al fin había reconocido sus malas acciones y que ella no solo había tenido que enfrentarse a la verdad, sino que se la había tragado entera. Después de pagar (me pregunté si verla extender un cheque por todas las comidas que yo había pagado sería tan dulce como hundirme en su interior), le sugerí que diéramos un paseo.

—Me vendría bien un paseo. —Arya me sorprendió al no mostrarse tan desafiante como siempre.

Paseamos por la avenida Greenwich. La calle bullía de gente, perros y vida. A pesar de lo surrealista que era volver a estar con ella en Nueva York, no pude evitar disfrutarlo. De adolescente, me había imaginado incontables veces llevándola aquí y allá. Había fantaseado con ser otra persona. El hijo de un cirujano y una psicóloga infantil, tal vez, que llevaba a la preciosa hija de Conrad Roth a tomar un helado. Él lo habría permitido.

—Mi padre se pregunta si tus clientas estarían dispuestas a llegar a un acuerdo. —Arya, cuyas mejillas estaban sonrojadas por el vino y la comida, se rodeó con los brazos.

Ah. Así que ese era el motivo de la cena. Una sonrisa sombría se dibujó en mis labios.

—No estábamos dispuestos a llegar a un acuerdo antes del juicio, así que es algo exagerado pedir eso. Además, le agradecería a tu padre que la próxima vez utilizara a sus abogados como canal de comunicación.

Frunció los labios.

Le di un codazo en el hombro mientras caminábamos.

—No hablemos de eso.

Hubo una pausa, pero entonces Arya se obligó a sonreír.

—Háblame de tu infancia. Todavía intento averiguar dónde te he visto antes.

Esa era mi oportunidad de sincerarme, si alguna vez había tenido una. Pero, como no era un completo idiota, la dejé pasar. Sin embargo, me recordó que no podía tener una relación con esa mujer. El hecho de no revelarle mi verdadera identidad era el peor engaño que podía cometer.

—Crecí aquí, en Nueva York. A los catorce años me mandaron a una escuela privada. Mis padres y yo no nos llevábamos muy bien.

—¿A qué se dedican tus padres?

—Mi padre tiene una charcutería y mi madre administraba una finca.

Hasta ahí todo era cierto. Aunque la tienda de mi donante de esperma estaba a un continente de distancia y mi madre había administrado la finca de los Roth barriendo los suelos.

—¿Conozco esa escuela privada?

—Sí.

—¿Tiene nombre?

—Lo tiene —confirmé.

—Vaya, estás decidido a no contármelo. —Pero no apartaba la mirada de mi cara, con un brillo distante de esperanza en los ojos por el deseo de que la contradijera—. Eres imposible.

—Y te encanta.

—Entonces, si no te hablas con tus padres, ¿cómo llegaste a la Facultad de Derecho de Harvard? No me digas que te dieron una beca completa. Eso es casi imposible. Sobre todo, teniendo en cuenta tu nivel adquisitivo.

Todavía creía que yo venía de una familia rica. No corregí su suposición. En ese momento, consideré cuánto iba a contarle. Solo Riggs y Arsène conocían mi historia. Al final, me di cuenta de que en realidad no importaba.

—¿Prometes no juzgarme?

—No te prometo nada, abogado. Pero no soy de las que juzgan.

Me metí las manos en los bolsillos delanteros.

—Tenía una especie de *madrina.*

—Uf, me preocupaba que fueras a confesar lo de la zoofilia. —Fingió limpiarse la frente—. ¿Qué es una madrina, exactamente? ¿Es un código para *«sugar mama»*? ¿O el término correcto hoy en día es asaltacunas?

—No estoy seguro de cuál es la terminología apropiada, pero es la que me pagó la carrera de Derecho cuando ni siquiera podía permitirme el billete de tren a Boston.

—Espera, ¿desembolsó seis cifras para costear tu educación? —A Arya se le pasó la borrachera—. ¿*Tan* bueno eres en la cama?

Solté una carcajada que me caló hasta los huesos. Era la primera vez que me reía de verdad en décadas. Mi cuerpo ya no estaba acostumbrado a eso.

—En primer lugar, la respuesta es que sí; de hecho, en la cama soy tan bueno como eso. Segundo, deja de pensar tan mal. La señora Gudinski tenía unos cincuenta años cuando yo iba al instituto. Estaba muy sola. Yo era un mozo de cuadra.

—Hasta ahora parece una película porno bien producida.

Volví a chocar mi hombro con el suyo y ambos nos reímos.

—Tenía caballos. Caros, pero solo los visitaba, nunca los montaba. Su difunto marido había sido un aficionado a la hípica. Conservaba los caballos en su honor, pero no tenía ningún interés en ellos. Tenía demasiado dinero y nadie en quien gastarlo. Necesitaba a alguien que le hiciera compañía durante las vacaciones. Alguien que la visitara los fines de semana. Alguien que se preocupara por ella.

—¿Y ese alguien eras tú? —Arya, escéptica, enarcó una ceja.

Fruncí el ceño.

—Mis mejores amigos y yo, a los que convencí. Juntos, nos convertimos en una gran familia disfuncional.

—Ajá.

—No me hagas eso del «ajá». Dime lo que piensas.

—No me pareces una persona cariñosa.

—¿Y por qué? —pregunté.

—Para empezar, porque lo único que quieres es acostarte conmigo. ¿Tienes fobia a las relaciones?

Sus celos despertaron algo peligroso en la boca de mi estómago. El tipo de sensación que tienes cuando te das cuenta de que acabas de sobrevivir a un accidente de coche casi mortal.

—Esto es diferente. No quiero nada serio contigo porque no puedo *permitirme* estar contigo. Salir con la hija de la persona a la que estoy demandando, sobre todo en un caso como este, no es el movimiento profesional más adecuado.

—¿Huelo el miedo? —Sus ojos se iluminaron, y aceleramos el paso para entrar en calor.

—No, hueles una decisión empresarial pragmática. Para ti también. Imagina lo que ocurriría si se corriera la voz. *Nuestra* relación está condenada. Eso no significa que esté en contra de sentar la cabeza cuando llegue la mujer adecuada.

—Qué manera de hacer sentir especial a una mujer.

Me reí.

—¿Sigues en contacto con ella? ¿Con tu *«sugar mama»?* —Arya se abrazó el vientre para protegerse del frío.

—Sí. ¿Y tú? —le pregunté.

—No la conozco, pero, quiero decir, ¿podría llamarla? —Se hizo la tonta. Me reí un poco más. Joder. Había reído mucho esa noche.

—¿Cómo eras de adolescente? —corregí la pregunta.

—Rebelde. Ansiosa. Un ratón de biblioteca.

Una sonrisa de complicidad se dibujó en mis labios. Aún recordaba cómo devoraba libros, al menos uno al día, durante las vacaciones de verano, como si las palabras fueran a desvanecerse si no los leía lo bastante rápido.

—Ratón de biblioteca —repetí, y fingí sorprenderme—. ¿Cuál es tu libro favorito?

«Expiación».

—*Expiación,* sin duda. Lo robé de la biblioteca local cuando tenía catorce años porque era atrevido y sabía que mis padres nunca me dejarían comprarlo. Está trágicamente infravalorado. ¿Lo has leído?

—No puedo decir que lo haya leído —respondí con sorna. Por una cuestión de principios, no podía leer el libro que había causado mi perdición. Porque, si no hubiera besado a Arya, si no hubiera cedido a su petición...

«Entonces, ¿qué? Te habrías quedado en los barrios bajos, con una madre que no te quería y una chica por la que suspirabas pero que nunca habría sido tuya, y habrías crecido y te habrías convertido en un criminal».

Las cosas podrían haber ido mucho peor, lo sabía. Si me hubiera quedado en casa y hubiera ido a un colegio de mierda. Porque, aunque ese primer beso pasó desapercibido, el segundo, el tercero o el cuarto no lo habrían hecho. E, incluso aunque todos nuestros hipotéticos besos hubieran pasado desapercibidos, de todos modos tampoco habría podido tenerla. Habría tenido que sentarme al margen y ver cómo Arya se enamoraba de alguien con quien realmente pudiera estar. Un

Will, un Richard o un Theodore, alguien que hubiera tenido un chófer, una criada y un consejero universitario desde los diez años.

—Deberías —dijo Arya.

—Préstamelo.

Arrugó la nariz.

—No presto mis libros favoritos. Es una regla.

—Las reglas están para romperlas.

—Es un punto de vista interesante, viniendo de un *abogado.*

Nos detuvimos frente a la Biblioteca Jefferson Market. El reloj de la torre marcaba cinco minutos antes de la medianoche. No me creía que hubiéramos pasado tantas horas juntos caminando y hablando. Era como si los últimos veinte años no hubieran pasado.

Pero sí que habían pasado.

Estaban ahí, en los centímetros que nos separaban, fríos, solitarios y llenos de oportunidades perdidas y de injusticia inalterada.

—¿Por qué estás en realidad aquí, Arya? —Me volví hacia ella y le hablé con un tono áspero y tosco, como las escamas de una criatura marina—. Y, por favor, ahórrame las tonterías de la buena comida.

Se humedeció los labios y miró al suelo.

—He venido a decirte que no volveré al juzgado. Hoy ha sido mi último día. Ya no quiero castigarme más por las cosas que él hizo. No soporto tener que escuchar por lo que han pasado estas mujeres.

—¿Crees que es culpable? —Necesitaba escucharla decir eso. Que renegara del hombre que una vez había elegido por encima de mí. Nuestros cuerpos estaban uno contra el otro. Ahora apenas cabía un alfiler entre nosotros.

—Sí —respondió en voz baja.

Le levanté la barbilla con los dedos índice y pulgar. Sus pestañas se agitaron. Brillaban como diamantes, llenas de lágrimas. «Ojos de pantano», los había llamado cuando éramos niños. Pero no era cierto. Eran musgosos. El tipo de verde aterciopelado que uno miraría durante horas. Me sostuvo la mirada con audacia.

«Una princesa de cuna plateada».

El reloj dio la medianoche detrás de su hombro, y sonó una vez.

—La hora de las brujas. —Cerró los ojos y dejó que dos lágrimas rodaran por sus mejillas—. En los libros, ocurren cosas extrañas a esta hora.

Le acaricié el cuello, la acerqué a mí y respiré su aroma.

—En la realidad también.

Y así, dos décadas después, cometí el mismo error que Nicholai Ivanov y presioné mis labios contra los de Arya Roth, consciente de que el mundo estallaría, pero también de que mi muerte valdría la pena.

Tenía las manos en su pelo, y tiré de él con suavidad, como había soñado hacer todos esos años. Mi sangre se inundó de deseo. Quería devorar a esa mujer y no dejar nada para el hombre que viniera detrás de mí. Ella abrió la boca con avidez. Nuestras lenguas juguetearon, y un pequeño gemido salió de algún lugar profundo de su garganta. Hundí los dientes en su labio inferior, tiré de ella para acercarla más y lamí su labio antes de darle un segundo beso más profundo y salvaje. Rodeé la cintura de Arya con los dedos y apreté su cuerpo contra el mío. No tenía suficiente de ella y, de repente, sentí un poco de pánico. Solo había una Arya en el mundo. Una oportunidad de tenerla. Aparté mi boca de la suya y le aparté los rizos de la cara. Sus ojos estaban hambrientos. Llenos de cosas. Cosas malas. Cosas buenas. Cosas de Arya.

—Ven a casa conmigo.

«Joder». Sonó más como una orden que como una petición. Se puso rígida entre mis brazos mientras bajaba de nuevo a la Tierra y la niebla de dopamina se disipaba de su cuerpo.

Me puso una mano en el pecho.

—No me acostaré contigo, Christian.

—¿Es por la apuesta? ¡Que le den a la apuesta! —Casi me hice polvo los dientes de tanto apretar, indignado por mi propia desesperación. Me había acostado con docenas de mujeres a lo largo de los años y siempre había estado al mando de la narrativa, la retórica, la letra pequeña y la situación.

—No se trata de la apuesta. Tienes razón. No podemos estar juntos, y no estoy segura de que sea una buena idea sumergirme en esto contigo cuando me siento tan...

—¿Vulnerable? —propuse.

—*Confundida* —dijo con firmeza—. Estoy pasando por muchas cosas. Así que, si buscas algo más que una amistad, no contactes conmigo. No me gustan las cosas prohibidas.

«Ya estaba prohibido cuando no podía permitirme la ropa que llevaba puesta y me pediste que te inmovilizara contra las estanterías de tu biblioteca. Te gustaba, entonces, cuando querías destruirme».

—Cambiarás de opinión —respondí con más confianza de la que sentía.

—¿Qué te hace decir eso?

—Estamos bien juntos. Tenemos química. Encajamos. Las cosas prohibidas siempre son más dulces, ¿no lo sabes? Esto —Señalé entre nosotros— no irá a ninguna parte hasta que actuemos en consecuencia. ¿Quieres un amigo? Te daré un amigo. Pero desearás más. Te lo garantizo.

—Uf. —Dejó caer la cabeza sobre mi hombro y se rio con suavidad—. Soy demasiado vieja para esto.

—¿Para qué? —Apoyé una mano en la parte baja de su espalda. Disfruté de su aroma con avidez, pues sentía que se acercaba su partida.

—Para *esto.* Era más fácil odiarte cuando no te conocía de nada.

—Siempre me has conocido —murmuré en su pelo.

—¿Sabes? Creo que tienes razón. Mi alma está en paz cuando está junto a la tuya.

Sonreí de forma sombría.

Si ella supiera…

* * *

Al día siguiente, llegué al juzgado con una mezcla de irritación y alivio. Arya no estaba, lo que significaba que, por una vez, podría hacer mi trabajo sin tener una erección constante y sin que me rondara la pregunta de qué pensaría ella, pero, por otro lado, no tendría el lujo de disfrutar de su presencia. De saber que solo estaba a unos pasos de mí.

Por eso, en cuanto me puse al día con el papeleo en la oficina, la llamé.

—¿Cómo has conseguido mi número? —Tecleaba en su ordenador al otro lado del teléfono.

—Me diste tu tarjeta de visita, ¿recuerdas?

—Sí. También recuerdo que la tiraste.

—Eso es irrelevante. Soy un hombre de habilidades ilimitadas.

Era una forma indirecta de decir que había hecho que mi secretaria la buscara en las páginas amarillas.

—Quieres decir de «tonterías ilimitadas».

—¿Qué tal unos perritos calientes en la Biblioteca Pública de Nueva York? Necesito que me prestes un libro. ¿A las siete y media te va bien?

—Primero, la biblioteca cierra a las cinco. Segundo, en realidad, no. —Dejó de teclear un segundo antes de reanudar su trabajo. ¿Era el único obsesionado con ese beso? Parecía que sí. Era como si Arya tuviera otras cosas en la cabeza—. No puedo. Tengo que ir a un sitio.

—¿Quieres compañía?

«Ofrécele tus putas pelotas ya. Dale tu apartamento también, Christian».

Si esta era mi reacción ante un solo beso, estaba claro que no tenía nada que hacer si me acostaba con esa mujer.

—No sé si querrás acompañarme.

—¿Adónde vas?

—Al cementerio.

Dejé caer el bolígrafo que sostenía, me deslicé hacia atrás con la silla y me giré para mirar el calendario que colgaba de la pared. Mierda. 19 de marzo. El cumpleaños de Arya y Aaron. Empujé la silla hacia el escritorio, donde tenía el altavoz activado en el móvil.

—El cementerio suena bien. ¿Cuál? —Fingí no saberlo.

Hubo una pausa al otro lado.

—¿Por qué querrías ir conmigo al *cementerio?*

—¿No es eso lo que hacen los amigos? ¿Estar ahí el uno para el otro?

—¿Es eso lo que somos ahora? ¿Amigos?

—Sí —respondí, aunque darle una amistad a cambio de lo que me había hecho era una locura, incluso para mí—. Somos amigos.

Otro silencio. No tenía ni idea de lo que hacía.

—El cementerio Mount Hebron.

—¿A quién visitamos?

—A mi hermano.

—¿Crees que le gustaré? —Era una cosa que hacíamos en el pasado. Fingir que Aaron todavía estaba cerca. Discutir, burlarnos y reírnos de él.

Arya dejó de teclear y suspiró.

—Creo que le *encantarías.*

* * *

El cementerio Mount Hebron no había cambiado. El sauce llorón gigante seguía allí, flotando sobre la tumba de Aaron. La silueta de Arya estaba inclinada sobre la lápida de su hermano como un signo de interrogación, y me detuve para absorberla. Larguirucha y elegante con su falda de tubo de diseño y los tacones de suela roja. Más grande que la vida misma y, sin embargo, no mucho más grande que la Arya que había conocido hacía casi veinte años. Una luciérnaga, pequeña pero brillante. Empujé la verja de hierro forjado para abrirla, un lujo que no había tenido cuando era un pequeño intruso. Arya sintió mi presencia y se dio la vuelta con una sonrisa cansada.

—Es raro —suspiró—. Que hayas venido.

—¿Estás acostumbrada a que la gente no venga cuando debe? —le pregunté.

—Bastante. Además, no soy tu problema.

—Nunca te he visto como un problema. Tu ropa, tal vez. Pero a ti nunca.

—¿Qué hay en la bolsa? —Cambió de tema.

Se la entregué en silencio. Había parado en la tienda de la calle de abajo; quería saber si el tipo que me había alimentado todos esos años seguía ahí. Él no estaba, pero su hijo sí. Le pedí que me vendiera todas sus cosas caducadas. Aunque me miró con cierta desconfianza, cedió.

—Cena para dos. Espero que no seas quisquillosa.

—Para nada. —Tomó la bolsa de plástico y miró dentro—. Takis. Qué sofisticado.

—Hay bolitas de queso y Almond Joys, ya sabes, para ofrecerte una comida completa y nutritiva.

Me acerqué para acomodarme en la misma tumba en la que me sentaba cuando éramos niños, la de Harry Frasier. Me detuve al ver que había otra tumba justo a su lado. La de una tal Rita Frasier. Esposa, madre, abuela y doctora.

—Ya no estás solo, colega. —Pasé una mano por la lápida de Harry antes de apoyarme en ella. Cuando me volví hacia Arya, la sorprendí mirándome extrañada. De nuevo, deseé que me pillara. Que Ari me regañara. Que me reconociera. Sus ojos brillaban con algo. Me pregunté qué haría a continuación. Qué saldría de su bonita boca.

«Nicky, cuánto te he echado de menos».

«Nicky, puedo explicarlo».

«Nicky, Nicky, Nicky».

Pero se limitó a parpadear y a sacudir la cabeza antes de centrarse en la tumba frente a ella.

—Hola, Ar. Soy la otra Ar. Yo..., ¿por dónde empiezo? Las cosas, como sabes, son un desastre. No solo con Conrad. Mamá de repente está interesada en mí. Seguramente porque tiene miedo de quedarse sin casa de la noche a la mañana. —Sacudió la cabeza—. Es absurdo que me queje contigo cuando tú estás mucho peor. A veces envidio tu falta de conciencia. Otras veces, me aterroriza. Aún mantengo en mi cabeza largas conversaciones contigo. Todavía te veo en todas partes. En mi mente, creciste conmigo. Tienes una vida alternativa. Ahora estás casado. Y tienes un hijo en camino. Aaron —Soltó una carcajada, y rio y lloró al mismo tiempo—, *odio* profundamente a tu mujer, Eliza. La llamo Lizzy solo para chincharla. Es *muy* engreída.

Me mordí el labio. Arya había sido y seguía siendo una chica maravillosamente rara. Pero, por primera vez, también reconocí que no éramos tan diferentes. Que nuestros padres habían pecado mucho, aunque de formas distintas.

—En ese universo alternativo, estoy deseando que me des un sobrino. Sabes que me encantan los niños. Incluso estoy considerando tener uno yo misma. ¿Qué dices? ¿Que si he conocido a alguien? —Frunció el ceño y me lanzó una rápida mirada. Me erguí como un alumno en clase—. No. Nadie digno de mención. Quiero decir, hay un tipo, pero está vetado. Dice que la química es más fuerte que nosotros, pero, como sabes, suspendí esa asignatura en el instituto.

Habló con Aaron unos minutos más antes de sentarse a mi lado. Abrí una bolsa de patatas fritas y la puse entre los dos. Ella comió, extendió las piernas y las cruzó a la altura de los tobillos.

—¿Cómo murió? —pregunté, porque tenía que hacerlo. Se suponía que no lo sabía.

—Síndrome de la muerte súbita del lactante.

—Lo siento.

—Al menos no llegué a conocerlo. Me habría dolido un millón de veces más, supongo.

Dependía de la persona. Yo aún no había echado de menos a mi madre.

—¿Lo visitas a menudo? —pregunté. Los dos observábamos la tumba de Aaron, pues mirarnos el uno al otro parecía demasiado... intenso.

—Más a menudo de lo que debería. O eso me dice la gente. Una parte de mí está enfadada con él por haber abandonado este espectáculo de mierda. Necesito a alguien que esté aquí, ¿sabes?

—Tienes a alguien que está aquí —añadí con una honestidad y una franqueza que deberían haberme asustado, pero que de algún modo no lo hicieron.

De repente, recordé algo. Le pasé a Arya la bolsa de patatas fritas, me levanté, encontré dos pequeñas piedras junto a una maceta y las puse sobre la tumba de Aaron.

—Así sabrá que lo hemos visitado. —Percibí la sonrisa de Arya detrás de mí y me volví para mirarla—. Siempre hacía eso. ¿Cómo lo sabías? —Le brillaban los ojos.

—¿Quién ha dicho que no soy judío? —Alcé las cejas.

—Tu nombre. *Christian.* —Se rio.

Mi nombre falso, más bien.

«Ahora ve con cuidado», me advirtió una voz en mi interior, aunque no estaba dispuesto a escucharla.

—Alguien me habló una vez de esta tradición.

Retrocedí, me senté a su lado y nuestros hombros se rozaron.

—Oye, ¿Christian?

—¿Sí?

—Hoy es mi cumpleaños.

«Lo sé».

—Feliz cumpleaños, Arya. —Le besé la coronilla y ella apoyó una mejilla en mi hombro sin dejar de mirar al frente, hacia la multitud de ejecutivos que se deslizaba por Park Avenue—. Y feliz cumpleaños, Aaron.

Capítulo veintidós

Arya

Presente

No volvimos a besarnos.

Eso no podía ocurrir de nuevo. No si quería sobrevivir a Christian Miller. Y ya sabía que mis días serían más grises y lúgubres cuando se marchara.

Me acompañó a casa en completo silencio. Los dos dejábamos escapar el aliento condensado contra el aire fresco, como si fuéramos niños.

Sabía que debía aterrorizarme abrirme, dejarlo entrar en mi mundo de locura. Al fin y al cabo, no era muy apropiado que una mujer de treinta y dos años celebrara su cumpleaños en un cementerio con un hombre al que apenas conocía. Y menos con uno como Christian, que estaba empeñado en destruir lo que quedaba de mi familia disfuncional.

Cuando llegamos a la puerta, Christian me acarició una mejilla. Su mano era cálida y áspera. Hacía más de un año que no estaba con un hombre. No desde una cita de Tinder que comenzó con sexo incómodo y terminó con el tipo llorando en mi hombro por su ex, que no quería volver con él. Se me puso la piel de gallina. Inspiré a Christian. Exhalé mis inhibiciones.

—Gracias por dejarme estar ahí para ti hoy —dijo Christian.

—Gracias por no salir corriendo y gritando. —Le rocé un hombro con el mío, como él había hecho después de cenar.

Para ser sincera, había olvidado la última vez que alguien que no fuera Jillian había hecho algo tan dulce por mí.

—No estás tan destrozada como quieres hacerme creer, Arya. —Christian sonrió, y me di cuenta de que podría acostumbrarme a esa sonrisa.

—Lo estoy.

—Pues yo estoy peor —replicó.

—Demuéstralo —lo reté—. Cuéntame el desastre de tu vida.

—Tal vez. En otro momento. —Pero sonaba tanto a un *nunca* que no quise presionarlo más.

—¿Ya has cambiado de opinión sobre nosotros? —Su voz se movía sobre mi piel como las yemas de los dedos.

—En absoluto.

—Lo harás.

—Por si acaso, no aguantes la respiración mientras esperas.

—¿Por qué no? Soy un gran nadador.

Y, así, Christian me besó la punta de la nariz, se adentró en la noche y se llevó consigo un trocito de mi corazón.

* * *

Al día siguiente, en el trabajo, el pedazo de corazón que me faltaba me hizo sentir un vacío en el pecho. Quería volver a ver a Christian, pedirle que me lo devolviera. Quizá fuera porque me había acompañado al cementerio. O quizá por nuestro beso de la noche anterior. Tal vez Christian no era más que una distracción del verdadero desastre que acechaba mi vida. El caso de mi padre estaba fuera de control. Había renunciado a las redes sociales, los periódicos y las páginas web de noticias, y rechazado todas las invitaciones sociales. De hecho, me comunicaba con mi madre solo por mensajes de texto. Pero resultó no ser un plan a prueba de balas.

—Hola. —Whitley se dejó caer en el borde de mi escritorio y agitó su magnífico pelo rubio ceniza con una sonrisa—. Tienes visita abajo.

—Ah, ¿sí? —Me sobresalté al instante, avergonzada de lo emocionada que estaba. Luego carraspeé y me reacomodé en mi asiento.

La sonrisa de Whitley, cubierta de suficiente brillo labial para llenar un cuenco de baba, se ensanchó.

—Cariño, me parece maravilloso que reconectes con ella. Aunque el motivo de vuestra nueva relación sea lo ocurrido con tu padre. ¿Debería hacerla subir?

Parpadeé varias veces antes de caer en la cuenta. Tuve que hacer un esfuerzo para no gemir.

—No, bajaré a verla, gracias.

—¡Arya! Me alegro de haber acertado con la dirección. Recuerdo que tu padre mencionó que trabajabas en esta calle. —Mi madre tiró de cada uno de los dedos de su guante de cuero blanco antes de quitárselo por completo. Llevaba uno de los vestidos que más me recordaban a mi infancia.

—Sí, mamá. Llevo trabajando aquí cuatro años, más o menos. Hacemos fiestas bianuales para nuestros clientes en la azotea. Conrad solía asistir.

También me ayudaba a limpiar después. Mi madre, sin embargo, tiraba mis invitaciones a la papelera sin pensarlo.

Tuvo la dignidad de parecer avergonzada y me dedicó una sonrisa arrepentida.

—Arya, ¿podemos hablar?

Con un movimiento de cabeza, le indiqué el camino hacia la cafetería más cercana. Dejé que mi madre pagara los cafés, pues sabía que montaría un escándalo si no lo hacía. Cuando se sentó, sacó algo de su bolso Chanel.

—Te he traído un regalo por tu cumpleaños.

—Es la primera vez —murmuré, sin poder evitarlo, pero lo abrí de todos modos. La caja era preciosa. De terciopelo azul. Pensé que sería una pulsera o una gargantilla de diamantes. Mi madre tenía debilidad por la joyería fina. Pero, cuando quité el delicado papel de seda, encontré algo totalmente inesperado. Era una foto enmarcada de Aaron y yo cuando éramos bebés.

Los dos estábamos boca abajo y mirábamos a la cámara con los ojos muy abiertos.

Tosí para disimular la emoción.

—Éramos muy diferentes el uno del otro.

Mis ojos eran verdes; los suyos, marrón oscuro. Mi pelo era castaño; el suyo, rubio.

—Sí. —Mi madre envolvió sus delicados dedos sobre su taza de café—. Me sometí a tratamientos de fecundación *in vitro.* Me quedé embarazada de trillizos, pero tu padre solo quería dos hijos, y era un embarazo de alto riesgo, así que los médicos se pusieron de su parte. Se suponía que ibas a tener otro hermano o hermana.

Levanté la cabeza, con los ojos desorbitados.

—Nunca me lo habías contado.

Se encogió de hombros.

—Nunca preguntaste.

—¿Qué esperabas? «Hola, mamá, ¿qué hay hoy para desayunar? Ah, y, por cierto, ¿te hiciste alguna reducción selectiva de embriones cuando estabas embarazada de nosotros? Sí, tomaré tortitas». —Pero, antes de que contestara, fruncí el ceño y añadí—: Espera, ¿*Conrad* no quería tener más hijos?

Siempre me había parecido raro que mi madre no se hubiera vuelto a quedar embarazada en los años posteriores a la pérdida de Aaron.

—No. A duras penas conseguí que aceptara teneros a vosotros dos. Por supuesto, salió bien, ya que ahora eres su orgullo y alegría.

«Era», quise corregirla. Para mi sorpresa, no me fue difícil creer a mi madre cuando me dijo que Conrad había controlado la cantidad de hijos que habían tenido. No era más que otra horrible revelación que añadir a la cadena de pruebas que se acumulaban contra él.

Así que supuse que estábamos al fin teniendo esa conversación pendiente.

—Perdona mi franqueza, madre, pero no actuaste precisamente como si estuvieras ansiosa por criar a la única hija que te quedaba. —Bebí un sorbo de café. Noté que me temblaba la mano.

Mi madre dejó la taza y me tomó de las manos.

—Mírame, Arya. —Lo hice. No porque quisiera, sino porque, después de todos esos años, tenía que darle la oportunidad de explicarse—. Era un mecanismo de defensa, ¿vale? Tu padre amenazaba a menudo con llevarte lejos. De hecho, cada vez que él y yo discutíamos, cada vez que yo quería alejarme, él usaba esa carta en mi contra. Decía que tendría la custodia total sobre ti, porque yo era muy mala madre, antes incluso de tener la oportunidad de convertirme en una mala madre. Entonces me di cuenta de que no importaba. Haría lo que quisiera con o sin mi ayuda. Era un círculo vicioso. Estaba condicionada a no acercarme demasiado a ti porque nunca sabía si me dejaría quedarme contigo. Y es un hombre muy persuasivo y manipulador, algo que estoy segura de que has empezado a ver. No quería encariñarme contigo. No quería que mi corazón se rompiera aún más después de lo de Aaron.

Me dolía tanto el pecho que me sorprendía que aún respirara. Sentía que mis muros se derrumbaban ladrillo a ladrillo, y no había forma de detenerlo. Había construido mi realidad con sumo cuidado para que fuera una imagen digerible. Papá era el santo; mamá, la pecadora. Ella era la villana de mi historia, no la víctima, y mi realidad, lo único que creía que era estable y verdadero, ya no tenía sentido.

—Creía que no me querías —contesté, con las manos inertes entre sus dedos.

Ella negó con la cabeza, con los ojos llenos de lágrimas.

—Quería abrazarte todos los días. A veces, me detenía físicamente para no abrazarte, porque sabía que se enfadaría. Que diría que yo intentaba manipularte. Que estaba enviando un mensaje. Quería que huyéramos juntas, pero siempre había una amenaza sobre mi cabeza. No quería perderte por completo.

—Lo hiciste de todos modos.

—Lo hice —confirmó—. Pero al menos te veía todos los días. Cuando te fuiste a la universidad, y después de eso, intenté convencerme de que no me importaba.

—¿Por qué me cuentas esto ahora? —Aparté las manos de las suyas—. De repente. ¿Qué ha cambiado?

Se removió en el asiento y se alisó el vestido sobre las rodillas con recato.

—Ayer —comenzó, y se tocó el collar de perlas— me pasé el día intentando localizarte para desearte un feliz cumpleaños. No me contestaste. Quise ir a tu apartamento para darte una sorpresa y me di cuenta de que ni siquiera sé dónde vives. Averigüé la dirección de tu oficina porque tu padre tenía una de tus tarjetas de visita en su estudio. Llamé a tu oficina y pregunté por tu dirección, pero Jillian me dijo que no estabas. Que tenías una cita. Entonces, me di cuenta de lo poco que sé de tu vida. De tus aficiones, gustos y aversiones. De las cosas que hacen que tu corazón cante y tu alma llore. Volví a casa realmente avergonzada. Tu padre estaba en una de sus interminables reuniones con Louie y Terrance. Me preparé una taza de té, dado que ya no tengo a Ruslana para que lo haga por mí, porque, desde su marcha, he tenido demasiado miedo de traer a alguien más a nuestra casa por temor a que él también se acostara con ella. Me fui con el té al balcón, que tiene vistas al cementerio Mount Hebron, y te vi junto a la tumba de Aaron. No estabas sola.

Una sonrisa pensativa se dibujó en su rostro.

—Había un hombre contigo. Parecíais cercanos. Vi cómo apoyabas la cabeza en su hombro. Cómo hablabais. Y pensé en lo mucho que me gustaría ser esa persona para ti. Esa roca. Alguien con quien pudieras contar, hablar. Alguien con quien pasar tu cumpleaños. Entonces pensé en todos tus cumpleaños a lo largo de los años. A los cinco, con la octava niñera. O el decimocuarto, del que no nos acordamos hasta tres días después, porque papá estaba en Ginebra. Me he perdido muchas cosas. Ya lo sé. Una simple disculpa no basta. —Inspiró—. Pero creo que, tal vez, al ver que nuestro mundo se está haciendo añicos y que todo a nuestro alrededor se derrumba, deberíamos intentarlo, al menos... ¿Qué dices, Arya? ¿Por favor?

Había tantas cosas que quería decir... Preguntar. Pero empecé con la más evidente, aunque no tenía nada que ver conmigo.

—¿Por qué dejas que se quede contigo? —Fruncí el ceño—. Conrad. ¿Por qué no te divorcias de él? Da mala imagen. Que estés a su lado después de todo lo que ha hecho.

—Ni siquiera voy al juzgado con él. Me lo ha pedido muchas veces. Al parecer, sus abogados creen que daría buena imagen.

Cuando se dio cuenta de que esperaba a que se explicara, pasó de juguetear con el collar a hacerlo con el pendiente.

—Bueno, supongo que tengo miedo de lo que vendría después. Entiende que he pasado los últimos treinta y tantos años en una suerte de aislamiento. Una prisión. Se las arregló para entrometerse en toda mi vida, incluso en mi medicación. Hace unos años, descubrí que mantenía un estrecho contacto con mi psiquiatra y que le decía lo que tenía que recetarme. Dejé de visitarlo de inmediato, pero el daño ya estaba hecho, y ahora ni siquiera puedo tomarme un Xanax sin preguntarme si las personas que me lo recetan tienen segundas intenciones. Siempre que íbamos a eventos sociales, se ponía muy cariñoso con mis amigas —por lo general, con las mujeres a quienes estaba más unida— y desaparecía con ellas durante largos periodos de tiempo. Me preguntaba si se acostaba con ellas. Mantenía relaciones muy cortas, eficientes y *muy* estratégicas con cualquiera que creyera que podía ayudarme a liberarme de la jaula de oro en la que me había encerrado. No tengo verdaderos amigos, ni tampoco socios, abogados ni familia. Conrad es mi única familia, aunque es terrible.

—Me tienes a mí —exclamé, sin saber exactamente por qué esas palabras habían salido de mi boca.

Los ojos de mi madre se iluminaron.

—¿A ti?

—Sí. No estamos muy unidas, pero siempre estaré a tu lado cuando me necesites. —Aunque entendía por qué dudaba de eso, pues la había ignorado durante las últimas dos semanas. Desde que se había sabido lo de Conrad y había empezado a llamarme.

—La vida es muy corta. —Sacudió la cabeza—. Pienso en todos los besos que no te di. En todos los abrazos que no compartimos. En todas las noches de cine, las salidas de compras y las peleas que nos llevaron a querer estrangularnos la una a la otra y, sin embargo, también a querernos más. Pienso en todos los «y si». En los «casi». Cómo se amontonan en la habitación vacía de mis recuerdos. Y eso me mata, Arya. Me duele mucho más que lo que está pasando con tu padre.

Notaba el pulso acelerado en las muñecas. Pensé en todos los momentos que había compartido con papá. Preciosos y pequeños, como bombones envueltos de forma individual. No los cambiaría por nada del mundo, incluso después de todo lo que había pasado. Sobre todo por ello.

Y Christian. También pensé en Christian.

En cuánto lo deseaba. Lo anhelaba. Cada fibra de mi cuerpo sabía que me rompería el corazón. Nada fácil, considerando que ningún hombre lo había logrado desde Nicholai Ivanov.

—Tal vez podamos crear nuevos recuerdos. —Una suave sonrisa se me dibujó en los labios.

—Oh. —Le tembló la voz—. Me gustaría mucho.

* * *

Salí a trompicones de la cafetería y busqué el móvil a tientas. Tardé un segundo en encontrar su número y otros dos en recomponerme y llamarlo. Contestó al primer tono, con la voz entrecortada.

—¿Sí?

El ruido de fondo era revelador. Documentos que se movían, unas voces que discutían entre susurros sobre la Comisión para la Igualdad de Oportunidades de Empleo, la tergiversación y la carga de las pruebas. Era evidente que estaba reunido. ¿Por qué había respondido el teléfono?

—¿Christian? —pregunté.

—El mismo.

—Soy Arya.

—¿Hay algo en lo que pueda ayudarte, Arya? —No sonaba tan entusiasmado como yo esperaba.

¿Esperaba que cayera de rodillas y me suplicara que nos viéramos? Tal vez no, pero no creía que pareciera tan poco *sorprendido.*

—Pareces ocupado.

Hubo una pausa. Quizá por fin se había dado cuenta de que era yo quien lo llamaba.

—¿De qué se trata, Ari?

Ari. El apodo hizo que se me parara el corazón.

—No importa.

—*Sí* que importa.

—Es evidente que estás ocupado con algo importante.

—Preferiría ocuparme de *alguien* importante —recalcó, y justo en ese momento oí el suave chasquido de una puerta que se cerraba. Al menos no había dicho eso en público. Resoplé. No había suficiente aire fresco en Manhattan para permitirme respirar correctamente, pero mamá lo había explicado de maravilla: la vida era demasiado corta. Si el mañana nunca llegaba, quería pasar el día de hoy con él.

—Arya. —Su voz era mucho más cálida ahora. Me di cuenta de que su tono cortante se había debido a que estaba acompañado y tenía que mantener las apariencias—. ¿Estás pensando lo que creo?

Ese era el problema de los buenos abogados. Olfateaban la verdad a kilómetros de distancia.

—Tal vez.

—¿Qué ha cambiado?

—Mi perspectiva. —Cerré los ojos y me balanceé de un lado al otro en medio de la calle. Me sentí completamente ridícula—. Toda mi vida he evitado lo complicado. Sin embargo, lo complicado siempre me ha encontrado. Empiezo a darme cuenta de que quizá sea hora de tomar lo que quiero, ya que algunas consecuencias son inevitables.

—Voy para allá.

—¿Quieres decir ahora mismo? —Eso me hizo reflexionar. Las cosas iban demasiado deprisa—. Es mediodía. Tengo la agenda llena. Seguro que tú también.

—Cambiaré las cosas… —La línea se cortó—… de camino. —Otra interferencia—… cambio. ¿Hola? ¿Me oyes?

—No tienes cobertura —murmuré mientras caminaba hacia el metro con estupor. ¿De verdad me estaba escaqueando del trabajo? Era la primera vez. Ni siquiera en el instituto me había saltado una clase. La última vez que me había tomado un día por enfermedad había sido hacía seis años. No hago nada espontáneo.

La bulliciosa vida de Manhattan se filtraba por la línea. Ambulancias que ululaban, coches que tocaban el claxon, gente que gritaba.

—Lo siento. Estaba en el ascensor. Acabo de llamar a un taxi. Voy para allá.

—Estás loco. Esto puede esperar.

—No, no puede. Oh, y ¿Ari?

—¿Sí?

—Más vale que tengas tu talonario preparado, porque todas esas cenas en las que me plantaste no eran baratas.

* * *

Cuando llegué a la puerta, Christian ya estaba allí, y se paseaba de un lado a otro junto a la escalera. El aire a su alrededor crepitaba con una energía oscura.

Se volvió hacia mí y me sorprendió cuando me tomó de la mano y se la llevó al corazón.

—Siéntelo, Ari.

Su mirada decía más de lo que lo habrían dicho las palabras. Había expectación mezclada con esperanza, anhelo y algo más. Una extraña fragilidad que no había percibido antes. Me recordó a esa vez, décadas atrás, cuando Nicky y yo casi nos dejamos atrapar por Ruslana.

Hundí las uñas rojas como la sangre en la tela de su camisa.

—¿Contento de verme?

—Estaré más contento cuando lo vea *todo* de ti.

Subimos los tres tramos de escaleras de dos en dos. Tenía la adrenalina por las nubes. Cuando abrí la puerta, le dije que iba a por un vaso de agua y le pregunté si quería uno.

—¿Seguro? —Me miró con cara de «¿es así como vamos a jugar?». Le señalé mi habitación y le dije que se pusiera cómodo. Cuando me aseguré de que se había ido, me bebí medio litro de agua y metí la cabeza en el congelador para intentar bajar mi temperatura corporal.

Cuando fui a mi habitación, lo sorprendí estudiando mi estantería, de espaldas a mí. Hacía años que había contratado a un carpintero para que convirtiera una de las paredes de mi dormitorio en una biblioteca. Era extravagante y totalmente injustificado, ya que el apartamento era de alquiler, pero me hacía sentir más en casa que cualquiera de los otros muebles. Christian pasó un dedo por el lomo de los libros de una forma que me pareció extrañamente erótica.

—El preciado *Expiación* —arrastró las palabras. Sabía que había entrado en la habitación a pesar de que no había hecho ruido—. Primera edición, tapa dura.

—Ni se te ocurra. —Me aparté del marco de la puerta y me acerqué a él. Le quité el libro de las manos y lo acaricié con cariño.

Se volvió para mirarme con una sonrisa de satisfacción en la cara.

—¿Pensar en *qué?*

—En tomarlo prestado.

—¿Por qué no? —susurró—. Solo son palabras sobre papel.

—Qué tontería. Y la muerte solo es una siesta muy larga en una caja. —Apreté más el libro entre los dos que lo envolvían—. Si estás tan desesperado por leerlo, sácate el carné de la biblioteca.

Apoyó un hombro en mi estantería y me observó en busca de una reacción.

—¿Por qué este libro en concreto?

—Porque sí.

—Lo preguntaré de otro modo: ¿qué momento de tu vida asocias a este libro en concreto que hace que te resulte imposible desprenderte de él? Me cuesta creer que otro ejemplar de *Expiación*, uno que encargara ahora mismo en Amazon, tuviera el mismo impacto emocional.

Pensé en los ojos azules como el hielo de Nicky, que brillaban cuando me dijo que haría eso por mí. Desafiar a nuestros padres. Recrear esa escena.

Pensé en cómo Nicky me había acorralado contra los estantes y me había besado.

En él tumbado bajo el sol reluciente mientras contaba la constelación de pecas de mi nariz y mis hombros.

«Nicky. Nicky. Nicky».

Un dulce dolor se extendió por mi vientre.

Christian sacudió la cabeza.

—No importa. Demasiado personal. Lo entiendo.

—No es…

Tomó el vaso de agua que había olvidado que tenía en la mano y lo colocó con cuidado en uno de los estantes detrás de mi cabeza. Entrelazó sus dedos con los míos y me sujetó los brazos a ambos lados, por encima de la cabeza, como en *Expiación.* Apretó su agarre y su boca bajó hasta la base de mi garganta para rozarme con suavidad la piel sensible.

Por un segundo, me pregunté si Christian *era* Nicky. ¿Por qué, si no, habría escogido hacer eso? Pero no. No podía ser. Nicky estaba muerto. Además, tal vez Christian había visto la película y había pensado que sería *sexy* recrearla.

Gemí, eché la cabeza hacia atrás y cerré los ojos.

—Arya, adorable criatura mentirosa. Cuánto tiempo he esperado para hacerte esto.

Su boca subió por mi cuello y sus dientes blancos me rozaron la barbilla antes de que hundiera la lengua en mi boca para abrirme los labios. Mi boca se abrió en forma de O y me retorcí. Arqueé la espalda y apreté mi cuerpo contra él mientras disfrutaba del sordo dolor del deseo.

—Hermosa…, dulce…, encantadora Arya. —Cada palabra era un beso. Sus dedos soltaron los míos y me agarró por la parte trasera de los muslos, y yo le rodeé la cintura con las piernas. Los besos profundos y sofocantes me llenaron el fondo del vientre de una suave sensación de calidez. La mayor parte de mi peso lo sostenían las estanterías.

—Eres tan perfecta que es insoportable —murmuró en mi boca. Unos mechones de mi pelo, salvaje como la mala hierba, caían sobre nuestros ojos. Los cumplidos no tenían un tono sarcástico ni despectivo. Eran susurros suaves que me rodeaban el cuello y las muñecas como finas joyas.

Había urgencia en sus movimientos mientras devoraba mi boca y me pegaba a las estanterías repletas de libros. La sensación de que había un asunto por resolver. Una continuación de algo que ya habíamos empezado. Pero, por supuesto, no podía ser.

Christian presionó su erección contra mi centro y algo en mi interior se encendió. Moví el culo, con las piernas ancladas por los tobillos en torno a su cintura, y respondí a su empujón con movimientos decididos. El estado de mis bragas me decía que no necesitaba una larga sesión de preliminares.

—*Christian.* —Pasé las uñas por su afilada mandíbula y mi lengua bailó con la suya. Se quedó inmóvil y se apartó como si lo hubiera abofeteado—. ¿Qué? —pregunté entre jadeos mientras él retrocedía un paso para dejar que me estabilizara encima de los tacones de aguja—. ¿Qué pasa?

No podía ser nada de lo que había dicho. Solo había pronunciado su nombre. A los hombres les gustaba eso, sobre todo a puerta cerrada. Y, aun así, me miró como si hubiera cometido un gran pecado. «Como un amante traicionado».

Me quedé muy confusa.

Cerró los ojos y, cuando volvió a abrirlos, tenía un aspecto completamente distinto. Redujo el espacio que nos separaba con un rápido movimiento, me tomó por detrás y me arrojó sobre la cama. Moví las piernas en el aire y un fuerte desgarro rompió el silencio. Mi falda de tubo se había roto y una de mis nalgas asomaba para que él la viera.

—Pero ¿qué…? —Era una mezcla de excitación, rabia y sorpresa—. ¡Era una Balmain nueva!

—Envíame la factura. —Apoyó una rodilla entre mis piernas, agarró el dobladillo de la falda y la rompió hasta que cayó debajo de mí en un cuadrado perfecto—. Mejor aún, ya estamos en paz con las cenas. Tengo la sensación de que tu familia no podrá permitirse tantos gastos inesperados después de los costes jurídicos a los que tendrá que enfrentarse.

Había sido un golpe bajo, y Christian no solía apuntar tan bajo. De hecho, hasta entonces se había comportado bastante bien al no restregarme nuestra situación por la cara. Lo que me confundía todavía más sobre cómo habían cambiado las cosas desde que había pronunciado su nombre.

—¿Qué te pasa? —le pregunté, pero dejé de presionarlo para que me respondiera cuando se inclinó entre mis piernas y pegó su fuerte cuerpo contra el mío. Me besó con rudeza y frotó la barba incipiente contra mi piel hasta que se enrojeció ligeramente.

Me desabrochó la camisa blanca con los dientes. No con pericia y delicadeza. Más bien tiró de los botones y los escupió, uno a uno, mientras más piel quedaba al descubierto ante él. Cuando vio mi sujetador de encaje color crema, cubrió uno de mis pechos con la boca y chupó con fuerza. El calor húmedo de su boca me produjo violentos escalofríos. Enredé los dedos en su pelo y tiré de él hacia abajo con descaro.

—Alguien está impaciente. —Se rio contra mi ombligo y hundió la lengua en él antes de soplar aire frío sobre mi vientre, lo que me erizó la piel.

—Eres todo un experto, ¿no…? —Iba a decir su nombre otra vez, pero me detuve. Algo me indicaba que no quería oírlo, aunque no tenía ni idea de por qué. Christian no se dio cuenta de que había dejado la frase incompleta.

—No es una conversación que me apetezca mantener en este momento.

Y entonces estaba *ahí.* Sus dientes rozaron el dobladillo de mis bragas (por desgracia, unas holgadas bragas negras de estilo chico sin costuras), y me las quitó con urgencia mientras sus manos se ocupaban de abrirme los muslos. No sabía qué era más *sexy:* ver sus manos bronceadas y fuertes y sus antebrazos musculosos contra mi piel pálida o contemplar su pelo negro azabache, consciente de lo que estaba por venir. O, mejor dicho, *quién* iba a disfrutarlo: yo.

Me lanzó la ropa interior por detrás del hombro, aunque él seguía completamente vestido.

Se detuvo para observar mi cuerpo desnudo por primera vez, como si estudiara un mapa, calculando por dónde empezar, dónde atacar primero.

—Dios, Arya.

Pasó el pulgar desde mi clítoris hasta la base de mi centro, y luego hundió un dedo largo dentro de mí. Cerré los ojos y gemí.

—Empapada. —Soltó un chasquido y abrí los ojos justo a tiempo para ver cómo saboreaba el dedo que me había metido—. Dime lo que quieres, Arya.

Sin darle el placer de oírme suplicar, le hundí las uñas en los hombros y le moví la cara a la altura de mi sexo. Pasó la lengua por mi abertura y me estremecí. Cerré los ojos. Estaba claro que quería controlar la situación, y era evidente que no lo estaba consiguiendo.

—*Joder* —gruñó, y volvió a lamerme, ahora más profundamente. Estaba sediento—. Aquí voy otra vez.

«¿Otra vez?». ¿Qué significaba eso?

Me rodeó las caderas con las manos y me presionó contra el colchón mientras me devoraba. Me acarició con la lengua y se detuvo de vez en cuando para llevarse el clítoris a la boca y mordisquearlo con suavidad. Sabía lo que hacía. En general, me habría parecido admirable. La experiencia no siempre equivalía a un buen desempeño. Sin embargo, esa vez se me encogió el corazón. Como si el Christian del pasado hubiera sabido de algún modo que el Christian del presente me conocería y hubiera tenido que esperar. Lo cual era una total y absoluta estupidez.

En el fondo de mi mente había una vocecita que me decía que lo estaba haciendo todo mal. Estábamos en Nueva York, y en la treintena. Por lo general, seguía una rutina. Necesitaba ver un informe médico limpio. Tener la Charla. Asegurarme de que llevaba un paquete de condones. Con Christian, pasé por alto los tecnicismos, como si no importaran.

—Condones —jadeé, y sentí que el primer orgasmo se deslizaba por mi piel. Desde los dedos de los pies hasta las piernas, y subía—. Dime que tienes condones.

Sacudió la cabeza, que seguía enterrada entre mis muslos, justo cuando cerré los ojos y mi cuerpo empezó a temblar por el clímax. Me estremecí entera y, al abrir los ojos, lo vi apoyado sobre los codos, mirándome fijamente, absorto en sus pensamientos.

—Estoy limpio.

«No quiero quedarme embarazada».

Por un segundo, imaginé cómo sería. Si me quedara embarazada por accidente del hijo de Christian. Qué pensaría Conrad. Y Beatrice. Una risita de pánico me subió por la garganta, pero me la tragué.

—No tomo la píldora —respondí. Empezó a besarme el abdomen con la boca caliente, húmeda, y con mi aroma, terroso y femenino, en el aliento.

—Haré la marcha atrás.

—¿Hemos vuelto al instituto?

—Lo que estamos es locos el uno por el otro. No puedo esperar. La sacaré. Luego bajaré y compraré condones para la próxima ronda. Porque *habrá* una siguiente ronda.

Subió por mi cuerpo hasta que nuestros rostros se encontraron. Sus ojos eran hipnóticos. De un azul claro y frío, como unas aguas tranquilas sobre icebergs de puntas brillantes. Mi determinación se derrumbó, como siempre que ese hombre estaba cerca. Cerré los ojos y asentí una vez.

Christian estaba dentro de mí.

Aún llevaba puesto el traje cuando me la metió. Era grande, más grande que la media, y por un instante cerró los ojos y no se movió, solo disfrutó del momento. Lo miré asombrada. Todo lo que estábamos haciendo me parecía monumental.

Empezó a moverse dentro de mí y colocó una de mis piernas por encima de su hombro mientras me miraba a los ojos. Me sorprendió. Su intensidad. Después de todo, no hacía tanto que nos conocíamos. Le rodeé el cuello con los brazos mientras él me llenaba hasta el fondo. Movía las caderas hacia delante cada vez que él empujaba dentro de mí para encontrarme con él a medio camino. Otro orgasmo me provocó cosquillas.

—Arya. —La frente de Christian cayó sobre mi pecho mientras aceleraba el ritmo—. Por favor, dime que estás cerca, porque yo lo estoy.

—Sí. —Asentí, y tragué saliva—. Estoy muy cerca.

Christian gimió, salió de mí y se apretó con fuerza para evitar el clímax. Apartó la mirada, miró al suelo y se concentró en un punto antes de volver a penetrarme. Ya excitada y sensible por la fricción, eso fue todo lo que necesité para derrumbarme en sus brazos y correrme de nuevo. En cuanto sintió que me tensaba a su alrededor, murmuró:

—Gracias. —La sacó y se corrió. Hilos de semen me cubrieron el vientre. Tardé unos instantes en bajar a la Tierra y darme cuenta de lo que acabábamos de hacer. Christian se tumbó a mi lado en la cama. Los dos miramos al techo, como dos adolescentes que hubieran hecho algo malo.

—Ni siquiera te has quitado la ropa. —Miré el techo aturdida y me pregunté si me llamaría al día siguiente.

—No —respondió, asombrado, y volvió su rostro hacia mí para mirarme—. Arreglemos eso. ¿Una ducha?

—Primera puerta a la izquierda.

Me tomó de una mano y la apretó.

—Conmigo.

—Luego. —Sonreí.

Se rio y tiró suavemente de mí desde la cama.

—Aquí estamos. Un paso. Luego otro. No está tan mal, ¿verdad?

Nuestra ducha juntos fue abrasadora. Una sesión de besos apasionados a fuego lento. Nos abrazamos y besamos bajo el agua caliente. Allí lo aprecié en su totalidad. Sus abdominales definidos, el vello oscuro y áspero de su pecho y los hombros anchos. Nuestros besos eran calientes y prolongados, con la boca abierta, y traté de recordar la última vez que me había sentido tan feliz y contenta. No había sido en esa década, me parecía.

Cuando salimos, Christian se vistió.

—Voy abajo a por unos condones. ¿Traigo comida para llevar? ¿Qué tal comida china? —Se abrochó la camisa, encaramado a un lado de mi cama, aunque no se molestó en ponerse la corbata.

—¿Qué hora es? —Miré el reloj y fruncí el ceño. Eran las ocho. Jilly tendría que haber vuelto ya. El hecho de que no lo hubiera hecho significaba que nos estaba dando tiempo a solas. Le había mandado un mensaje de camino a casa, pero no pensé que desapareciera tanto tiempo. Volví a mirarlo y encendí el portátil mientras me acomodaba sobre las almohadas de la cama. No tenía sentido quedarme suspirando por él mientras estaba fuera. Podía escribir unos cuantos correos electrónicos e incluso preparar una propuesta de contrato, si tenía suerte—.

En ese caso, ¿podrías traer algo del restaurante filipino? Está al final de la calle. Quiero calamares fritos y patatas crujientes. Ah, y un té de burbujas de coco, por favor. Con bolas de tapioca extra. Aquí tienes mi tarjeta. —Abrí la cremallera del bolso y le tendí la tarjeta a través de la cama.

Dejó de atarse los cordones de los zapatos y me miró un momento.

Sonreí.

—Lo siento, puedo ser una mandona. Podemos pedirlo por DoorDash. Por supuesto, no hace falta que vayas hasta allí.

—No, está bien. —Se levantó y sacudió la cabeza.

—Me vendría bien tener tiempo para contestar unos correos. —Le echó un vistazo al portátil. Uy. Debería haber esperado a que se hubiera ido.

—Realmente eres algo especial, ¿lo sabías, Arya Roth?

—¿Y eso?

—Eres autosuficiente, independiente, decidida…

—Será mejor que pares antes de que te enamores —lo interrumpí, y le guiñé un ojo, porque me estaba afectando, y era demasiado. Cerró la boca, sacudió la cabeza y se marchó. Me dejó sola con mis peligrosos pensamientos y mi tarjeta de crédito.

* * *

Cuarenta minutos después, estábamos sentados con las piernas cruzadas en mi cama, atiborrándonos de calamares fritos, patatas fritas, carne asada y verduras variadas. Compartimos anécdotas sobre nuestra época en la universidad y nos sorprendió descubrir que durante aquellos años nuestros caminos habían estado a punto de cruzarse varias veces en fiestas y festivales. Christian me confesó que no le gustaban las fiestas, que Arsène y Riggs eran los gamberros de su trío y que se había centrado en ser el primero de la clase, porque sabía que la competencia sería dura cuando se graduara. Le conté que a mí me había pasado lo mismo. Que había decepcionado a mucha gente por haber sido tan estricta y no canalizar a la Paris Hilton interior que todos esperaban ver en mí.

—¿Y Jillian siempre ha sido tu mejor amiga? —Christian mordió un trozo de calamar y se chupó los dedos. Tenía el presentimiento de que, con un cuerpo como el suyo, la comida frita no era parte de su dieta habitual.

—Más o menos. —Me metí un trozo de pepino en la boca—. Siempre he sido una persona ambivertida, algo inusual en mi campo, y la gente suele confundir mi determinación con mal genio. No me dedico a ser encantadora y complaciente. Algunas personas lo aprecian. Pocas, pero las hay. Ella es una, así que nos mantenemos cerca.

—Hay que intimidar a los hombres. —Christian enarcó una ceja diabólica.

—No a los que se merecen una cita.

—Y, sin embargo, no me pareces el tipo de mujer que tenga muchas.

Me encogí de hombros.

—No todo el mundo merece mi tiempo. —Pero, mientras lo decía, sabía que era mi inseguridad la que hablaba.

—¿Quién fue el que se marchó? —Christian se apoyó en mi cabecera y usó los palillos para arrancar un trozo de zanahoria de su plato de papel. Llevaba la camisa desabrochada y tenía un aire perezoso y depredador que me mantenía alerta y me hacía querer disfrutar de su atención—. Siempre hay una persona que se escapa.

—Humm. —Arrugué la nariz. Sin embargo, no tenía que pensarlo. La respuesta era clara. Solo sonaba mal. Por suerte, no debía importarme lo que pensara de mí. Eso era, en el mejor de los casos, temporal, y, en el peor, ya había terminado—. No te rías, pero esto viene de muy lejos.

—Amor de instituto. —Puso una cara adorable, aunque burlona—. ¿Dónde te besó por primera vez? ¿Bajo las gradas o contra la taquilla?

—En realidad, fue antes del instituto. —Sentí que se me sonrojaban las mejillas y bajé la mirada hacia mi comida, que removí con los palillos—. Los dos teníamos catorce años. Él era, bueno, era un chico genial y mi mejor amigo. Yo estaba obsesionada con él. Tuvimos algo durante el verano. Su madre trabajaba para mi familia. Él fue el que se me escapó.

Cuando volví a levantar la vista, la expresión en su rostro hizo que me temblara el pulso. Parecía como si un semirremolque hasta arriba de sentimientos lo hubiera golpeado. Dejó caer la comida sobre la cama por accidente, y ni siquiera se dio cuenta de ello.

—Mierda, no te preocupes. Odiaba esas sábanas de todos modos. —Hice un medio intento de raspar las patatas fritas aceitosas de las sábanas. «Mentira». Acababa de comprarlas en West Elm y eran de lino belga.

Seguía mirándome raro.

Me senté un poco más recta y sentí que, muy a mi pesar, se me calentaban las mejillas.

—Te he dicho que era raro. —Me coloqué el pelo detrás de las orejas—. Quiero decir, no es que aún siga suspirando por él ni nada parecido. De todos modos…

—No, es interesante. ¿Así que era tu novio? —Christian me devolvió la mirada, muy serio.

Lo miré fijamente.

—¿Seguro que no te ha dado un ataque? Pareces… *apagado.*

—Lo siento. Me ha venido a la mente un correo electrónico que tengo que escribirle a alguien mañana. Ahora ya estoy completamente atento. —Sonrió.

Bien. Así que estaba pensando en el trabajo mientras me desahogaba. Tomé nota.

Volví al tema en cuestión, algo cohibida.

—No. Compartimos un beso. Eso fue todo. Pero éramos íntimos.

—¿Y por qué terminó? —Los ojos de Christian se clavaron en los míos con una intensidad capaz de iluminar una feria.

—Se mudó.

—¿Se fue?

—Sí.

—¿Adónde?

Me pasé la lengua por los labios y sentí que la nariz me ardía de repente por las lágrimas. ¿Qué me ocurría? Habían pasado años.

—Se fue a vivir con su padre a Bielorrusia.

—Ya veo. —Asintió brevemente y le dio un mordisco a otro calamar—. ¿Te lo dijo?

—No. —Me froté la cara y me esforcé por entender por qué estaba tan alterada y, lo que era aún más importante, por qué Christian me miraba como si acabara de confesarle que había matado a su perro—. Me lo contó mi padre. Fue todo muy… —«Violento y loco»—. Repentino.

—¿Alguna vez intentaste ponerte en contacto con él?

Su interés por la historia me resultaba raro. Habían pasado muchos años. Además, como él había dicho, nuestra historia no iba a durar. ¿Por qué le importaba mi pasado?

—De hecho, sí. —Recogí calamares y patatas fritas de la sábana y los puse de nuevo en el cuenco de Christian—. Pero, cuando no contestó, pensé que había esquivado una bala. Un tipo que sale de tu vida sin dejarte siquiera una nota no es digno de tu tiempo, ni de tus pensamientos ni de tu esfuerzo.

Eso era una mentira descarada. Sabía exactamente por qué Nicky no se había puesto en contacto conmigo: porque no merecía nada de él después de lo que mi padre le había hecho.

—¿Y tú? —pregunté—. ¿Ha habido alguien especial a lo largo de los años?

Christian sonrió, algo recuperado del tema, y se acercó a mí para tomar la botella de agua que compartíamos, de la que tomó un sorbo.

—Nadie, de hecho.

—Qué suerte tienes.

—Sí, qué suerte la mía.

* * *

Rodamos tres veces más el uno encima del otro. Enredados en las sábanas, buscábamos hacernos con el control, con la piel y el contacto. Descubrimos las formas, los gustos y las manías del otro. Nos movíamos como una corriente. Usamos preservativos, y tomé nota mental de pasar por la farmacia al día siguiente a por el plan B. Christian era un amante generoso. Parecía saber exactamente lo que yo quería, cuándo lo quería, a qué profundidad y con qué rapidez.

Al final, sobre la una de la madrugada, cuando caímos rendidos, sudorosos y agotados, dimos por sentado —quizá incluso lo esperábamos— que se quedaría a dormir. Los dos queríamos aplazar lo inevitable.

—Pero ¿no llegarás tarde al juzgado? Entre volver a tu apartamento, ducharte y vestirte... —le pregunté.

Christian señaló que cualquier abogado novato sabía que debía tener un traje de repuesto, limpio y planchado, en su despacho, y eso fue todo.

* * *

Por eso no esperaba despertarme al día siguiente con la cama vacía.

El lado donde había dormido Christian estaba frío y la ropa de cama, lisa como si nunca hubiera estado allí. La única prueba de que había dormido ahí esa noche era el persistente olor a *aftershave* caro y a sexo decadente. Ah, y el pulso entre mis muslos, un latido ligero y constante, y las marcas de mordiscos que me cubrían.

Miré la hora en el reloj de la mesilla. Las ocho y media. Gemí, cerré los ojos y apoyé la cara en la almohada. Cuando volví a abrir los párpados, me puse bocabajo y busqué el teléfono. Había cuatro mensajes y siete correos electrónicos.

Todos de clientes. También tenía una llamada perdida de mi madre.

«Te dijo que no era nada serio. ¿Esperabas un desayuno romántico con mimos?».

Por un segundo, me maravilló la ironía. Mi padre me había insinuado que debía acostarme con Christian para ayudarlo, y me había acostado con él, pero no tenía ninguna intención de ayudarlo.

Parpadeé para que mis ojos se adaptaran a la luz que entraba por la ventana. Giré la cabeza y noté algo extraño en las estanterías. Un espacio vacío que antes no estaba. Todavía desnuda, salí de la cama arrastrando los pies y caminé descalza hasta la librería. Pasé una mano por los lomos, ordenados alfabéticamente. Mis dedos se detuvieron en el espacio vacío. Sabía lo que faltaba. Era un libro que tenía grabado en mi ADN. Mi posesión más preciada.

Expiación.

Por eso no había dejado ni una nota ni un mensaje. Ese era el motivo por el que no se había quedado. Sabía que yo daría el primer paso. Después de todo, tenía algo mío como rehén.

El cabrón me había robado mi libro favorito.

* * *

Me contuve.

No lo llamé ni le envié ningún mensaje.

En la oficina, Jillian me examinó por detrás de su taza de café con una ceja arqueada. Se apoyó en la impresora mientras yo esperaba a que sacara un contrato para un nuevo cliente.

—¿Una noche larga? —preguntó.

Me puse colorada, pues me di cuenta de que ni siquiera estaba segura de si había vuelto a casa o no. Al menos sabía que estaba al día con el trabajo, así que no era una indirecta.

—Este espacio es una zona sin juicios. —Recogí los papeles calientes y señalé el espacio entre nosotras mientras los sostenía.

Jilly levantó una mano en señal de rendición y bebió otro sorbo.

—No estoy juzgando; tengo curiosidad. Y estoy un poco celosa, obviamente. ¿Es algo serio?

—No. La relación estaba condenada desde el principio. —Grapé las páginas y me dirigí a mi silla. Ella me siguió como una piraña que hubiera olido la sangre.

Que Christian y yo no hubiéramos hablado del elefante (o, mejor dicho, de la demanda) que había en la habitación no significaba que yo no fuera consciente de ello. Lo único que había cambiado era que ya no ansiaba usar sus indiscreciones en su contra.

—¿Por qué molestarse, entonces?

—La vida es demasiado corta. —Me encogí de hombros, tomé asiento frente al portátil y destapé el rotulador para repasar el contrato una vez más.

—Esto no es para nada típico en ti. —Se rio—. Bueno. Hablaremos de ello cuando volvamos a casa. Pero ¿Ari?

—¿Sí?

—Ten cuidado si ves a Christian. Por encantador que sea, no sabes nada de uno de los solteros más codiciados de la ciudad de Nueva York.

Capítulo veintitrés

Christian

Presente

Metí el ejemplar de *Expiación* bajo un tablero suelto del suelo debajo de mi cama. Lo lógico sería pensar que un edificio nuevo de Manhattan, con parqué de verdad, no debería tener tablas sueltas, y así era. La razón de que estuviera así era que la había arrancado con mis propias manos para tener un lugar donde esconder todos los documentos legales que no quería que nadie encontrara. Una caja fuerte era muy predecible. Casi pedía a gritos que la abrieran, en cambio, nadie levantaría los tableros de madera del suelo bajo mi cama.

Me preguntaba por qué Arya no había llamado todavía. O, mejor aún, por qué no había irrumpido en mi despacho con un machete y la intención de usarlo con mi cuello.

Iría directo al infierno, pero no sin antes aprovechar al máximo mi estancia en el planeta Tierra. Lo que le había hecho a Arya era, a falta de terminología legal, una putada de proporciones gigantescas.

La mentira crecía día a día, alimentada por el tiempo, la intención y unas emociones que no tenían nada que ver. Me había pasado toda la vida eligiendo a mis parejas con sumo cuidado. Tenía la apariencia, el aura, el trabajo y el saldo bancario para atraer a cualquiera hacia mi red. Y, aunque ahora tenía a Arya, no la sentía realmente mía, lo que era un problema.

Alguien llamó a la puerta de mi habitación. La cabeza de Riggs, recién afeitada por completo tras otro exitoso viaje a Dios sabía dónde, asomó por el espacio entre la puerta y el marco.

—Ha llegado la comida.

Atravesé el dormitorio y me dirigí a la cocina, donde Arsène estaba descargando cajas de comida para llevar llenas de *sashimi.* Riggs se sentó junto a él en un taburete.

—Volviendo al tema que nos ocupaba antes de que Christian volviera a su habitación a escuchar su disco de Sinéad O'Connor mientras lloraba porque Arya no llamaba. —Arsène pulsó ignorar en su teléfono cuando el nombre de Penny, acompañado de una foto de lo que parecía ser una maldita supermodelo, apareció en él. Si me dieran un centavo por cada vez que rechazaba a una Penny, podría comprarme ese edificio entero, no solo un apartamento de una cama—. Tienes dos opciones: o la dejas ir, porque ya te has divertido y ese era el plan original, o le dices la verdad y te enfrentas a las consecuencias. Alargar esto es peligroso.

—¿Estás loco? —espeté mientras rebuscaba en las cajas—. Es demasiado tarde para contárselo. Me retirarán del caso, me inhabilitarán, tal vez me enfrente a acciones legales, no, *definitivamente,* si tenemos en cuenta que este juicio es una maldita victoria segura para mí, por no mencionar que la perderé de todos modos.

Arsène me sonrió como si yo fuera un adorable cachorrito que acabara de aprender a mear en el orinal.

—Creía que habías dicho que esto no funcionaba así. Que, y cito textualmente, no te licenciaste en Costco.

Ahí me había pillado. Pero eso había sido antes de que Arya y yo nos acostáramos. Había pensado que podría guardarme mis problemas y mi pene para mí. Verla sufrir y seguir adelante con mi vida.

—Gracias por el «te lo dije». Eres muy útil. —Separé los palillos de madera.

—¿No puedes confesárselo cuando acabe el juicio? —preguntó Riggs, que se acercó a mi nevera para sacar una cerveza. Tenía un gran físico, pero sabía que, a diferencia de Arsène y de mí, no le gustaba ir al gimnasio. En cambio, escalaba montañas. Profesionalmente. Había un montón de empresas que lo patrocinaban. Nunca había entendido su fascinación por las experiencias cercanas a la muerte. La vida tenía una tasa de mortalidad del cien por cien. ¿Qué prisa tenía en caerse de un maldito acantilado a una altura de mil cuatrocientos metros?

Negué con la cabeza.

—El juicio terminará en unas semanas. Además, aunque se lo cuente una vez que haya acabado, aún puede desvelar mi identidad después, lo que significaría que todo mi trabajo habría sido en vano.

Había repasado las reglas de conducta profesional. No había nada que me impidiera metérsela a Arya, pero no era correcto. Y, por supuesto, estaban esas molestas normas generales para situaciones como esa. Un abogado competente podría presentar una demanda para alegar que con mi comportamiento pretendía desbaratar el juicio. Y, joder, con los hechos en una mano, podría ganar. Amanda Gispen querría mi culo en bandeja por haber destrozado su caso, y Conrad Roth también. No importaba por dónde lo mirara, estar con Arya era inviable. Tenían razón. Debía dejarla ir. Pero ¿cómo hacerlo, después de que me hubiera contado que había intentado escribirme? ¿Que pensaba que me había mudado al otro lado del mundo? ¿Que yo era el que se había escapado?

Estaba tan seguro de que ella estaba implicada en lo que Conrad Roth me había hecho que nunca se me había ocurrido que le había contado algunas mentiras para suavizar el golpe. Eso hizo que se me revolviera el estómago. La revelación de que era posible que ella no lo hubiera sabido me hizo perder el sueño, los casos y la maldita cabeza. Todo ese tiempo, toda esa *rabia,* y ni siquiera era culpa suya.

La narrativa que había construido alrededor de mi vida y mis circunstancias era un montón de cenizas a mis pies. Y no podía culpar a nadie más que a mí mismo, por haber sacado conclusiones precipitadas.

En cuanto a Arya, todos los hombres que le habían importado le habían mentido. Me hizo sentirme como una mierda, pero no lo suficiente para arruinar mi vida al hacer lo correcto por ella.

—Estupendo. En ese caso, deja a Arya y sigue con tu vida —resolvió Arsène en el mismo tono sensato que utilizaría para sugerirme que diversificara mi cartera de inversiones.

Me metí un trozo de atún crudo en la boca.

—Bien. Ni siquiera tengo que hacerlo. Lo único que debo hacer es no volver a llamarla, porque estoy seguro de que ella no lo hará.

Riggs sonrió detrás del borde de su botellín de cerveza.

—Y eso, por supuesto, no te molesta en absoluto.

«Capullo».

* * *

Arya no me llamó al día siguiente.

Ni al siguiente.

Diseccioné nuestro último encuentro.

La forma en que me había confesado lo de Nicky. El dolor en su voz. Las arrugas alrededor de sus ojos.

Parecía que le importaba de verdad. Por otra parte, como ya había quedado claro, Arya era una muy buena actriz cuando quería.

Mi sospecha de que no se había dado cuenta de que faltaba el libro se había evaporado. No había forma de que algo así se le escapara a una mujer como ella. Mientras tanto, *Expiación* ardía bajo la madera del parqué de mi habitación. Me negué a leerlo. Hacerlo significaba, de un modo extraño, admitir la derrota.

Me decía a mí mismo que era bueno que Arya no hubiera llamado. Siempre podía enviarle el libro por correo y acabar con esa tontería de una vez. No podía volver a verla. Si pasaba más tiempo con ella, se acercaría más a la verdad. Y, aunque no fuera así, ¿qué sentido tenía? Quería sacármela de dentro. Lo había hecho. Caso cerrado.

El juicio iba bien.

Mi carrera también.

Entonces, ¿por qué todavía tenía hambre?

* * *

Había pasado una semana.

Fui al gimnasio y al Brewtherhood. Ella no apareció. Tampoco se presentó en el juzgado. Empezaba a arrepentirme de la misericordia pasajera que había tenido con ella cuando la advertí de que no fuera al juicio.

Esa mujer no cedía. ¿Era orgullo o instinto de supervivencia? En cualquier caso, se había ganado mi admiración.

Había muchas posibilidades de seguir así un mes más. Yo era un cabrón competitivo, como ella. Siempre lo convertíamos todo en un juego que había que ganar. Incluso de niños. Pero un día, mientras hacía pesas en el gimnasio, me fijé en que aparecía en una de las pantallas planas de televisión. Había asistido como invitada a un programa matinal.

Parecía un sueño. Tanto que los primeros segundos ni siquiera entendí lo que decía. Solo me sumergí en el hecho de que, no hacía mucho tiempo, la había tenido debajo de mí mientras se retorcía y pedía más.

Llevaba un vestido con los hombros al aire y un corpiño ajustado decorado con mariposas. Dejé caer las pesas que sostenía y me acerqué al televisor para oírla mejor. La presentadora, una mujer cuya edad oscilaría entre los treinta y ocho y los cincuenta y nueve años, rubia y muy bronceada, le preguntó por la crisis de relaciones públicas a la que se enfrentaba cierta pareja real británica. Arya respondió a todas las preguntas con rigor y profesionalidad. Me pregunté qué la había llevado a salir en televisión, pero, cuando terminó la entrevista, la presentadora habló de Brand Brigade y no paró de decir maravillas de ella, hasta declarar que era una de sus clientas más satisfechas.

«Publicidad gratuita. Misterio resuelto».

Ese mismo día, fui a Barnes & Noble y compré un ejemplar de *Expiación.* Solo tenían ejemplares con el cartel de la película en la portada, y de papel blanco en lugar de crema. Pero era suficiente para lo que necesitaba. Arranqué una página del libro, la mojé en té y dejé que se secara en la ventana de mi despacho durante unas horas antes de meterla en un sobre junto con una pequeña nota.

> *Tengo algo tuyo. Si quieres ver el libro con vida, sigue mis pasos y no acudas a la policía.*
> *Paso 1: Reúnete conmigo en el planetario Hayden esta tarde a las seis y media.*
> *No llegues tarde.*
> *C.*

Tomé el teléfono de la mesa y pulsé el botón para llamar a mi secretaria.

—Necesito que envíes algo al otro lado de la ciudad. *Ahora mismo.*

* * *

A las seis y veinte, vi a Arya fuera del planetario. Dejó de pasearse, bañada en un mar de gélidas luces azules que se reflejaban en el edificio a sus espaldas.

En las películas, y tal vez incluso en los libros que tanto le gustaban a Arya, la heroína siempre parecía insegura y recatada, a la espera de que su pretendiente llegara. No era el caso de Arya Roth. La pequeña diablilla estaba al teléfono y caminaba de un lado al otro mientras le espetaba a quienquiera que estuviera hablando con ella que le haría un bolso Birkin con su piel si no le encontraba al periodista que había filtrado aquel jugoso artículo sobre uno de sus clientes. Me quedé al margen, me empapé de las vistas, y al fin me di cuenta de por qué no podía mantenerme al margen: porque éramos aterradoramente parecidos.

Luchadores. Sedientos de sangre. Habíamos nacido en circunstancias diferentes, pero nuestra esencia era la misma. Ambos nos dedicábamos a ensuciarnos las manos por lo que nos importaba. Sacábamos las garras sin avisar.

La pregunta era: ¿cuánto le seguía importando a Arya su padre? No tenía forma de averiguarlo, y no era tan ingenuo para preguntárselo directamente.

Caminé a paso rápido hacia ella, que se dio la vuelta y se detuvo al verme, con las pupilas dilatadas.

—Tengo que colgar, Neil. Mantenme informada.

Volvió a meter el teléfono en el bolso y se lanzó hacia mí.

—¿Dónde está mi libro, Miller? —gritó en un ataque de agresividad.

Me detuve a unos metros de ella y disfruté de cómo me miraba.

—¿Ya está? Ni un «hola, ¿cómo estás?».

—No me importa cómo has estado. Lo único que me importa es que me robaste el libro.

—Y te lo devolveré —respondí con ecuanimidad—. Si juegas bien tus cartas.

—Le falta una página. —Sacó la página que le había enviado y me la mostró. Intenté no reírme y saqué algo de mi maletín: el nuevo ejemplar de *Expiación* que había comprado, al que le faltaba una página.

—El original está sano y salvo.

Arya se llevó una mano al pecho, visiblemente decaída.

—Bien. Pensé que tendría que asesinarte. La vida en prisión me parece muy poco atractiva y, sin embargo, durante las últimas horas me ha parecido del todo necesaria. Aunque me gustaría recalcar que sigues siendo una persona horrenda por haber arrancado una página de *un* libro, cualquiera que fuera el motivo.

—¿Incluso aunque ese motivo fuera provocarte?

—Sobre todo en ese caso.

—Te he echado de menos, señorita Roth.

—Oh, cállate, Miller.

Entramos en el planetario. No me preguntó por qué la había citado allí. No tenía por qué. Fue evidente en el momento en que entramos en la exposición titulada «La naturaleza del color».

—Los animales utilizan el color para camuflarse —le dije.

Pasamos por delante de una pared blanca en la que se reflejaban nuestras sombras en todos los colores del arcoíris. A nuestro alrededor, los niños bailaban al ritmo de sus propias sombras mientras sus padres miraban una pantalla plana que explicaba la exposición.

—También lo usan para atraer a sus parejas. —Arya apretó la chaqueta que sostenía contra el pecho—. ¿Qué quieres?

Nos detuvimos frente a un vídeo de una flor blanca y brillante que se abría de noche y la miramos fijamente.

—Las cosas no son siempre lo que parecen.

—¿Por qué tengo la sensación de que quieres decirme algo y, sin embargo, nunca me lo cuentas del todo? —Se giró y ladeó la cabeza.

«Porque así es».

«Porque lo soy».

«Porque, si yo soy el que se escapó, ¿cómo es que ni siquiera me reconoces cuando estoy a menos de un metro de ti?».

Me limité a sonreír y le entregué la segunda nota. Las había escrito con antelación, lo cual, todo hay que decirlo, no era habitual en mí. Mi principal forma de seducción hasta el momento, en las raras ocasiones en que me había esforzado lo más mínimo por perseguir a alguien, había sido invitarla a cenar. La alisó con una mano y frunció el ceño.

«Paso 2: Quiero probar tu comida callejera favorita».

Sus ojos, llenos de una repentina benevolencia de la que dudaba que fuera realmente capaz, se toparon con los míos. La princesa con el bolso de Chanel y el corte de pelo de quinientos dólares que nunca había conocido el hambre y la desesperación en su vida.

—¿Qué ha pasado con eso de que no podíamos salir juntos? Esto está a unos besos de distanciar de acurrucarnos y adoptar juntos un *bulldog* francés llamado Argos.

—En primer lugar, yo nunca adoptaría un perro. Que quede claro. Si quisiera que alguien destrozara mi apartamento, buscaría a tu diseñador de interiores. No te ofendas.

—No me ofendo. Me importa una mierda y media lo que pienses de mi apartamento.

En realidad, era más como media mierda, pero, obviamente, no quería ofenderla.

—Segundo, por encima de todo, soy un caballero. Tercero, lo único remotamente romántico de esta noche es el hecho de que vamos a echar un polvo al final.

Arya negó con la cabeza, pero al menos tuvo la integridad de no contradecirme. Ambos sabíamos adónde llevaba eso; lo enredados que estábamos en esa red de deseo.

* * *

Y luego estábamos en las escaleras de la Biblioteca Pública de Nueva York, comiendo gofres rellenos de chocolate, Nutella y crema de galletas.

Probablemente parecíamos perfectos. La imagen de una cita por la ciudad de manual. Dos apuestos treintañeros que compartían el postre a los pies de uno de los mejores edificios de los Estados Unidos. Una mentira recubierta de azúcar.

—¿Cómo no te has muerto ya de un infarto? —pregunté después de tres bocados. No había consumido nada que obstruyera tanto las arterias desde que había cumplido los treinta, cuando me había dado cuenta de que, para mantener mi forma actual, tenía que empezar a vigilar lo que comía.

Arya se pasó el tenedor de plástico por el labio inferior y fingió pensar la respuesta.

—¿Es un deseo, señor Miller?

—Podemos dejar de fingir que nos odiamos. Todo indica lo contrario.

—Nunca me han gustado las dietas. Cuando quiero comer algo, lo hago. —Se encogió de hombros—. Quizá soy imprudente.

Solté una risita.

—Una mujer imprudente me habría llamado un minuto después de haberse percatado de que su libro había desaparecido. Por cierto, ¿cuándo te diste cuenta?

—Medio segundo después de abrir los ojos. —Se lamió los labios—. Más o menos.

—¿Por qué *Expiación?* —volví a preguntar—. De todos los libros del mundo, elegiste este. ¿Por qué no Austen? ¿O Hemingway? ¿Woolf, o Fitzgerald, o incluso Steinbeck?

—Culpa. —Frunció los labios y entrecerró los ojos en la oscuridad frente a ella—. *Expiación* trata sobre la culpa. De cómo un pequeño acto de desconsideración cometido por un niño arruinó muchas vidas. Supongo... Quiero decir, supongo... —Volvió a fruncir el ceño y se formaron dos líneas entre sus cejas—. No lo sé. Supongo que, a medida que crecía, más me afectaba el libro. Cada vez que lo leía, encontraba otra capa con la que me identificaba.

—¿Tiene algo que ver con el que se escapó? —tanteé. Me acercaba demasiado a la verdad. Ya no me reconocía cerca de ella.

Arya se irguió, sacudida por un pensamiento que hizo que se estremeciera.

—¿Por qué estoy aquí, Christian? —Dejó caer el tenedor sobre su gofre a medio comer y se volvió hacia mí—. Querías acostarte conmigo, y lo hiciste. Te fuiste sin dejar una nota, sin un mensaje ni una llamada después, pero te llevaste lo único que sabías que me haría volver a ti. ¿A qué juegas? Me das una de cal y al rato una de arena. Eres tierno y después temperamental. No sé si eres mi enemigo o mi amigo. Te mueves constantemente entre ambos territorios. No consigo descifrarte y, si te soy sincera, estoy llegando a un punto en el que el misterio supera al encanto.

Tomé su gofre y llevé nuestros platos a una papelera cercana, donde los tiré para ganar tiempo. Cuando volví, me senté a su lado. Tenía los dedos enredados en un té para llevar.

—No he terminado contigo —le confesé—. Ojalá, pero no.

—Haces las cosas como un niño de catorce años.

«Porque esa es la edad que tenía cuando te deshiciste de mí».

—En ese caso, ¿qué tal si empezamos de nuevo esta noche? El juicio terminará en unas pocas semanas. Si mantenemos las cosas en secreto, podría funcionar. Disfrutemos el uno del otro mientras tanto, y luego tomaremos caminos separados.

Arya se lo pensó. Mantuve una sonrisa casual. Ella tenía todo el poder. Podía negarse, darme la espalda y seguir su camino, aunque yo nunca dejaría de desearla. Había dado el primer, el segundo y el tercer paso. No dejaba de buscarla.

—Bien —aceptó al final. Fue la señal para que sacara la última nota. Se la pasé.

—¿Otra? —Alzó las cejas casi hasta la línea del cabello, pero, aun así, la aceptó.

—La última —añadí, y observé su cara mientras la desdoblaba.

«Paso 3: Acuéstate conmigo en una biblioteca».

Esa vez, cuando me devolvió la mirada, no había diversión en sus ojos.

—¿Estás loco?

—Es una posibilidad —admití.

—Empecemos por lo evidente: la biblioteca está cerrada.

Me llevé una mano al bolsillo del chaquetón y saqué la llave de una de las puertas laterales.

—Problema resuelto. ¿Qué más?

Arya puso los ojos como platos.

—¿Cómo?

—Conozco a alguien que conoce a alguien que puede o no trabajar aquí.

«Y le he pagado mucho dinero para hacer esto», me abstuve de añadir.

—Bueno, la siguiente razón por la que es una locura es porque es ilegal.

—Si un árbol cae en un bosque y no hay nadie cerca para oírlo, ¿hace ruido?

—Sí. Provocaría un estruendo digno de una doble página en un periódico. —Me lanzó una mirada con la que me exigió que no me hiciera el gracioso—. Podrían pillarnos.

—No lo harán. —Me levanté—. Confía en mí. Tengo un caso de doscientos millones de dólares y un puesto de socio en juego. No lo tiraré todo por la borda por un polvo, por muy divertido y sucio que sea.

Pero, una vez que lo había dicho en voz alta, el peso de la estupidez del acto me oprimió el esternón, lo que hizo que Arya se animara al instante. Ella también se levantó. Tal vez la mera posibilidad de acabar con mi carrera la alentó.

—A mí me parece un reto.

Sí. No hay duda al respecto. *Definitivamente.*

Caminamos alrededor del edificio hasta que encontré la puerta que buscaba, giré la llave en la cerradura y la empujé para abrirla. El interior estaba completamente oscuro. Nos invadió el calor de la biblioteca, junto con el olor a páginas viejas, cuero gastado y roble. La mano de Arya encontró la mía. La apreté con fuerza y la conduje a la sala de estudio.

—He vivido en esta ciudad toda mi vida y nunca he visitado la zona de libros raros. —Escuché decir a Arya a mis espaldas. No podía enseñárselo ese día, ya que necesitábamos otra llave para eso, pero me aguanté las ganas de asegurarle que la llevaría allí. Pero no podía hacerlo. Que me vieran con ella en público, a plena luz del día, sería desastroso. El beso de la muerte para nuestras carreras, por no hablar de la casi inexistente relación con su familia. Solo podíamos existir en la oscuridad, como dos ladrones del placer.

La sala de estudio era interminable. Todas las lámparas de mesa estaban apagadas. En la oscuridad, parecía casi una fábrica desierta. De ideas, sueños y potencial. Tiré de la mano de Arya para que entrara. Volví a sentirme como cuando tenía catorce años.

—Por favor, no me digas que has escondido mi libro por aquí. —Echó un vistazo a la habitación, que estaba enmarcada por unas estanterías cargadas de libros.

Dejé escapar una risa metálica.

—No soy tan sádico.

—Eso es discutible. —Se acercó a una de las estanterías y echó un vistazo a los libros. La observé. Siempre la observaba. Su pelo, lo único indomable de su aspecto, se enroscaba alrededor de su cara como el de un ángel. Me preguntaba si sabría tan dulce, tan pecaminosa y encantadora, si pudiera estar con ella sin escondernos. Si pudiera pasear con ella. Llevarla a eventos de la empresa. Si su vientre se hinchara con mi descendencia dentro. Me preguntaba si mi obsesión por ella provenía de la pura venganza o de algo más. Una sensación de que tenía derecho sobre ella, de que era mía, a pesar de todo lo que me había hecho pasar.

—¿Christian? —preguntó, y me di cuenta de que, en mi estupor, no me había dado cuenta de que me hablaba a mí. Sacudí ligeramente la cabeza. Siempre me desorientaba que me llamara así.

—¿Sí?

—¿Has escuchado algo de lo que te he dicho? —Sonrió, y abrazó un libro contra su pecho mientras avanzaba hacia mí con un brillo travieso en los ojos.

—Ni una palabra —admití—. Estaba ocupado.

—¿Con qué?

—Imaginaba mis manos sobre tu culo mientras te follo por detrás en esta mesa.

Se deslizó hacia mí y acarició con una mano de forma perezosa la larga mesa de madera que tenía a su lado. Cuando llegó hasta mí, me entregó un libro.

—Ábrelo al azar y léeme un párrafo.

—¿Por qué?

—Porque te lo pido.

—¿Ese es tu argumento de venta? ¿Porque me lo *pides* tú?

Me miró como si no comprendiera lo que le decía.

Me eché a reír.

—Vale, entonces.

Por primera vez tuve la sensación de que me había descubierto. De que sabía quién era. Porque la Arya de catorce años sabía muy bien que el Nicholai de catorce años habría hecho cualquier cosa que hubiera estado a su alcance si ella se lo hubiera ordenado. Tomé el libro y hojeé las páginas, sin apartar los ojos de los suyos. Muy bien. Íbamos a jugar así. Me detuve en una página al azar y mis ojos se deslizaron sobre el texto que me llamó la atención. Lo leí en voz alta. Hablaba de que las mujeres eran venenosas.

Le di la vuelta al libro. *Primer amor,* de Iván Turguénev.

—¿Por qué has elegido este libro? —le pregunté.

—¿Por qué has escogido este párrafo? —replicó ella enseguida.

—Yo no lo he elegido.

—Yo tampoco. —Sonrió—. Solo quería ver si tú también jugabas a estos juegos.

Dejé el libro a un lado y me deslicé hacia ella. Ella dio un paso atrás.

—Parece que siempre me apetece lo que sea que me ofreces.

Dio otro paso hacia atrás. A pocos metros de una de las mesas.

—¿Por qué, Christian? No me pareces un romántico.

Di un paso adelante.

—No lo soy.

—Entonces, ¿por qué? —Ella retrocedió una última vez. La parte trasera de sus piernas chocó con la mesa y se detuvo. Sonreí y recorté el espacio entre nosotros con un último paso.

—Porque, por desgracia, señorita Roth, nadie más lo hará.

La sujeté contra la mesa con las manos a ambos lados de sus muslos y bajé la cabeza hasta la suya antes de presionar mi boca contra sus cálidos labios. Los abrió para mí. Sabía a azúcar glas, Nutella y té de menta. A veneno, destrucción e inevitabilidad. Me apoyó una mano en el pecho, me rodeó el hombro con la otra y me arañó el pelo con las uñas. Gemí mientras nos besábamos, y pensé que me apartaría, pero entonces su mano descendió por mis abdominales hasta el botón de mi pantalón de vestir. Mi erección era imposible de controlar. Mi miembro se erguía entre nosotros, a la espera de que se diera cuenta de su presencia.

Su mano se deslizó hasta que lo tocó a través del pantalón. Ya no podía besarla y concentrarme al mismo tiempo, así que bajé la cabeza hasta su cuello y lo cubrí con besos perezosos. Mi cuerpo se agitó y sufrió espasmos ante la expectación de qué haría a continuación.

Arya me agarró por la polla y los huevos, y tiró de mí hacia delante, hasta que no quedó más espacio entre nosotros. Casi me corrí con el impacto. Y, entonces, desapareció. El espacio donde hacía un momento estaba su cuello ahora estaba frío. Miré a derecha e izquierda, confuso. La encontré de rodillas frente a mí, desabrochándome el botón y la cremallera del pantalón.

Vale, vale. *De acuerdo.*

Le aparté el pelo rebelde de la cara. No con cariño, me dije, sino para ver mejor sus labios envolviendo mi miembro, que se liberó justo cuando conseguí inclinarme hacia delante para encender una de las lamparitas de la mesa a su espalda.

Arya no me miró con timidez, ni siquiera de forma seductora, como hacen las mujeres un segundo antes de meterse una polla en la boca. Me agarró y me lamió entero, desde la base hasta la punta, y pasó la lengua por la coronilla. Solté un silbido y aparté la mirada. Era demasiado ver cómo me daba placer.

Como si me hubiera leído el pensamiento, Arya eligió ese momento para intentar abarcar la mayor parte de mi miembro. Agarró con una mano la zona a la que no llegaba, más cerca del pubis, y empezó a acariciarme. Estaba dispuesto a cederle el resto de mi vida y todo lo que valoraba, incluidos a Arsène y Riggs, si eso significaba que nunca se detendría.

—Arya. —Metí una mano en su pelo y la acaricié, sin dejar de mirarla—. Cómo me gusta.

Ella no respondió, ni siquiera con un pequeño gemido, y en ese momento ansiaba sus palabras incluso más que mi pene dentro de su boca. Además, estaba bastante seguro de que me correría como un niño de catorce años si seguía veinte segundos más, y quería evitarme esa forma particular de humillación. Con eso en mente, usé el cuello de su vestido para ponerla de pie y le llené la boca con mi lengua en un beso sucio y ardiente.

—Somos un desastre. —Su aliento me hacía cosquillas en la barbilla y en la lengua mientras recorría mi cuerpo con las manos. Me agarró el trasero. Pasó los dedos por mi espalda, mis hombros y mi clavícula—. Esto acabará mal.

La agarré por la cintura, le di la vuelta y le subí el vestido. De nuevo, mientras que Arya era todo *Sexo en Nueva York,* su ropa interior era definitivamente de *Jane the Virgin.*

—¿Otra vez ropa interior de premamá? —La aparté y ni siquiera me molesté en deslizarla hacia abajo. La vida era demasiado corta.

—Te haré saber que es cien por cien algodón y muy bueno para el equilibrio de mi pH.

La risa que me provocó hizo que me temblaran hasta los huesos.

—Arya, eres fantástica.

—Y no llevas condón. Haz que suceda.

Me puse uno mientras ella me esperaba en la posición perfecta y tamborileaba con las uñas sobre la mesa.

Una vez puesto, me acerqué hacia su entrada y el lateral de la goma de su ropa interior hizo presión contra mi polla.

«Así es como quiero morir».

Ver la espalda de Arya mientras me agarraba por detrás fue suficiente para matarme. Sin embargo, me aparté y luego volví a adentrarme en su interior. Era agradable y profundo, pero me las arreglé para durar más que la última vez. Porque no tenía la cara de Arya frente a mí para recordarme con *quién* estaba haciéndolo. Le rodeé la cintura con un brazo y jugué con su clítoris mientras le lamía el lóbulo de la oreja. Soltó pequeños gemidos de placer que me hicieron olvidar mis nombres. El anterior y el actual.

—Voy a correrme. —Respiró hondo. No tuve tiempo de colmarla de palabras de aliento. Se estremeció y se apretó contra mí mientras dejaba escapar un silbido, con todos los músculos de su cuerpo tensos contra mí. La penetré más rápido, más fuerte, en busca de mi propia liberación. La encontré segundos después y permanecí dentro de ella mientras saboreaba cada momento antes de que desapareciera.

—Bueno, es lo que me recetó el médico. —Arya se enderezó, se recolocó las bragas y se bajó el vestido—. Ahora, Christian, es hora de que me devuelvas mi libro. —Volvió a pintarse los labios delante de un pequeño espejo. Tiré el preservativo y volví a meterme el paquete en los pantalones, aunque seguía ligeramente erecto. Tal vez siempre sería así entre Arya y yo, hasta que terminara el juicio.

—Por supuesto. ¿Qué tal si vienes a recogerlo mañana por la noche? No puedo prometerte gofres, ya que aún tengo que caber en los trajes, pero puedo preparar mi famosa pechuga de pollo con quinoa. Tal vez incluso sirva unas copas de vino, si te portas bien.

Esperaba una reacción agresiva por su parte, nada menos que eso. Después de todo, aún tenía su libro como rehén, pero, en lugar de decirme todo lo que merecía (estafador, mentiroso y cabrón), se limitó a sonreír.

—¿Sabes qué? Puedes quedártelo mientras nos divirtamos el uno con el otro. ¿Qué son unas semanas más en el esquema general de las cosas? Mientras sigamos ciertas reglas.

—Ponlas por mí. —Me alisé la chaqueta y me apoyé en el escritorio opuesto al suyo. Dejó caer el espejito y el pintalabios en su bolso.

—Número uno: nada de salir juntos en público. Es demasiado arriesgado. Número dos: nada de conocer a la familia, los amigos y los compañeros de trabajo del otro. Siempre lo mantendremos todo completamente separado.

—De acuerdo. Número tres: nada de términos afectivos. Ninguno —añadí.

—¿Ninguno?

—Ni *te quiero* ni *me gustas* ni nada por el estilo.

Asintió, con expresión seria.

—Y número cuatro: si uno de los dos conoce a otra persona, el otro se apartará sin culpabilizarlo ni intentar convencerlo de que cambie de opinión. Después de todo, se supone que esto es temporal.

Me entraron ganas de darle un puñetazo a algo, preferiblemente al imbécil sin rostro que iba a robarme mis preciosos momentos con ella. Sin embargo, cedí.

—Me parece bien. ¿Algo más?

—Sí, de hecho. —Arya se aclaró la garganta—. El día que termine el juicio también terminará nuestra relación. No habrá una conversación oficial de ruptura. Eso es complicado y del todo innecesario. Tan solo espero ver mi preciado ejemplar de *Expiación* en mi buzón, cuidadosamente envuelto, entero y a salvo.

Me ofreció una mano y se la estreché. Eso me permitiría disfrutar de Arya durante, al menos, dos semanas más.

Y eso era todo lo que necesitaba.

Capítulo veinticuatro

Arya

Presente

Quedé con mi madre tres días después, en una librería, para comprar un nuevo ejemplar de *Expiación.* Entró sin prisas, despidiendo un olor a laca cara por el secado que acababa de hacerse.

Beatrice Roth me dio dos besos al aire en cada mejilla, como si fuéramos dos conocidas de un club de *bridge,* y olfateó la pequeña librería como si alguien hubiera olvidado una bolsa de basura.

—Qué pintoresco. Ni siquiera sabía que existiera un lugar así en esta parte de la ciudad. El alquiler debe de ser *astronómico.*

—¿Sabes?, puedes hacer una donación para colaborar con el alquiler por internet. Te enviaré el enlace. Tengo un depósito solo para eso.

—Oh, cariño. Tu sentimiento de culpa por tener un fondo fiduciario es *adorable.* —Se atrevió a revolverme el pelo, como si fuéramos íntimas o algo parecido.

Reconectar con mi madre después de años de silencio no era como prometían las películas de Hallmark.

Caminé por los estrechos pasillos salpicados de estanterías mientras balanceaba la cesta de la compra. Podría haber añadido tres o cuatro libros más al montón. En mi defensa diré que había trabajado duro para ganar ese dinero. Además, me estaba poniendo nerviosa. Había estado en el apartamento de Christian dos días antes. Era como imaginaba: moderno, precioso y clínicamente frío, y había buscado mi ejemplar de *Expiación,* pero no lo había encontrado por ninguna parte. Y no es que hubiera muchos escondites donde elegir. La casa estaba prácticamente vacía. Había visto una caja fuerte en su vestidor, pero Christian, que seguía en la cama, tapado de cualquier modo con las sábanas, soltó una risita cuando me vio acariciar la cerradura de la caja fuerte y mirar los números.

«No está ahí, Ari. No soy tan predecible».

—¿Cómo está Conrad? —le pregunté a mi madre, que iba detrás de mí mientras yo intentaba convencerme de que no me importaba demasiado la respuesta. Pero no era así. Me importaba mucho. Me avergonzaba y me molestaba no ser capaz de odiarlo por completo. Que fuera a perder la mayor parte de su fortuna en gastos legales e indemnizaciones.

—No lo sé. Se mantiene al margen y yo me quedo en mi rincón del ático. Para ser franca, he empezado a preocuparme un poco por lo que podría pasar tras el juicio. —Mamá sacó un libro de la estantería, se dio cuenta de que estaba ligeramente cubierto de polvo y, con una mueca de horror y asco, volvió a meterlo.

—¿Por qué? ¿Te parece mentalmente inestable? —Ladeé la cabeza y la estudié.

Se limpió las manos y me miró incrédula.

—¿Qué? No. Me refiero al estado financiero en que me dejará. —Se estremeció al pensarlo—. Puede que tenga que vender el ático.

—Bien. —Metí otro libro en la cesta. Uno nuevo, de un autor debutante. Me gustaba la portada. También parecía el tipo de romance que me destrozaría el corazón y pondría los restos en una licuadora—. El ático es demasiado grande para tres personas. Y mucho más para una.

—¿Y qué pasa con Aaron? —preguntó mi madre, escandalizada—. Vivo muy cerca del cementerio.

—Se quedará allí, como es natural. —Me dirigí a la caja registradora. Sabía que había sido sarcástica, pero no había podido evitarlo. La obsesión de esa mujer me volvía loca. La última vez que nos habíamos visto, me había dicho que la vida era demasiado corta. Ahora se quejaba de la posibilidad de bajar de categoría en la escala social en uno de los lugares más caros del continente.

—Mira, ¿puedo hacer algo para ayudarte? —suspiré, y me decanté por no convertir eso en una discusión mientras le entregaba mi cesta a la dueña de la librería, una simpática señora de melena gris.

—Sí, la verdad es que sí. He pensado que quizá podrías hablar con tu padre…

—No —respondí con rotundidad—. Lo siento, pero no haré *eso.*

—¿Por qué no?

—Porque es un hombre maltratador y horrible que no merece ni mi ayuda ni mi atención, y porque me ha mentido toda la vida. —Por nombrar algunas razones. El juicio también había hecho resurgir viejos y amargos sentimientos. De cómo lo había perdonado por lo que le había hecho a Nicky, aunque no debería haberlo hecho.

Pagué con la tarjeta de crédito y eché un billete de cinco dólares en el bote de las propinas mientras la mujer me devolvía los libros en una bolsa de mimbre. Mamá y yo salimos de la tienda.

—Ya sabes cómo es tu padre. Terriblemente inestable.

—También abusó de ti emocionalmente durante mucho tiempo. ¿Por qué le pedirías un favor? —Me dirigí a la cafetería que había junto a mi casa. Mamá me siguió.

—¿Por qué? Porque no puedo permitirme una casa propia, ¿verdad? Incluso aunque me divorcie de él, cosa que no creo que tenga sentido hacer en este momento, tendremos que dividirlo todo al cincuenta por ciento. Su contable me ha dicho que es probable que me quede con menos de dos millones de dólares. ¿Puedes creértelo?

—La verdad es que sí. —Empujé la puerta de la cafetería—. Se ha pasado las últimas décadas acosando a mujeres inocentes convencido de que era invencible. Sangrar dinero parece un castigo adecuado para lo que ha hecho.

—¡*Yo* no fui la que abusó de ellas! —Mi madre se golpeó el pecho con un puño—. ¿Por qué tengo que vivir por debajo de mis medios anteriores?

—Cierto. —Asentí—. Pero te casaste con un hombre al que no se podía confiar ni su dinero ni la cámara de su teléfono. Podrás alquilarte algún sitio bonito cuando todo esto acabe, o, mejor aún, comprarte algo que se ajuste a tus posibilidades económicas, que aún es una cifra nada despreciable, y buscarte un trabajo.

—¿Un trabajo? —Mamá abrió los ojos de par en par. Parecía que le hubiera sugerido que se hiciera acompañante. Hice un pedido para las dos. Té de menta para ella y un café americano helado para mí. Esa vez pagué yo.

—Sí, madre. No sabía que el simple hecho de trabajar fuera tan escandaloso.

—Claro que no lo es —resopló ella, pero no convenció a nadie con su falsa sinceridad—. Pero nadie me contratará. No tengo experiencia. Me casé con tu padre a los veintidós años, recién salida de la universidad. Lo único que figura en mi currículum es el verano previo a la universidad. Trabajé en un Hooters. ¿Crees que me aceptarán de nuevo treinta y seis años después? —Arqueó una ceja.

Le entregué el té, tomé mi café y volví a pasear bajo el sol. La primavera se abría paso en la ciudad y traía consigo los cerezos en flor, los rayos de sol y las alergias estacionales. El juicio se acercaba a su fin con cada día que pasaba, y, con él, mi despedida de Christian.

—Eras la jefa del comité de almuerzos de tu club de campo local, ¿no? —pregunté, y salté la correa de un *bulldog* francés.

—Sí, pero…

—¿Y eras la directora de la junta benéfica de mi colegio?

—¡Y qué! Eso no significa...

Me detuve frente a mi puerta. No pensaba invitarla a subir. Sobre todo porque tenía que prepararme para reunirme en la piscina con Christian al cabo de unas horas. Esa aventura pecaminosa se estaba apoderando de una gran parte de mi vida.

—Ven a trabajar para mí —propuse sin darme cuenta de lo que hacía—. Tienes buenas dotes para la organización, un aspecto presentable y sabes convencer a la gente para que invierta dinero en las cosas. Es lo que has hecho toda tu vida. Ven a trabajar como asistente de *marketing* para mí.

—Arya. —Mi madre se llevó una mano al corazón—. No hablas en serio. No puedo trabajar de nueve a cinco a mi edad.

—*¿No puedes?* —le pregunté—. Qué bonito uso de las palabras. Porque tengo la impresión de que ambos podéis y debéis, teniendo en cuenta el cambio que sufrirá vuestra situación financiera.

—Yo no soy como los demás.

—¿No es eso lo que todos pensamos? —me pregunté en voz alta—. ¿Que somos diferentes? ¿Especiales? ¿Nacidos para cosas más grandes y brillantes? Tal vez, madre, eres como yo, pero un poco menos organizada. Y mucho más propensa a las sorpresas.

Entré en mi edificio y le cerré la puerta en las narices.

* * *

Christian me esperaba en la piscina cubierta del gimnasio con el cuerpo extendido sobre el borde de la piscina. Estaba despampanante, como el cuadro de *La creación de Adán.* Cada uno de sus abdominales sobresalía y tenía los bíceps abultados. Me di cuenta de que la parte superior de su cuerpo seguía seca.

Me había esperado.

Arrojé la toalla sobre uno de los bancos y me contoneé en su dirección. No había nadie en la piscina cuando nos encontrábamos ahí. Eso nos daba intimidad. La seguridad de saber que nadie nos pillaría. Incluso si lo hacían, ¿qué podían decir? Solo éramos dos extraños que nadaban en carriles, direcciones y corrientes de vida diferentes.

—Preciosa. —Levantó la vista. Por un segundo, me permití fantasear con que éramos una pareja de verdad. Todo era normal, familiar, repleto de posibilidades. Pero entonces recordé. Me acordé de lo que había hecho antes de ir ahí. Recordé que todo eso solo era una farsa. Una distracción. Un medio para satisfacer una necesidad muy salvaje. Me cubrí la cabeza con el gorro de natación.

—Miller. —Me zambullí de cabeza en el carril contiguo al suyo. Volví a la superficie instantes después y nadé hacia el borde de la piscina, hacia él—. ¿Cómo va el juicio?

—Rápido. —Se deslizó en la piscina sin esfuerzo. El agua estaba tibia, perfecta, y el olor a cloro y lejía llenaba el aire a nuestro alrededor—. Haremos los alegatos finales la semana que viene. No vendrás, ¿verdad?

Negué con la cabeza. Una parte de mí fingía que mi padre había muerto. En cierto modo, así era. Porque la versión de él que tanto amaba se había ido, o tal vez nunca había existido.

Christian sumergió la cabeza en el agua y salió con unas gotas pegadas a las espesas pestañas.

—Bien.

—¿Vamos a competir o qué? —le pregunté. Nadamos cincuenta metros en crol. Él siempre ganaba, pero yo siempre lo intentaba.

En general, Christian me miraba divertido, pero ese día no. En ese momento me observaba con algo parecido a la culpa. Sin embargo, como el muy cabrón había dejado perfectamente claro que no sentía remordimiento alguno por haber acabado con mi padre, quizá solo estaba en mi cabeza.

—¿Quieres *volver* a competir? —me preguntó—. ¿Cuándo pararás?

—Cuando gane.

—Puede que nunca suceda.

—Entonces puede que nunca pare.

—Compadezco al hombre que se case contigo.

—Aplaudo a las muchas mujeres después de mí que te dejarán.

Nos preparamos. Lo di todo, me esforcé más, nadé más rápido que nunca. Cuando terminé la vuelta y llegué al borde de la piscina, miré hacia atrás y vi que Christian seguía unos metros por detrás de mí.

Por primera vez, me había dejado ganar. A propósito. Lo que no me gustó.

«No dejes que te compadezca».

Pero ¿cómo no iba a hacerlo cuando sabía lo que me esperaba? ¿Lo que le esperaba a mi familia?

De repente, me sentí muy tonta. Tonta por haberme acostado con ese hombre que había ido a por mi padre, aunque se lo mereciera. Tonta por haber cedido tras haber apostado con Christian que no me metería en su cama.

Tonta porque aún era un misterio, envuelto con cuidado en una sonrisa astuta y un traje elegante.

Cuando chocó contra la pared, se sacudió el agua del pelo y su sonrisa se desvaneció en cuanto vio lo que debía de ser un ceño fruncido en mi cara.

—¿Qué? —preguntó.

—Me has dejado ganar.

—No lo he hecho.

—Sí, lo has hecho. —Parecíamos niños.

—¿Y qué si lo he hecho? —se burló.

—Entonces, para. Recuerda que soy tu igual.

—¿Eso significa que no puedo ser bueno contigo?

—Bueno, sí. —Salí de la piscina y lo dejé atrás—. ¿Mentiroso? Nunca.

Capítulo veinticinco

Christian

Presente

Desde aquella noche en la piscina tenía la sensación de que los días eran más cortos. Que tenían menos de veinticuatro horas. La mañana después de que hubiera dejado a Arya ganar, el juez Lopez nos reunió a mí y a los abogados de Conrad para discutir el cierre del análisis de las pruebas. No creía que nos llevara más de una semana concluir el juicio. Tenía la esperanza de que el jurado no tardara más de dos días en alcanzar un veredicto.

Esa noche, Arya no vino. Tenía una cena con un cliente y me explicó que, de todos modos, Jillian no sabía todo lo que había entre nosotros. O, mejor dicho, lo que no había. No debería haberme importado. Que Arya le ocultara lo nuestro a Jillian. ¿No era ese el objetivo de todo esto?

Pero me molestaba. El final se acercaba. Y pillar a Conrad no me parecía tan importante como disfrutar de su hija.

La noche siguiente, Arya no podía quedar. *De nuevo.* Esa vez porque Jillian no se encontraba bien.

—Creo que le prepararé sopa de pollo y veré reposiciones de *Friends* con ella. —Arya suspiró al teléfono. Yo sonreí y lo acepté. ¿Qué más podía hacer? No tenía derecho a pedirle que me dedicara su tiempo, sus recursos y su atención. Habíamos acordado que sería casual, y eso significaba que mis expectativas debían ser bajas, por no decir inexistentes.

Al tercer día —quedaban cuatro para el final del juicio—, Arya me escribió para decirme que sus padres querían verla y que no sabía cuánto duraría la reunión, así que era mejor no hacer planes juntos. En ese momento estuve seguro de que me evitaba. Salí del juzgado durante un breve descanso, pedí un taxi, que me llevó a mi apartamento, abrí de un golpe el tablero suelto bajo la cama y saqué el libro. Le hice una foto en mi mano y se la envié.

Christian: Ya basta, Arya. Nos vemos esta noche y nadie saldrá herido.
Arya: Así que no importa extorsionar.

«No me importa nada cuando se trata de ti».

Christian: Teníamos un trato.
Arya: No recuerdo haber firmado ningún papel.

Caminé hacia la puerta delantera. Debía estar en el tribunal en veinte minutos. De hecho, había llegado la hora de interrogar personalmente a uno de los testigos de Harold. No era el momento de perseguir faldas.

Christian: ¿Qué ha pasado?
Arya: No le veo el sentido a pasar cada noche de la semana contigo cuando todo terminará en unos días.
Christian: Hablemos.

Empleé el tiempo que tardó en contestar para responder a la llamada de un Uber. Solo por si acaso, le escribí a Claire para tener una buena excusa por si llegaba tarde. El juez Lopez era un tocapelotas, por mucho que le gustaran mis movimientos de golf.

Arya: ¿Sobre qué?

«El tiempo». ¿Qué creía?

Christian: Estaré en tu casa esta noche a las seis.
Arya: No. Jillian no puede verte.

De nuevo con esa mierda. No tenía el valor de contarle que Riggs y Arsène estaban prácticamente al día de cada orgasmo que habíamos compartido entre las sábanas, o en mi cocina, mi ducha, mi *jacuzzi,* o en su librería, desde que habíamos empezado a acostarnos. Estaba harto de ser un secreto, incluso aunque yo fuera el capullo que lo había sugerido en un primer momento.

«Y por un buen motivo».

Christian: Entiendo que no quieres recuperar tu libro.
Arya: Te demandaré.
Christian: Conozco a un buen abogado.
Arya: Hay un lugar especial en el infierno reservado para la gente como tú.
Christian: Tengo entendido que los abogados reciben apartamentos con vistas a la lava. Sé buena y puede que comparta piso contigo en el más allá. ¿A qué hora aparecerás?
Arya: A las siete.
Christian: No llegues tarde.

* * *

Por supuesto, lo hizo.

Llegar tarde, me refiero.

Arya llegó a las 19:23 sin un ápice de remordimientos ni de arrepentimiento en su rostro pétreo. Mientras le abría, tuve que recordarme que tenía motivos de sobra para cortar los lazos conmigo. Yo era el doloroso recordatorio de todo lo que había perdido.

Entró, dejó el bolso en el sofá de cuero negro e ignoró la cena para dos que había preparado y que se enfriaba sobre la barra americana.

—¿Querías hablar? —No se molestó en quitarse los Jimmy Choo, lo que me hizo sospechar, pues era lo primero que Arya hacía cuando llegaba a mi apartamento después de un día largo.

—He preparado la cena. —Me dirigí a la cocina y tomé las dos copas de *merlot*. Le tendí una. Ella vaciló antes de aceptarla. No tenía planeado quedarse mucho tiempo.

—Ya lo veo. —Su mirada se perdió por encima de mi hombro—. Siento haber llegado tarde. He recibido una llamada de un cliente de California. No tenía prisa por colgar.

—No hay ningún problema. El filete frío siempre ha sido mi preferido. ¿Te importa si seguimos con esto en la cocina?

Supongo que esa era mi manera de tragarme el orgullo. No me gustaba nada. Jamás había perseguido a una mujer en mi vida y no tenía pensado hacer una excepción con Arya, pero no aceptaba la idea de que eso terminara en cuatro días. Necesitaba más tiempo. Unos meses de aventura ilícita no matarían a nadie. Excepto, tal vez, a las neuronas que aún me funcionaban. No pensaba con claridad cuando se trataba de esta mujer.

—¿Sabes qué? Prefiero hacer esto aquí, si no te importa. —Se acomodó en el reposabrazos de mi sofá de cuero negro, con las piernas cruzadas y la base de la copa entre los dedos.

Quería estrangularme a mí mismo por haberme metido en esa situación. Podría haber evitado todo eso si me hubiera resistido a la necesidad de conocer a Amanda Gispen.

O si le hubiera pasado el caso a alguien que no se pusiera cachondo con los Roth.

O si no hubiera hecho una apuesta con Arya y la hubiera llevado al extremo.

O si no la hubiera seducido.

O si ella no me hubiera seducido *a mí*.

O si me hubiera limitado a decirle la *verdad*. Que yo, Nicholai Ivanov, estaba vivo, (más o menos) bien y obsesionado (hasta ser irritante) con meterme en su falda de tubo.

Pero no creía que Nicholai mereciera a una chica como Arya, menos todavía a la mujer en la que se había convertido.

—Nos vamos —dije, y me levanté de golpe. Arya me siguió con la mirada, un poco confusa. En ese momento lo recordé. La Arya adolescente. Pequeña y descarada y ferozmente independiente. Lo único que siempre había querido en su vida había sido que la vieran. Y yo había hecho que pasara por un infierno. Primero, el juicio de su padre, que aún no había terminado, y, después, todos estos juegos. Las apuestas. Las normas. Ella quería salir de esto con lo que quedaba de su orgullo intacto. Mi única oportunidad de detenerla era renunciar a mi propia vanidad.

—¿Adónde? —Se inclinó para dejar la copa de vino en mi mesita de café.

—Es una sorpresa. —Tomé mi chaqueta. Sabía perfectamente adónde la llevaría. Solo un lugar serviría. Le escribí a Traurig mientras bajábamos por el ascensor. Mi futuro socio tenía una limusina y un chófer personal que estaba disponible las veinticuatro horas del día, los siete días de la semana. Esos días, su hija adolescente y sus amigas *beliebers* eran las principales usuarias de ese lujo mal visto, pero me debía un favor, o seis.

Entonces recordé que Traurig estaba de vacaciones en Hawái. Le escribí a Claire, que se estaba esforzando para convertirse en su empleada favorita y había aceptado un segundo empleo: ser su asistente personal mientras él estaba fuera. Así que le pregunté por la limusina. Ella me respondió enseguida que estaba de camino. Justo antes de que me guardara el móvil en el bolsillo, añadió:

Claire: ¿Has planeado una noche de diversión? ¿Puedo apuntarme?

Yo: Gracias, señorita Lesavoy.

Claire: Eso no responde a mi pregunta.

Aunque debería haberle bastado.

Yo: Lo siento. Es una celebración privada.

—¿Nos llevará mucho tiempo? —Arya se colocó la chaqueta. Todavía parecía una rehén a la que apuntaran con una pistola.

Negué con la cabeza.

—Quiero enseñarte algo.

Cuando la limusina negra llegó, le abrí la puerta para que entrara.

—Un poco anticuado, pero suele funcionar a las mil maravillas —dije, y recordé la promesa que Arya me había hecho dos décadas atrás: que me enviaría una limusina para el estreno de su película cuando fuera una gran estrella.

Se deslizó hacia el interior, se volvió y me lanzó una mirada que decía: «Pillado». ¿Ya había unido las pistas?

—¿Qué has dicho? —preguntó despacio.

—He dicho que las limusinas están anticuadas. ¿Por qué? —Le lancé una mirada significativa.

«Regáñame. Dime que sabes quién soy. Corta esto. Estoy listo».

Pero Arya se limitó a morderse el labio inferior, sumida en sus pensamientos.

—No importa.

Darrin, el chófer de Traurig, me miró por el retrovisor.

—Señor Miller. —Sacudió la cabeza a modo de saludo—. Me alegro de verle de nuevo. ¿Adónde vamos?

—Donde siempre —le pedí, y presioné un botón para que el separador se alzara entre nosotros, y Arya y yo pudiéramos hablar.

Ella no me preguntó cuál era mi sitio habitual. Solo miró por la ventana con los brazos cruzados por encima del pecho.

El aire dentro de la limusina estaba cargo y denso. Podía saborear el desastre inminente, la pérdida, el cataclismo.

—Esto no tiene que terminar en cuatro días —dije al final, y me sentí… ¿Cuál era la palabra para la tremenda tormenta que se gestaba en mi pecho? *Indefenso,* tal vez. Era un sentimiento de mierda. Lo había evitado desde mi graduación en la academia Andrew Dexter.

—¿Y qué sentido tendría eso? —Arya giró la cabeza para mirarme por primera vez esa noche—. No podremos salir en público…

—No necesariamente —la interrumpí y hablé entrecortadamente—. Puede que sí. En algún momento. Dentro de un año, quizá dos. Antes tendremos que dejar que amaine la tormenta mediática del juicio. Pero hay otras formas. No hay ninguna ley que nos impida tener una relación.

Arya dejó escapar una risa irónica.

—¿Y luego qué? ¿Te llevo a cenar con mis padres?

—No estás muy unida a tus padres —señalé.

—A mi padre, sobre todo…

—Está fuera de juego. —La interrumpí de nuevo. Una sonrisa se dibujó en mis labios—. Te importa un bledo lo que piense. A mí también.

Me sentía como en un tribunal, pero sin un juez al mando. Casi había olvidado lo persuasiva que podía ser.

—Por favor, continúa: ¿qué otros obstáculos imaginarios tenemos que superar?

—Bueno. —Arya resopló, y en ese momento me recordó a Beatrice. Fría y desdeñosa—. No sé nada de ti. No de verdad. Has tratado de no contarme demasiado.

—Cambiaré eso ahora mismo. Vamos a mi lugar secreto. —Me atreví a entrelazar los dedos entre los suyos, y dejó que lo hiciera.

Frunció el ceño.

—Suena como el sitio donde escondes los cuerpos.

—En absoluto. —Le rocé la palma con el pulgar—. Ese sería mi *segundo* lugar secreto, y nunca te llevaría allí antes de cortarte en pedazos.

Sonrió con timidez.

—¿Cuántas víctimas llevas hasta el momento?

—Cero —admití, y me di cuenta de que ya no estábamos hablando de cuerpos troceados—. Nunca he conocido a nadie digno de… —«salvar»—… *matar.*

—¿Y ahora? —preguntó.

—Y ahora —añadí, y la miré profundamente a los ojos—, ahora no estoy tan seguro de lo que siento.

Me recosté, complacido. Unos minutos después, llegamos a nuestro destino y le dije a Darrin que esperara.

—Cierra los ojos —le pedí a Arya.

Se rio y negó con la cabeza.

—Por favor, no te molestes. Si es Nueva York, me la conozco entera. No habrá factor sorpresa.

—Sígueme la corriente, entonces. —Sonreí mientras me hacía una idea rápida y demasiado optimista de lo que supondría vivir con esa mujer. El descaro, la terquedad, la fuerza de voluntad. Sería mi perdición.

Arya torció la boca hacia un lado.

—Está bien.

Cerró los ojos. Cuando me aseguré de que no miraba, salí de la limusina y la tomé de una mano. Se movió un poco mientras la guiaba unos pasos hasta nuestro destino final. Tal vez, por el ruido de fondo, se dio cuenta de que aún estábamos en Midtown.

—Ábrelos —le dije.

Arya parpadeó y miró a su alrededor. Me puse a su lado.

—Este es mi lugar favorito de Nueva York —añadí—. Este túnel de cristal en cascada. Te hace sentir como si estuvieras dentro de una catarata. Es silencioso. Tranquilo. Y está justo en medio de la Gran Manzana.

El agua caía en cascada a nuestro alrededor a través del cristal. La cara de Arya no delataba nada. Se volvió hacia mí.

—¿Cuándo empezaste a venir aquí?

—En cuanto me mudé de Boston a Nueva York.

Solo había tenido a Arsène y a Riggs en mi vida. Arsène había alquilado un apartamento reconvertido de tres habitaciones en Midtown y me había dejado vivir sin pagar alquiler mientras yo me hacía un nombre en la fiscalía. No tenía dinero y viví de las sobras de mis amigos durante unos meses. Pero, incluso en mis peores momentos, cuando ni siquiera podía permitirme un gimnasio, iba a ese lugar.

—Te encanta el agua. —Arya me miró con curiosidad, como si desenterrara algo valioso, como un arqueólogo que le quita el polvo a una momia. Me pregunté si por fin me reconocería—. ¿Christian?

—¿Sí?

—¿Me ocultas algo?

—Te estoy ocultando tu libro —respondí enseguida. Técnicamente no era una mentira, pero tampoco toda la verdad.

—Siento que hay algo más que eso. Me lo dirías si fueras...

No completó la frase. Por un momento, ninguno de los dos habló. Arya fue la primera en dar un paso adelante y me puso una mano en el pecho.

—Me he quemado en el pasado. No sé si entiendes lo que me estás ofreciendo, pero mi confianza en los demás, sobre todo en los hombres, está destrozada ahora mismo. Mi hermano, mi gemelo, mi sangre, murió antes de que lo conociera. El primer chico al que quise huyó y luego murió. El hombre que se suponía que debía protegerme, mi padre, me ha mentido toda la vida. En medio, ha habido otros. Hombres, niños, chicos. Siempre terminaba mal. Si te dejo entrar, tienes que prometerme que no te aprovecharás de mí. Que serás completamente honesto y auténtico, como yo pretendo ser contigo. Es la única manera en que esto funcionará. Porque en cuatro días mi mundo estará patas arriba, y necesitaré estabilidad. Equilibrio.

¿Había *muerto?* Eso era nuevo para mí. Aunque en realidad no, porque no me extrañaba que Conrad hubiera dicho cualquier cosa con tal de que su hija dejara de hablar de mí.

«Ah. Pero eso significa que *hablaba* de ti».

Puse una mano sobre la suya y usé la que tenía libre para sacar algo del bolsillo.

—Te lo juro por mi vida —mentí, consciente de que no estaba cumpliendo mi parte del trato. Que no era verdad. Le diría quién era. Pero no ahora. Todavía no. No así. Cuando estaba tan cerca de perderla. Y no podía perderla.

Porque sabía que en el fondo Nicky seguía ahí, asustado de que lo rechazara la chica perfecta sentada al piano, con la espalda erguida, que le sonreía a hurtadillas cuando nadie miraba.

Aparté su mano de mi pecho y le dejé algo en su palma. La llave de mi apartamento. Era lo más cerca que estaría de mi corazón.

—Te sostendré cuando caigas.

Ella sonrió, y mi corazón se rompió un poco, porque en ese momento supe que estaba destinado a perderla.

—Te creo.

Capítulo veintiséis

Arya

Presente

—Cariño. —A la mañana siguiente, Jillian puso una mano sobre la mía cuando le conté que Christian me había dado la llave de su apartamento y mencioné que, oh, bueno, por cierto, también me había acostado con él durante todo el juicio de mi padre. Ya sabes, eso *tan antiguo*—. No sé cómo decir esto sin que suene ofensivo y atrevido, así que deja que sea ambas cosas por un momento: en una escala del uno al diez de locura, en la que uno es completamente normal y diez es Christopher Walken recogiendo un premio en un festival, estás en un doce. ¿En qué *pensabas?* Este hombre está a punto de hacer estallar la cuenta bancaria de tu padre y de arrastrar a un fondo de cobertura al completo con él. —Se inclinó hacia delante en mi escritorio y me tomó la temperatura con una mano. Agradecí que Whitley y Hailey no hubieran llegado todavía a la oficina. Jillian y yo éramos madrugadoras.

—Mi padre se lo ha buscado. —Presioné el bolígrafo rápidamente y me alejé de ella—. Le envió fotos de su miembro a una becaria y le ofreció cien de los grandes a su anterior secretaria para que se la comiera. Y despidió a Amanda por el inmenso pecado de no querer acostarse con él. Su cuenta bancaria es el menor de mis problemas ahora.

—Madre mía, papi Conrad. No me esperaba eso.

—Ya. Yo tampoco.

Jillian se apartó de mi mesa con un suspiro y se dirigió hacia su silla.

—Lo único que digo es que tuviste una extraña sensación cuando conociste a este tío, y tu instinto no ha fallado todavía. No defiendo las acciones de tu padre. He visto con mis propios ojos cómo querías arrancarte la piel cuando descubriste lo que había hecho. Pero no estoy segura de que empezar una relación con el hombre que está acusando a Conrad sea lo más recomendable. O aconsejable. O, ya sabes, *cuerdo.*

La verdad era que yo tampoco estaba demasiado segura. Pero Christian me había hecho sentir como ningún otro hombre había hecho en años, así que valía la pena intentarlo. Me había negado a acercarme a los chicos durante mucho tiempo.

Tal vez era el momento de confiar en alguien.

* * *

Estaba recostada sobre la tumba de Aaron cuando se dio a conocer el veredicto final. Acurrucada como una gamba contra la piedra fría y con el pelo desparramado como las raíces de un sauce llorón sobre la lápida. Minutos antes de que me llegara el mensaje, me había preguntado cómo habría sido Aaron si todavía siguiera vivo.

Sabía que yo había heredado la personalidad de mi madre (taciturna, indiferente y con un aire remilgado), pero también el hambre voraz de mi padre por la vida. La necesidad de hundir los dientes en el universo como si fuera un pedazo jugoso de una granada y las gotas rojas me gotearan por la barbilla.

¿Aaron habría sido más un soñador o un realista? ¿Habría heredado el pelo rubio y fino de mamá o la melena oscura de papá? ¿Habríamos tenido citas dobles? ¿Compartido saludos secretos? ¿O recuerdos amargos de rodillas raspadas, helado derretido y volteretas laterales bajo el sol abrasador?

¿Mi madre habría sido distinta? ¿Más feliz? ¿Habría estado más presente en mi vida? ¿Habría sido capaz de plantarle cara a mi padre?

Y Nicky, ¿aún seguiría aquí? Después de todo, Aaron habría sido el tipo de hermano protector que jamás me habría permitido chantajear a Nicky para que me besara. ¿Ruslana estaría aquí también?

Un pitido en mi bolsillo me sacó de mi ensimismamiento.

> **Papá:** Hemos perdido. He perdido doscientos millones de dólares. Tu novio parece muy contento. Supongo que, ahora que todo ha pasado, podrá comprarte todo lo que tu corazón desee. Siempre fuiste una decepción, Arya, pero jamás pensé que también serías una traidora.

Se me atragantó un grito en la garganta. Me lo tragué y llamé a mi padre. Me envió directamente al buzón de voz. Lo llamé de nuevo. Necesitaba una reprimenda. Una tercera vez. Una cuarta. Nada. Me aparté el móvil de la oreja y fruncí el ceño.

«Una decepción. Una traidora».

¿Cómo era posible que mi padre supiera lo mío con Christian? Con dedos temblorosos, escribí mi nombre y el de Christian en el buscador del teléfono. Supuse que él no habría hecho pública nuestra relación en el juzgado, lo que significaba que lo que fuera que se hubiera publicado sobre nosotros era de conocimiento público. Como era de esperar, el primer resultado en la barra de búsqueda me remitió a una página web de noticias locales sobre la vida nocturna de Manhattan donde había una foto nuestra de pie bajo el túnel de cristal, con mi mano pegada a su pecho.

> *Traidora despiadada: Cómo Arya Roth se volvió contra su padre… y se enamoró de su enemigo,* por Cindi Harris-Stone.
>
> La consentida famosilla y asesora de relaciones públicas, Arya Roth, de 32 años, hija del magnate

> de fondos de cobertura Conrad Roth, de 66, que actualmente está siendo juzgado por acoso sexual, duerme bien por la noche ante la inminente caída de su padre. La bella fue vista besuqueándose nada menos que con el codiciado soltero y abogado litigante Christian Miller, de 32 años, que es el representante legal de las demandantes de su padre. La pareja fue vista el martes abrazándose en Manhattan.

«Besuqueándose».

La palabra era una señal roja inmensa.

Era la misma que Christian había usado para describir lo que *no deberíamos* estar haciendo. No la había escuchado en años antes de que él la pronunciara, y ahora estaba ahí, en esa página. En sí misma no era una prueba sólida. Pero, junto con el hecho de que él tenía un objetivo y un interés en filtrar este tema, hizo que se me helara la sangre.

Les había dado la pista. Tenía que haber sido él. La noche en que había depositado mi confianza en él, él había decidido pisotearla por completo.

El nombre de Jillian apareció en la pantalla. La mandé al buzón de voz y llamé a Christian en su lugar. No sabía en qué momento me había levantado y comenzado a caminar, pero lo había hecho. Encontré la salida del cementerio en medio de la confusión. Me saltó el contestador de Christian. Volví a llamar. Y otra vez. Después del sexto intento —mientras deambulaba por las calles de Park Avenue sin un lugar al que ir—, llamé al teléfono fijo de su oficina; el cuello y las mejillas me ardían por la rabia y la vergüenza. Nadie me había fallado tan profundamente. Con tan mala intención.

—¿Hola? —Una voz alegre me invadió el oído. Reconocí que era la voz de Claire, la asociada que trabajaba con Christian en el caso de mi padre. Aunque era la última persona con la que quería hablar, no estaba en posición de ponerme quisquillosa.

—Hola, Claire. Estoy buscando a Christian. Me preguntaba si me lo podrías pasar.

Oía gritos, conversaciones y el sonido de una botella de champán que se abría de fondo. El despacho estaba celebrando la gran victoria de Christian y Claire. Una oleada de autodesprecio me invadió. ¿Cómo podía ser tan estúpida?

—¿Puedo preguntar quién llama? —susurró Claire. Casi vi su sonrisa felina. Dejé de caminar y me apreté los ojos con los dedos.

—Arya. Arya Roth.

Se hizo una pausa. Oía a Christian reír de fondo. La gente lo felicitaba por turnos. Un grito alojado en mi garganta avanzó unos centímetros hacia mi boca.

—Lo siento, señorita Roth. —La voz de Claire sonaba fría—. No está disponible ahora mismo. ¿Puedo sugerirle que reserve una cita para hablar con él? Puede llamar a su secretaria. Es el mismo número, pero la extensión es la siete, cero, tres.

—Mira, yo…

Colgó.

Me quedé mirando el teléfono. Por primera vez, me sentía verdaderamente desquiciada. No podía anticipar mi siguiente movimiento ni confiar en mí misma, en que no haría algo de lo que me arrepentiría. Desbordante de rabia, saqué la llave que Christian me había dado (poco antes de *volver* a meterse en mis bragas) y llamé a un Uber.

¿Por qué me había dado la llave? La respuesta estaba clara: para provocarme. Para hacerme buscar el libro. Para verme sudar por él. Siempre había sido un juego para él.

Bueno, pues recuperaría el libro que me había robado. Aunque tuviera que destrozar todo su apartamento de pijo. No me iría sin él. Y solo podría arrebatarme el libro de las manos si tuviera que golpearlo con él al salir.

Durante todo el trayecto hasta la casa de Christian, leí los titulares en mi teléfono.

«Jugada sucia: Cómo Conrad Roth lo perdió todo por esa foto».

«¡La corte ordena que el magnate de Wall Street pague 200 millones!».

«¡Púdrete en el infierno, Conrad Roth!».

La prensa estaba sacando provecho de ello. Al principio, revisé cada artículo para comprobar si mi nombre aparecía en alguno de ellos. Una vez que comprendí que se me mencionaba prácticamente en *todos* ellos, dejé de mirar. Experta en relaciones públicas. ¡Ja! Christian había destrozado mi reputación en ese campo y había hecho un trabajo excelente en dejarme como una idiota. Jillian no dejaba de llamarme y de escribirme, igual que mi madre, cuyo mayor temor se había hecho realidad: ahora estaba arruinada y se había quedado sin el ático. Tras tal humillación pública, esperaba que también se hubiera quedado soltera.

El Uber se detuvo frente a la casa de Christian. Salí escopeteada, pasé por delante de la recepcionista y el portero a toda prisa, como si fuera mi hábitat natural, y subí hacia el apartamento. Abrí la puerta y entré. Su aroma se coló de inmediato en mi cuerpo y echó raíces. Serrín, cuero fino y masculinidad. Pero ya no me provocaba placer. Ahora quería sacármelo de dentro.

«Si fuera un sociópata atractivo y muy inteligente, ¿dónde escondería un libro?».

Probé en los cajones de la cocina. Los abrí de golpe, uno tras otro, y eché el contenido al suelo. Los utensilios volaron por los aires y se esparcieron por el caro parqué. Entonces me centré en los armarios, y los vacié. Luego arranqué los cojines del sofá desde la base y desabroché las cremalleras de las fundas para ver si el libro estaba dentro de alguno.

Avancé hacia la moderna despensa, ordenada de forma meticulosa, y arrastré los brazos por las estanterías. Salsa, proteína en polvo y especias rodaron por el suelo. Puse los muebles del revés, vacié todos los archivadores con documentos de trabajo que guardaba en casa y, *vale,* eso fue un extra, rompí una delicada figura de porcelana sin necesidad alguna. Cuando estuve completamente segura de que no encontraría el libro en el salón, fui a su habitación. Comencé rompiendo algunos de sus trajes de diseño, no porque creyera que encontraría *Expiación* dentro, sino porque me pareció un acto completamente terapéutico. Después, arranqué las sábanas de la cama, que aún olían a nosotros, y miré en los cajones de la mesita de noche, e incluso bajo la cama.

Me había incorporado para dirigirme hacia el baño de la habitación cuando algo me hizo bajar la mirada. Fruncí el ceño cuando vi un bulto en el parqué. Un tablero sobresalía de forma extraña, estaba fuera de lugar. Algo que no parecía típico de Christian, que vivía y respiraba perfección.

«Bingo».

Estiré un brazo debajo de la cama y utilicé las uñas para abrir el tablero. Se me descascarilló el pintaúñas, pero, cuanto más separaba la tabla de sus vecinas, más segura estaba de que había encontrado algo.

Con un chasquido y un golpe, seguidos de un suspiro ronco que escapó de mi boca, el escondite secreto de Christian quedó al descubierto. Toqueteé el espacio bajo la madera, incapaz de asomarme para verlo desde el ángulo en que me encontraba. La decepción me embargó cuando toqué un sobre de manila. Lo moví, por si había algo más escondido debajo. Por supuesto que lo había. Lo sentí. El grosor, exquisito y firme, de la tapa dura. Lo saqué y me sentí aliviada como una niña, incluso después de lo que había ocurrido ese día, porque al final lo había encontrado.

Lo agarré, me arrastré fuera de la cama y lo apreté contra el pecho antes de abrirlo por la mitad, y resoplé.

«Briony. Robbie. Cecilia. Paul. Mis viejos amigos».

Me llevó unos minutos frenar los latidos de mi corazón. Después, miré de nuevo el sobre de manila, que se encontraba a pocos centímetros de mí y me observaba con curiosidad.

Tenía lo que había ido a buscar. Eso era cierto. Pero aún había una necesidad en mí, una semilla de desesperación, que había brotado en venganza, que exigía su pedazo de carne. Recuperar lo que era legalmente mío no era suficiente. Christian había tenido información sobre mí desde que nos habíamos conocido. Siempre había sostenido algo por encima de mi cabeza. El juicio de mi padre. El libro. El misterio que lo envolvía. Por lo general, jamás traicionaría a una persona de ese modo. *Por lo general.* Pero nada en mi relación con Christian era normal.

Despacio, alcancé el sobre y lo arrastré por el suelo prístino hacia mí. Me incorporé, apoyé la espalda contra la mesita y saqué el grueso montón de papeles del interior.

> En el Tribunal Superior de Middlesex.
> Estado de Massachusetts.
> Acción civil.
> *In re* de cambio de nombre: Nicholai Ruslan Ivanov
> Número de caso: 190482873983
>
> PETICIÓN PARA CAMBIO DE NOMBRE DE ADULTO
> El peticionario solicita respetuosamente a esta corte cambiar su nombre de Nicholai Ruslan Ivanov a Christian George Miller.

Se me escapó un chillido. Nada podría haberme preparado para el dolor que sentí en ese momento. Como si alguien hubiera entrado en mi pecho, me hubiera roto la caja torácica para acceder, me hubiera arrancado el corazón y lo hubiera retorcido en su puño.

Christian era Nicholai.

Nicholai era Christian.

Nicky no estaba muerto. Había estado ahí todo el tiempo. Acechando entre las sombras; planeando su gran venganza por lo que mi familia le había hecho. El juicio. La sentencia. La conquista. La niña que se había convertido en mujer, y que él había convertido en una herramienta.

Yo.

Até cabos. La forma en que había hablado de mi padre... El hambre con la que había luchado por el caso...

La primera vez que lo vi, en el ascensor, ya tuve esa extraña sensación. El aire estaba cargado con muchos más sentimientos de los que cabría esperar entre dos desconocidos.

La extraña sensación que se había asentado en mi estómago de que siempre lo había conocido y que, de algún modo, estaba grabado en mi piel no había sido una falsa alarma. Sabía quién era yo y me había ocultado su identidad. El hombre en el que había confiado me había roto el corazón. *Dos veces.*

Y, en el proceso, también se las había arreglado para arrancarle a mi familia todo lo que tenía, para mentirle al mundo sobre quién era y para hacer pública nuestra relación.

«Middlesex, en Massachusetts». Christian se había cambiado el nombre mientras estudiaba en Harvard o justo antes de asistir. ¿Lo había planeado todo desde entonces? ¿Convertirse en abogado para acabar con mi padre, y para llevarme a mí con él? ¿Había buscado a Amanda Gispen por su cuenta?

Tenía demasiada curiosidad para desmoronarme. Tendría tiempo para eso más tarde, una vez que hubiera salido del apartamento de ese hombre. Así que seguí rebuscando por las carpetas que había en el sobre. Todo el papeleo para el cambio de nombre de Nicholai a Christian, su pasaporte antiguo y el nuevo y el certificado de defunción de Ruslana Ivanova.

Ruslana había muerto.

Eso era nuevo para mí. De hecho, todo en esta nueva situación lo era. Ahora todo tenía sentido. El motivo por el que Christian había filtrado nuestra relación a la prensa y en el momento más oportuno. Justo después del juicio de mi padre. Había matado dos pájaros, o dos Roth, de un tiro. Pero nunca había tenido en cuenta una cosa: que yo descubriría el secreto.

Tomé fotos de los documentos condenatorios del cambio de nombre con el móvil y me aseguré de que se veían claros y nítidos. Entonces, recogí mi libro y salí a toda prisa del apartamento.

Mi primer instinto fue llevárselo a mi padre. Mostrarle las pruebas contra Christian y comenzar a trabajar en una apelación, pues quedaba claro que él jamás debería haber llevado el caso. Conocía a la familia demasiado bien y buscaba vengarse de nosotros. Entré en un taxi y, cuando me disponía a darle la dirección de casa de mis padres, me percaté de que tampoco quería ir ahí.

Sí, Christian era un cabrón de proporciones gigantescas, pero mi padre también lo era. En el fondo, ambos eran igual de malos. Quería usar la información en su contra para acabar con él, pero no era necesario hacerlo de la forma más directa, con la que mi padre también se librara de sus problemas.

Conrad Roth merecía que le arrebataran su reputación, su dinero y su estatus social. Había hecho cosas terribles a la gente y había empleado su poder con mujeres indefensas.

Debía pensar en ello, largo y tendido. Para urdir un plan.

—¿Señorita? Disculpe. ¿Hola? —El taxista movió los dedos por el retrovisor central—. No es que no sea agradable tenerla aquí sentada mientras habla consigo misma, pero ¿adónde vamos?

Le di la dirección de mi casa.

Acabaría con Nicky. Pero a mi manera.

Capítulo veintisiete

Christian

Presente

—Piénselo otra vez, señor pez gordo —soltó Claire entre risitas mientras me arrebataba el teléfono de la mano. Acabábamos de salir del juzgado. Me había despedido de Amanda Gispen y de las demás demandantes, había ignorado a los periodistas y fotógrafos que me pedían un comentario y me disponía a llamar a un taxi para ir al despacho de Arya. Lo primero era lo primero: tenía que asegurarme de que estaba bien después de todo lo que había pasado. Todo lo bien que se pudiera estar dadas las circunstancias. En segundo lugar, debía confesarle quién era.

Se merecía saber quién era yo.

No podía posponerlo más.

Claire, al parecer, tenía otro plan.

—Devuélveme el móvil. —Le enseñé los dientes y estiré el brazo con la palma abierta hacia ella. Claire se mordió el labio, radiante de orgullo. Ese día se había puesto un traje nuevo para acudir al juzgado. Un Alexander McQueen de doble botonadura que debía de haberle costado un ojo de la cara y el alquiler mensual.

—No puedo hacerlo, señor Miller. —Me guiñó un ojo y se guardó mi móvil en el bolsillo—. Es una orden de arriba. Traurig ha dicho que nada de distracciones. Tiene una sorpresa para ti.

—Dame mi teléfono, *Claire* —repetí en tono seco—. Tengo que llamar a alguien.

—Ese alguien puede esperar diez minutos. Trabajamos a dos manzanas de aquí. —Claire me rodeó con un brazo y tiró de mí—. Dios, no seas aguafiestas. Brinda con todos, da las gracias a Traurig y a Cromwell y sigue tu alegre camino. Has llegado hasta aquí; ¿en serio no irás a tu propia fiesta de socio? —Claire levantó una ceja, depilada con cuidado. No era un hombre fácil de convencer. Era parte del juego saber lo que podía costar la tentación. Estaba a punto de responderle que sí, que, de hecho, no pensaba asistir a mi propia fiesta, porque celebrarlo no era tan importante como asegurarme de que la mujer con la que salía seguía conmigo. Justo entonces, sentí dos manos firmes que me daban unas palmadas a ambos lados de la espalda.

«Mierda».

—El hombre del momento —dijo Cromwell, que se tocó el bigote como un villano de primera.

—La reina del baile. —Traurig apartó a Claire—. Tengo un puro cubano con tu nombre y unas letras doradas que tenemos que añadir al nombre de la empresa. El chico de mantenimiento nos espera. Date prisa.

El tipo de mantenimiento estaba ahí, aguardando para colocar mis letras. Todo perfecto. Claire me lanzó una mirada que decía «no te atrevas». Tenía razón. Si me iba en ese momento, parecería un idiota trastornado, y no era lo más adecuado. Además, el veredicto no era nada que Arya no esperara. Habíamos discutido sobre el tema durante semanas.

Sin embargo, diez minutos se convirtieron en una eternidad. El chico de mantenimiento tardó casi una hora en añadir las letras doradas a la entrada del bufete, posiblemente porque Cromwell y Traurig no paraban de gritarle que mi apellido no era simétrico. Después, me arrastraron a una de las salas de conferencias, donde todo el bufete me esperaba con una tarta, puros, bebida y un enorme regalo envuelto en un lazo de satén rojo.

—Estoy muy orgullosa de ti. No sabes cuánto —me felicitó mi asistente personal entre lágrimas. Después, todos los presentes sintieron el impulso de felicitarme y darme la mano, uno por uno.

Me decía a mí mismo que, si Arya estaba tan desesperada por hablar conmigo, siempre podía llamar a la oficina.

Cuando la ceremonia, digna de los Óscar, terminó dos malditas horas después, Traurig me pidió que abriera mi regalo gigante. Resultaron ser las nuevas tarjetas de visita con el nuevo nombre del bufete, al completo: «Cromwell, Traurig & Miller». Letras doradas en elegantes tarjetas negras. Esperaba que la euforia se apoderara de mis sentidos, pero lo único en lo que pensaba mientras miraba las nuevas tarjetas de visita era que quería ver a Arya. No esa tarde. No en una hora. *Ahora.*

—Gracias —respondí con voz firme, y rodeé con los dedos el brazo de Claire para sacarla de la sala de conferencias. Volví a mirar el reloj de camino a mi despacho. Parecía que habían pasado siglos desde que habíamos salido del tribunal. El hecho de que no hubiera llamado a Arya hasta entonces era, en el mejor de los casos, una falta de educación y, en el peor, una putada.

Cuando llegamos a mi despacho, cerré la puerta tras nosotros. Mi sentido arácnido me indicó que habría muchos gritos en un futuro próximo.

—Dame mi teléfono, Claire.

Hizo una mueca.

—¿Tan pronto? Ni siquiera hemos almorzado. Había pensado invitarte a una copa. Tenemos mucho de qué hablar, y yo...

—¡El teléfono! —Di una palmada en la pared detrás de ella, y ella chilló y se sobresaltó. No era una persona violenta, pero empezaba a perder la paciencia y no quería que mi primera decisión como socio fuera despedir a una asociada que acababa de ayudarme a ganar un caso enorme—. O te vas de aquí con los de seguridad pisándote los putos talones, Lesavoy.

Con un mohín, Claire se sacó mi teléfono del bolsillo. Le eché un vistazo y sentí que se me aceleraba el pulso en el cuello de la camisa. Tenía más de cincuenta llamadas perdidas de Arya. Y también algunos mensajes. En cuanto se activó el reconocimiento facial, los mensajes empezaron a deslizarse por orden cronológico en la pantalla, uno tras otro.

Arya: ¿Cómo has podido hacerme esto?

Arya: Has DESTROZADO mi carrera. No volveré a dar la cara. Y mi inexistente relación con mi madre se ha acabado. Por no hablar de mi padre (que está muerto para mí, pero habría estado bien que yo hubiera tomado esa decisión).

¿Arruinado su carrera? ¿Sus relaciones? ¿De qué narices hablaba?

Arya: Lo que no entiendo es cómo has podido ser tan despiadado. Cómo lo has hecho la misma noche en que me habías prometido que no traicionarías mi confianza.

Arya: Lo reconozco, ha sido una jugada genial. Seguro que te lo has pasado en grande riéndote de ello en el juicio. Ahora puedes volver con Claire. Sé que lo vuestro fue casual, pero, tío, os merecéis el uno al otro.

Claire debió de ver la confusión que nublaba mi rostro, porque por el rabillo del ojo noté que se relamía y cambiaba el peso de un pie a otro.

—¿Todo bien?

—Yo… —Hice una pausa. Trataba de entender lo que ocurría, hasta que todo encajó. La limusina. Claire hablando con Darrin. Sabía adónde había ido con Arya. La forma en que me había perseguido sin descanso.

«La prensa». Eso era lo único que Arya y yo habíamos acordado no involucrar. No queríamos que nos vieran ni que nos pillaran.

Levanté los ojos del teléfono. Observé el rostro de Claire y mi mirada se volvió severa e insensible.

—¿Qué has hecho?

—Yo… Yo… —Intentó dar un paso atrás, pero estaba pegada a la pared y no tenía adónde ir. Nunca me había considerado alguien capaz de herir a una mujer, pero en ese momento supe que era capaz de herir a Claire. No físicamente, pero podía despedirla. Desterrarla. Convertirla en *persona non grata* en el círculo legal de Manhattan.

—*Habla.*

Claire bajó la cabeza y la sacudió mientras se cubría la cara con las manos.

—Lo siento. Solo se lo dije a un amigo mío que trabaja en el *Manhattan Times.* Ya está. Se me escapó. —Se encogió de hombros, pero no engañaba a nadie, y lo sabía. Di un paso atrás, consciente de que no tenía el control de mí mismo. Arya debía de estar pensando lo peor de mí.

—Vete. —Respiré por la nariz y me froté los ojos con el pulgar y el índice.

—¿A… mi despacho?

—Al… puto infierno del que vengas —imité su tono burlón y abrí los ojos—. Y no vuelvas. Jamás.

—Acabamos de ganar un caso.

—Has perdido toda la credibilidad en cuanto has filtrado una historia sobre mí a un periodista.

—¡No puedes hacer eso! —Claire levantó los brazos en el aire—. No puedes tomar una decisión así sin consultar a Traurig y Cromwell. Hace cinco minutos que eres socio.

—De acuerdo. —Sonreí con cordialidad—. Vamos ahora mismo al despacho de Cromwell y le contaremos lo que has hecho. A ver qué opina.

Su rostro palideció. ¿Qué se creía? ¿Que no me enteraría? Claire se abrazó y miró al suelo.

—¿Qué pensabas? —escupí, curioso por saber qué había detrás de aquella atrocidad.

—Pensaba que cuando acabara el juicio la dejarías, pero no estaba segura y no quería arriesgarme. Y en realidad no creí que te importara tanto. Por no mencionar… —Expulsó el aire que había retenido. Los ojos le brillaban con lágrimas no derramadas—. Simplemente no pensé. Esa es la cuestión. Es lo que pasa cuando estás enamorado. ¿Te has enamorado alguna vez, Christian?

Estaba a punto de responder que no, que no lo había estado, y que ese hecho no tenía nada que ver con eso, cuando me di cuenta… No estaba seguro.

—Buena suerte, señorita Lesavoy.

Pasé por su lado y le rocé un hombro al salir de la oficina. No se lo dije a nadie. Mi asistente personal me preguntó adónde iba. No obtuvo respuesta. Mi primera parada fue el despacho de Arya. Llamé al interfono del edificio para comunicarme con Whitney, Whitley o como se llamara. La recepcionista no me respondió verbalmente. Asomó la parte superior de su cuerpo por la ventana de su despacho y me vertió el café tibio sobre la cabeza antes de rematar el gesto cerrando de golpe la ventana de cristal.

Aunque era consciente de que me había convertido en el enemigo público número uno en el bando de Arya, aún pensaba que podía arreglarlo. Si me daba tiempo para explicarme y se lo contaba todo sobre Claire, lo entendería. Arya era una persona muy pragmática con un excelente medidor de mentiras. Sabría que decía la verdad.

Mi siguiente parada fue su apartamento. Ahí llegué un poco más lejos que el timbre. Hasta la puerta de su casa, de hecho. Llamé frenéticamente. Jillian, con la cara cubierta por una especie de máscara verde, abrió la puerta de golpe y apoyó la cadera en el marco.

—¿Sí?

—Vengo a ver a Arya.

—Ambicioso. —Hizo ademán de mirarse las uñas—. Ya sabes, considerando las circunstancias.

—¿No está aquí? —Entrecerré los ojos. No imaginaba que estuviera en otro lugar que no fuera su casa en un día como ese. Tal vez en el apartamento de su madre, pero era poco probable.

—Oh, está aquí. Pero no puede verte.

—¿Por qué?

—Porque estás muerto para ella.

Rechiné los dientes.

—Puedo explicarlo.

—Seguro que puedes, *Nicholai.* Siéntete libre de decírselo a través de la puerta mientras llamo a la policía. Que es exactamente lo que haré si no ahuecas el ala en los próximos tres segundos.

Y, después de eso, me cerró la puerta en las narices.

* * *

«Nicholai».

«Nicholai».

«Nicholai».

Jillian me había llamado Nicholai. Mientras me dirigía a casa en taxi, intenté analizar a qué me enfrentaba exactamente. Parecía que lo que Arya sabía era mucho peor que el hecho de que nuestros besos descuidados se hubieran publicado en algunas páginas web de noticias.

Parecía que sabía la *verdad.*

Y la verdad era insoportable para ambos.

Cuando llegué a mi apartamento, no hubo lugar a dudas. Arya había arrasado el lugar en mi ausencia, seguramente después de que no contestara a sus llamadas y tras ver que los medios nos habían descubierto. Mi casa era un vertedero. Lo trágico era que sabía que ella no buscaba la verdad. Buscaba su *libro.* Por todas partes. Incluido el cubo de la basura. O tal vez ponerlo todo patas arriba había sido su toque final antes de mandarme a la mierda. Como una flor exótica sobre un bonito postre en un restaurante.

En cualquier caso, era evidente lo que quería: quitarme la parte de ella que me había pertenecido temporalmente y asegurarse de que no volviera a tener acceso a ella.

Fui a mi dormitorio, con el corazón a punto de salírseme por la boca. Incluso antes de entrar, sabía lo que encontraría. El sobre de papel manila que había mantenido en secreto durante todos esos años estaba abierto, y los documentos, esparcidos por todas partes. No hizo falta que me agachara y buscara el libro en vano para saber que ya no estaba. *Expiación* ya no era mío.

«Sé que puedes, Nicholai».

Arya lo sabía.

Se lo había contado a Jillian.

No había razón para pensar que Arya no se lo había contado también a sus padres. A los *abogados* de su padre. Sin embargo, no me atrevía a darle importancia a esa parte. Mi desafortunada segunda caída.

Lo único que me importaba era que se había enterado, y no de la forma en que yo quería.

No tenía sentido llamarla. No contestaría. Lo que pudiera salvar de nuestra relación, de mi *vida,* debía esperar hasta mañana.

Ella necesitaba tiempo y yo debía respetarlo, aunque eso me matara.

Cogí el teléfono y llamé a una de las pocas personas del universo que lo sabía.

—¿Qué? —soltó Arsène adormilado.

—Se ha enterado —dije, aún paralizado en la entrada de mi habitación. Sabía que me diría que me lo había advertido, que me había avisado.

—Mierda. —Me sorprendió.

—Efectivamente.

—Cojo las llaves y voy. ¿Cerveza?

Me froté los ojos.

—Frío. Muy frío.

—*¿Brandy?*

—Más bien una bala.

—Una botella de A. de Fussigny y una bala. Enseguida.

* * *

Esa noche no dormí. Ni siquiera lo intenté. Me acabé el coñac que Arsène había traído y luego fui al gimnasio de mi edificio. Me metí en la ducha, me vestí para ir a trabajar; seguí mi predecible rutina.

Pero no *fui* a trabajar.

El bufete, la empresa de la que quería hacerme cargo más que de ninguna otra cosa en la vida, se había convertido en algo trivial, irrisoriamente intrascendente. Un juguete brillante que me había mantenido ocupado mientras la vida transcurría a mi alrededor. Cada vez que intentaba reunir la motivación necesaria para mover el culo hasta el lugar que ingresaba siete cifras al año en mi cuenta bancaria, no podía evitar sentirme como un hámster que se prepara para subirse a una rueda. El giro constante no me llevaba a ninguna parte. Más dinero. Más victorias. Más cenas que no me gustaban con clientes que detestaba.

Se me ocurrió que no solo estaba hastiado; también estaba mareado de resolver problemas ajenos todo el tiempo. Bueno, ahora tenía un problema propio que resolver. Arya sabía que yo era Nicky y que se lo había ocultado.

Peor todavía, sabía que yo era Nicky y, por tanto, que no valía nada.

Esa mañana, fui directo a la oficina de Arya. Llegué a las ocho en punto. Una hora antes de la apertura. Había pasado suficientes mañanas con ella para saber que era madrugadora y que le gustaba estar en la oficina antes de que los pájaros piaran.

Arya decidió que esa mañana era la mejor para quedarse dormida. Whitley y su compinche entraron por la puerta a las nueve en punto y me lanzaron miradas asesinas. Jillian se unió a ellas a las nueve y media. Arya no apareció hasta las diez y diez, cuando la vi doblar la esquina a toda prisa por la calle lateral y dirigirse hacia el edificio en el que estaba su oficina como una tormenta de verano. Como una gélida reina de hielo dispuesta a conquistar el mundo.

Me levanté del escalón que conducía a la puerta del edificio. No aminoró el paso cuando me vio a través de las gafas de sol, pero se detuvo cuando nuestros cuerpos estuvieron uno al lado del otro, echó un brazo hacia atrás y me abofeteó tan fuerte que estaba seguro de que había salpicado la acerca con partes de mi cerebro.

—Me lo merecía.

—Te mereces mucho más que eso después del plan de venganza que urdiste para mí y mi familia, Nicky.

«Nicky». Hacía años que no escuchaba ese nombre. Solo Arya me había llamado así. Ruslana lo había intentado en su lengua materna unas cuantas veces y le había parecido desagradable. Lo echaba de menos.

—No ha habido ningún plan de venganza. —Me froté la mejilla. Estaba hipnotizado por ella. Como si no la hubiera visto docenas de veces antes, en posturas comprometidas, completamente desnuda y chupando diferentes partes de mi cuerpo. ¿Eso era el amor? ¿Querer besar y proteger a la mujer que querías embestir por detrás? Qué curioso. Y nauseabundo. Y tan terriblemente predecible por mi parte. Enamorarme de la única mujer que nunca podría tener. Que lo había estropeado todo, y a quien yo, a cambio, también se lo había estropeado todo.

Y esa vez ni siquiera quería vengarme.

—Lo creas o no, Amanda Gispen entró un día en mi oficina por casualidad. No puedo decir que no haya vivido cada día deseando vengarme de tu padre por los años que me hizo pasar, pero no era mi prioridad.

Había sido lo segundo, sin embargo, hasta que ella puso mi vida patas arriba, al más puro estilo Arya.

—No hay excusa para lo que hizo ese día. —Arya dio un paso atrás y puso una mueca de dolor—. Créeme, durante un año entero me negué a mirarlo. Luego me he pasado la vida cuestionando cada decisión que he tomado. Dejar que se saliera con la suya siempre me hizo sentir que estaba en el lado equivocado de la historia. Pero se disculpó por ello y te envió a vivir con tu padre, como tú querías.

—¿Eso es lo que te dijo? —Sonreí, cansado—. ¿Antes o después de que supuestamente muriera?

Frunció los labios rosados, pero no contestó.

—Créeme, darme una paliza delante de la chica de la que me había enamorado fue el menor de sus pecados. Hizo que mi madre me echara de casa la noche en que te besé. Tuve que dormir en el sofá de los vecinos. Luego me metió en la academia Andrew Dexter y *te* dijo que estaba muerto.

Arya se quitó las gafas de sol. Le brillaban los ojos, anegados en lágrimas.

—Te lloré durante años. Todos los días.

—Yo también te lloré, y ni siquiera pensé que hubieras muerto —añadí con brusquedad.

—¿No querías irte? —Su voz era suave, dócil.

Negué con la cabeza. Habría elegido vivir en la pobreza si eso hubiera significado estar cerca de ella.

—No fue Conrad quien me dijo que habías fallecido. Contraté a un investigador privado para encontrarte cuando cumplí los dieciocho. —Sonaba derrotada—. Fue él quien me dio la noticia.

Sonreí.

—Déjame adivinar. —Di un paso adelante. Ahora que sabía quién era yo, tenía ganas de olerla, de enterrar mis manos en su pelo y de llenar tanto nuestro pasado como nuestro presente de besos—. Ese investigador privado trabajaba para tu padre, ¿verdad? —Por la expresión de su cara, me di cuenta de que así era—. Sí. Eso pensaba. Pero no he terminado de contarte el infierno por el que me hizo pasar Conrad.

—Date prisa, porque te echaré la bronca al estilo Roth cuando hayas terminado.

—En más de una ocasión, cuando estaba en la Andrew Dexter, tu padre envió al director para que me enderezara, por así decirlo. De vez en cuando, recibía una paliza simplemente por existir. El director jamás me puso un dedo encima, pero hacía que otros alumnos me pegaran. Conrad también se aseguró de que mi madre cortara todo contacto conmigo. Solo la vi una vez después del día en que me echó. Ni en las vacaciones de verano, ni en las de primavera ni en Navidad. Siempre me quedaba en la residencia. Allí conocí a Riggs y Arsène, y creé mi propia familia.

Arya tragó saliva. Luchaba contra emociones encontradas: su deseo de matarme por lo que le había hecho y su deseo de acabar con su padre por lo que me había hecho.

—Ruslana... ¿murió?

Asentí.

—También tengo una teoría sobre eso.

—¿Sí?

—Cuando estaba en el penúltimo año en la Andrew Dexter, conseguí un trabajo como mozo de cuadra y conocí a Alice, mi asaltacunas, como a ti te gusta llamarla. De repente, me vi rodeado de dinero y tuve la oportunidad de vivir una vida de rico, aunque fuera por cercanía. Durante las vacaciones de verano, cuando fui a Nueva York, me encontré con Ruslana. Iba en el Bentley de Arsène e iba vestido de los pies a la cabeza con su atuendo de ricachón. Ruslana se lanzó sobre mí y me besó. Montó un escándalo. Me la quité de encima y le dije que intentaría incluirla en mis planes en Nueva York, pero, por supuesto, eso nunca ocurrió. Después, empezó a escribirme. Nunca le contesté. Debió de tomarse mi silencio como una prueba para su determinación, porque, cuanto más tiempo pasaba, más obligada se sentía a contarme todo lo que le ocurría. Aún conservo las cartas. Estaban en el sobre manila. No sé si las leíste. Me contó que había tenido una larga aventura con Conrad. Que él le había prometido dejar a Beatrice por ella. Me contó que, cuando empezó a dudar de sus intenciones, de sus sentimientos, le dijo a Conrad que se lo confesaría ella misma a Beatrice. Él se puso violento con ella y la empujó. Al parecer, no era la primera vez que le ponía una mano encima.

—Así supiste que todo lo que se decía sobre él era verdad. —Arya se llevó una mano al pecho—. Y tuviste la certeza de que Amanda y las demás demandantes decían la verdad.

Asentí.

—Ruslana y Conrad salieron durante unos meses. Al final, él la despidió y le dio una indemnización. Un mísero cheque de diez mil dólares para que guardara silencio. Se lo gastó en una semana y me escribió que había ido a verlo de nuevo para pedirle más. Fue su última carta antes de que la policía me llamara para decirme que había muerto.

—¿Cómo murió? —preguntó Arya.

—La causa médica oficial es una fractura de cuello. En la práctica, se tiró por el acantilado de Palisades. El policía que me lo contó dijo que no sospechaban nada raro. Que era un clásico caso de suicidio. Mi madre no tenía fama de ser una persona alegre, y había perdido su trabajo ese mismo mes. Pero había un montón de chorradas que no encajaban. Ruslana odiaba las alturas. Había volado una vez en su vida y, aunque fuera una suicida, que no lo era, habría preferido cualquier otro tipo de muerte antes que aquella. Ahogarse, cortarse las venas, un tiro en la sien. Cualquiera.

—¿Crees que mi padre estuvo detrás de su muerte? —Arya puso los ojos como platos.

—¿Respuesta corta? Sí. ¿Respuesta larga? Hasta cierto punto, pero no estoy seguro de quiénes fueron los principales implicados en lo ocurrido.

—Entonces también deberían juzgarlo por eso.

No se equivocaba, pero, en el caso de Conrad, sabía que perder todo lo que lo rodeaba —su dinero, su posición social, a su hija— era castigo suficiente. Vagar por el mundo como un paria sin dinero sería más castigo para un hombre como él que sentarse en prisión con otros criminales avergonzados como él.

—No tengo forma de demostrarlo, al menos no sin revelar mi verdadera identidad —respondí.

—Con independencia de todo lo demás, siento que la perdieras.

—Yo no. Era una mierda de madre.

—¿Y dices entonces que, después de todo lo que Conrad te hizo, lo de Amanda Gispen no estaba planeado? —Cruzó los brazos sobre el pecho.

—Correcto. —Me hice a un lado para dejar pasar a una mujer con un carrito de bebé, y no pude evitar imaginar a Arya con un bebé. Maldita fuera. La compuerta estaba abierta, y ahora hasta un sándwich me hacía pensar en ella—. Creo que Conrad le hizo algo a mi madre, o que al menos mandó a alguien en su lugar, pero, tal como yo lo veo, no es ni ha sido nunca mi problema. El día en que ella se rindió conmigo, yo me rendí con ella. Seguí adelante y encontré nuevos amigos, una nueva familia, una mujer que me dio lo que mi madre no pudo, y no hablo de dinero. Hablo de valor, confianza y estabilidad mental. Alguien que me dijo que lo que quería de la vida estaba a mi alcance.

Cuando volví a mi sitio en la acera, me aseguré de estar un poco más cerca de ella. Solo un poco.

—En realidad, no quería volver a Nueva York. Quería quedarme en Boston. Tal vez ir a Washington y ensuciarme las manos en la política. Nueva York siempre me ha recordado a los Roth, a mi madre, que me dio la espalda, a aquel desastroso primer beso. Pero el destino quiso que Arsène fuera neoyorquino y que le gustara este infierno. Riggs es de San Francisco, pero parecía ansioso por no volver a pisar ese lugar. Estaba encantado de mudarse al inmenso apartamento de Arsène, donde no tenía que pagar alquiler. Yo no quería quedarme atrás. Eran la única familia de verdad que había conocido, así que los seguí. Lo creas o no, me esforcé mucho para mantenerme alejado de ti y los tuyos. Mi peor pesadilla era que tú o Conrad entrarais de nuevo en mi vida para destrozarla. Pero, cuando me llegó el caso, no pude contenerme. —Me pasé la lengua por los labios—. Ambos sabemos que cedo a la tentación de vez en cuando.

—Así que no buscabas venganza. Acabó entre tus manos por casualidad.

—Sí.

Hasta que quedó claro que siempre había sido Arya a quien había deseado tener entre mis manos.

—Durante todos estos años pensé que habías muerto —murmuró ella, que aún estaba asimilándolo todo. Sacudió la cabeza—. Por eso no te reconocí. Por eso no creí que fueras tú. Porque me había convencido a mí misma de que no debía creer. De que no debía tener esperanza.

Y yo, como un idiota, se lo había echado en cara. Cada vez que nos habíamos mirado. Evaluado. Acariciado. Besado. Me había dicho a mí mismo que se merecía lo que le había hecho porque ni siquiera había reconocido al chico que estaba locamente enamorado de ella. Que había estado dispuesto a dejarlo todo por ella y que, en cierto modo, lo había hecho.

—Me pasé todo el día de ayer tratando de desenredar un sentimiento del otro, y todavía no lo he logrado. —Arya se frotó la frente.

—Déjame ayudarte —le ofrecí. No tenía derecho a pedirle nada, y menos su confianza.

—Esa es la cuestión. —Frunció el ceño, tan práctica como siempre. Nada de lágrimas ni de amenazas vacías—. No confío en ti, así que todavía menos te confiaría mi vida, mis decisiones o mis sentimientos. Te odio, Nicky, con cada pedazo de mi alma. Todo este tiempo, todo este deseo… Te he anhelado durante más de una década. Éramos Cecilia y Robbie.

No tenía ni idea de a quiénes se refería. Nunca había conocido a ninguna Cecilia y solo a un Robbie, que era un abogado fiscal de Staten Island. Pero de todos modos quería estrangular a esas dos personas por entrometerse en mi relación.

Arya se frotó una mejilla, como para sobreponerse de su propia bofetada mental.

—Todo lo que te hacía perfecto e intocable desapareció ayer, cuando vi la foto en la que nos *besuqueábamos* en esa página web.

—No fui yo. —Me acerqué de nuevo y me atreví a colocarle un mechón de pelo detrás de la oreja. Me apartó la mano, y eso me dolió más que el bofetón. Más que aquel día en que el director Plath envió a esos chicos a matarme—. Fue Claire. La que nos envió la limusina aquel día, cuando te hice la promesa. Ella avisó a la prensa.

—«Besuqueándose» —subrayó Arya, con los ojos muy abiertos—. Usaron esa palabra.

Negué con la cabeza.

—Es una coincidencia. Nunca te haría eso, Ari. Jamás.

—Te equivocas. —Arya, con los ojos de nuevo llenos de lágrimas, dio un paso atrás. Quería que las dejara caer. Que se rompiera. Que dejara de ser tan terca y de querer ser mejor que yo todo el tiempo. Porque, en el fondo, así me había sentido siempre. Indigno de su tiempo, de sus sonrisas, de su existencia—. Ya lo has hecho. Dijiste que no me traicionarías. —Una sonrisa triste se dibujó en sus labios—. Mentiste.

—Pensaba contártelo —respondí.

—¿Cuándo?

—No lo sé. —Me pasé los dedos por el pelo y tiré de él—. ¿Después del juicio? ¿Una vez que estuviera seguro de que te habías enamorado de mí? ¿Quién sabe? Me preocupaba que me dejaras porque Nicky no era lo bastante bueno.

Si ahora le decía que la quería, no me creería. Mi vida profesional estaba en juego. Ella estaba a una llamada de arruinar mi carrera, y ambos lo sabíamos. Que le declarara mis sentimientos podría interpretarse como un movimiento calculado, astuto y, sobre todo, humillante para ella. Por no hablar de que no quería empezar una relación con ella convencido de que lo que me ataba a ella era que tenía algo que perder. Y sí que tenía algo que perder, pero *ella* era ese algo. No mi trabajo.

Arya negó con la cabeza.

—Nicky siempre fue lo bastante bueno. Es en Christian en quien no confío.

—Entonces déjame cambiar eso. —Alcé una ceja—. Puedo darte más. Mucho más. Tú solo tienes que darme una cosa a cambio.

—¿El qué?

—Una oportunidad.

—¿Por qué Christian? —Cuando cambió de tema, la mirada en sus ojos me provocó un escalofrío—. ¿Por qué Miller?

—Me cambié el nombre legalmente antes de asistir a mi primer semestre en Harvard. No quería que tu padre me encontrara. Sabía que me vigilaría. Nicholai Ivanov no se inscribió en ninguna universidad. Compró un billete de ida a Canadá y huyó. Al fin y al cabo, en cuanto cumplimos los dieciocho años, podía pasar de todo, y él sabía que tú podías buscarme y que yo podía buscarte a ti.

Se mordió el labio. Lo comprendía. Al fin y al cabo, me *había* buscado a través del detective privado de su padre. En mi caso, lo único que me había impedido buscarla había sido saber que no tenía nada que ofrecerle.

—Necesitaba desaparecer. Así que elegí uno de los apellidos más comunes en los Estados Unidos, Miller, y Christian, que es uno de los nombres más populares en la lengua inglesa y que me traía a la mente la idea del renacimiento, el bautizo de otra identidad. Básicamente, hice todo lo que pude para asegurarme de que tu padre no me encontrara. El día en que Nicholai desapareció al otro lado de la frontera, nació un Sin Nombre.

Sacudió la cabeza y se dirigió hacia la puerta de entrada. Estaba a punto de marcharse. Y no podía dejar que se fuera. No porque corriera el riesgo de que hiciera que me inhabilitaran, ni tampoco porque mi puesto como socio estuviera en juego, sino porque no estaba preparado para despedirme. No de ella. Ni a los catorce ni a los treinta y dos.

—Arya, espera.

Se giró de nuevo para mirarme.

—¿Sabes, Nicky?, lo primero que hice cuando supe quién eras fue contárselo a Jillian. La situación era más fuerte que yo. La necesidad de venganza se apoderó de mí. Necesitaba sentirme… *imprudente.* —Inspiró—. Pero por mi vida que no podía hablarles a mis padres de ti. Apuntar adonde más te dolería. No podía contarles la verdad. ¿No es triste? ¿Que odie a mi padre casi tanto como te odio a ti? Y también os quiero a los dos. Supongo que mi amor siempre estará impregnado de odio, y hará que todas las relaciones importantes de mi vida sean agridulces. Sin embargo, quiero que sepas que soy muy consciente del control que tengo sobre ti, y que no pienses ni por un segundo que no lo usaré si es necesario. Si te acercas a mí, por la razón que sea, me aseguraré de que el juez Lopez y los socios de tu bufete conozcan tu conexión con la familia Roth. Y también la Asociación de Abogados del Estado de Nueva York. Así que asegúrate de mantenerte alejado de mí, porque bastará una llamada, un mensaje de texto, una visita injustificada, para que te arruine la vida. Y créeme, *Christian,* te destrozaré la vida sin pestañear.

No diría nada más.

No sabía si quería reír o gritar.

No creía que hubiera muchas posibilidades de que Arya fuera a mantenerlo en secreto. Supongo que delatarme parecía lo más natural. Por eso estaba más preocupado de que me perdonara que de que revelara mi secreto. Cualquier otro hombre habría aceptado lo que le hubiera ofrecido y se habría marchado. Y tal vez yo habría sido ese hombre dos meses atrás, pero no lo era entonces ni lo sería ningún día después de eso.

—¿Así que la próxima vez que me ponga en contacto contigo harás que me inhabiliten? —pregunté.

—Como mínimo.

—Muy bien. Gracias, Ari.

—Arde en el infierno, Nicky.

Capítulo veintiocho

Christian

Presente

No quería volar a Florida a mediados de semana. Me sentía desconectado de la creciente pila de trabajo que me esperaba en la oficina así como de los dos socios desconcertados, que no entendían por qué mi primer movimiento había sido despedir a una de sus asociadas más prometedoras. Sabía que Claire no intentaría jugar la carta del acoso sexual contra mí, sobre todo porque ambos éramos muy cautelosos y calculadores, y sabía que yo guardaba todos los mensajes que me había enviado en el pasado en los que me rogaba que la metiera en mi cama. Arrastrarnos a mí y a la empresa al juzgado detonaría lo único que Claire valoraba por encima de todo: su orgullo.

Además, *había* notificado a Recursos Humanos al respecto cuando comenzamos a vernos.

No me gustaba la idea de irme de Nueva York cuando las cosas entre Arya y yo seguían sin resolverse. Pero, como Arsène y Riggs habían señalado cuando les había hablado de mi conversación con ella, ese tipo de mierda era demasiado para ellos, y yo necesitaba el toque de una mujer para averiguar hacia dónde quería ir a partir de entonces.

Alice Gudinski vivía en un amplio apartamento en Palm Beach. Arsène, Riggs y yo la visitábamos de vez en cuando, sobre todo en vacaciones, pero los dos últimos años había estado muy ocupado con el trabajo y había olvidado ir a verla.

Hice una reserva en una marisquería con vistas al mar.

Por supuesto, también llegué diez minutos tarde, directo desde el aeropuerto.

Alice me esperaba en la terraza mientras disfrutaba de la puesta de sol. Llevaba un kimono y sostenía un *bloody mary* del tamaño de una cubitera de champán.

—Ah, mi yogurín sin ataduras. —Me besó las dos mejillas, luego la nariz y una oreja. Alice estaba radiante y no aparentaba más de cuarenta años. Para un extraño, no sería descabellado pensar que éramos pareja. Un elegante joven cuya novia millonaria le había comprado una pequeña oficina inmobiliaria en la playa. Solo yo sabía que, tras la pérdida de Henry, jamás tendría un amante.

—Estás maravillosa.

—Y tú tan encantador como siempre. —Le di un beso en la coronilla antes de ayudarla a sentarse y luego tomé asiento frente a ella. Una camarera se abalanzó sobre nosotros con una copa de jerez, sin duda siguiendo las instrucciones de la mandona Alice.

—Lástima que Arsène y Riggs no hayan podido venir. —Dio un sorbo a su *bloody mary.* La puesta de sol, anaranjada y rosada, hacía arder el cielo como telón de fondo.

—Riggs está en Inglaterra haciendo unas fotos para un artículo sobre ballenas varadas, y Arsène dejó la civilización en algún momento después de graduarse en la universidad. Me temo que te toca conformarte conmigo.

—Tú eres mi favorito, de todos modos. Los otros dos solo son las piezas secundarias. —Alice bebió otro sorbo y me guiñó un ojo—. Pero tú tampoco gozas de demasiado tiempo libre, lo que me lleva a pensar que no se trata de una visita casual. ¿Qué puedo hacer por ti?

Veía a través de mis mentiras a unos cincuenta metros de distancia. Me sorprendía a mí mismo no ver a Alice más a menudo. Y también me enfadaba. Porque, durante mis años en la Andrew Dexter y luego en Harvard, pasaba todo el tiempo que podía con ella. Había sido mi salvavidas, me había orientado y aconsejado y me había explicado los entresijos de la alta sociedad. Me había ayudado a mezclarme con el resto.

—Tengo la intención de cambiar las cosas y asegurarme de que en el futuro nos veamos mucho más —le informé, y le hice un gesto a la camarera para que viniera a tomarnos nota del pedido.

Alice sacudió la cabeza entre risas.

—Oh, cariño. Ya he pedido por nosotros. ¿De verdad crees que permitiré que un gamberro de Manhattan me diga cuál es el pescado del día?

—Llevas menos de dos años en Palm Beach —señalé.

—Aun así. —Se acarició el pelo—. En cualquier caso, ¿por dónde íbamos? Ah, sí. Tienes problemas. ¿Es Traurig o Cromwell? Apuesto a que es Cromwell, ese viejo cabrón. Sufre de envidia a la juventud.

El difunto marido de Alice había sido un abogado corporativo, así que sabía un par de cosas sobre la política de la empresa.

Llegó la comida. En concreto, la mitad de las criaturas del maldito océano. Alice tenía un apetito encomiable para una mujer de su edad.

—No se trata de trabajo. —Pinché con el tenedor una vieira bañada en aceite de oliva, mantequilla y orégano y me la llevé a la boca.

—¿Tu cartera de inversiones?

—No.

—¿Por fin vendes tu piso y te mudas a DUMBO?* Allí le sacarías más partido a tu dinero.

Negué con la cabeza.

—Bueno, ¿qué es, entonces?

—Arya —contesté—. Arya Roth.

* DUMBO es el acrónimo de Down Under the Manhattan Bridge Overpass, un barrio ubicado en el distrito de Brooklyn, en Nueva York. *(N. de la T.)*

* * *

Cuarenta minutos y cinco entrantes después, Alice estaba al corriente de mi situación con Arya. Sabía de su existencia desde que yo tenía diecisiete años, pero no cómo se habían desarrollado los acontecimientos en los últimos tiempos.

Alice se recostó en el asiento, con un cóctel afrutado en la mano, y asintió con gravedad.

—En primer lugar, permíteme decir que me cuesta creer que hayas tardado tanto en encontrarla. —Le brillaron los ojos de felicidad.

Fruncí el ceño. ¿No había oído nada de lo que le había dicho?

—No la encontré. Fue una coincidencia.

—No existen las coincidencias. Solo la intervención divina. Y, desde que tenías diecisiete años, estaba claro que tu corazón, junto con el resto de tu cuerpo, le pertenecía a esa chica. Has vagado sin rumbo durante mucho tiempo, pero, por desgracia, la gente, sobre todo los jóvenes, necesita experimentar las cosas en carne propia para asimilarlas.

Ignoré el hecho de que ella siempre había sido consciente de mi amor por Arya, mientras que yo lo había descubierto durante el último mes. Fui al grano.

—¿Qué hago entonces?

—Bueno —Alice se rio—, la has liado.

—Lo sé —espeté. Estaba perdiendo la paciencia.

—De una forma espectacular.

—Si quisiera escuchar lo increíblemente inepto que soy como novio, acudiría a Arsène, a Riggs, o, mejor aún, a la propia Arya. He venido aquí porque necesito consejo. ¿Cómo le hago ver que no me importa nada más? ¿Qué solo me importa ella?

Alice esbozó una sonrisa pícara que me indicó que la respuesta estaba en la misma pregunta. Parecía disfrutar mientras veía cómo me retorcía.

—¿Qué? *¿Qué?* —exclamé.

—Repite esas palabras, por favor, Christian.

Fruncí el ceño.

—¿Cómo le hago ver que no me importa nada más?

—Sí. —Dio una palmada, entusiasmada—. Exactamente.

—Eso no es una respuesta —protesté—. ¿Cuánto has bebido?

Se metió en la boca la cereza de la varilla de cóctel.

—La respuesta es que sí otra vez.

Estaba a punto de llevarla de vuelta a casa para cuidar de ella hasta que estuviera otra vez sobria y me diera una respuesta, pero entonces lo entendí. Comprendí el significado de su sugerencia. Alcé las cejas. Alice movió los hombros, emocionada porque al fin lo hubiera entendido.

—¿Después de todo este tiempo? —Gemí.

—Después de todo este tiempo.

—¿Seguro que no hay otra manera?

—Le has quitado a esa chica todo lo que tenía. El padre que adoraba y que veía como una figura paterna y materna.

Abrí la boca para decir algo, pero ella me interrumpió.

—Por favor, no me digas que se lo merecía. Ya lo sé. Pero *ella* no, hasta que sacaste la verdad a la luz. Ahora se ve obligada a contemplar la imagen emborronada de su vida. Por tu culpa. No solo eso, sino que le mentiste. Incluso después de haberte acostado con ella. Hasta cuando se armó de valor para pedirte que no le mintieras. Así que sí, deberás sacrificarte, y esos sacrificios tendrán que significar algo para ti. Si no pierdes nada, no puedes ganar nada, cariño.

Bajé la cabeza y levanté la mano con la que sujetaba la tarjeta de crédito para que la camarera la tomara cuando nos trajo la cuenta.

—Discúlpame, Alice. Debo tomar un vuelo nocturno a Manhattan para echarme a la calle.

* * *

—Si esto es algún tipo de broma, no la entiendo. Por favor, explícamelo. —Traurig me miró como si hubiera irrumpido en su despacho vestido con la cuestionable ropa de prostituta de Julia Roberts en *Pretty Woman.* Cromwell estaba sentado a su lado, con el rostro pétreo—. ¿Primero despides a Claire sin nuestro consentimiento, sin consultarnos siquiera, y ahora nos presentas tu *dimisión?*

—Ah, no te subestimes, *chaval.* —Sonreí y me senté al otro lado del escritorio. Me parecía estupendo pensar que rasparían las letras doradas de mi puerta después de solo tres días de haberlas puesto—. Parece que lo has entendido todo muy bien. Sí, lo has entendido bien. Dimito. Con efecto inmediato.

—Pero... ¿por qué? —balbuceó Traurig, que lanzó los brazos al aire, exasperado.

—La lista es larga, pero os explicaré los puntos principales: deberíais haberme nombrado socio hace tres años, estoy sobrecargado de trabajo e infravalorado, Cromwell es un cabrón (sin ánimo de ofender, amigo). —Le guiñé un ojo a un Cromwell pálido antes de volver a mirar a Traurig—. Y tú no eres mucho mejor. Me hiciste pasar por el aro y disfrutaste al ver cómo sudaba por ello. Y durante un tiempo seguí tus reglas. Hasta que dejó de merecer la pena. Lo que ocurrió hace aproximadamente —Miré mi reloj de pulsera— tres días.

—Estás tirando toda tu carrera a la basura —advirtió Traurig.

—Te dije que el chico era problemático desde el principio —espetó Cromwell, que desvió la mirada hacia Traurig y movió una mano como si estuviera conjurando a un espíritu—. Abandona el barco y se va a otra parte. ¿Adónde, chico? Dínoslo ya.

Cromwell pegó el dedo índice a la mesa que había entre nosotros, como si yo le debiera algo.

Bostecé. ¿Cuándo había sido la última vez que había dejado de lado mis modales y me había comportado como el gamberro de Hunts Point que era? Apostaba a que hacía casi dos décadas, pero me sentí bien.

—Aunque tuviera otro trabajo esperándome, serías la última persona a la que se lo diría, Cromwell. Me has tratado como si fuera tonto desde el primer día, y apenas vienes a la oficina. Me alegraría ver cómo te ensucias las manos con algún trabajo de verdad, ahora que me marcho.

Me levanté y me dirigí a la puerta.

—Volveremos a contratar a Claire. Para que lo sepas —dijo Traurig a mis espaldas. Me detuve. Me giré. Vi la sonrisa de mierda en su cara—. ¿Es por eso? —preguntó—. ¿Tuviste una aventura con esa preciosidad y se te fue de las manos? ¿Cortarás por lo sano por si viene a por ti? ¿Por si te demanda por acoso sexual?

Estaba tan fuera de lugar que tuve que hacer todo lo posible para no reírme.

—Despedí a la señorita Lesavoy porque traicionó mi confianza profesional y personal. Si quieres una rata en la empresa, que supongo que sí, ya que ambos sois roedores, te recomiendo encarecidamente que vuelvas a ofrecerle el puesto.

Y, tras eso, les cerré la puerta en las narices.

Y, maldita sea, qué bien me sentí.

* * *

Aquella tarde esperé a Arya en la puerta de su oficina. Como no estaba acostumbrado a comportarme como un cachorro ni a sentirme como tal, mi ego sufrió su primer golpe en años.

Bueno, fue más un arañazo que un golpe.

Bien. Mi ego había sido totalmente decapitado. Pero se lo merecía. Me había metido en muchos problemas a lo largo de los años.

—¿Debo recordarte que haré que te inhabiliten si no me dejas en paz? —protestó Arya nada más salir por la puerta, sin ni tan solo saludarme. Llevaba una falda de tubo de cuero rojo combinada con una elegante blusa blanca, lo que la hacía parecer un ángel caído del cielo. Era increíble que la hubiera dejado salir de mi cama.

Al final, la alcancé mientras se dirigía al metro.

—Inhabilítame —dije serio, y le rocé un hombro.

Hizo un sonido de exasperación y sacudió la cabeza.

—Déjame en paz.

—¿Tus padres han hablado contigo desde el juicio? —le pregunté.

Otro suspiro.

—Como si te importara.

Le puse una mano en el hombro. Se detuvo, se giró con brusquedad para mirarme y, con fuego en los ojos, me apartó la mano.

—Pues sí. —Me golpeé el pecho con el dedo—. Me importa. Intento hablar contigo todos los días, así que no me digas que no me importa, Arya, cuando es muy posible que sea el único capullo al que le importe.

—No *quiero* que te importe. —Su voz se quebró—. Esa es la cuestión. Te he dicho que haré que te inhabiliten si no me dejas en paz, porque nada en mí te quiere en mi vida.

—¿Ni una pequeña parte? —repetí.

Ella negó con la cabeza.

—Ninguna.

—Mentirosa. —Di un paso adelante y le tomé las mejillas con las manos—. Lo he dejado.

Abrió mucho los ojos por la sorpresa.

—¿Lo has dejado? —repitió.

—Sí. —Apoyé la frente en la suya e inhalé un segundo—. He renunciado al bufete. Les he dicho que se vayan a la mierda, aunque no sin antes despedir a Claire por lo que nos hizo. Puede que sea un huérfano y un capullo, pero, cariño, tú también lo eres. Ojalá no lo fueras. Ojalá tus padres hubieran estado ahí para ti como te merecías, pero yo estoy aquí y haré todo lo posible para ser suficiente.

Y entonces, simplemente, lo solté. Salió de mí.

—Te quiero, Arya Roth. Siempre te he querido. Desde aquel primer día en el cementerio, cuando éramos niños. Cuando todo a nuestro alrededor estaba muerto y tú estabas tan viva que quería tragarte entera. Cuando pusiste aquella piedrecita en la tumba de Aaron para que supiera que ibas a visitarlo. Te quise aquel día, por tu corazón, y todos los días después de ese. Nunca he dejado de quererte. Incluso cuando te odiaba. *Sobre todo* cuando te odiaba, de hecho. Me mataba pensar que te habías olvidado de mí. Porque ¿sabes, Arya?, no ha habido un minuto en mi vida en el que no haya pensado en ti.

Hubo un momento, al menos una fracción de segundo, en que pensé que cedería. Por fin aceptaría lo que había entre nosotros. Sin embargo, dio un paso atrás, se reajustó la correa del bolso y alzó la cabeza, desafiante.

—Lo siento.

—¿Por qué?

—Por ser en parte responsable de tu decisión de dejarlo. Porque eso no cambia nada.

No era responsable en parte. Lo era en su totalidad, aunque no tenía sentido señalarlo, porque, ahora que había dimitido, sabía que tendría que haberlo hecho hacía años. Con independencia de si ella había tenido o no algo que ver. Cuando haces algo bien, lo sientes en los huesos.

—Sí que cambia algo. —Sonreí—. Cambia una cosa fundamental, Arya.

—¿Y qué es?

—Ahora puedo perseguirte todo lo que quiera. Porque el caso de tu padre no significa una mierda para mí, y sabes muy bien que no me importa que me inhabiliten, ya que acabo de dimitir. Ha empezado la competición, Ari. Te ganaré.

—No soy un premio.

Me di la vuelta y me alejé.

—No, no lo eres. Lo eres *todo* para mí.

Capítulo veintinueve

Arya

Presente

Mientras la ciudad se adentraba en una colorida primavera, en el ático de mis padres se formaba un inmenso agujero negro.

No se decía nada ni dentro ni fuera. Los Roth se habían esfumado, desaparecido de la faz de la Tierra.

Lo intenté repetidamente con mi madre. Me sentía obligada a cuidarla, puesto que ahora sabía que papá había abusado emocionalmente de ella. Pero era imposible contactar con ella por teléfono, correo electrónico o mensajes de texto. En cuanto a mi padre, no volví a ponerme en contacto con él después de la retahíla de mensajes mordaces que me había dejado el día en que lo condenaron. Su capacidad para borrar sus emociones hacia mí como si fueran una suscripción a un servicio de *streaming* demostró que esos sentimientos nunca habían sido de verdad.

Al final, tras siete días de silencio, me dirigí al ático de Park Avenue. Mientras subía en ascensor hasta la última planta, una oleada de preocupación me revolvió el estómago. Se me ocurrió que tal vez ya no estaban ahí. ¿Y si se habían mudado? Mis padres eran los dueños de la propiedad, pero era imposible que la conservaran con la cantidad de dinero que tenían que pagar tras haber perdido el caso. No tenía ni idea de cuáles eran las condiciones. Cuánto tiempo tenían para reunir el dinero.

Supongo que Christian me habría respondido a todas esas preguntas, pero no podía preguntárselo a él. No me pondría en contacto con él. Ya había agotado todas mis defensas y mi capacidad mental estaba bajo mínimos.

Tras salir del ascensor, llamé a la puerta de la casa de mi infancia. No sabía por qué, pero, por alguna razón, hice la señal secreta que papá y yo usábamos cuando era una niña.

«Un golpe, silencio, cinco golpes, silencio, dos golpes».

Se hizo el silencio al otro lado. Tal vez no estaban. A lo mejor podía llamar a uno de los amigos del club de campo de mi madre y preguntarle si les habían dado una nueva dirección. Estaba a punto de darme la vuelta y marcharme cuando lo oí. Procedía del otro lado de la barrera de madera que nos separaba.

Un golpe, silencio, cinco golpes, silencio, dos golpes.

Conrad.

Me quedé paralizada y deseé que mis pies se movieran. Los traidores habían echado raíces en el suelo de mármol y se negaban a cooperar. Escuché a mis espaldas el suave chasquido del cerrojo al abrirse y un escalofrío me recorrió la columna. La puerta se abrió.

—Ari. Mi amor.

Su voz era almibarada y tranquila. Me transportó a mi infancia. A un día en el que jugamos al tres en raya frente a una piscina en Saint-Tropez. A cuando intentó hacerme una trenza y me dejó el pelo desastroso, como si hubiera metido el dedo en un enchufe. A los dos riéndonos de ello. Los recuerdos fluían como un río en mi interior y no podía detenerlos por mucho que lo intentara.

Papá, que me rodeaba con un brazo, me besaba la cabeza y me decía que todo iría bien. Que no necesitábamos a mamá. Que formábamos un gran equipo nosotros solos.

Papá bailando «Girls Just Want to Have Fun» conmigo.

Papá, que me aseguraba que podría entrar en la universidad que quisiera.

Papá, que me compró un bate de béisbol cuando cumplí los dieciséis años y me volví más guapa de la noche a la mañana porque «nunca se sabe».

Migajas de felicidad esparcidas en toda una vida de dolor y anhelo.

—Arya, por favor, mírame.

Giré sobre los talones y lo miré fijamente. Quería decirle muchas cosas, pero las palabras se me atragantaron en la garganta. Al fin, logré verbalizar la única cosa que me había carcomido desde que esa pesadilla había comenzado.

—Nunca te perdonaré.

Se había acabado lo de estar en el lado equivocado de la historia.

Yo le había hecho eso a Nicky. Y no volvería a hacerlo.

Mi padre bajó la cabeza. Ahora, la rabia y la ira que habían ardido en su interior habían desaparecido. Parecía derrotado. Hundido. Era una sombra de lo que había sido.

—¿Por qué lo hiciste? —le pregunté—. ¿Por qué?

Como mujer que se movía en círculos corporativos, siempre me había preguntado qué hacía que los hombres se sintieran invencibles. Como si no hubieran atrapado antes a hombres más grandes y poderosos que ellos. Parecía una tontería pensar que a uno no le ocurriría. La verdad sabía cómo pillarte con los pantalones bajados. En el caso de mi padre, en sentido literal.

—¿Adelante? —Puso una mueca a modo de súplica. Negué con la cabeza.

Soltó un suspiro y dejó caer la cabeza sobre el pecho.

—Me sentía solo. Muy solo. No sé cuánto te ha confiado tu madre. Me he dado cuenta de que os habéis vuelto más cercanas en las últimas semanas…

—No. No te atrevas a manipularme. Responde a mi pregunta.

—No rehúyo la responsabilidad sobre lo que pasó en nuestro matrimonio. Ambos nos hicimos cosas terribles tras la muerte de Aaron. Pero la verdad es que no sentía que tuviera una esposa para todo lo que importaba. Así que empecé a buscarlo en otra parte.

»Al principio, solo era sexo. Siempre consentido. Siempre con mujeres que conocía del trabajo. Era joven, atractivo y estaba ascendiendo en mi carrera. No me resultaba difícil tener amoríos, pero necesitaba más. También quería apoyo emocional. Y, una vez que buscas eso, esperas que sea recíproco. Es lo que pasó con Ruslana. Ella buscaba un cuento de hadas, y yo quería tener la falsa sensación de volver a casa junto a alguien cada día. Alguien que me frotara los pies, que me calentara la cama y me escuchara. Tú me tenías a mí, y yo tenía a Ruslana.

—Le aseguraste que dejarías a mamá por ella.

Me miró con una sonrisa triste en el rostro.

—Le decía lo que hiciera falta para que se quedara. Y, cuando me di cuenta de que se lo diría a tu madre, me volví loco. Todavía quiero a tu madre. Siempre la he querido.

«Tienes una extraña manera de demostrarlo».

—Ruslana murió de forma inesperada.

Debía tener cuidado con lo que decía. Él no sabía que Christian era Nicky ni tampoco que yo había visto el certificado de defunción. No importaba lo que yo sintiera por la traición de Nicky, nunca se lo entregaría en bandeja de plata a Conrad. No sería capaz de vivir conmigo misma si lo hiciera.

—Sí, así fue.

—Podría decirse que parece un accidente planeado —lo provoqué.

Mi padre abrió los ojos como platos y frunció sus pobladas cejas.

—No, no. Ruslana se suicidó. Tenía muchos problemas económicos. Yo no tuve nada que ver con su muerte. Lo juro.

—¿Recuerdas cuando me dijiste que dimitió de forma repentina y se mudó a Alaska? ¿De qué iba eso? —No lo dejé pasar.

Mi padre se enfureció.

—Sí, vale. Es verdad. En algún momento descubrí que se había suicidado, pero no quise que *tú* lo supieras. No quería hacerte daño. Ya me sentía bastante mal por lo que le había pasado, así que no quería añadir una carga más, pues sabía que saberlo te habría roto el corazón.

—¿Y Amanda Gispen? ¿Las fotos de tu miembro? ¿Todo eso?

Exhaló y cerró los ojos, como si se preparara para lo peor.

—En algún momento de mi romance con Ruslana, empezamos a tener problemas. Problemas relacionados con Beatrice. Quería dejarle claro que ella no era la única. Que había otras. Que no tenía derecho a pedirme todo lo que me exigía. Así que empecé a buscar a otras mujeres. A tener aventuras, pero no fue tan fácil. Ya no era el mismo joven que había sido en tu infancia. Había otros ejecutivos de fondos de cobertura más atractivos y dispuestos a gastar su dinero en sus amantes, a quienes compraban bonitos apartamentos y a quienes daban sus tarjetas American Express cuando las enviaban a la Riviera francesa. Yo no era uno de esos hombres. Amanda fue mi último error. Y esas otras mujeres… Todas me mandaban señales contradictorias, Arya, te lo prometo. Sonreían un día y actuaban con frialdad al siguiente. No sabía qué hacer. Fui arrogante y pensé que, si insistía, cederían.

—Las acosaste —dije en voz baja mientras las lágrimas me corrían por las mejillas. Me había prometido no llorar. Pero así eran las despedidas. Era definitivo, doloroso, purificador e insoportable. El mero hecho de *mirarlo* me calaba hasta los huesos.

—Sí —aceptó Conrad, que se parecía cada vez más al hombre de expresión pálida y sudorosa que había visto en los Cloisters poco antes de que todo estallara—. Estaba sometido a mucha presión. Estar a tu lado, para ti. Mantener a tu madre a raya. Necesitaba una válvula de escape. —Así lo había construido en su mente enferma. Que tenía que mantener a mi madre a raya y ser mis dos figuras paternas, por lo que tenía derecho a abusar de los demás. Continuó—: Y, cuando te enteraste, bueno, fue demasiado. Eras la única persona que siempre me había admirado y la única mujer que me importaba de verdad. No quería que fueras testigo de todo lo que había hecho. Por eso te alejé. El abogado de Amanda fue una gran excusa.

—Él no tuvo nada que ver con esto —dije de forma acalorada. Me pregunté si en algún momento dejaría de defender a Nicky como si mi propia vida dependiera de ello.

Mi padre sonrió.

—Cariño, lo sé.

—¿Qué sabes? —Se me aceleró el pulso y el corazón se me subió a la garganta.

—Quién es Christian.

—No sé de qué hablas. —Me erguí.

—Mi investigador privado, Dave, comenzó a vigilarlo poco después de que empezara el juicio. Había algo en él. Un hambre que reconocí. Esos malditos ojos azules.

—No tiene sentido —espeté—. No has dejado de preguntar por qué actuaba de ese modo.

Conrad se encogió de hombros.

—Dejé de hacerlo en cuanto Dave me dio la información.

—Pero… pero…, si lo hubieras sabido, habrías podido…

Bajó la mirada al suelo.

—¿Y entonces qué, Arya? A Nicholai lo habrían desacreditado e inhabilitado y su historia habría salido a la luz. La historia de cómo le arruiné la vida, con todo lujo de detalles. Eso habría empeorado la imagen que ya se tenía de mí. Solo habría sido otra de mis víctimas. Amanda y el resto habrían conseguido otro abogado, y a mí me habrían declarado culpable de todos modos. Todos los caminos llevaban al mismo destino. Y debo decir —Sonrió de forma satírica— que aprecié que cerrara el círculo. El chaval hizo bien. Si yo tenía que caer, quería hacerlo con estilo, y él hizo que así fuera. Por eso les dije a Terrance y Louie que no apelaran.

—Querías arruinarle la vida —repetí, estupefacta. Incluso en nuestros peores momentos, durante el año siguiente a lo que le hizo a Nicky, pensaba que mi padre tenía problemas para controlar la ira, no que fuera un cabrón—. *¿Por qué?*

—Porque tocó lo único puro que tenía en mi vida —respondió—. *A ti.*

—No puedes decírselo a nadie —le advertí, y sentí que ardía cada nervio de mi cuerpo mientras daba un paso hacia él—. ¿Me oyes? A nadie. Prométemelo. Prométello.

Me miró fijamente.

—Nunca has dejado de quererlo, ¿verdad?

«No, ni siquiera por un momento».

Di un paso atrás y me recompuse. Pero él lo sabía. Lo supo en ese momento. Apoyó la frente en el marco de la puerta. Detrás de él, vi que al apartamento le faltaban la mitad de los muebles. Alguien debía de habérselo llevado casi todo. Esperaba sentir una punzada en el corazón, pero la verdad era que nunca había sido un hogar para mí. Era un sentimiento. Uno que solo había experimentado con mi padre antes de lo que ocurrió, y con Nicky.

—¿Alguna vez me perdonarás? —Tenía los ojos cerrados mientras hablaba contra el marco de la puerta.

—No —respondí—. Me quitaste a la persona que más quería en el mundo y le destrozaste la vida. Tienes que irte de la ciudad. Es lo mejor.

—Y lo haré. —Hizo un pequeño gesto con la cabeza—. La semana que viene.

No pregunté adónde. No quería saberlo. No confiaba en que no volviera a contactar con él si lo sabía.

—Adiós, *papá.*

—Adiós, cariño. Cuídate y cuida de tu madre.

* * *

—Nunca me contestará, ¿verdad? —Estrellé el teléfono contra el escritorio; a duras penas podía contener la rabia—. Es muy propio de ella desaparecer después de que el barco se haya hundido. Un clásico de Beatrice Roth. Me pregunto qué hará ahora que no tiene ni el ático ni los fondos. Es demasiado vieja para conseguir a un hombre que la mantenga.

Jillian me miró por encima del borde de la taza de té y su mirada penetrante me indicó que me había olvidado de ocultar mi locura esa mañana. Me habían contado que, a partir de los cuarenta, dejaba de importarte lo que los demás pensaran de ti. Quizá me había adelantado, porque ya me daba igual.

—¿Se te ha ocurrido pensar que quizá esta vez no quiere que arregles sus problemas? —sugirió—. Sabe que, si te responde, entrarás en modo control de daños y querrás arreglarlo todo. Siempre has sido la adulta en esa relación.

—Ni siquiera *tuve* una relación con ella hasta hace un mes y medio. —Me levanté y empecé a meter cosas en el bolso. Eran las siete y media y ya había hecho esperar bastante a Christian fuera del edificio. Ahora venía a verme todos los días.

—Sí, es verdad, pero yo creo que nunca habéis tenido una relación porque tú la intimidabas y ella te daba asco —me explicó Jilly, que se acercó a la cocina para servirse más té—. Así que mi opinión es que tu madre resurgirá cuando esté preparada, y cuando tenga un plan.

—Nunca tendrá un plan. —Me eché el bolso al hombro—. Ha ido de crucero por la vida porque contaba con que mi padre arreglaría todos sus problemas.

Jillian sonrió y añadió una cucharadita de azúcar a la taza de té que le había regalado por Pascua de una tienda de segunda mano. El aroma a menta llenó el ambiente.

—Eso ya lo veremos, ¿no?

—Es como si supieras algo que ignoro. —Entrecerré los ojos.

Jillian se rio.

—Sé muchas cosas que tú no. Permíteme empezar señalando la más importante: no solo te preocupa tu madre. Christian, o Nicky, o como quieras llamarlo hoy, te tiene paralizada. Te has atrincherado en la oficina todos los días hasta las ocho desde que descubriste que te esperaba cada noche.

—Se comporta como un acosador. —Di un pisotón hacia la puerta para dejar clara mi opinión—. Intento disuadirlo.

—Estás tan enamorada de él que me avergüenza tu alma. ¿Por qué no le das una oportunidad?

¿Cómo habíamos pasado del tema de mi madre a eso? Puse los ojos en blanco, saqué el brillo de labios del bolso y me lo apliqué de forma distraída.

—Porque nunca volveré a confiar en él, así que no tiene sentido.

—Sigue diciéndote eso, cariño. —Se acercó para darme unas palmaditas en un brazo y volvió a su mesa.

Fruncí el ceño.

—¿Qué haces aquí, de todos modos? Al menos yo tenía una razón para quedarme hasta tarde estos últimos días, pero tú no. —Hice una pausa—. ¿O sí? —Sonreí.

Jillian volvió a su asiento, tomó una pinza para el pelo y me la lanzó.

—¡Vete ya!

Esquivé la pinza entre risas.

—¿Cómo se llama?

—¡Vete!

Me enderecé.

—Humm. *Vete.* Suena dulce y diferente. ¿Sus padres son ecologistas? No sé, me gustan más Bosque u Hoja.

—Lo juro por Dios, Arya… —Me hizo un gesto con el dedo—. Por cierto, recuerdas nuestra reunión de mañana, ¿verdad? ¿Con la mujer de Miami? ¿A las nueve y media?

—Sí. —Hice una mueca—. Aún no estoy segura de cómo podemos ayudarla. Su idea de negocio parece sólida, pero todavía no ha constituido la sociedad.

Luego salí por la puerta entre risas y me dirigí a otro encuentro con Nicky.

* * *

Pero no estaba ahí.

Por primera vez en una semana, Nicky no estaba acosándome en la puerta de mi despacho.

Me inundó una oleada de decepción. Odié lo que sentí al no verlo allí. Las rodillas me flaquearon, el corazón se me hundió y los hombros se me encorvaron. Me obligué a mantenerme erguida y me dirigí hacia el metro con una sonrisa desquiciada. Que no estuviera demostraba que Nicky no era de fiar. Me había dado por perdida en menos de una semana.

«Pero le reprendiste y le pediste que no volviera a ponerse en contacto contigo —razonó una voz en mi interior—. Varias veces, de hecho. Además, fuiste una completa zorra cuando te contó que había dejado su trabajo por ti».

Sabía que no tenía derecho a enfadarme con él por no haberme esperado en la puerta de mi despacho durante tres horas. Y también era cierto que no era necesario que dejara su trabajo. Podía seguir con su vida, pues sabía que yo no lo entregaría a las autoridades. Había elegido arrepentirse por haberme engañado. Pero tal vez mi problema de confianza no tenía que ver con Nicky. Quizá mi problema era que no confiaba en *mí misma.* Después de todo, él era el colmo de todo. El amor deseado, total y no correspondido. Así había sido durante muchos años.

Quizá no quería entregarle el resto de mi corazón al hombre que me lo había robado hacía casi dos décadas y que nunca me lo había devuelto.

Pasé el viaje en tren sumida en mis pensamientos sobre la situación con Nicky. Sobre el niño que había sido. Y el hombre que era hoy. Cuando llegué a mi edificio, me fijé en que una figura merodeaba por la escalera. Se me aceleró el pulso.

«Está aquí».

Mis pies se movieron más rápido. Pero, a medida que me acerqué, comprendí que no era él. La persona que esperaba fuera era demasiado baja y delgada. Ralenticé el paso hasta detenerme por completo.

—*¿Mamá?*

La figura giró la cabeza y me miró.

Parecía agotada, cinco kilos más delgada, pero muy bien arreglada. Se dio una palmadita para limpiarse una suciedad invisible, como si el simple hecho de estar en un código postal que no fuera el de Park Avenue la ensuciara.

—Hola, cariño —saludó con tono alegre, y una sonrisa, falsa e inquebrantable, se dibujó en su rostro—. Siento no haberte llamado. Tenía algunas cosas que atender. ¿Es un mal momento? Puedo volver mañana, si quieres.

Negué lentamente con la cabeza.

—No. Ahora me va bien. Sube.

Al llegar, me quité los tacones y arrojé las llaves al cuenco feo que tenía junto a la puerta. Me di cuenta de que era la primera vez que mi madre venía a mi apartamento. Encendí la cafetera y saqué dos tazas.

—Toma asiento. ¿Cómo estás? —pregunté, y traté que la ira no se reflejara en mi voz. Lo había hecho de nuevo. Había desaparecido. Tras unas semanas en las que de verdad había parecido una madre, aunque de lejos y solo si entrecerrabas los ojos para verlo bien, se había largado. Otra vez. Debería haberlo sabido. Debería haber esperado que ocurriera. Entonces, ¿por qué me dolía tanto?

Beatrice se sentó en el borde de mi sofá de terciopelo verde de Anthropologie y trató de ocupar el menor espacio posible.

—Bien. Teniendo en cuenta las circunstancias, por supuesto.

—¿Café te va bien?

—Estupendo, gracias.

—¿Crema? ¿Azúcar? —pregunté. Era increíble que no supiera una cosa tan trivial de mi madre.

—No lo sé —añadió, pensativa—. No suelo tomar café. Ponle lo que suelas tomar tú. Seguro que me gustará.

Eché dos cucharadas de azúcar y más crema en su taza. Tenía la sensación de que necesitaba más calorías. Llevé los dos cafés al salón y me senté en un sillón reclinable frente a ella. Bebió un sorbo con cuidado. La observé con atención. Su rostro se relajó después del primer trago. Quizá pensaba que la había envenenado.

Y, si todo esto hubiera ocurrido diez años atrás, tal vez lo habría hecho.

—Está realmente bueno.

—El café es el néctar de los que trabajamos de nueve a cinco. —Me senté—. Entonces, ¿por qué estás aquí?

Mi madre dejó la taza en la mesita y se volvió hacia mí.

—Hay un motivo por el que no he respondido a ninguna de tus llamadas, Arya. Hablé de ello con tu amiga Jillian, pero le pedí que no te lo contara.

Casi se me cayó el café. No era normal que mi madre se relacionara con mis amigas. De hecho, no tenía ni idea de que supiera de la existencia de Jillian. Mamá se pasó la lengua por los labios rápidamente, y habló con palabras medidas y bien ensayadas:

—He estado pensando mucho últimamente. Sé que no he sido la mejor madre. De hecho, no he sido ningún tipo de madre. Asumo toda la responsabilidad. Pero, cuando las cosas con Conrad empezaron a torcerse, lo último que quería era convertirme en una carga para ti, además de perder todo lo que tenía. Así que…, bueno, me busqué un trabajo.

Casi se me salieron los ojos de las órbitas.

—¿Empezarás a trabajar para nosotras?

Mi madre negó con la cabeza y se rio.

—¿Ves? Precisamente por eso quería tener algo de tiempo para recomponerme. No. No aceptaré un puesto en Brand Brigade. He encontrado un trabajo por mi cuenta. Bueno, más o menos. —Arrugó la nariz—. ¡Estás ante la nueva asistente administrativa y de *marketing* de mi club de campo! Es cierto que ya no puedo permitirme ser socia, pero la oferta es estupenda y el seguro médico es bastante bueno, o eso me han dicho.

Me invadió una extraña sensación. Como si estuviera bajo agua caliente. Alegría. Orgullo. Y esperanza. Mucha esperanza.

—Mamá. —Le tomé una mano y se la apreté—. Es increíble. Me alegro mucho por ti.

Le brillaron los ojos y asintió con la cabeza antes de dar otro sorbo a su café.

—Sí, y eso no es todo. Ayer solicité el divorcio. Se acabó, Arya. Dejo a tu padre, y él se muda a Nuevo Hampshire a vivir con su hermana y su marido.

—¡Oh, mamá! —Me abalancé sobre ella y enterré mi rostro en su hombro. Tardé unos segundos en darme cuenta de que me había sentado en su regazo. En aquel momento, pesaba unos dos kilos más que ella, pero, cuando intenté levantarme, tiró de mí hacia abajo y me tomó la cara entre las manos. Se me saltaron las lágrimas. No pude evitarlo. No dejaban de brotar. Pero me sentí bien. Purificada.

—Lo siento mucho, Arya. Te he ignorado durante todo este tiempo. Te he dejado de lado. Inventé excusas para mí misma: que tú y él os teníais el uno al otro, que solo me interponía en tu camino. Pero todo eso se acabó. Tengo un nuevo apartamento, un nuevo trabajo y una nueva vida. Sé que es tarde, pero espero que no lo sea demasiado para ser tu madre.

Sacudí la cabeza con brusquedad.

—No. No. —Resoplé y apoyé de nuevo la cabeza contra su hombro—. No vuelvas a hacerlo. No vuelvas a desaparecer durante días y semanas. Aunque tengas que decirme cosas que no quiero oír. Aunque sea para decirme que no me meta en tus asuntos. Compórtate como mi madre.

—Lo haré, cariño. Lo haré.

Capítulo treinta

Arya

Presente

A la mañana siguiente, me sacudí la muñeca y miré el reloj antes de ajustarme la falda sobre los muslos por millonésima vez. Eran las diez y media y estaba a punto de levantarme para salir del restaurante donde había quedado con la clienta potencial y con Jillian.

El hecho de que la clienta no hubiera venido ya era bastante malo. Una total falta de profesionalidad. Pero lo que de verdad me irritaba era que Jillian tampoco hubiera aparecido. Ni siquiera había respondido a mis llamadas. Solo me había enviado un escueto mensaje en el que decía que le había surgido algo y que le encantaría que se lo contara todo sobre la reunión cuando volviera a la oficina más tarde.

Jillian: Debemos hacernos con esta, Ari. Está forrada.

Bueno, nadara o no en el dólar, la señora Goodie no aparecía.

Le estaba haciendo señas al camarero para que me trajera la cuenta cuando la señora Goodie hizo su aparición triunfal. En realidad, irrumpió en el pequeño restaurante en medio de una explosión de colores y risas. Hablaba por teléfono y le hizo un gesto a la camarera para que se fuera cuando esta intentó preguntarle si se uniría a un grupo o necesitaba una mesa.

Era, a falta de una descripción mejor, una humana tecnicolor.

—... tengo que dejarte, cariño. Deberíamos ponernos al día mientras estoy en la ciudad. Totalmente. Aquí está mi cita de esta mañana. —La señora Goodie me saludó con la punta de las uñas y sonrió con alegría—. Tengo que colgar. Sí. Mañana me va bien. Pediré a mi asistenta que hable con la tuya. Estoy deseando verte. ¡Muac!

Se dejó caer en el asiento frente al mío y suspiró mientras tomaba mi vaso de agua y se lo bebía de un trago.

—Como si fuera a volver a ver a esa zorra de dos caras. ¿Puedes creerlo? He dejado de intentar averiguar por qué la gente que me odia busca mi compañía. La línea que separa el amor del odio es muy fina, pero no hace falta cruzarla.

La miré sin entender nada.

—¡Oh! —Se rio y sacudió la cabeza mientras le hacía señas al camarero. Estaba segura de que le había tirado un beso a alguien cualquiera—. Llego tarde, ¿verdad? Mis disculpas. Olvidé lo horrible que es el tráfico en la ciudad.

—No hay problema —dije con indiferencia, y me recordé a mí misma que había fastidiado varios tratos esas últimas semanas, y que esa se la debía a Jillian.

El camarero llegó con la cuenta, y la señora Goodie lo regañó.

—¡Vaya, ni siquiera he probado su bandeja de pasteles! Tráigala de inmediato. Es lo mejor que ofrece esta ciudad. Y café. Mucho café. ¡Café irlandés! Son las cinco en algún sitio.

—En San Petersburgo —respondí yo, aunque estaba convencida de que haría lo que quisiera, incluso emborracharse a primera hora de la mañana. Me coloqué la servilleta sobre el regazo.

La señora Goodie ladeó la cabeza y sonrió.

—Eres un cerebrito —observó.

—No sé si lo soy, pero me gusta considerarme culta.

—No me extraña que esté tan loco por ti —murmuró, y tiró de su colorido vestido playero para refrescarse del viaje hasta ahí.

Fruncí el ceño.

—¿Cómo dice, señora Goodie?

—Por favor, llámame Alice. —Se rio y me dio una palmadita en la mano desde el otro lado de la mesa—. Y no es Goodie. Es Gudinski.

El apellido me resultaba familiar, pero no sabía dónde lo había oído.

—¿Qué quiere decir con eso de «está loco por ti»? ¿Quién?

Entonces, la tierra tembló bajo mis pies. Respiré hondo. Una extraña combinación de celos, furia y gratitud me invadió. Esta última, sospeché, se debía a que estaba sentada frente a una persona cercana a Nicky. Alice debió de ver la guerra que se libraba dentro de mí reflejada en mi rostro, porque soltó una carcajada fuerte y poco femenina y, de repente, supe *exactamente* lo que Nicky había visto en esa mujer.

—Oh, bendito sea tu corazoncito, Arya, no tengas miedo. No muerdo. Christian me dijo que tal vez no aceptabas verme si sabías quién era, así que Jillian y yo tuvimos que darte un empujoncito. —Me guiñó un ojo y acompañó el gesto con un movimiento de hombros.

—¿Y, aun así, pensaste que sería una buena idea? —Mataría a Jillian por la forma en que había maquinado a mis espaldas dos veces seguidas en una misma semana.

Alice me dedicó una sonrisa amable.

—Por supuesto. Yo también era una mujer bastante testaruda a tu edad, pero mi difunto marido me ganó. Me alegro de que lo hiciera, porque, de no haber sido así, no estaría aquí, comiendo en un restaurante de lujo en Nueva York a media mañana.

—Siento que lo perdieras. —Bajé la voz.

Ella se revolvió su (maravilloso) pelo. Hacía unos años, habría mirado a esa mujer y habría pensado: «Quiero que sea mi madre». Ahora, después de todo lo que Beatrice y yo habíamos pasado, solo quería a alguien como Alice como amiga.

—¿Sabes?, hasta después de perderlo no me di cuenta de lo agradecida que estoy por todo lo que tenía. Su muerte lo puso todo en perspectiva. La vida es incierta, Arya. El amor no lo es. El amor es el cemento bajo tus pies. Es el ancla cuando estás en el ojo de la tormenta. Despreciar el amor por unas pocas complicaciones es inaudito. Eso es lo que he venido a decirte. —Me tomó de la mano y la estrechó con fuerza—. Cuando me enteré de lo tuyo con Nicky, no podía quedarme de brazos cruzados y dejar que perdierais la oportunidad de volver a amaros. Quiero que sepas que él te quiere. Siempre te ha querido. Odiaba quererte, pero no podía evitarlo, porque era más fuerte que él. A lo largo de los años, he visto cómo luchaba contra ello. Mientras se esforzaba por entender por qué no podía enamorarse de nadie más. Tu nombre siempre aparecía. Cada vez. Pensaba que lo habías marcado, pero la verdad es que nunca saliste de su mente. Ni de su corazón. Tú lo conoces, Arya. —Habló con suavidad y bajó la voz—. Sabes mejor que yo qué clase de persona es. Cometió algunos errores, claro, y el mayor de ellos fue no decirte quién era. Pero también daría el mundo por una segunda oportunidad contigo. Por favor, reconsidéralo.

Abrí la boca para decirle que ya lo había pensado. Que deseaba a Nicky tanto como él a mí. Y a Christian también. Quería a quien había sido y en quien se había convertido. Cada día que pasaba sin él me parecía un terrible desperdicio. Pero Alice se me adelantó, se levantó y dio un paso atrás.

—No. —Alzó una mano para detenerme—. No me lo digas a mí. Díselo a él.

De repente, ahí estaba él. Vivo, hermoso, y, algo que me rompía el corazón, no era mío. Llevaba unos vaqueros y una camisa blanca. Cada nervio de mi cuerpo se puso en alerta y me empujaba a saltar sobre él entre un mar de lágrimas.

El camarero se acercó con la bandeja de los pasteles, pero Alice lo espantó.

—¿En serio? ¿No ve que están en medio de *algo importante?* Ponga eso en la barra. Me ocuparé de esos cachorros en un segundo.

Tomé una nota mental para nunca jamás volver a ese lugar. Me escupirían en la comida.

Alice empujó a Nicky en mi dirección antes de darse la vuelta y pavonearse hacia la barra. Él tomó asiento frente a mí. Me temblaban las manos. No podía creer que alguna vez me hubiera enfadado con él por algo. Con ese hombre que había sufrido tanto por mi culpa. *Por* mí. Que había hecho tantos sacrificios en su vida, mientras que yo había vivido en mi torre de marfil, acurrucada entre objetos de diseño y mis propios privilegios.

—Ahora lo entiendo —dijo en tono sombrío y un poco contemplativo. Christian sacó algo del maletín de cuero que llevaba y lo dejó caer sobre la mesa que había entre nosotros. Un ejemplar de *Expiación*. El lomo estaba arrugadísimo y los bordes, hechos jirones por el uso.

—El libro —explicó—. Lo he leído. Dos veces, en realidad. Ayer. Una detrás de la otra. Cuando terminé, Jillian me dijo que ya habías salido del trabajo.

—Veo que Jillian ha hecho mucho trabajo de campo entre bastidores —murmuré.

—Bueno —Christian esbozó una sonrisa de lado—, sabía que o ella me ayudaba o tú me mandarías a la mierda.

—¿Te gustó? —Tragué saliva—. El libro, quiero decir.

«Claro que te referías al libro. ¿A qué otra cosa podías referirte? ¿A las piernas de Jillian?».

Sacudió la cabeza decidido.

—No.

Me pesaba el alma, empapada y llena de pensamientos oscuros.

—Me *encantó*, joder. Había visto la película antes, y nuestra escena en la biblioteca haría que Keira Knightley y James McAvoy parecieran aficionados, por cierto, pero no había leído el libro hasta ahora. Me ha ayudado a entenderlo. El libro trata sobre la clase social, la culpa y la pérdida de la inocencia. Todas las cosas que experimentamos juntos. Eso nos unió. Aunque hay una cosa que no entiendo. —Clavó su mirada azul en la mía y se me erizó el vello de la nuca. Apoyó los codos en la mesa y se inclinó hacia delante—. ¿Cómo puedes no perdonarme cuando sabes que Cecilia y Robbie tenían que acabar juntos? Estás saboteando tu propio final feliz, Arya. Y no lo permitiré. Esto es inaceptable. No solo para mí, sino también para ti.

Se me llenaron los ojos de lágrimas. Por primera vez en mi vida, lloré en público, y ni siquiera me importó. Yo, la gran Arya Roth, símbolo de independencia y feminismo.

—Idiota —protesté, dolida—. Eres un total y completo idiota. Siempre te he querido. Siempre he estado obsesionada contigo. Te engatusé para que me besaras, por el amor del cielo. —Ahora me reía y lloraba al mismo tiempo, lo que siempre queda bien—. Siempre fui yo quien tomó la iniciativa respecto a nosotros. La única razón por la que no corrí detrás de ti a Bielorrusia cuando tenía catorce años fue porque estaba demasiado avergonzada. Creía que te molestaba. Me moría de vergüenza después de lo que Conrad te había hecho. Incluso entonces, no pude mantenerme alejada. No por completo. Seguí escribiéndote, esperando y rezando.

Todavía había esa estúpida mesa entre nosotros. Quería levantarla y lanzarla por la habitación como si fuera Hulk. Cada momento que no pasaba entre sus brazos era un desperdicio.

El restaurante retumbó. Los dos miramos a Alice, que hablaba con el camarero en la barra mientras lamía la cucharilla de la tarta que estaba devorando.

—Así que he conocido a tu *sugar mama.* —Sonreí.

—Arya. —Christian puso cara de arrepentimiento—. Lo último de lo que quiero hablar ahora es de mi *sugar mama.* Ven aquí. Quiero enseñarte algo.

Me llevó fuera del restaurante. Nos tomamos de la mano. Nunca me había percatado de lo mucho que me gustaba tener mi palma entre la suya. De lo bien que encajábamos. La calle bullía con la habitual mezcla de tráfico, turistas y gente de negocios. Christian me empujó hacia un callejón que había en una esquina entre dos edificios.

—Bueno, esto es romántico. —Miré el contenedor de basura que había junto a nosotros—. Y privado.

Se rio.

—Me gusta que sea privado. La última vez que intenté besarte fuera de mi zona segura, tu padre me dio una paliza.

—Eso no volverá a ocurrir. —Sonreí.

Me tomó la cara entre las manos, como si fuera muy valiosa. Como si fuera suya.

—No. —Sacudió la cabeza y su nariz rozó la mía con cada movimiento—. Porque no dejaré que nada vuelva a separarnos. Jamás.

—Te quiero, Nicky.

—Te quiero, Cecilia. —Se lanzó a besarme. Le golpeé el pecho y sentí cómo su risa retumbaba bajo sus duros pectorales.

—Nunca me llames por el nombre de otra persona cuando nos besemos.

—Lo mismo te digo. Ahora es Christian.

—Pensaba que no te gustaba que te llamara Christian.

Las piezas del rompecabezas habían encajado. La forma en que me había mirado la primera vez que nos acostamos. Cuando lo llamé por su nuevo nombre y se quedó helado.

Christian negó con la cabeza.

—Eso era antes de que lo supieras.

—¿Saber qué?

—Que he renacido.

Y entonces Christian Miller volvió a besarme.

Y esa vez lo supe: nadie me lo quitaría.

Epílogo

Christian

Seis meses más tarde

—No está mal para ser una oficina. —Riggs se pellizca el labio inferior y asiente para sí mismo mientras pasea por la recepción de Miller, Hatter & Co, mi flamante bufete de abogados—. No vale el dinero que te has gastado con el diseñador de interiores, pero no es tan desolador como otros despachos en los que he estado.

—Gracias por el apoyo. Tu opinión significa mucho. Ahora lárgate. —Meto el mocasín entre las puertas del ascensor para asegurarme de que no se va sin él y Arsène. Compruebo de nuevo mi Patek Philippe. Las tres y cinco. Debería llegar en cualquier momento.

—¿A qué viene tanta prisa, Miller? ¿Vendrá la señorita Tengo-tus-pelotas-en-un-puño? —Arsène pasa la mano por el elegante mármol negro del mostrador de la recepción.

Si me salgo con la mía, está a punto de ser la señora Tengo-tus-pelotas-en-un-puño.

Semanas después de dimitir de Cromwell & Traurig, me encontré con Jason Hatter y descubrí que él también estaba buscando una forma de salir de su propio bufete. Enseguida nos dimos cuenta de que podíamos establecer una asociación de éxito y combinar nuestras dos carteras. Así se fundó Miller, Hatter & Co.

—*Fuera* —ordeno—. Los dos. Antes de que limpie el suelo con vuestros culos.

—Menudo trato. Tu suelo está más limpio que los antecedentes penales de Hermione Granger. Para empezar. —Riggs se detiene frente a la pared color crema y revisa, uno a uno, cada cuadro colgado en la sala de espera, como si su conexión con el arte incluyera algo más que meter entre sus sábanas a algunas comisarias de exposiciones de vez en cuando—. Dinos por qué estás sudando como una puta en un confesionario.

—No estoy sudando. —Frunzo el ceño.

—En realidad, sí —afirma Arsène antes de emitir una arcada—. Vas a declararte, ¿verdad?

Incapaz de soportar la mentalidad de adolescentes de mis amigos ni un minuto más, me dirijo hacia ellos, los agarro de una oreja y los arrastro hasta el ascensor.

—Pervertido —sisea Riggs, que clava los talones de sus Blundstones en el suelo para ponérmelo más difícil—. Ahora háblale sucio a la oreja que estás a punto de arrancarme de la cabeza. Me gusta duro.

Arsène me aparta la mano, pero se rinde de buena gana antes de alegar que no quiere estar ahí cuando decore mis nuevas alfombras con semen una vez que llegue mi novia. Los dejo en el ascensor y me limpio las manos cuando la campanilla sobre mi cabeza indica que están bajando.

Tres minutos después, Arya sale del segundo ascensor. Lleva un elegante traje de negocios y el pelo alborotado recogido en un moño. Se detiene frente a mí para asimilarlo todo. Sus ojos son grandes, verdes y desconcertantes.

—Hola, compañero. —Su sonrisa es lenta, traviesa y muy propia de ella. Me recuerda a la niña de doce años a la que no podía dejar de mirar.

—Señorita Roth. —Le aparto un pelo suelto detrás de una oreja y le doy un suave beso en la nariz. Retrocedo un paso—. ¿Qué le parece mi nueva choza?

—Es preciosa. —Enciende la luz y se toma la libertad de recorrer el espacio. Ya hemos empezado a funcionar, pero hasta la semana que viene no abriremos la oficina. Tendremos dos recepcionistas, cinco asistentes jurídicos y varios asociados nuevos. Supondrá mucho trabajo, pero merecerá la pena—. Como portavoz de Brand Brigade, nos alegra que haya elegido trabajar con nosotros.

«Como portavoz de mi corazón, espero que no lo pisotees en un segundo».

Arya se apoya en el mostrador de la recepción y extiende las manos sobre él.

—¿Cromwell y Traurig ya se han calmado?

—Ni un poquito. —Me dirijo hacia ella y meto las manos en los bolsillos delanteros—. Siguen arrastrando mi nombre por el barro por toda la ciudad.

—Bien. —Arya me dedica una sonrisa luminosa—. Me gustas un poco sucio.

Me río entre dientes y señalo el despacho de la esquina.

—Vamos. Quiero enseñarte la mejor parte de la oficina.

La tomo de una mano y la conduzco a la habitación que más tiempo ha llevado diseñar. De hecho, la diseñadora de interiores solo tenía algunos fotogramas de una película para trabajar. Nada más. Empujo la puerta de madera y Arya jadea.

—No es un estilo moderno. —Bajo la cabeza hasta su cuello por detrás de ella y le doy un beso mientras mis manos buscan su cintura. Se estremece contra mí e inspecciona la enorme habitación: una réplica de la biblioteca del libro y la película que tanto le gustan.

Las estanterías de caoba. La escalera. Los libros. La alfombra persa. Los libros. La lámpara *vintage.* Los libros.

Los libros.

Los libros.

—Christian... —«Christian». Así me llama ahora. Ha abrazado la identidad que he elegido para mí. Nicky no está muerto, pero ya no soy el chico indefenso que ella conoció. Ahora puedo protegerla. Y también a mí mismo. Tengo la intención de hacer ambas cosas—. Esto es impresionante.

—Es tuyo.

Se da la vuelta y me mira con curiosidad.

—¿Qué quieres decir?

Y entonces se lo demuestro.

La aprieto contra la estantería más cercana y, dos décadas después, a los treinta y tres años, hago lo que Nicky no pudo hacer a los catorce. La beso largo y tendido. Empiezo por la base de la garganta, subo y entrelazo los dedos con los suyos. Se retuerce contra mí y murmura mi nombre. Siento cómo se deshace lentamente contra mí. Ambos sabemos que nadie puede pillarnos de repente. Nadie nos detendrá.

—¿Estamos… estamos…? —Arya respira de forma entrecortada mientras mi lengua llena su boca de forma posesiva—. ¿Estamos interpretando de nuevo…?

—No. —Me aparto y le pongo un dedo sobre los labios—. Estamos creando algo nuevo, cariño. Algo nuestro.

Le quito la falda y las bragas, y la dejo solo con la blusa y los tacones. Me arrodillo y le beso los tobillos por dentro antes de subir acariciándola con los labios y los dientes. Me detengo para pasarle la lengua por el lateral de la rodilla, un punto muy sensible para ella, y arrastro los dientes por la cara interna del muslo. Cuando llego al interior de los muslos, los beso despacio, con reverencia. Me tomo mi tiempo e ignoro la atracción principal. Ella me tira del pelo con fuerza. Se está desesperando. Así es como la quiero.

—Christian. —Su suave gemido llega a mis oídos de forma diferente ahora—. Nicky.

Hago una pausa y alzo la vista. Nunca me había llamado así en un momento caliente como ese, pero entiendo por qué la situación la confunde. La última vez que estuvimos así…

—¿Sí? —Arqueo una ceja y la miro.

—Por favor —chilla—. Hazlo.

—¿Que haga qué?

Mira a nuestro alrededor para asegurarse de que estamos solos. Sonrío para mis adentros.

—Bésame ahí.

Le doy un beso suave y casto en su centro, y sonrío.

Ella gime y me empuja con más fuerza hacia su sexo.

—Eres imposible.

Pero entonces mi lengua la invade, la abre de par en par, y ella se aprieta a su alrededor. La sujeto por la cintura con fuerza y le doy placer. Ella está cerca, tan cerca que, cuando se deshace, noto cómo cada músculo de su cuerpo cede a la sensación.

Me levanto, me desabrocho el cinturón y la meto hasta el fondo.

Arya me abraza fuerte y gime.

—Christian —susurra mi nombre sin aliento y me besa las mejillas, la garganta y los labios—. Christian. Te quiero mucho.

Lo siguiente lo hago con mucho cuidado. Vuelvo a entrelazar mis dedos con los suyos, como en la película. Pero, a diferencia de esta, añado mi propio toque. Un anillo de compromiso de halo francés con un diamante de dos quilates. Se lo pongo en el dedo mientras me muevo dentro de ella, y está tan aturdida por la pasión que no se da cuenta. Le hago el amor y ella vuelve a derrumbarse. Esta vez, yo también. Me corro dentro de ella. Cuando ambos levantamos la cabeza y recuperamos el aliento, ella por fin lo ve.

Su cara cambia y su expresión pasa de la embriaguez al estado de alerta.

—Oh… —Extiende los dedos, estira el brazo y mueve la mano hacia un lado y otro de forma que el diamante capta la luz que entra por el ventanal—. ¿Esto es…?

—Lo es —le confirmo.

—Solo llevamos seis meses juntos. —Se vuelve para sonreírme y tengo que decir que, para estar desnuda de cintura para abajo, sabe muy bien cómo hacerse la lista.

—Correcto —digo en un tono seco mientras me visto—, y llego como cinco meses tarde. Culpa mía. En mi defensa, tenía un negocio que abrir.

Ella sacude la cabeza entre risas. Luego se lanza sobre mí con un abrazo y me salpica la cara de besos. La agarro por la cintura con una sonrisa.

—¿Eso es un sí?

—No lo sé —murmura contra la ligera barba incipiente de mi mandíbula—. ¿Qué diría Cecilia?

—Claro que sí.

* * *

Arya

—Sigo sin entender para qué sirve esto —suspiro, sentada con los ojos vendados en el asiento del copiloto del sedán de mi madre. No es exactamente el Bentley que paseaba por Manhattan con chófer personal antes de divorciarse, pero parece extrañamente contenta con el cambio. Ha dejado de lado las fiestas carísimas y la ropa de diseño por los maxivestidos de flores sin hombros y las zapatillas de moda.

Incluso tiene un nuevo novio, Max, que no solo es muy elegante, sino también un profesor de geografía de instituto que la trata como a una diosa y que se ha comprometido a llevarla a probar todos los curris de Nueva York. La última vez que lo comprobé, iban por el vigésimo restaurante de curri.

—Nadie te ha pedido que lo entiendas, cariño. Pero no mires. —Mamá me da una palmadita en el muslo y se ríe como hacen las madres.

—Llevamos una eternidad conduciendo. ¿Aún estamos en Manhattan? —Intento hacerme una idea aproximada de lo que me espera. Hace unos treinta minutos, me ha recogido del trabajo y me ha dicho que tenía una sorpresa para mí. No se ha inmutado lo más mínimo cuando le he contestado que quería ir a comprar vestidos de dama de honor con Jilly. Me ha arrastrado a su coche e ignorado mis planes.

Beatrice resopla.

—Lo siento. Tengo instrucciones estrictas de no darte ninguna pista.

—¿Instrucciones de quién? —le pregunto.

Ella se ríe.

—¿Christian? —Lo intento. La tela de la venda me pica en la nariz y la muevo de un lado a otro.

—Cariño, no todo gira en torno a tu apuesto prometido.

Respondo con un débil murmullo y me cruzo de brazos. Ahora que se ha ido a vivir con Max, mamá me habla sin parar de solicitar un montón de trabajos por la zona de Brooklyn. Sabe que es una tontería, pero quiere volver a estudiar y quizá ser profesora. Yo le digo que no es ninguna tontería. Que mejorar nuestra vida, nuestras circunstancias, ampliar nuestros conocimientos nunca debería ser motivo de vergüenza. Antes de darme cuenta, siento que mi cuerpo se balancea mientras ella se detiene en una acera. Debemos de haber llegado a su destino secreto.

—No te quites la venda, tengo que hacer una llamada. —Utiliza su flamante tono de madre. El que me advierte que no me meta con ella. En el fondo, me encanta ese tono. Compensa todos los años en que no tuve madre. Su voz es dulce, pero profesional, mientras habla con la persona que está al otro lado—. Sí. —Pausa—. Está aquí. —Otra pausa—. No, nada. La he llevado con los ojos vendados. Pero estoy en doble fila, así que será mejor que salgas.

Un minuto después, la puerta del pasajero se abre y siento un par de manos que me sacan con delicadeza. No necesito preguntar quién es. Lo sé. Los callos de los dedos. La aspereza de sus grandes manos. Es mi futuro marido.

—Gracias, Bea, cuidaré bien de ella —dice Christian.

—Adiós. —Mamá se despide y acelera el motor mientras se aleja.

—Más vale que esto sea bueno, señor Miller —le advierto cuando me toma de una mano para llevarme a algún sitio. Confío plenamente en él, pero no me gusta que no me lo cuente todo.

Christian se ríe, pero no contesta. Escapamos del calor del día de verano por una puerta giratoria. Una avalancha de aire fresco y acondicionado me empapa los pies y el pelo. Me produce una sensación dulce y dolorosa. Como si ya lo hubiera sentido antes. Mis tacones chasquean sobre el mármol. Mi entorno huele a nuevo. A flores. A dinero. Estamos en un edificio. Christian llama al ascensor y espero a su lado.

—¿Qué tal el día en el trabajo? —me pregunta. Parlotea mientras yo sigo con los ojos vendados. Increíble.

—Bien —respondo—. ¿Y el tuyo?

—Bien.

—Dime, ¿cuánta gente me está viendo ahora mismo con los ojos vendados mientras me guía un hombre alto y guapo con un traje elegante?

—Unas... —Cuenta en voz baja—. Diecisiete. Y que sepas que no llevo traje, sino un vestido de tutú.

—Elegante.

—Más o menos. Creo que hace que mis rodillas parezcan hinchadas.

Oigo llegar el ascensor y creo reconocer el sonido, pero no logro ubicarlo. Entramos. Christian no me suelta la mano en ningún momento. Cuento los pisos por el pitido del ascensor cada vez que pasamos uno. Nos detenemos en la séptima planta. Christian sale, me acompaña y me agarra más fuerte la mano. Luego se detiene y me suelta para introducir un número de seguridad y abrir una puerta. Me apoya una mano en la espalda y entramos juntos. Luego, detrás de mí, me quita la venda.

—Tachán.

Abro los ojos y parpadeo para que mis ojos se adapten a la luz del sol después de tanto rato vendados, y aspiro de inmediato. No me extraña que los ruidos y los olores me resultaran familiares cuando hemos entrado.

Me giro hacia él.

—No.

—Sí —dice, y abre la puerta.

—¿Nos lo podemos permitir? —Hago una mueca.

Se inclina hacia delante y frota su nariz contra la mía.

—Por supuesto. No es tu antiguo ático. Ese no podríamos permitírnoslo ni en un millón de años, pero quería que vivieras en el edificio de tu infancia. En algún lugar cerca de Aaron. Donde puedas verlo desde tu ventana cada vez que quieras. Le pedí al administrador del edificio que me llamara en cuanto hubiera uno disponible. Y, bueno, hace tres semanas, me llamó.

Doy unas zancadas por el espacio vacío, y el sonido de mis tacones rebota contra las paredes. Todo está vacío, limpio y huele a oportunidades y posibilidades. A recuerdos que podemos crear aquí. Un apartamento en mi edificio de Park Avenue. Un lugar que podamos llamar nuestro. Estoy tan abrumada por las emociones, por la felicidad, que tardo unos instantes en darme cuenta. Hay una bolsa de plástico en la encimera de la cocina. Es lo único que hay aquí dentro.

—Eh. —Me acerco—. ¿Qué es eso?

—Son nuestros bañadores —contesta Christian a mis espaldas, y oigo que se acerca a mí—. ¿Te echo una carrera hasta la piscina para hacer unos largos?

Apoya la barbilla en la parte superior de mi cabeza, y siento que todo mi mundo va bien.

—Voy a ganar —le advierto, y saco el bañador de la bolsa.

Me envuelve entre sus brazos.

—Me gustará ver cómo lo intentas.

Nota de la autora

Antes de que te vayas

Gracias por leer *Rival implacable.* Estoy emocionada de sumergirte en el universo de *Cruel Castaways* e introducirte en su mundo. Como agradecimiento por haber leído el libro, te ofrezco un historia corta inédita en inglés solo disponible para los suscriptores de mi *newsletter.*

Punk Love en una historia corta, divertida y angustiosa, disponible en exclusiva para mis suscriptores.

Regístrate en: <http://eepurl.com/dgo6x5>.

Con todo mi amor,
L. J. Shen

Agradecimientos

Esta saga lleva un tiempo gestándose. He querido escribir las historias de Christian, Riggs y Arsène desde que tengo uso de razón, pero he necesitado el apoyo de muchas personas para sacar este libro adelante.

En primer lugar, muchas gracias a mi agente, Kimberly Brower, de Brower Literary, por su ayuda, apoyo y directrices.

Otro agradecimiento al increíble equipo de Montlake Publishing por ayudar a que este libro haya alcanzado su máximo potencial, incluidas Anh Schluep, Lindsey Faber, Riam Griswold y Susan Stokes.

Y a la increíble Caroline Teagle Johnson, por la magnífica cubierta de la edición en inglés.

A mi asistente personal, Tijuana Turner, por su apoyo constante y sus inestimables consejos, y a Vanessa Villegas, Ratula Roy, Amy Halter, Marta Bor y Yamina Kirky. Un millón de gracias por haber leído este libro antes que nadie y por ofrecerme orientación y consejos útiles.

A Social Butterflies PR, y en especial a Jenn y Catherine. Sois geniales y os quiero.

A mi grupo de lectura de Facebook, las *Sassy Sparrows,* gracias por acompañarme a lo largo del camino. Os estoy profundamente agradecida.

A los blogueros, *instagrammers* y *tiktokers* que recomiendan mis libros: no podría haber hecho esto sin vosotros. Ni un solo día.

Y a mi familia, que me apoya en todo momento. Su apoyo lo es todo para mí.

Gracias, gracias, gracias.

Chic Editorial te agradece la atención dedicada a
Rival implacable, de L. J. Shen.
Esperamos que hayas disfrutado de la lectura
y te invitamos a visitarnos
en www.chiceditorial.com,
donde encontrarás más información
sobre nuestras publicaciones.

Si lo deseas, también puedes seguirnos
a través de Facebook, Twitter o Instagram
utilizando tu teléfono móvil
para leer los siguientes códigos QR: